Johanna Spyri.

Die sc

Johanna Spyri

Die schönsten Erzählungen

Neun Geschichten für Kinder und solche,
die Kinder liebhaben

Brunnen Verlag · Basel und Gießen

Die Geschichten, die sprachlich nur leicht bearbeitet wurden, sind alten Spyri-Quellen entnommen und wurden so nah wie nur möglich am Original belassen.

Die Deutsche Bibliothek – CIP-Einheitsaufnahme
Spyri, Johanna:
Die schönsten Erzählungen / Johanna Spyri. – Basel; Gießen: Brunnen Verl., 1998
(ABC-Team)
ISBN 3-7655-1633-3

Umschlag: Michael Basler, Lörrach
Satz: Uhl + Massopust, Aalen
Druck: freiburger graphische betriebe

Printed in Germany

ISBN 3-7655-1633-3

Inhalt

Rosenresli

Zur Zeit der Rosen

Der Dorfweibel Dietrich in Wildbach, der früher ein ordentliches Heimwesen besessen hatte, war seit einigen Jahren sehr heruntergekommen und hatte dadurch auch Amt und Brot verloren. Seine einzige Beschäftigung bestand darin, hier und da auf seinem unbebauten Acker einige Büschel Gras abzureißen, die er der mageren Geiß als Mittagsmahl heimbrachte. Für ihn und sein Pflegekind gab's dann nur einige Kartoffeln und ein wenig Milch. Nach Tisch verschwand Dietrich und erschien erst gegen Abend wieder, um die Geiß zu melken. Dann sah man ihn daheim nicht mehr. Jedermann wußte aber, daß er bis spät in die Nacht hinein im Wirtshaus saß und daß ihm gar bald Haus und Acker und Geiß genommen werden würden, um seine Schulden damit zu bezahlen. Solange seine Frau gelebt hatte, war alles noch besser gegangen. Sie hatten mehr Feld und eine Kuh gehabt, und früh bis spät hatte die Frau treulich gearbeitet. Eigene Kinder hatten sie nie gehabt, aber ein verwaistes Schwesterkind von Dietrich lebte seit drei Jahren bei ihnen. Vor einem Jahr hatte er seine Frau verloren, und seither war es so rasch abwärts mit ihm gegangen, so arg, daß sich nur jeder über das frische, blühende Aussehen des Kindes wundern mußte. Es war jetzt acht Jahre alt und hieß überall nur das Rosenresli. Denn es wurde niemals gesehen, ohne daß es ein Röslein in der Hand oder im Mund oder vorgesteckt hatte; denn das Resli – Therese war sein ursprünglicher Name – hatte ein solches Wohlgefallen an den Rosen, daß es mit seinen fröhlichen blauen Augen so lange in jeden Garten, worin Rosen standen, hineinguckte, bis die Leute darin freundlich riefen: «Willst eine?» Und freudestrahlend steckte Rosenresli die kleine Hand durch das Gitter und nahm dankbar seinen Schatz in Empfang. So sah man das Kind immerfort von Rosen umgeben, sobald solche nur da waren, und jedermann kannte das blühende Rosenresli und hatte es gern. Den Onkel sah es nicht viel. Am Morgen ging es zur Schule. Mittags sagte er gewöhnlich: «Ich komme nicht heim am Abend, du findest wohl noch etwas zu essen.» Aber der Schrank war immer leer, und es war gut, daß hie und da ein Kind in der Schule dem Rosenresli Äpfel oder Birnen, auch wohl ein Stück Brot schenkte, und selbst wenn es oft hungern mußte, konnte es doch immer frei dahin und dorthin nach den Gärten laufen, wo die Rosen standen, und einige bekommen. Und über dieser Freude vergaß es alles andere.

Auch heute hatte das Kind kein Abendessen gefunden. Dennoch sprang es jetzt glücklich über die Wiesen. Es war ein lichter Sommerabend. Die Schmetterlinge flatterten auf und nieder in der blauen Luft, und hoch oben flogen die Schwalben im Kreis herum und zwitscherten so sommerlich, und ringsum in den Wiesen zirpten so fröhlich die Grillen, daß dem Rosenresli immer froher zumute wurde und es immer höher sprang, als wollte es mit den Schmetterlingen auffliegen. So kam es in kurzer Zeit bei dem Garten an, der draußen am Waldhügel lag und immer die schönsten Rosen hatte. Der Garten war von einem hölzernen Zaun umgeben, und Rosenresli schaute sehnsüchtig hinein.

«Komm nur herein», rief eine Stimme hinter den Bäumen. «Ich weiß schon, wonach du suchst; heut sollst du auch Rosen haben.»

Rosenresli ließ sich das nicht zweimal sagen. Eilends trat es ein, ging gerade auf das duftende Rosenbeet zu und schaute bewundernd auf die Menge der roten und weißen, hellen und dunkeln Blumen, die durcheinander glühten und dufteten. Jetzt trat die Frau Gemeindevorsteher, die Besitzerin des Gartens, heran. Sie war es, die dem Resli schon manche Rose gegeben und es eben jetzt hereingerufen hatte.

«Du kommst gerade recht heut, Resli», sagte sie. «Du sollst einen ganzen Strauß haben. Aber manche Rose will schon abfallen, siehst du. Du mußt dann ein wenig behutsam sein und nicht so hoch aufspringen, wie du sonst tust, sonst fallen den Rosen alle Blätter ab, ehe du nur daheim bist.»

Nun schnitt die Frau behutsam hier eine Rose ab und dort eine und wieder ein paar, helle und dunkle, rote und weiße, bis ein dicker, großer, prachtvoller Strauß daraus wurde. Rosenresli machte seine Augen immer weiter auf; so was Wunderschönes hatte es noch nie in der Hand gehalten. Aber hie und da fielen schon die duftigen Blätter zu Boden, und die kahlen Stiele standen zwischen den anderen Blumen so traurig da, daß Rosenresli ganz erschrocken schaute.

«Siehst du! Siehst du!» sagte die Frau mahnend. «Ganz langsam mußt du nach Hause gehen, sonst bringst du nicht drei davon mit den Blättern heim.» Rosenresli bedankte sich schön und machte sich auf den Rückweg. Dieser führte sie an einem armseligen Häuschen vorüber. Dort wohnte die «Sorgenmutter», die stille Frau mit dem abgehärmten Angesicht. Rosenresli hatte sie stets nur so nennen gehört und ahnte nicht, daß sie noch einen anderen Namen habe.

«Sorgenmutter», rief Resli, als sie die Alte am Fenster erblickte, «seht, seht! Habt Ihr schon einmal solche Rosen gesehen?»

«Nein, Resli, schon lange nicht mehr», erwiderte die Frau, und das Kind zog weiter, ganz versunken in den Duft und Glanz seiner Blumen. Beim letzten Haus am Weg wollte Resli eben abbiegen, als die Frau des Hauses, die Kreuzwegbäuerin genannt, weil sie am Kreuzweg wohnte, heraustrat und, ihre beiden festen Arme in die Seite gestemmt, das Kind betrachtete.

«So, so, das ist ein rechtes Rosenresli heut», rief sie ihm nach; «komm, zeig mir deine Schätze aus der Nähe.»

Rosenresli kehrte rasch um und hielt voller Freude der Frau den Strauß hin. Aber bei der schnellen Bewegung fielen die Blätter von drei, vier Rosen ab und flatterten auf den Boden. Resli schaute ihnen traurig nach. «Schade», sagte die Frau, «die wären gerade recht für mich. Kind, gib mir deine Rosen, und du sollst ein gutes Stück Brot dafür haben. Du bringst sie doch nicht mehr weit. Bis du heimkommst, hast du nur Stiele in der Hand. Komm, gib sie.»

«Alle meine Rosen und keine behalten?» fragte Resli ganz betroffen.

«Eine kannst du behalten. Sieh, diese, die anderen fallen gleich ab. Komm, leg sie da hinein, die dürfen nicht verlorengehen», und die Bäuerin hielt ihre Schürze hin. Resli legte seine Rosen hinein, bis auf die eine, die steckte es vorn in sein Kleidchen, wo ihm fast immer ein Röslein saß. Nun trat die Bäuerin ins Haus ein und kam bald wieder zurück mit einem großen Stück Brot in der Hand, bei dessen Anblick das Kind auf einmal merkte, daß es tüchtigen Hunger hatte. «Hör, Resli, ich will dir einen guten Rat geben», sagte die Bäuerin, indem sie dem Kinde das Brot übergab. «Nimm ein Körbchen, geh jeden Abend dahin, wo es Rosen gibt, und bitte um die, die abfallen wollen. Dann leg sie gleich ins Körbchen, daß du die Blätter nicht verlierst. Denn gerade diese brauche ich, und jeden Abend, wenn du mir ein artiges Häufchen Blätter bringst, kriegst du ein gutes Stück Brot. Willst du?»

«Ja, gern», sagte Rosenresli, machte sich auf den Heimweg und verzehrte dabei mit Wohlbehagen sein Brot. Als das Kind wieder am Häuschen der Sorgenmutter vorbeiging, kam diese gerade heim, ihr Bündelchen zusammengelesenes Holz auf dem Rücken tragend.

«Wo hast du deine schönen Rosen?» fragte sie, als das Kind vor ihr stand. Resli erzählte ihr den ganzen Hergang der Sache, und wie es nun jeden Tag der Kreuzwegbäuerin Rosenblätter bringen wolle.

Die Frau hatte nachdenklich zugehört. Jetzt sagte sie schüchtern: «Resli, kämest du morgen nicht zu mir, ehe du der Bäuerin die Rosen bringst? Ich möchte dich dann gern etwas fragen.»

«Ja, das will ich tun, und schlaf wohl, Sorgenmutter!» Damit zog Resli seines Weges. Bei dem abgelegenen Häuschen des Onkels angelangt, trat es in die stille, einsame Stube ein. Es verschloß keine Tür, zündete kein Licht an. Wie ein Vöglein suchte es in der Dämmerung sein Nest und schlief bald friedlich ein. Dann träumte es von seinen Rosen, bis die helle Sonne es wieder aufweckte.

Eine kleine Helferin und große Hilfe

Die Frau, der die Leute den Namen Sorgenmutter gegeben hatten, war eine sehr arme Witwe. Sie hatte einmal bessere Tage gesehen und war nicht gewohnt zu betteln. Sie darbte und litt ganz in der Stille, klagte nur dem lieben Gott ihre Not und suchte bei ihm allein den Trost, dessen sie bedurfte. Ihr Mann, der ein Schneider gewesen, war früh gestorben und hatte ihr einen Sohn hinterlassen. Dieser sollte, wie sein Vater, Schneider werden. So hatte der Vormund des Knaben es festgesetzt, und der hatte die Sache zu entscheiden. Joseph wollte das aber nicht; wenn er in seinem Beruf arbeiten sollte, lief er fort und kam erst spät in der Nacht oder gar nicht heim. So geriet er in schlechte Gesellschaft, und der Vormund, der auch Gemeindevorsteher war, drohte, wenn er jetzt nicht arbeiten und gut tun wolle, so werde er mit dem nächsten Transport nach Australien geschickt. Da wurde Joseph sehr aufgebracht und sagte, er könne schon arbeiten, wenn man ihn tun lasse, was er wolle, und in die Fremde gehen könne er, ohne daß man ihn schicke. Dann verschwand er und kam gar nicht wieder. Die Mutter grämte sich sehr; aber sie übergab ihr Kind dem lieben Gott, und wenn die Leute im Dorf spottend sagten: «Was hilft es ihr, daß sie soviel gebetet hat? Jetzt sitzt sie mit ihren Sorgen im Elend, und der Joseph wird wohl draußen auch elend umkommen» – dann antwortete sie: «Und wenn ich auch eine Sorgenmutter bis ans Ende bleiben und im Elend sterben muß, so will ich doch das Vertrauen nicht verlieren, daß der Joseph noch auf den rechten Weg kommt. Denn ich habe ihn von Anfang an und immer wieder dem lieben Gott übergeben und habe so viel für ihn gebetet, daß es nicht vergeblich sein kann.»

Rosenresli machte sich am nächsten Tag, sobald die Schule zu Ende war, wieder auf den Weg. Ein Körbchen besaß das Kind nicht; aber es wollte die Rosen in seine Schürze packen. In fröhlichen Sprüngen langte es bei dem großen Garten an, wo die Frau Gemeindevorsteher zwischen ihren Blumen hin- und herwanderte.

«Hättest du gern wieder Rosen, Resli?» rief sie dem Kinde zu. «Komm herein, eine oder zwei wird's wohl wieder geben.»

«Nur von denen, die abfallen wollen», sagte Resli und hielt sein Schürzchen hin, damit heute auch nicht ein Blatt auf den Boden falle.

«Ja, wenn du's so meinst, dann bekommst du die ganze Schürze voll! Komm hier herüber.» Und die Frau führte das Kind an ein großes Beet voller Rosen, die aber alle weit offenstanden oder schon halb entblättert waren. Hier schnitt sie so viele davon ab, daß Rosenresli die ganze Schürze voll hatte.

«Darf ich morgen wiederkommen?» fragte Resli erwartungsvoll.

«Das kannst du», erwiderte die Frau, «die überzeitigen sollst du alle haben, wenn du Freude daran hast.»

Rosenresli dankte und lief freudig davon. Am verfallenen Häuschen der Sorgenmutter angelangt, erinnerte sich das Kind des Versprechens, bei ihr vorbeizukommen. Es trat in das niedere Stübchen, wo die Sorgenmutter am Spinnrad saß. Sie begrüßte Resli mit großer Freundlichkeit. Dann ging sie an ihr Fenster, schnitt von dem kleinen Rosenstock, der da stand, zwei rote Röschen ab und hielt sie dem Kind hin.

«Siehst du, Resli», sagte sie zögernd, «ich habe dich fragen wollen, ob du nicht die zwei Röslein auch mitnehmen wolltest. Vielleicht gibt die Bäuerin auch dafür noch ein wenig Brot, wenn auch nur ein kleines Stück. Willst du das tun, Resli?»

«Ja, ja», rief das Kind schnell, «dann will ich Euch gleich das Brot bringen. Ich bin bald wieder da.»

Die Kreuzwegbäuerin stand vor dem Hause an dem Mäuerchen beim Gemüsegarten und guckte bald in den einen, bald in den anderen der Körbe, die auf der Mauer standen, in denen die schön duftenden Rosenblätter ausgebreitet waren, die in der Sonne trocknen sollten. Die Bäuerin machte jedes Jahr ein wohlriechendes Rosenwasser, und dazu brauchte sie sehr viele Rosenblätter, die gar nicht so leicht zu haben waren.

«So ist's recht», sagte sie vergnügt, als Rosenresli kam und seine Schürze aufmachte, «heute sollst du ein tüchtiges Stück Brot haben.»

«Da habe ich noch zwei», sagte Resli und hob die Röslein von der Sorgenmutter in die Höhe.

«Wirf sie nur zu den anderen. Sie sind zwar mager; aber ein paar Blätter haben sie doch.»

«Aber ich hätte gern ein besonderes Stück Brot dafür», sagte Resli und hielt sie immer noch fest in der Hand.

«Ich weiß schon», sagte die Bäuerin, ins Haus tretend, «unsereins war auch einmal so. Da tauschen sie hin und her in der Schule, ein Stück Brot gegen eine Birne oder ein paar Pflaumen; gelt, ich weiß es, Resli. Da nimm, das ist das große Stück für die Rosen in der Schürze und hier das kleine für die zwei zum Tauschen. Bist du zufrieden so?»

«Ja, ja, gewiß», versicherte Resli, dankte vielmals und trat den Rückweg an. Das kleine Stück Brot legte es für die Sorgenmutter in die Schürze, und in das große biß Resli gleich mit Verlangen. Denn zu Mittag hatte es wenig gehabt, und abends gab's auch nichts mehr. So wurde das ganze Stück zu Ende gebracht, noch bevor Resli beim alten Häuschen angelangt war. Jetzt war es erreicht. Das Kind trat ein. «Da, Sorgenmutter, hier ist das Brot!» rief Resli.

Die Frau nahm des Kindes Hand und drückte sie dankbar: «Du weißt nicht, was du mir Gutes tust, Resli», sagte sie. «Siehst du, draußen im Gärtchen habe ich Erdäpfel, die sind meine einzige Nahrung. Aber oft kann mein Magen sie nicht vertragen. Brot ist mir zu teuer, und wenn ich dann fast nichts genieße, werde ich so schwach, daß ich nicht mehr spinnen kann. Darum bin ich froh über dein Brot, Resli, und danke dir herzlich dafür.»

Jetzt reute es das Rosenresli, daß es der Sorgenmutter nur das kleine Stück Brot gebracht und das große für sich behalten hatte, und es mußte immer in seinem Herzen denken: Oh, hätte ich doch nur das kleine und nicht das große Stück gegessen!, und sah sehr niedergeschlagen aus. Die Sorgenmutter meinte, es habe gewiß noch Hunger, und wollte ihm durchaus das Stück Brot wiedergeben. Aber Resli rief: «Nein, nein, ich will nicht, ich habe schon genug. Morgen komme ich wieder!» Und fort war es.

Am folgenden Abend kam es pünktlich wieder. Noch einmal hatte ihm die Frau Gemeindevorsteher die Schürze mit Rosen gefüllt, und noch einmal hatte die Sorgenmutter zwei Röslein vom Stock brechen und dem Resli mitgeben können. Als es damit bei der Kreuzwegbäuerin anlangte und diese die Rosen aus der Schürze nahm, sagte Resli: «Kann ich heute nur ein Stück Brot haben, aber so groß wie die zwei zusammen?»

«Siehst du, ich hab's wohl gedacht!» entgegnete die Bäuerin, «jetzt hast du's gemerkt, daß es schade ist, das gute Brot gegen Äpfel und Birnen auszutauschen. Es ist recht, behalte es nur, und heute ist's auch ganz frisch, und du sollst ein schönes Stück haben. Komm mit mir.»

Die Bäuerin trat in ihre Küche und schnitt hier von dem großen Laib Brot ein so mächtiges Stück herunter, wie Resli in seinem Leben noch keins in der Hand gehalten hatte. Schnell lief es zur Sorgenmutter und legte freudestrahlend das ganze Stück in ihre Hand; keinen Bissen hätte das Kind heute davon genießen können. Wie ein Druck hatte es ihm immer noch auf dem Herzen gelegen, daß es das größere Stück behalten und das kleine der Sorgenmutter gebracht hatte. Jetzt leuchtete es völlig vor Freude, als die Alte mit verwunderten Blicken ihr Stück Brot maß. Sie hielt es dem Kinde wieder hin.

«Was ist das, Resli? Das ist gewiß dein Brot, komm, nimm es! Wenn du mir ein kleines Stück davon abbrechen willst, so will ich dir's danken.»

«Nein, nein, ich nehme kein einziges Bröcklein», rief das Kind. «Gute Nacht, und morgen komme ich wieder!»

«Ich habe ja keine Rosen mehr, Resli; aber ich danke dir. Du weißt nicht, was du mir Gutes getan hast!»

Die Frau hatte Tränen in den Augen, als sie dem Kinde nachrief. Das hatte Resli wohl gesehen, und einen Augenblick war es ganz nachdenklich geworden. Aber nun kam ihm etwas in den Sinn, und das Resli war wieder froh in seinem Herzen, sang und sprang vor Freude und dachte sich schon aus, was es morgen tun wollte.

Die Frau Gemeindevorsteher hatte bald keine Rosen mehr. Aber Resli wußte von seinen Streifzügen her noch so viele Gärten, daß es gar keine Sorgen hatte, Rosen zu finden, und es war so flink und leichtfüßig, daß ihm kein Weg zu weit war. So brachte es jeden Abend eine Schürze voll Rosen zur Bäuerin und erhielt jedesmal sein Stück Brot, das eher größer als kleiner wurde; denn die Bäuerin war mit Reslis Leistungen sehr zufrieden. Die Nachbarin, die auch Rosenwasser bereitete, guckte zuweilen mit etwas Neid herüber, wenn sie das Resli seine vollen Schürzen ausschütten sah, und sagte, es sei gar kein Wunder, wenn die Kreuzwegbäuerin besseres Rosenwasser machen könne als sie selbst. Wenn sie so schöne Rosenblätter aufzutreiben wüßte, so brächte sie's auch so heraus. Von dem Brot aber aß Resli niemals mehr; alles mußte die Sorgenmutter annehmen, wie diese sich auch wehrte und durchaus mit dem Kinde teilen wollte. Aber von Zeit zu Zeit fragte es dann einmal: «Sorgenmutter, tut das Brot Euch gut?» Dann erzählte sie ihm wieder und wieder, wieviel kräftiger sie sich fühle, seitdem sie täglich Brot esse, wieviel mehr sie spinnen und dadurch verdienen könne, so daß sie im Winter nicht wie sonst werde frieren müssen.

Zum Schluß sagte sie dann immer: «Wenn ich dir doch einmal vergelten könnte, was du an mir tust, Resli!»

Aber Reslis Gesicht glänzte dann so vor Freude, daß man sehen konnte, es hatte schon die beste Belohnung erhalten.

So ging es fort, bis die Rosenzeit zu Ende war, und als eines Abends Resli weit umhergelaufen war und vergebens in alle Gärten hineingespäht hatte und am Ende auch nur noch drei halbverwelkte Röslein zu der Bäuerin brachte, sagte diese: «Es ist aus mit den Rosen; aber übers Jahr bringst du mir wieder deine schönen Sträuße.»

Diese Worte machten einen Eindruck auf das Resli, wie ihn die Bäuerin gar nicht erwartet hatte. Sie nahm an, ein solches Kind bekomme da und dort etwas von guten Leuten, an ihrem Stück Brot sei ihm nicht soviel gelegen. Aber Resli dachte an die Sorgenmutter und was nun aus ihr würde, wenn sie wieder nichts als ihre wenigen Kartoffeln zu essen hätte. Die großen Tränen kamen ihm in die Augen, wie es nun sah, daß es mit den Rosen ganz aus war.

«Nein, nein, mußt nicht weinen, Resli», sagte die Bäuerin mitleidig. «Versprich, daß du mir nächsten Sommer wieder so viele schöne Rosen schenken willst, und du sollst den ganzen Winter hindurch täglich dein Stück Brot haben. Willst du?» Da waren die Tränen schnell getrocknet, und Resli strahlte vor Freude.

«Ja, gewiß will ich, und alle, alle Rosen sollt Ihr haben und auch Vergißmeinnicht.»

«Das ist nicht nötig, aber die Rosen; vergiß es nicht! Da hast du dein Stück Brot, und jetzt kommt die Zeit der Äpfel, davon sollst du auch haben, da, Resli!» Und die Bäuerin langte nach einem großen, rotwangigen Apfel und hielt ihn samt dem Stück Brot dem Kinde hin. Im höchsten Glück lief Resli mit seinen Schätzen davon, und befriedigt schaute ihm die Bäuerin nach; denn sie hatte das Resli gern und freute sich, daß es so froh war. Dazu war es ihr auch recht, daß sie sich schon für den kommenden Sommer der schönsten Rosen versichert hatte. Sie hatte wohl bemerkt, wie die Nachbarin immer nach ihren Rosenblättern herübergeschaut hatte, und es war ihr ein wenig angst geworden, die Nachbarin könnte ihr für den folgenden Sommer das Resli abtrünnig machen; denn sie mußte wohl entdeckt haben, daß es die schönen Rosen herbeibrachte.

Auch die Sorgenmutter hatte einen frohen Abend. Als Resli, das immer Sonnenschein in die einsame Stube der Alten brachte, alles berichtete, was es mit der Bäuerin ausgemacht hatte, da faltete die Sorgenmutter die Hände und dankte still dem lieben Gott, der ihr das Kind wie einen Engel zugesandt hatte, und daß sie nun dem gefürchteten Winter mit soviel weniger Angst und Sorgen entgegensehen konnte.

Rosenreslis Kummer

Einige Tage nachher wollte es scheinen, als habe sich eine wunderliche Veränderung zugetragen, als hätten die Sorgenmutter und das Rosenresli ihre Art miteinander vertauscht. Die Frau saß mit stillem, fröhlichem Angesicht an ihrem Spinnrad. Da trat Resli bei ihr ein und sah so betrübt aus, als habe es etwas erlebt, das ihm für alle Zeit jede Fröhlichkeit nehmen müßte.

«Was hast du, Resli, was hast du?» fragte erschreckt die Sorgenmutter.

«Ich habe ein Loch im Rock», kam mit ziemlich grimmigem Ton heraus, «und in der Schule haben die Kinder mich ausgelacht. Sie sind hinter mir hergelaufen und haben alle laut gesungen und dann immer noch lauter:

‹Rosenresli, Rosenstock,
Rosenresli, Loch im Rock!›»

Und bei der Erinnerung an die Schande, die es erdulden mußte, fielen dem Resli große Tränen die Wangen herunter.

«Es ist nicht schön, wenn die Kinder dich auslachen. Vielleicht war's aber nicht so bös gemeint. Komm her, Resli, zeig mir den Schaden! Wir wollen ihn wieder in Ordnung bringen», tröstete die Sorgenmutter.

Resli trat zu ihr hin, und sie hatte nicht lange nach dem Loch zu suchen; denn es war sehr groß. Das Kind mußte sich auf einen Schemel setzen, die gute Alte holte Faden und Nadel und fing sofort die Arbeit an.

Aber Resli konnte seinen Kummer immer noch nicht vergessen und schluchzte laut.

«Tröst dich jetzt, Resli», sagte die Sorgenmutter freundlich; «solches Leid soll dir nie mehr widerfahren. Ich will jeden Abend dein Röcklein genau ansehen und jedes kleine Loch gleich flicken. Und wenn du mal hängenbleibst und es reißt, so komm nur schnell zu mir, dann mach ich's gleich wieder gut. Kannst du jetzt wieder fröhlich sein?»

«Ja, nun kann ich's schon», sagte Resli erleichtert und wischte seine Tränen fort; «aber ich habe gedacht, jeden Morgen muß ich mit dem Loch in die Schule, und dann laufen sie mir alle Tage nach und singen hinter mir her:

‹Rosenresli, Rosenstock ...›

Und dann habe ich gedacht, ich wollte nie mehr in die Schule gehen.»

«Doch, doch, Resli, das mußt du, das ist ein Gesetz, und ein gutes, sonst würdest du ja nichts lernen. Und siehst du, keiner darf gleich davonlaufen, wenn ihn ein Leid trifft. Wir müssen auch stillehalten und es tragen, weil der liebe Gott uns immer dadurch etwas lehren will, was wir sonst nicht lernen würden. Denn wenn wir recht in Leid und Traurigkeit sind, dann suchen wir Rat und Trost bei ihm und lernen ihn kennen, und dann kommt eine Zuversicht in unser Herz, weil wir merken, wir haben einen Vater im Himmel, der uns beisteht und hört, wenn wir rufen. Betest du auch zu ihm, Resli?»

Das Kind besann sich ein wenig, dann sagte es: «Ja, in der Schule.»

«Was betest du in der Schule?»

Resli fing an, und ohne Atem zu holen, als dürfe es den Sinn der Worte nicht verlieren, um fortfahren zu können, sagte es schnell hintereinander:

«Lieblich ist die Morgenstunde,
wenn man sie mit Gott beginnt:
Freud' im Herzen, Dank im Munde
ziemet einem Menschenkind.

Jetzt weiß ich nichts mehr.»

Dem Resli war der Sinn entfallen, so wußte es auch keine weiteren Worte mehr.

«Es ist ein schönes Verslein, du hast es nur ein wenig geschwind gesagt, Resli. Hast du auch bedacht, was es dir sagen will?»

«Nein, das hab ich nicht», erwiderte Resli.

«Siehst du, das heißt, daß du am Morgen, wenn du erwachst, zuerst an den lieben Gott denken und dich freuen und ihm danken sollst, daß er dich die ganze Nacht durch behütet hat. So betet man am Morgen. Aber weißt du auch ein Gebetlein für den Abend?»

«Nein, ich weiß keines.»

«Dann kannst du nur aus deinem Herzen zum lieben Gott beten und ihn um Verzeihung bitten, wenn du am Tage etwas Unrechtes getan hast, und ihn bitten, daß er dir helfe, daß du's nicht wieder tust. Siehst du, Resli, wenn man so recht zum lieben Gott hat beten können, wird man wieder ganz froh. Und wenn ich das nicht immer täte, so wäre ich schon lange vor Kummer gestorben.»

«Warum?» fragte Resli verwundert.

«Ja, siehst du, ich habe Ursache genug. Ich bin ja sehr arm und habe kaum genug zum Leben. Auch habe ich ein Kind draußen in der Welt, einen Sohn, und weiß nichts von ihm. Vielleicht verdirbt er im Elend oder ist schon umgekommen; und wenn ich ihn nicht, wie in der ersten Stunde seines Lebens, jetzt alle Abende dem lieben Gott befehlen und ihm sagen könnte: ‹Er ist doch dein, hilf du ihm!› – so könnte ich vor Angst nie einschlafen. Aber wenn ich so gebetet habe, dann kommt wieder Trost und Zuversicht in mein Herz.»

«So will ich Euch auch für Euren Joseph beten helfen», sagte Resli.

«Das freut mich, Kind, das freut mich. Und wenn du für den Joseph betest, so wird es auch dir zugute kommen, das weiß ich, und du kannst es brauchen.»

«Warum?» fragte Resli wieder.
«Sieh, Kind» – hob die Sorgenmutter liebevoll, aber ein wenig ängstlich an –, «dein Onkel hat übel gewirtschaftet; man sagt, Haus und Acker werden ihm bald genommen. Dann mußt du zu fremden Leuten, und da gibt's viel Arbeit und wenig gute Worte. Das kennst du noch nicht, und da ist's gut, wenn du den Weg zum lieben Gott weißt, daß du ihm alles klagen und Trost bei ihm holen kannst.»
«Ich will dann zu Euch kommen und bei Euch wohnen», sagte Resli, eher erfreut als geängstigt.
«Ach, du gutes Kind, ich könnte dich ja gar nicht ernähren. Es wird ganz anders kommen; aber wir wollen es dem lieben Gott befehlen, der wird dich versorgen. So, nun ist alles geflickt, Resli», schloß die Sorgenmutter, die während des Gesprächs das Röcklein des Kindes um und um untersucht und ausgebessert hatte. «Wenn's nun wieder fehlt, so komm zu mir, dann helfe ich wieder.»
Resli bedankte sich schön und sprang mit erleichtertem Herzen davon. Nun konnte es in der Schule nie wieder ausgelacht werden, und diese Sicherheit beglückte Resli so sehr, daß es darüber ganz die Mitteilung der Sorgenmutter vergaß, wie es vielleicht bald zu fremden Leuten gehen und viel Arbeit verrichten müsse.
Sein Versprechen vergaß Resli nicht; denn als es sich zum Schlaf niederlegte, betete es ganz laut und von Herzen: «Lieber Gott, hilf auch dem Joseph!» –
Es folgte ein langer, harter Winter. Die Sorgenmutter mußte zwar viel frieren, aber nie hungern wie in den Jahren vorher, und so erhielt sich ihre schwache Gesundheit. Rosenresli war ihre Stütze und ihr Ernährer. Es hatte im Spätherbst gesehen, daß die Sorgenmutter mit der größten Anstrengung ein Bündelchen Holz heimgeschleppt hatte. Seitdem war es jeden Tag in den Wald gelaufen und hatte so viel Holz gesucht, daß die Sorgenmutter alle Tage in ihrem Stübchen Feuer machen und in dem kleinen Ofen ihre Brot-

suppe kochen konnte. Jeden Abend nach der Schule, trotz Kälte, Sturm und Schneegestöber, erschien Rosenresli bei der Kreuzwegbäuerin, manchmal ganz blau vor Kälte und an allen Gliedern zitternd; denn es hatte wohl ein anderes Röcklein für den Winter bekommen, aber kein recht warmes, und nur ein dünnes Tuch um Hals und Schultern. Wenn dann die Bäuerin das Kind vor Kälte so zittern und klappern sah, dachte sie, es müsse recht Hunger leiden, daß es um des Stückchen Brotes willen durch Sturm und Unwetter gelaufen komme. Das machte sie mitleidig, und sie schnitt tief ins Brot hinein, so daß das Stück größer wurde, als je eines im Sommer gewesen war. Aber das Kind trug alles zur Sorgenmutter und schlug deren Bitte, die Hälfte selbst zu essen, beharrlich aus. Ging Resli auch oft hungrig zu Bett, so freute es sich, daß die Sorgenmutter keine Not leide, und betete: «Lieber Gott, hilf auch dem Joseph!» – und schlief fröhlich ein.

Sein Röcklein blieb auch den ganzen Winter unter der Obhut der Sorgenmutter ohne Schaden, und kein Schulkind lachte und spottete mehr hinter Rosenresli her.

Keine Sorgenmutter mehr

Der Sommer war wieder da, und in allen Gärten blühten und dufteten die Rosen. In allen Beeten standen sie in Fülle, die jungen Bäumchen trugen eine ganze Last von Blumen, und von allen Fenstern nickten sie aus den Töpfen nieder. Es war ein richtiges Rosenjahr. Der Sommerabend lag glänzend über Wildbach und all den Wiesen und Wäldern ringsum.

Dietrichs Häuschen war von der goldenen Abendsonne beschienen und schimmerte ganz lachend ins Land hinaus. Davor aber standen zwei Männer mit bedenklichen Angesichtern. Der eine war der Onkel Dietrich. Er wußte, daß ihm morgen Häuschen, Acker und Geiß genommen würden und daß er trotzdem noch tief in Schulden blieb.

Er steckte beide Hände in die Taschen und sagte voller Ärger: «Ich geh fort, ich will von allem nichts mehr wissen.»

«Mußt nur nicht vergessen, daß man dich finden wird», sagte der andere. «Das Kind will ich zu mir nehmen. Es kann freilich nicht arbeiten, du hast es umherlaufen lassen. Aber ich will's schon lehren, die Hacke zu führen. Nach der Schule sind noch viele Stunden, da soll es mir helfen.»

«Es ist noch jung», sagte der Onkel.

«Desto gelehriger», entgegnete der andere und ging seines Weges.

Es war der Wegknecht von Wildbach, der auf allen Wegen das Unkraut auszuhacken und wegzuschaffen hatte. Alle Kinder fürchteten ihn und gingen ihm aus dem Weg; denn er war sehr bös und rauh und sagte niemals ein freundliches Wort.

Zu diesem Mann sollte nun morgen früh das Rosenresli kommen. Er hatte keine eigenen Kinder, und es war ihm gerade recht, ein solches Kind zu sich zu nehmen, das allerlei Handlangerdienste bei ihm verrichten konnte.

Das Kind selbst ahnte nichts von allem, was die Männer beschlossen hatten. Eben jetzt wanderte es getrost durch die Wiesen, weit über Wildbach hinaus der Mühle zu. Dort stand der Garten voll der prächtigsten Rosen, und die Müllerin hatte dem Resli einen großen Strauß versprochen. Bald darauf sah man das Kind mit seinen Rosen in der Hand wieder fröhlich dieselbe Straße durch den goldenen Abendschein zurückwandern. Es war noch nicht lange gegangen, als ein junger Mann in raschem Schritt hinter ihm herkam. Er hielt seinen Strohhut in der Hand und ließ die frische Abendluft kühlend seinen Kopf umwehen.

«Du hast schöne Rosen», rief er, als er Resli eingeholt hatte, «gibst du mir auch eine auf meinen Hut?»

Resli nickte bejahend und zog eine heraus.

«Das ist brav von dir, du gibst mir die allerschönste», sagte der Fremde, indem er sie wohlgefällig auf seinen Hut steckte. «Wie weit willst du noch?»

«Ich gehe heim nach Wildbach», war die Antwort.

«So, dann gehen wir den gleichen Weg», sagte der Wanderer und ging neben Resli her. «Wenn du von Wildbach bist, so kennst du wohl die Leute dort und kannst mir etwas sagen: Lebt auch die gute Frau Steinmann noch, und ist sie gesund?»

«Die kenn ich nicht», erklärte Resli, «niemand heißt dort so.»

«Ach Gott! Ach Gott!» seufzte der Fremde und schwieg.

Resli schaute verwundert zu ihm auf; denn von Zeit zu Zeit wischte er eine Träne fort und sah nicht mehr fröhlich aus wie vorher.

Nachdem sie lange still nebeneinander hergegangen waren, fing der Fremde wieder an: «Weißt du den Weg zur Kreuzwegbäuerin?»

Das Resli nickte sehr entschieden. «Alle Tage gehe ich dorthin.»

«So sag mir, wer wohnt jetzt in dem elenden alten Häuschen dort links am Wege, wo der krumme Weidenbaum steht?»

«Dort wohnt die Sorgenmutter, die kenn ich gut.»

«Was ist denn das für ein Name? Hat sie keinen anderen?»

«Ich weiß keinen.»

«Heißt sie so, weil sie viel Sorgen hat? Weißt du's?»

«Ja, sie hat Sorgen, weil sie nicht weiß, ob der Joseph im Elend ist!»

«Ach Gott! Ach Gott!» rief der Fremde wieder und nahm auf einmal Schritte, daß er dem Resli weit vorauskam. Aber er kehrte wieder um, nahm das Kind bei der Hand und sagte sehr freundlich: «Komm, wir wollen miteinander gehen und noch ein wenig reden.» Und so gut und freundlich sah er dabei aus, daß Resli auch ganz zutraulich wurde.

«Sag mir», fing er wieder an, «ist die Sorgenmutter bös auf den Joseph?»

«O nein! Jede Nacht betet sie für ihn, sonst könnte sie gar nicht einschlafen, und ich helfe ihr auch.»

«So, und was betest du denn für ihn?»

«Ich bete: ‹Lieber Gott, hilf auch dem Joseph.›»

«Vielleicht hat dich der liebe Gott jetzt erhört und hat ihm geholfen.»

«Glaubt Ihr?» fragte Resli und schaute in größter Spannung zu dem Fremden auf, dem es wie ein Freudenblitz über das Gesicht fuhr. Er sagte nichts mehr.

Jetzt waren sie bei dem krummen Weidenbaum, wenige Schritte vor dem alten Häuschen, angelangt.

«So lebt wohl», sagte Resli, indem es dem Fremden die Hand hinhielt, sichtlich ein wenig enttäuscht über sein Schweigen, «ich gehe zur Sorgenmutter hinein.»

«Ich gehe mit», sagte er schnell. Aber bevor sie die Tür aufmachten, wurde sie von innen aufgerissen, und heraus stürzte die Sorgenmutter, umfaßte den Fremden und rief ein ums andere Mal: «Oh, Joseph! Joseph! Bist du's denn wirklich?» Und vor Freuden mußte sie laut weinen, und der Joseph weinte mit ihr. Und als nun Resli begriff, daß der Fremde der Joseph war, der nun zu der Sorgenmutter zurückgekehrt war und so gut und gar nicht zerfetzt aussah, wie es sich den Joseph gedacht hatte, da wußte es sich vor Freude gar nicht zu fassen, umklammerte die weinende Mutter und rief frohlockend: «Der liebe Gott hat ihm geholfen, der liebe Gott hat ihm geholfen.»

Jetzt traten alle drei in das Häuschen ein, und nun erst beschaute die Sorgenmutter ihren Sohn von oben bis unten, und ihr Herz floß über von Dank und Freude; denn er sah nicht aus wie einer, der tief gesunken und im Elend verkommen ist, wie sie in ihren Kummernächten ihn so oft vor sich gesehen hatte. Sie konnte ihn nicht genug ansehen, so gut sah er aus.

«Komm, Mutter, komm», rief jetzt der Bursche mit fröhlichem Angesicht, «nun wollen wir uns zusammensetzen und etwas essen und fröhlich sein. Kann uns das Kind etwas bringen?»

«Ach ja, das tut es schon», bestätigte die Mutter. «Wieviel Gutes hat es mir doch schon gebracht, und jetzt noch den Sohn! Wo hast du ihn nur hergeholt, Resli?»

«Das will ich schon erzählen, Mutter, laß das Kind nur gehen und Wurst und eine Flasche Wein und ein großes Brot holen», bat Joseph und legte ein großes Geldstück auf den Tisch.

«Ein ganzes Brot?» fragte Resli mit dem größten Erstaunen; denn daß die Sorgenmutter auf einmal ein ganzes Brot haben sollte, konnte es fast nicht glauben. Nun schoß es aber in solcher Freude davon, daß es in unbegreiflicher Schnelligkeit bald wieder mit allem Gewünschten zurückkehrte. So setzten sich alle drei an den kleinen Tisch und hielten ein Festmahl, wie noch niemals eines in dem Stübchen gehalten worden war. Nur die Mutter konnte vor Freude fast nicht essen, und immer wieder fragte sie voller Staunen: «Ist's auch wirklich wahr, Joseph?» Und er bejahte es jedesmal ganz fröhlich und schob dem Resli ein Stück Brot nach dem anderen mit Wurst darauf zu, und wenn es sagte: «Nein, nein, jetzt esse ich gewiß nichts mehr, es ist ja für die Sorgenmutter», dann erwiderte er: «Iß nur und habe keine Sorge, die Mutter soll nun keinen Mangel mehr leiden, sie soll alle Tage genug Brot haben.»

«Und jetzt», sagte Joseph, als er sich nach seiner langen Wanderung recht erquickt hatte, «jetzt will ich dir erzählen, Mutter, wie es mir ergangen ist. Du weißt, ich sollte nach Australien geschickt werden. Aber die Schande, fortgeschickt zu werden, konnte ich nicht ertragen, und dableiben konnte ich auch nicht mehr, darum lief ich fort. Ich kam nach England hinüber, und dort blieb ich sitzen, hatte auch kein Geld, weiter zu kommen. Dort hatte ich harte Tage, mußte schwer arbeiten, um mein Leben zu fristen, und meinte, ich müßte zugrunde gehen. Ich glaube gewiß, du hast mich durchgebetet, Mutter, denn jedesmal, wenn es am Äußersten mit mir war und ich Schlechtes im Sinne hatte, habe ich dich plötzlich gehört, wie du laut in deiner Kammer neben mir gebetet hast, daß der liebe Gott alles Elend über dich bringen möge, wenn er mich nur zuletzt noch auf den rechten Weg bringen wolle. Dann sah ich dich vor mir und konnte das Schlechte nicht tun, das dich ins Grab gebracht hätte, und ich fing wieder an zu arbeiten. Ich hatte in Maschinenwerkstätten Arbeit, und nach und nach kam ich weiter. In neun Jahren kann man etwas lernen, Mutter, wenn man will, und ich wollte. Und heute bin ich ein tüchtiger Mechaniker, und Arbeit werde ich schon finden. Und nun, Mutter, sollst du's auch anders haben; Sorgenmutter darf dich kein Mensch mehr heißen. Sieh, Erspartes bring ich dir auch mit! Nun erzähl mir, wie es dir ergangen ist.» Damit legte Joseph seine wohlerworbenen, schönen Taler vor die Mutter auf den Tisch, und die Freude seines Herzens leuchtete ihm aus den Augen, als er das wachsende Erstaunen seiner Mutter sah.

«Ach, daß du das alles ehrlich durch Arbeit verdient hast, Joseph! Ich weiß nicht, wie ich dem lieben Gott danken soll. Es ist fast zuviel!» Und die gute Mutter mußte immer wieder ihre Hände falten und loben und danken. Aber der Sohn bat: «Sag mir nun auch, wie es dir ergangen ist, Mutter.»

«Da ist nicht viel zu erzählen, Joseph», sagte sie. «Ich habe schwere Tage und viel Kummer gehabt, und umsonst haben sie mich nicht die Sorgenmutter genannt. Der liebe Gott hat mir aber immer wieder durchgeholfen. Aber im letzten Jahr war ich recht elend und so von Kräften gekommen, daß ich meinte, ich käme nicht mehr durch den Winter. Da kam wie ein Engel vom Himmel das Kind, das Rosenresli, und hat mich wieder gestärkt. Den ganzen Winter hindurch und bis jetzt hat es mich erhalten, und ich weiß, es hat mir oft sein

Brot gebracht und selbst gehungert. Und jetzt hab ich nur noch einen Kummer, Joseph: Resli lebt bei seinem Onkel, dem Dietrich. Der muß morgen von Haus und Hof fort. Das Kind soll zu fremden Leuten, und wer weiß, wie es ihm dann ergehen wird.»

«Was, das Kind, das dich erhalten hat, Mutter?» unterbrach sie der Joseph stürmisch. «Wir haben auch noch für das Kind genug, man braucht uns dafür nichts zu geben. Ich geh zum Dietrich, das Rosenresli geben wir nicht mehr her!» – Und Joseph schoß zur Tür hinaus und fort.

Jetzt sprang das Resli von seinem Sessel, fiel der Alten um den Hals und rief in seiner Freude immerfort: «Sorgenmutter! Sorgenmutter! Jetzt kann ich bei Euch bleiben! Jetzt muß ich nicht mehr fort!» Und die Mutter hielt das Kind fest und sagte: «Oh, Resli, was haben wir alles zu danken! Wenn wir dem lieben Gott unser ganzes Leben lang dankten, so wäre es nicht genug. Vergiß das nie in deinem Leben! Nun ist mir auch der letzte Kummer vom Herzen genommen, und du mußt mich nicht mehr Sorgenmutter nennen, ich bin ja keine mehr; aber eine Mutter will ich dir sein.»

Als der Onkel Dietrich von Joseph vernommen hatte, was er wollte, war er froh. Denn im stillen hatte er Erbarmen mit dem Resli gehabt. Er wollte es ungern dem bösen Wegknecht geben. Aber er wußte so schnell keinen anderen Ausweg, denn am anderen Morgen früh wollte er fort. So sagte er zu Joseph: «Behalt das Kind nur gleich. Schick's nicht mehr zum Schlafen, sondern nimm gleich sein Bettlein mit.» Er dachte, so sei die Sache sicher, und käme der Wegknecht noch so früh, so könne er das Resli doch nicht mitnehmen. Joseph war sehr zufrieden und drückte dem Dietrich noch ein Geldstück in die Hand, da er gehört hatte, daß der Onkel nie böse gegen das Resli gewesen wäre. Dann nahm er das Bettlein mit dem spärlichen Inhalt auf die Schulter und kam fröhlich damit angezogen. Es wurde ins Kämmerlein neben das Bett der Mutter gestellt, und Resli hatte eine unsägliche

Freude, daß es nun Tag und Nacht bei der Mutter bleiben konnte.

Joseph fand seine Schlafstätte, wie er sie vor neun Jahren verlassen. Die Mutter hatte während dieser Zeit jeden Tag gedacht: «Vielleicht kommt er wieder, und dann muß er doch eine Heimat finden.» Und Joseph war so glücklich, seine Heimat wiedergefunden zu haben, daß er sie um keinen Preis mehr verlassen hätte. Auch Arbeit fand sich, wie er wünschte; denn er war ein geschickter, erfahrener Handwerker.

Jeden Morgen aber, wenn er auf die Arbeit ging, steckte Resli ihm eine Rose auf den Hut. Das gefiel dem Joseph besonders wohl und gab ihm gleich die rechte Freude zur Arbeit. Er hatte auch noch immer seine Rose, wenn sonst weit und breit keine mehr zu sehen war, denn das Resli kannte jede Stelle, wo noch eine letzte Rose blühen konnte, und es bekam die Blume, wem sie auch gehörte. Seit die Geschichte bekanntgeworden war, wie Resli die Sorgenmutter ein ganzes Jahr lang fast allein erhalten hatte, wollte jedermann dem Resli wohl, noch viel mehr als vorher, und wo es sich nur zeigte, erhielt es die Rose im Garten, ob es die erste oder die letzte war.

So leben im kleinsten Häuschen von Wildbach die drei glücklichsten Menschen, und Rosenresli wird wohl so genannt werden sein Leben lang.

Beim Weiden-Joseph

Das alte Häuschen

Wo schöne grüne Weidenhügel sich erheben, einer nach dem anderen, und zwischendurch die Taleinschnitte von schimmernden roten und blauen Sommerblumen bedeckt sind, liegt das Dörfchen Altkirch. Das saubere weiße Kirchlein mit dem roten Turm und die hölzernen Häuser ringsherum liegen vor allen Winden geschützt im grünen Grunde. Denn im Rücken des Dörfchens und von beiden Seiten steigen die Hügel empor, und nur die Vorderseite ist frei und offen. Diese schaut zu der grünen Höhe des Rechbergs hinüber, auf deren Gipfel, von Wald umkränzt, ein anderes Dorf mit seinen weißen steinernen Häusern weithin schimmert, das, gleich der Höhe, den Namen Rechberg trägt. Zwischen den Höhen rauscht der wilde Zillerbach dahin und bringt von seiner Fahrt aus den Bergen viel Holz und Steingeröll in den trüben Wellen mit herunter. Von Altkirch zum Rechberg hinüber führt eine Fahrstraße; aber die hat einen weiten Weg zu machen. Erst führt sie im Zickzack den Berg hinunter bis zum Zillerbach, dann über die alte, gedeckte Brücke und jenseits wieder im Zickzack hinauf bis zum Dorfe Rechberg, für einen Wanderer im ganzen wohl gegen zwei Stunden lang. Kürzer und viel lieblicher ist der schmale Fußpfad, der mitten über die Höhe hin zum Zillerbach hinunterführt, gerade auf den schmalen hölzernen Steg zu, der hier über den reißenden Bach geht. Der Steg ist so schmal, daß nur eine Person auf einmal darübergehen kann, und es ist gut, daß auf beiden Seiten Geländer angebracht sind, so daß man sich festhalten kann. Denn der leichtgebaute Steg zittert und schwankt bei jedem Tritt.

Weit und breit ist keine Behausung auf all den grünen Hügeln rundumher zu sehen, nur auf dem letzten, von wo der Fußweg steil zum Bach niedergeht, steht eine einsame Kapelle und schaut seit uralter Zeit auf das reißende Wasser und den so oft weggeschwemmten und wieder neuerstellten Steg nieder.

In Altkirch gibt es viele arme Leute, denn da ist wenig Verdienst. Die meisten Männer gehen als Tagelöhner auf die Bauernhöfe der Nachbarschaft. Einige besitzen auch selbst ein Fleckchen Erde, das sie bebauen. Nur zwei oder drei Bauern im Dörfchen haben soviel Land, um mehrere Kühe darauf halten zu können.

Eine der ärmsten Haushaltungen war die vom Weiden-Joseph in dem abgelegenen alten Häuschen, das am Fußweg zur Kapelle hinüber liegt und ganz allein steht. Das Häuschen wird fast ganz zugedeckt von den lang herabhängenden Zweigen eines uralten Weidenbaumes, der sich immer mehr und mehr ausgebreitet hatte, bis er das Häuschen endlich ganz umschloß. Von diesem Baum her heißt der Besitzer der Weiden-Joseph. Er hatte immer in dem Häuschen gewohnt, denn es war schon seines Vaters Besitz gewesen, der darin uralt geworden war. Jetzt war der Weiden-Joseph selbst ein alter Mann geworden und lebte in dem Häuschen mit seiner alten, seit langer Zeit kranken Frau und seinen zwei Enkelkindern.

Der Weiden-Joseph hatte einen einzigen Sohn, den Sepp, der immer ein gutmütiger, aber ein wenig leichtsinniger und unsteter Mensch gewesen war. Wo er sich jetzt aufhielt, wußten selbst die alten Eltern nicht. Schon seit sechs Jahren war er von daheim fort und hatte während der Zeit wenig von sich hören lassen. Der Sepp hatte sehr früh eine Frau genommen, und die Eltern hatten das gern gesehen; denn die Frau war die fleißige, brave Konstanze, die von allen Leuten gern gelitten war. Sie sah auch gut aus und ging immer still, wie wenige, ihren Weg in Fleiß und Gewissenhaftigkeit. Sie hielt auch alles schön und gut im Häuschen ihres Mannes in Ordnung, und der Weiden-Joseph und seine Frau hatten gute Tage, solange die Tochter Konstanze im Hause war. Sie arbeitete von früh bis spät und ließ es den Eltern an nichts fehlen. Denn sie sagte, Vater und Mutter müßten nun ausruhen, sie hätten genug getan, und sie zwei Jungen seien nun da, um den Alten noch ein paar gute Tage zu machen. Der Sepp ging täglich auf die Arbeit nach dem großen Hof jenseits der Ziller hinüber und brachte am Sonnabend ein schönes Stück Geld heim. Es war alles so gut geregelt und lief seinen schönen Gang in Wohlsein und Zufriedenheit, daß auch der Sepp in ein ganz stetes Wesen hineinkam und nichts begehrte, als so fortzufahren.

Drei Jahre gingen in ungetrübtem Frieden so dahin, und der alte Pater Klemens, der in dem langen alten Hause hinter Altkirch wohnte und oft ins Häuschen des Weiden-Joseph eintrat, sagte oftmals: «Joseph, bei Euch ist gut wohnen, da hört man kein böses Wort. Haltet Eure Konstanze in Ehren!» Und seine guten Augen leuchteten vor Freude, wenn die Konstanze, so sauber und ordentlich, wie sie immer war, hereintrat und ihn mit ihrer fröhlichen Stimme willkommen hieß und das kleine Stanzeli auf ihrem Arm schon von weitem dem Pater Klemens das Händchen entgegenstreckte. Dann sagte er noch einmal: «Ja, gewiß, bei Euch ist gut wohnen, Joseph!»

Als das Stanzeli bald zwei Jahre alt war, kam der kleine Seppli auf die Welt. Das war eine große Freude für alle. Aber gleich nachher geschah das Traurigste, was dem Hause des Weiden-Joseph widerfahren konnte: Die Konstanze starb ihrem Mann und ihren kleinen Kindern weg und hinterließ eine Lücke, die nicht mehr auszufüllen war. Von der Zeit an lief der Sepp herum wie einer, der kein Ziel mehr vor sich hat. Es kam wieder ein unruhiges, unstetes Wesen über ihn. Er konnte nicht mehr daheim bleiben am Sonntag, wie er sonst so gern getan hatte. Es trieb ihn fort, immer weiter fort, und zuletzt meinte er, wenn er nur ganz fort und andere Arbeit suchen könnte, weit weg, dann könnte es wieder besser mit ihm werden. Er versprach, den Eltern von Zeit zu Zeit ein gutes Stück Geld zu schicken zu ihrem und der Kinder Unterhalt. Dann ging er fort. Eine Zeitlang hielt er sein Versprechen und schickte seine Beiträge. Dann hörten diese auf, und seit sechs Jahren wußten sie gar nichts mehr von ihm, nicht wo er hingekommen war, noch ob er überhaupt noch lebte. Unterdessen waren die beiden Alten immer hinfälliger und ärmer geworden. Der einzige geringe Erwerb, der ihnen geblieben war, bestand darin, daß der Großvater aus den Weidenzweigen Körbchen flocht und sie je am Freitag dem Käser mitgab, der seine Käse nach der Stadt zu Markte trug. Viel nahm der Großvater nicht ein für seine Arbeiten, und die Großmutter mußte jedes Stücklein Brot abteilen, daß man von einem Tag zum anderen durchkommen konnte. So war das Stanzeli nun bald neun, der Seppli sieben Jahre alt geworden, und Stanzeli mußte jetzt dem Großvater schon recht in allen Geschäften an die Hand gehen; denn seit mehr als vier Monaten schon lag die Großmutter krank danieder und konnte gar nichts mehr tun. So mußten der Großvater und das Stanzeli zusammen täglich das Kochen besorgen, das allerdings nicht sehr weitläufig war. Denn es wurde nichts anderes gekocht als Maisbrei und Kartoffeln und dann und wann zur Seltenheit ein wenig Kaffee. Aber es brauchte doch die zwei, um das Essen herzurichten, denn das Stanzeli war noch zu klein, um die Pfanne hin- und herheben zu können, und der Großvater wußte immer nicht recht, wie eins aufs andere beim Zubereiten folgte, das wußte dann dagegen das Stanzeli genau. So arbeiteten sie immer miteinander in der Küche, und gewöhnlich stand der Seppli dann auch in dem kleinen Raum, wo die zwei sich kaum bewegen konnten, einmal dem einen und einmal dem anderen im Wege, und sperrte seine Augen ganz weit auf in Erwartung der herrlichen Dinge, die da zubereitet wurden. Und weder der Großvater noch das Stanzeli versuchten mehr, den Seppli aus der kleinen Küche zu verweisen. Sie wußten ja, daß er zwei Minuten später doch wieder da war; denn der Seppli hatte in manchen Sachen eine unbeschreibliche Beharrlichkeit.

Stanzeli und Seppli in der Kapelle

Eine schöne, warme Septembersonne schimmerte draußen über den grünen Hügeln um Altkirch. Eben fielen einige Strahlen davon durch die trüben Fensterscheiben auf das Bett der Großmutter hin.

«Ach Gott!» seufzte sie, «scheint auch die Sonne noch? Wenn ich doch auch einmal wieder hinaus könnte! Aber ich wollte ja schon noch stillhalten, wäre das Bett nur nicht so hart wie Holz, und im Kissen ist auch gar nichts mehr. Und wenn ich erst an den Winter denke, wenn ich so daliegen muß auf dem harten Sack und unter dem dünnen Decklein und ohne ein rechtes Kissen: Ich muß ja erfrieren zu allem anderen, es friert mich ja jetzt schon.»

«Mußt dich nicht schon für den Winter sorgen», sagte der Großvater beschwichtigend; «unser Herrgott wird ja dann auch noch am Leben sein. Er hat uns schon manchmal geholfen, wenn's bös gehen wollte, das mußt du nicht vergessen. Was meinst du, wenn wir dir ein Töpflein Kaffee machten, daß du dich erwärmen könntest?»

Die Großmutter wollte gern eine Tasse Kaffee trinken, und der Großvater machte die Tür zur Küche hinaus auf;

denn dahin kam man unmittelbar aus der Stube, worin das Bett der Großmutter stand. Ein kleines Treppchen hinter dem Ofen führte in die Schlafkammer hinauf, wo der Großvater mit den Kindern schlief. Er winkte jetzt dem Stanzeli, daß es mitkomme, und gleich schoß auch der Seppli nach; denn er mußte zusehen, was etwa Eßbares zubereitet wurde. Draußen nahm der Großvater die Pfanne vom Gestell herunter und goß Wasser hinein. Dann sagte er: «Stanzeli, was kommt zuerst?»

«Zuerst muß ich Kaffeebohnen mahlen», berichtete das Kind und setzte sich gleich mit der alten Kaffeemühle auf den Schemel und drehte mit aller Kraft. Aber es mußte ihm etwas an der Sache nicht gefallen. Es untersuchte hin und her und zog endlich unten das Schubkästchen sorgfältig hervor. Da lagen, anstatt des schönen Pulvers, das sich da finden sollte, große Brocken, fast halbe Kaffeebohnen darin. Das Stanzeli hob mit Schrecken das Kästchen zum Großvater empor und zeigte ihm das Unheil. Er besah sich den Schaden und sagte beschwichtigend: «Mußt nur keinen Lärm machen. Die Großmutter darf es nicht hören, sonst jammert sie und meint, nun könne sie keinen Kaffee mehr trinken. Aber wart nur ein wenig.»

Damit ging der Großvater hinaus und kam bald wieder mit einem großen Stein in der Hand zurück. Damit zerdrückte und zerrieb er die Kaffeebohnen auf einem Papier, und dann schüttete das Stanzeli das gröbliche Pulver in die Pfanne hinein. Als aber bald darauf die Großmutter ihre Tasse in die Hand bekam, rief sie klagend aus: «O weh! Da schwimmen die großen Körner obenauf, die Kaffeemühle ist zerbrochen! Oh, wenn sie nur noch bis zu meinem Tode ausgehalten hätte. Wir vermögen keine neue mehr zu kaufen.» Aber der Großvater sagte in besänftigendem Ton: «Mußt dich nicht kränken deswegen, mit Geduld ist manches in Ordnung zu bringen.»

«Ja, schon, aber keine Kaffeemühle!...»

Das Stanzeli und der Seppli bekamen auch jedes ein Täßchen voll und einige Brocken Kartoffeln dazu; denn Brot bekamen sie nur am Sonntag, jedes ein Stückchen. Dann holte der Großvater seine Körbchen herbei, die er fertig geflochten hatte, band immer ein paar davon mit einer Schnur zusammen und gab jedem der Kinder ein solches Bündelchen von kleinen Körbchen in die Hand. Dann hieß er sie damit ausziehen und ermahnte sie noch, nicht zu spät nach Hause zu kommen. Sie wußten schon, wohin sie mit den Körbchen gehen mußten, denn sie hatten alle paar Wochen einmal dem Käser eine solche Sendung zu überbringen. Dieser wohnte ziemlich weit vom Dörfchen weg. Man mußte über die Hügel hin, an der Kapelle vorbei, bis zum Wald hinauf, dort stand seine Hütte.

Die Kinder zogen nun miteinander aus, und da das Stanzeli immer ganz gewissenhaft seinen Weg fortsetzte, so mußte der Seppli auch mit, wenn er auch gern etwa stillgestanden wäre und dies und jenes betrachtet hätte. Erst als sie an die Kapelle kamen, stand das Stanzeli still und sagte: «Leg die Körbe hier auf den Boden, Seppli, wir müssen jetzt in die Kapelle hinein und ein Vaterunser beten, solange können sie hier liegenbleiben.»

Aber der Seppli war störrisch.

«Ich will nicht hinein, es ist mir zu heiß», sagte er und setzte sich auf den Boden nieder.

«Nein, Seppli, komm, das muß man tun», mahnte das Stanzeli. «Weißt du nicht mehr, daß der Pater Klemens gesagt hat, wenn man an einer Kapelle vorbeikomme, müsse man immer hinein und etwas beten? Steh auf, und komm schnell!»

Der Seppli blieb störrisch am Boden sitzen. Aber das Stanzeli ließ ihm keine Ruhe. Ganz ängstlich nahm es ihn bei der Hand und zog ihn auf: «Du mußt kommen, Seppli, es geht gewiß nicht gut so. Du solltest auch gern beten.»

In dem Augenblick kam jemand von unten herauf der

Kapelle zu. Plötzlich stand der Pater Klemens vor den Kindern.

Seppli war im Hui auf seine Füße gesprungen. Die Kinder boten dem Pater schnell ihre Hände.

«Seppli! Seppli!», sagte er ganz freundlich, als er diesem die Hand drückte, «was habe ich gehört? Du willst dem Stanzeli nicht folgen, wenn es gern mit dir in die Kapelle hinein möchte? Ich will dir aber etwas sagen: Siehst du, es ist kein Zwang von unserem Herrgott, daß man in die Kapelle hineingehen und beten soll, sondern es ist eine Erlaubnis, daß wir so zu ihm beten dürfen. Und jedesmal, wenn wir das tun, schenkt er uns etwas, wir können es nur nicht immer gleich sehen.»

Jetzt wanderte der gute Pater wieder seine Wege, und Seppli trat nun ohne Widerrede mit dem Stanzeli in die Kapelle ein und sagte andächtig sein Gebet. Als die Kinder nach einiger Zeit wieder herauskamen, hörten sie laute Stimmen und ein starkes Keuchen den Fußweg herauf, der hier sehr steil zum Zillerbach niedergeht. Jetzt kamen nacheinander drei Köpfe zum Vorschein, erst ein Mädchenkopf und dann zwei Bubenköpfe, und nun standen auf einmal drei Kinder unseren zweien gegenüber, und mit großem Erstaunen schauten alle einander an.

Eine neue Bekanntschaft

Das neu aufgetauchte Mädchen war von allen das größte. Es mochte wohl elf Jahre alt sein und der größere der Brüder wenig über ein Jahr jünger, während der andere bedeutend kleiner, aber sehr fest gebaut war. Das Mädchen trat nun noch ein paar Schritte näher an die Kinder heran und fragte:

«Wie heißt ihr zwei?»

Die Kinder nannten ihre Namen.

«Wo seid ihr daheim?» fragte das Mädchen weiter.

«In Altkirch, dort, man kann den Kirchturm sehen», antwortete das Stanzeli und deutete auf den roten Helm zwischen den Hügeln.

«Also habt ihr dort eure Kirche. Eine solche Kirche haben wir auch bei uns. Aber sie ist geschlossen, und man geht nur am Sonntag hinein. Aber solche Kapellen haben wir keine bei uns. Dort steht noch eine höher oben; sieh nur, Kurt, ganz oben beim Wald.» Das Mädchen zeigte mit seinem Finger hoch hinauf, und der Bruder nickte zum Zeichen, daß er sie sähe. «Ich möchte nur wissen, warum ihr hier solche Kapellen auf so vielen Hügeln habt?»

«Daß man hineingehen und beten kann, wenn man vorbeikommt», sagte schnell das Stanzeli.

«Das kann man ja auch sonst tun», meinte das andere Mädchen. «Man kann ja überall beten, wo man ist. Der liebe Gott hört es überall, das weiß ich.»

«Ja, aber man denkt nicht daran, daß man auch einmal beten sollte. Wenn man an die Kapelle kommt, dann weiß man es gleich und tut es auch», entgegnete das Stanzeli ernsthaft.

«Jetzt müssen wir gehen, Lissa», mahnte der Bruder Kurt, dem das Gespräch zu lang wurde. Aber der Lissa eilte es gar nicht. Sie machte gern ein wenig Bekanntschaft, und das Stanzeli gefiel ihr, weil es so bestimmt antwortete, und jetzt eben hatte es etwas gesagt, das die Lissa gar nicht widerlegen konnte, wie sie sich auch besann. Es war wirklich so, ihr kam es auch nie in den Sinn, einmal zu beten und dem lieben Gott zu danken, wenn sie so spazierenging und Freude erlebte; wenn sie auch zu Stanzeli gesagt hatte, man könne ja überall beten. Jetzt machte auch die Kapelle auf einmal einen ganz neuen Eindruck auf Lissa. Denn bis jetzt hatte sie darauf geschaut wie auf einen Bau, der nur dastehe, weil er einmal vor langer Zeit hingestellt worden war. Sie hätte aber nie gedacht, daß er heute noch jedem, der da vorübergeht, etwas Bestimmtes zurufen würde. Nun war es ihr auf einmal, als zeige der liebe Gott vom Himmel auf die Kapelle herab und sagte: «Da steht sie, daß du auch einmal an mich denkst.»

Als Lissa ihren Gedanken nachhing und so lange nichts sagte, fuhr das Stanzeli noch fort: «Und das ist nicht wie ein Befehl, aber wie eine Erlaubnis, daß wir hier hereinkommen und beten dürfen. Denn wenn wir es tun, so schenkt uns allemal der liebe Gott etwas, wenn wir es auch nicht sehen können, der Pater Klemens hat's gesagt.»

«Ja, aber ich wollte lieber einmal etwas, das man sehen kann», setzte der Seppli jetzt hinzu, der neben dem Stanzeli stehengeblieben war und aufmerksam zugehört hatte.

«Kennst du den Pater Klemens auch?» fragte Lissa ganz erfreut; denn dieser war auch auf der anderen Seite vom Zillerbach weithin allen Kindern wohlbekannt und ihr guter Freund. Wo immer er von ihnen gesehen wurde in seinem langen Rock und mit großen Kruzifix an der Seite, da liefen die Kinder gleich von allen Seiten herzu und boten ihm die Hand, und gleich zog er aus seinem weiten Rock die alte Brieftasche heraus, und jedem der Kinder schenkte er ein schönes buntes Bildchen. Lissa hatte deren schon manches erhalten, mit rosigen Engelchen darauf, die Blumen streuten, und wieder andere mit einem Busch voll blühender Rosen und einem Vögelchen zuoberst darauf sitzend, und dann noch viele andere, und der Name Pater Klemens rief ihr viel liebe Erinnerungen ins Gedächtnis.

«Er wohnt bei uns in Altkirch, oben im alten Kloster, und er kommt viel zu uns», berichtete das Stanzeli.

«Ja, und er bringt der Großmutter manchmal ein ganzes Brot», ergänzte der Seppli, dem diese Tatsache besonders in Erinnerung stand.

«Jetzt müssen wir gehen, wir haben noch weit bis zum Käser», sagte das Stanzeli, indem es sein Bündel Körbchen aufnahm und dem Seppli das seinige bot.

«Willst du nun einmal zu mir herüberkommen auf den

Rechberg?» fragte Lissa, die die neue Bekanntschaft gern ein wenig fortsetzen wollte.

«Ich weiß den Weg nicht, ich bin noch nie auf der anderen Seite vom Zillerbach gewesen.»

«Oh, der ist ganz leicht zu finden. Komm nur einmal am Sonntagnachmittag früh», ermunterte Lissa; «dann machen wir Spiele bis zum Abend. Du mußt nur über den Steg dort unten gehen und dann immer hinauf und hinauf, bis auf den höchsten Punkt. Dort ist der Rechberg, und das große Haus, das ganz allein zualleroberst steht, das ist unser Haus. Also komm bald!»

Jetzt trennten sich die Kinder. Das Stanzeli ging mit dem Seppli den Berg hinauf, und Lissa sah sich nach den Brüdern um, die eine Weile nichts von sich hatten hören lassen. Kurt war auf den alten Tannenbaum geklettert, der neben der Kapelle stand, und schaukelte sich verwegen hin und her auf einem morschen Ast, der bedenklich krachte, so daß Lissa in Erwartung zuschaute, ob Kurt bald mitsamt dem Ast herunterkommen werde, was ihr mehr kurzweilig als gefährlich erschien. Nicht weit von der Tanne weg lag der kleine, dicke Karl am Boden ausgestreckt und war fest eingeschlafen, so fest, daß die lauten Rufe der Lissa, er solle sich nun erheben, erfolglos verhallten. Aber jetzt kam etwas den Hügel herabgerollt, das mit einemmal den Kurt vom Baum und den Karl auf seine Füße brachte. Es war eine große Herde Schafe, alte und junge, große und kleine. Es wogte, hüpfte, sprang durcheinander, und nebenher lief der große Schäferhund und bellte in einem fort, damit keines von der Herde sich verliere, so laut und eindringlich, daß Karl augenblicklich davon erwachte und schnell aufsprang, um die herabkommende Schar zu betrachten.

Der Schäfer trieb seine Herde an den Kindern vorbei gegen Altkirch zu. Die drei schauten mit schweigender Bewunderung auf die Vorüberziehenden, und ihre Augen konnten nicht genug von den lustigen Sprüngen aufnehmen, die die jungen niedlichen Schäfchen neben ihren Müttern machten und wie diese sorglich nach den Kleinen schauten, ob sie auch nicht mutwillig aus der Reihe hüpften und dann etwa verlorengingen. Als die Herde fast vorüber war und nur noch die letzten alten Schafe nachliefen, da atmete der immer noch in Staunen versunkene Karl tief auf und sagte: «Wenn wir nur ein solches Schäfchen hätten!»

Das war gerade, was Kurt und Lissa in dem Augenblick dachten, und alle drei stimmten auf einmal so ganz überein, wie es selten der Fall war. Lissa schlug gleich vor, nun schnell nach Hause zurückzukehren und Vater und Mutter so lange zu bitten, ihnen ein solches Schäfchen zu schenken, bis sie es tun würden. Dann schilderte sie den Brüdern noch, wie es sein werde, wenn sie dann das Schäfchen überall mit sich herumführen und es auf die Weide bringen, immer seine lustigen Sprünge sehen und es so sorgfältig bewachen würden, wie die alten Schafe taten. Und alle drei kamen in eine solche Freude hinein, daß sie den Berg bis ins Tal hinabsprangen und über den Steg rannten, die Lissa voran. Hinter ihr folgte Kurt, und beide stürmten in so hohen Sprüngen über den leicht gebauten Steg, daß er unter ihren Füßen schwankte und zitterte und die losen Bretter auf- und niedersprangen, so daß der nachfolgende Karl den festen Stand unter seinen Füßen verlor und mitten auf dem Steg hinfiel und beinahe in den reißenden Zillerbach hinuntergestürzt wäre. Kurt kehrte um und zog ihn hoch, und da Lissa unterdessen drüben angekommen war, schwankte der Steg nicht mehr auf und nieder, und die Brüder kamen nun auch glücklich auf der anderen Seite an. Der Weg von da zum Rechberg hinauf war ziemlich weit. Die Kinder brauchten wohl dreiviertel Stunden, bis sie an der letzten Steigung angekommen waren und ihnen die Lichter aus den Fenstern der Wohnstube entgegenschimmerten; denn es war unterdessen völlig Nacht geworden.

Schon seit einer Stunde ging die Frau des Oberamtmannes ängstlich hin und her, einmal von der Stube auf die steinerne Treppe am Haus hinaus, dann in den Garten hinunter, schaute rundum, kehrte dann wieder zurück und machte nach einer Weile aufs neue denselben Gang.

Seit dem Mittagessen hatte sie keines der Kinder mehr erblickt, und zur Kaffeezeit um vier Uhr, oder doch bald nachher, hätten sie wie gewöhnlich daheim sein sollen. Die Mutter hatte ihnen erlaubt, den freien Sonnabendnachmittag oben im Wäldchen zuzubringen; so waren gleich nach Tisch alle drei in Freude davongerannt. Aber nun war es dunkel geworden, und noch war nirgends ein Ton von den Kindern zu vernehmen. Wo konnten sie sich nur so verspätet haben? Oder sollte dem kleinen Karl, der noch gar nicht so fest auf den Füßen war, etwas zugestoßen sein? Der Mutter stiegen alle möglichen Besorgnisse auf, und immer unruhiger lief sie hinaus und wieder hinein und an alle Fenster.

Aber jetzt – das waren die bekannten Stimmen; sie klangen ganz aufgeregt schon von unten herauf. Die Mutter lief hinaus – richtig, da kamen sie heraufgestiegen, und wie nun die Kinder die Mutter in Sicht bekamen, lief eines schneller als das andere, um zuerst erzählen zu können; der kleine Karl blieb nun freilich weit zurück. Kurt und Lissa stürzten sich fast gleichzeitig auf die Mutter, und beide wollten zusammen alles auf einmal berichten. Aber zu gleicher Zeit ertönte eine laute Stimme von der anderen Seite: «Zum Nachtessen! Zum Nachtessen!» Es war die Stimme des Oberamtmannes, der eben von seinen Geschäften heimgekehrt war und seine feste Hausordnung aufrecht hielt.

Als nun alle ruhig bei Tisch saßen, konnte das Erzählen beginnen. Aber nun wollte es nicht gleich so recht fließen; denn zuerst sollte erklärt werden, warum die Kinder nicht zur Kaffeezeit heimgekommen waren.

Endlich kam dann heraus, daß es oben im Wäldchen der Lissa zu langweilig vorgekommen war und sie vorgeschlagen hatte, zur alten Linde hinaufzusteigen. Da man nun von dort auf die Kapelle hinüber- und auf den Zillerbach und den schmalen Steg hinuntersah, hatte Lissa eine unwiderstehliche Lust erfaßt, gleich einmal dahin zu laufen und alles aus der Nähe anzusehen; denn das Schwanken und Zittern des Steges war ihr noch von einem früheren Ausfluge her in genußreicher Erinnerung. Sogleich waren die Brüder einverstanden gewesen, und in aller Eile war die Wanderung angetreten worden. Sie war aber schließlich viel länger ausgefallen, als es zuerst geschienen hatte. Als nun das Bekenntnis der unerlaubten Wanderung abgelegt und die Warnung gefolgt war, ein andermal nicht so jeden Einfall auszuführen, kam das Erzählen in vollen Fluß, erst von der Kapelle, dann von den zwei Kindern, dann von der Schafherde und dann alles noch einmal von vorn an und noch gründlicher. Zuletzt kam auch die Schilderung von dem lustigen Übergang über den Zillerbach und wie es dabei zugegangen war. Diese Beschreibung hatte dann freilich zur Folge, daß der Vater für die Zukunft jeden Ausflug an den Zillerbach hinunter streng verbot. Der schwankende Steg war überhaupt eine Einrichtung, gegen die der Oberamtmann schon lange ihrer Gefährlichkeit wegen geeifert hatte; dennoch blieb die schadhafte Uferverbindung immer noch stehen.

«Karl der Dicke ruht von seinem Tagewerk, und das eure wird wohl auch zu Ende sein», sagte jetzt der Vater und rüttelte ein wenig an dem Stuhl neben ihm, auf dem Karl unterdessen fest eingeschlafen war; denn er hatte eine große Anstrengung durchgemacht. Es ging daher nicht so leicht, ihn aus dem ersten, guten Schlaf zu reißen, und mit einem Mal erfaßte der Vater den Stuhl und trug ihn mitsamt dem Schläfer in die Schlafstube hinein, und mit Sprüngen folgten die anderen Kinder nach und jauchzten über den Hauptspaß. Zuletzt kam die Mutter und hatte ihre liebe Not, bis sie den einen aufgeweckt und die anderen zur Ruhe gebracht hatte.

Von dem Tag an verging kein Morgen-, kein Mittag- und

kein Abendessen, ohne daß die Kinder, eines nach dem anderen und immer wieder in allen Tonarten, die Worte vorbrachten: «Wenn wir nur ein solches Schäfchen hätten!» Endlich hatte der Oberamtmann genug davon.

Eines Abends, als die Mutter mit den Kindern um den Tisch saß und der kleine Karl, dem es bei den Schularbeiten der Älteren sehr langweilig wurde, eben zum sechstenmal wiederholte: «Wenn wir nur ein solches Schäfchen ...», da auf einmal machte der Vater die Tür weit auf, und herein sprang ein wirkliches lebendiges Schäfchen. Das Tierchen war mit krauser schneeweißer Wolle bedeckt und so niedlich anzusehen, wie die Kinder noch keines erblickt hatten. Jetzt erhob sich ein solcher Freudenlärm, ein solches Gepolter in der Stube, daß man kein Wort mehr verstehen konnte. Denn das Schäfchen schoß suchend und blökend von einem Winkel in den anderen, weil es keinen Ausweg fand, und alle drei Kinder rannten mit Freudengeschrei hinter ihm drein. Aber mit einem Male ertönte die laute Stimme des Vaters: «So, nun ist's genug! Nun kommt fürs erste das kleine Schaf in seinen nagelneuen Stall, und ihr kommt her und hört zu, was ich euch zu sagen habe.» Die Kinder durften erst ihr Schäfchen hinausbegleiten. Es wunderte sie auch sehr, wo der neue Stall für das Tierchen wäre und wie er aussähe.

Richtig, weit hinten im Pferdestall war eine kleine Abteilung mit ganz neuen Brettern abgetrennt, und schöne weiche Streu lag darin, worauf das Schäfchen schlafen konnte. Auch eine kleine Krippe war darin angebracht. Da schüttete man dem Tierlein Gras und Heu und andere gute Sachen hinein, die ihm wohlschmeckten. Als nun das Schäfchen gut auf seine Streu gebettet war und ganz stille lag, nur noch ein wenig ängstlich atmete, da sagte der Vater, nun müsse es schlafen, machte das niedrige Türchen zu und winkte den Kindern, ihm zu folgen.

Drinnen in der Stube setzte er sich, stellte die drei Kinder vor sich hin und sagte ernsthaft:

«Jetzt hört mir wohl zu und denkt daran. Ich habe das kleine Schaf von seiner Mutter weggenommen, um es euch zu schenken. Nun sollt ihr ihm die Mutter ersetzen, es sorgfältig hüten und pflegen, daß es ihm bei euch gefällt und es nicht vor Heimweh sterben muß. Ihr dürft es in jeder freien Stunde herausnehmen, mit ihm spielen und spazierengehen. Ihr könnt es auf die Weide hinaufführen, da kann es sich sein Gras selbst suchen. Ihr könnt gehen mit ihm, wohin ihr wollt. Aber niemals dürft ihr das Tierchen allein lassen, keinen Augenblick; es ist noch zu klein, um sich zurechtzufinden. Es würde sich gleich verlaufen, fände seinen Stall nicht mehr und könnte elendiglich zugrundegehen. Wer es aus dem Stall holt, der behält es unter seinen Augen, bis er es wieder an seinen Ort zurückgebracht hat. Habt ihr mich gut verstanden und wollt ihr das Schäfchen so gewissenhaft hüten, wie ich euch gesagt habe? Oder wollt ihr lieber nicht, so sagt es; dann bringe ich es noch heute zu seiner Mutter zurück!»

Die Kinder schrien alle drei auf, der Vater solle ihnen das Schäfchen lassen. Um keinen Preis wollten sie es wieder hergeben. Sie versprachen alle drei von Herzen und mit dem ganzen Willen, das Schäfchen zu hüten und zu besorgen, wie der Vater es verlangte, und nie einen Augenblick das Tierlein allein stehen oder laufen zu lassen, und jedes versicherte, es wolle selbst jedesmal das Schäfchen wieder in den Stall zurückbringen, wenn es Zeit sei; denn das sei ihm die größte Freude. Aber der Vater sagte, das wäre eine unsichere Sache. Es müsse bestimmt so sein: Wer das Schäfchen herausgeholt, der bringe es wieder hinein, und dabei sollte es bleiben. Noch einmal versprachen die Kinder, genau nach des Vaters Vorschrift mit ihrem Tierlein zu verfahren, und alle drei gaben dem Vater die Hand darauf, und alle drei waren so voller Entzücken über die Aussicht, für immer ein eigenes lebendiges Schäfchen zu haben, daß sie den Abend die längste Zeit keinen Schlaf finden konnten. Sogar der kleine, sonst so schlafbedürftige Karl saß ganz aufgeregt in seinem Bette und rief ein ums andere Mal zu Kurt hinüber: «Der Papa soll schon sehen, daß das Schäfchen bei uns nicht zugrundegehen muß, ich will schon dafür sorgen.»

Wie das Verschweigen tut

Eine Hauptfrage war am folgenden Tag, wie das Schäfchen benannt werden sollte. Lissa schlug vor, ihm den Namen «Eulalia» zu geben; denn so hieß die Katze ihrer Freundin, und der Name war ihr besonders großartig erschienen. Aber die Brüder wollten nichts davon wissen, der Name war ihnen zu absonderlich. Kurt schlug den Namen «Nero» vor, wie der große Hund unten in der Mühle hieß, den er bewunderte. Aber Lissa und Karl wollten durchaus nicht, daß das Schäfchen heißen sollte wie der Hund mit der breiten Schnauze. Nun wurde die Mutter über die Sache befragt, und sie schlug vor, das Tierchen nach seiner eigenen Beschaffenheit «Krausköpfchen» zu nennen.

Auf diesen Namen einigten sich die Kinder gleich, und so hieß es von Stund an. Die Freude an dem weißen niedlichen Krausköpfchen ging allen dreien über alle anderen Freuden und Vergnügungen. In jedem freien Augenblick wurde es aus seinem Stall geholt und herumgeführt, dahin und dorthin.

Einmal zogen alle drei Kinder miteinander aus und führten das Krausköpfchen zur Weide hinauf oder nach dem Wäldchen und ließen sich dort mit ihm nieder. Während dann Lissa auf der Bank saß und das Tierlein seinen Kopf vertraulich ihr auf den Schoß legte, liefen Kurt und Karl nach dem nahen Kleeacker hinüber und holten von den schönen würzigen Blättchen herbei. Die fraß dann das Krausköpfchen mit großem Vergnügen einem nach dem anderen aus der Hand und blökte zwischendurch ganz fröhlich dazu.

Zu anderen Malen holte sich auch eins von den Kindern das Schäfchen allein aus dem Stall und nahm es mit sich zu einem Gang, wenn etwa ein Auftrag unten in der Mühle oder beim Bäcker oder bei der alten Waschfrau ausgerichtet werden mußte. Dann lief das Schäfchen immer fröhlich an der Seite seines Führers mit, und es war, als ob es ganz gut die Gespräche verstehe, die Kurt und Lissa und ganz besonders eifrig sein Freund Karl auf diesen Gängen mit ihm führten. Es antwortete dann von Zeit zu Zeit mit einem ganz zustimmenden, fröhlichen Blöken und schaute dazu den Begleiter so verständnissinnig an, daß kein Zweifel war, das Krausköpfchen nahm immer den lebhaftesten Anteil an dem Gespräch. Täglich wurde es auch zutraulicher und zärtlicher zu den Kindern. Jetzt schmiegte es sich immer gleich an das eine heran, das es aus dem Stalle holte, als käme seine eigene Mutter, und die Kinder liebten es auch täglich noch mehr und pflegten und hüteten es und brachten es nach den Gängen und lustigen Unterhaltungen immer wieder sorglich in sein kleines Häuschen im Stalle auf das schöne Streulager zurück.

Das Krausköpfchen gedieh bei der vortrefflichen Pflege so gut, daß es kugelrund geworden war und mit seinen schneeweißen Wollenlöckchen so sauber und zierlich aussah, als wäre es immer im Sonntagsröckchen.

So ging der schöne, sonnige Herbst zu Ende, und der November war so schnell gekommen, wie die Kinder es noch nie erlebt hatten. Jetzt konnte man ja schon von Weihnachten sprechen. Kurt und Karl konnten gut die Freuden der Gegenwart mit den Hoffnungen auf die Zukunft vereinen und zu einem doppelten Genuß verbinden. So freuten sie sich unausgesetzt an ihrem Krausköpfchen, und auf jedem ihrer Gänge erzählten sie ihm von all den Herrlichkeiten, die das Weihnachtsfest mit sich bringen werde, und zählten ihm alle die Gegenstände auf, die sie heimlich vom Christkind erwarteten. Das Krausköpfchen hörte dann immer ganz aufmerksam zu, und die Brüder erzählten ihm, daß es gewiß auch seinen Teil an den Festgeschenken erhalten werde. So genossen sie denn meistens alle drei zusammen die herrlichen Aussichten und wurden dadurch täglich noch vertrauter miteinander.

Lissa war ein wenig anders geartet. Wenn eine neue große Freude in Aussicht stand, wurden alle ihre Gedanken dann so davon erfüllt, daß die alten Freuden ein wenig in den Hintergrund traten. Nun hatte Lissa eine besondere Freundin in dem großen Bauernhaus auf dem Weg zum Zillerbach hinunter, die freundliche Marie, die immer mit Bereitwilligkeit auf alle Pläne der Lissa einging. Diese Freundin wollte Lissa jetzt so gern einmal besuchen; denn mit ihr konnte sie ganz anders und eingehender ihre Hoffnungen und Aussichten auf das Weihnachtsfest besprechen als mit den Brüdern, die so ganz andere Wünsche hegten.

Die Mutter erlaubte auch, den Besuch zu machen, und am ersten freien Nachmittag durfte Lissa losziehen. Kaum hatte sie Geduld genug, stillzuhalten, als die Mutter ihr noch ein warmes Tuch umband, das der kalte Novemberwind wohl nötig machte. Dann rannte sie mit Sprüngen davon, und die Mutter schaute dem Kinde noch nach, bis es halbwegs den Hügel hinab war, dann trat sie wieder ins Haus hinein. In dem Augenblick kam der Lissa in den Sinn, daß der Weg doch ziemlich lang und es eigentlich kurzweiliger wäre, das Krausköpfchen zur Gesellschaft mitzunehmen, wenn nicht die Brüder es schon fortgenommen hätten. Eilig kehrte sie wieder um, rannte nach dem Stall, fand das Krausköpfchen ruhig auf seiner Streu liegend, nahm es schnell heraus und lief nun mit ihm den trockenen Weg hinunter, auf dem die bunten Herbstblätter rings um sie im Winde flogen. In kurzer Zeit waren die fortwährend Rennenden am Ziel ihrer Reise angekommen. Bald spazierte Lissa mit ihrer Freundin, in tiefe Gespräche versunken, auf dem sonnigen Platz vor dem Hause hin und her, während das Krausköpfchen vergnüglich an der Hecke nagte, die den Garten umschloß. Die Freundinnen erfrischten sich während der langen Verhandlungen an den süßen Birnen und den saftigen roten Äpfeln, die in reichlichem Maße vorhanden waren; denn die Mutter der Marie hatte gleich einen ganz großen Korb voll Früchte herausgebracht, und was die Kinder nicht essen mochten, sollte Lissa mitnehmen. So war es immer gewesen; denn auf dem Hof wuchsen schöne Äpfel und Birnen in Fülle.

Als es nun für Lissa Zeit war, heimzukehren, machte sich die Freundin gleich mit auf den Weg, sie zu begleiten, und so viel hatten sie sich immer noch zu sagen, daß sie bei der letzten kleinen Steigung zu Lissas Vaterhaus hinauf angekommen waren, sie wußten gar nicht wie. Marie verabschiedete sich schnell, und Lissa eilte den Weg hinauf; es war ja schon dunkel geworden. Jetzt, beim Haus angelangt, fuhr es ihr wie ein lähmender Blitz durch den Sinn: «Wo ist das Krausköpfchen?» Sie wußte ja, sie hatte es mitgenommen, dann noch an der Hecke grasen gesehen, dann hatte sie es ganz und gar vergessen und mit keinem Blick mehr nach ihm ausgeschaut. Im furchtbarsten Schrecken stürzte sie wieder den Berg hinunter, rief nach allen Seiten: «Krausköpfchen! Krausköpfchen! Wo bist du? Oh, komm doch! Komm doch!» Aber alles blieb still, das Krausköpfchen war nirgends zu sehen. Lissa rannte bis zu dem Bauernhaus zurück. Es war schon Licht in der Wohnstube, sie konnte von den steinernen Tritten am Haus gut hineinsehen. Sie saßen alle am Tisch drinnen beim Nachtessen, Vater und Mutter und Marie, ihre Brüder und die Knechte, und auf der Ofenbank lag die alte Katze. Aber nirgends war eine Spur von Krausköpfchen zu sehen, wie Lissa auch in alle Winkel hineinspähte. Jetzt lief Lissa ums Haus herum, in den Garten hinein, um die ganze Hecke herum und wieder in den

Garten und dort innen an der Hecke entlang, immer rufend, immer lockend: «Krausköpfchen, komm doch! Oh, komm doch!» Alles vergebens; von dem Schäfchen war keine Spur zu sehen noch zu hören. In Lissa stieg die Angst immer höher. Es wurde immer dunkler, und der Wind heulte immer lauter und blies sie fast vom Boden weg. Sie mußte heimkehren. Was sollte sie tun? Sie fürchtete sich zu sagen, daß sie das Krausköpfchen verloren hatte. Doch der Mutter wollte sie es sagen. Sie lief, soviel sie konnte, den Berg hinan. Zu Hause war schon alles zum Nachtessen bereit. Auch der Vater war schon da. Lissa kam in die Stube hineingerannt, so rot und heiß und zerzaust, daß die Mutter sagte: «So kannst du nicht zu Tisch kommen, Kind. Geh, mach dich erst zurecht!» Und der Vater fügte bei: «So spät sollst du überhaupt nicht heimkommen! Nun verschwind und komm sofort gewaschen und gekämmt wieder, oder es gibt nichts zu essen.»

Lissa gehorchte schnell; um das Essen wäre es ihr nicht zu tun gewesen, viel lieber wäre sie gar nicht mehr hineingekommen. Aber das ging nicht. Sie kehrte niedergeschlagen an ihren Platz zurück. Sie hatte eine furchtbare Angst, was nun weiter kommen würde. Aber bevor noch irgend jemand ein Wort an sie richten konnte, wurde die Aufmerksamkeit der Familie von einem neuen Ereignis in Anspruch genommen.

Hans, der Knecht, steckte seinen Kopf zur Tür herein und sagte: «Mit Verlaub, Herr Oberamtmann, die Kinder sind doch alle zu Haus, wie die Trine sagt, und das kleine Schaf ist noch nicht im Stall.»

«Was?» fuhr der Oberamtmann auf. «Da haben wir's! Wer hat's herausgenommen? Wer hat es getan?»

«Ich nicht!» – «Ich auch nicht!» – «Ich gewiß nicht!» – «Ich auch nicht!» schrien Kurt und Karl so schnell durcheinander, daß man gar nicht hören konnte, ob Lissa schwieg oder auch rief. Die Mutter sagte besänftigend: «Nur nicht so stürmisch. Lissa kann es nicht gewesen sein. Schon nachmittags ist sie allein zu ihrer Freundin Marie gelaufen; und vor wenigen Augenblicken erst ist sie zurückgekehrt.»

«So ist es doch einer von euch zweien», fiel der Vater rasch ein, indem er einen durchdringenden Blick auf die beiden Jungen warf.

Es tönte ihm ein lautes Geschrei als Antwort entgegen: «Ich nicht!» – «Ich nicht!» – «Ich sicher nicht!», und beide sperrten ganz große, ehrliche Augen zu dem Vater auf, so daß er gleich ausrief: «Nein, nein, die sind es nicht. So muß der Hans die Stalltür offengelassen haben, während das Schaf drinnen war, und es muß in dem Augenblick entlaufen sein. Es kommt mir aber so unwahrscheinlich vor, ich muß einmal nachsehen.»

Der Vater verließ das Zimmer, um die Sache draußen im Stall zu untersuchen.

Als nun die Aufregung des Anklagens und der Verteidigung vorüber war, legte Karl auf einmal seinen Kopf auf den Arm und schluchzte laut und kläglich auf: «Nun ist das Krausköpfchen verloren! Nun können wir es nicht mehr haben! Nun muß es im Elend umkommen!»

Jetzt setzte auch Kurt ein. Laut weinend rief er: «Ja, nun wird es immer kälter, und es hat nichts zu essen und muß frieren und im Elend umkommen.» Und noch ärger als die beiden fing nun Lissa zu weinen und zu stöhnen an. Sie sagte kein Wort; aber man konnte gut hören, wie viel schmerzlicher und tiefer noch ihr Jammer war als der ihrer Brüder, und Lissa mußte wohl wissen, warum.

Auch als nachher Kurt und Karl längst auf ihren Kissen eingeschlafen waren und fröhliche Träume vom Krausköpfchen hatten, lag Lissa noch voller Unruhe in ihrem Bett und konnte keinen Schlaf finden. Nicht nur das Mitleid mit dem Schäfchen, das jetzt ängstlich und verlassen draußen in der Nacht herumirrte, quälte sie. Aber sie hatte es ja selbst verschuldet, und dazu hatte sie dies noch verschwiegen, als sie es hätte bekennen sollen.

Lissa hatte wohl nicht mitgerufen: «Ich nicht! Ich nicht!» Aber sie hatte geschwiegen, als die Mutter so zuversichtlich sagte: «Lissa kann es nicht gewesen sein», und das Kind fühlte es recht wohl, daß es mit seinem Verschweigen dasselbe Unrecht getan hatte, als wenn es eine Unwahrheit gesagt hätte. Lissa war ganz unglücklich und konnte keinen Trost und keine Ruhe finden, bis sie sich vornahm, morgen gleich der Mutter alles zu sagen. Vielleicht konnte dann das Krausköpfchen doch noch gefunden werden.

Am folgenden Morgen war heller Sonnenschein, und es wurde gleich beim Frühstück ausgemacht, sobald die Schule aus wäre, wollten sie alle drei ausziehen, um das Krausköpfchen zu suchen; es mußte doch irgendwo sein. Am Nachmittag wollten sie dasselbe tun, und alle waren überzeugt, bis zum Abend müßte das Schäfchen wiedergefunden sein. Die Mutter sagte den Kindern auch noch zum Trost, schon in aller Frühe habe der Vater den Hans ausgeschickt, um überall nach dem Tierchen auszuschauen. So sei doch alle Hoffnung da, daß es wiedergefunden werde. Lissa war am glücklichsten über diese Aussichten und dachte, nun brauche sie ja nichts zu sagen, es komme wohl ohnehin alles wieder in Ordnung.

An dem Tag wurde auf dem ganzen Rechberg herum nach dem Schäfchen gesucht und in allen Häusern nach ihm gefragt, aber das Krausköpfchen war wie vom Erdboden verschwunden. Kein Mensch hatte es gesehen, nirgends war auch nur eine Spur von ihm zu finden. Noch einige Tage lang wurde weiter nach ihm gesucht und gefragt, immer vergebens. Dann sagte der Oberamtmann, nun sei's genug, das helfe nichts mehr. Entweder sei das arme Tierlein schon nicht mehr am Leben, oder es habe sich in alle Weite verirrt.

Wenige Tage nachher fiel der erste Schnee, und so dicht und groß kamen die Flocken herunter, daß in kurzer Zeit der ganze Garten tief im Schnee lag, und bis halb an die Hecke hinauf stieg die weiße Decke. Sonst hatten die Kinder jedes Jahr ihre unbändige Freude am ersten Schnee gehabt und immer lauter gejauchzt und gejubelt, je mehr die Flocken wirbelten.

Jetzt waren sie ganz still, und eines guckte da und eines dort durchs Fenster, und jedes mußte im stillen an das Krausköpfchen denken, wenn es nun irgendwo unter dem kalten Schnee liege oder wo durchwaten wolle und nicht könne und mit seiner wohlbekannten Stimme kläglich um Hilfe rufe und kein Mensch es höre und ihm beistehe. Als nun gar am Abend der Vater hereinkam und sagte: «Es gibt eine bitterkalte Nacht, der Schnee ist schon jetzt hart gefroren. Wenn das arme Tierlein noch irgendwo draußen und nicht schon tot ist, so geht es diese Nacht elend zugrunde. Hätte ich doch das arme Geschöpf nie nach Haus gebracht!» – da brach Karl in ein so jämmerliches Weinen aus, und Kurt und Lissa, auch bis obenan von ihrem Leid erfüllt, stimmten so herzbewegend ein, daß der Vater die Stube verließ und die Mutter nun zu trösten suchte, so gut sie konnte. Von da an sprach der Oberamtmann nie mehr von dem Schäfchen, und die Mutter sprach zu den Kindern vom schönen Weihnachtsfest, wenn sie wieder in den Jammer um das Krausköpfchen gerieten. Sie sagte ihnen, daß das Christkind gekommen sei, alle Herzen fröhlich zu machen, und daß der Festtag auch sie wieder fröhlich machen werde. Wenn der mitleidige Karl aber an den kalten, dunklen Abenden wieder zu jammern begann: «Wenn das Krausköpfchen draußen nur nicht so frieren oder zu Tode zittern müßte», dann tröstete die Mutter: «Sieh, Karl, der liebe Gott nimmt auch die kleinen Tierlein in acht. Er kann wohl irgendwo dem Krausköpfchen ein warmes Bettchen bereitet haben und läßt es ihm gutgehen. Und wenn es nun auch nicht mehr bei uns ist und wir es nicht mehr pflegen können, so wollen wir uns doch zufriedengeben und das Krausköpfchen ganz dem lieben Gott überlassen.»

Kurt hörte aufmerksam zu, wenn die Mutter den Karl auf

diese Weise tröstete, und so kam es, daß die Brüder nach und nach wieder ganz fröhlich wurden, das Krausköpfchen jetzt ganz dem lieben Gott und seiner Sorge überließen und sich nun jeden Tag mehr und erwartungsvoller dem schönen Weihnachtsfest entgegenfreuten. Aber Lissa war nicht froh mit ihnen; auf ihr lag es wie eine schwere Last, die sie ganz niederdrückte und sie nie mehr fröhlich werden lassen wollte. Des Nachts träumte ihr, sie sehe das Krausköpfchen halb verhungert und erfroren draußen im Schnee liegen, und es schaue sie mit ganz traurigen Augen an und sage: «Du hast es getan.» Dann erwachte Lissa weinend, und nachher, wenn sie mit den Brüdern lustig sein wollte, konnte sie es nicht. Denn sie mußte immer denken: Wenn die beiden wüßten, daß sie es getan hätte, wie würden sie ihr doch Vorwürfe machen! Dem Vater und der Mutter konnte sie nicht mehr recht in die Augen schauen; denn sie hatte ihnen ja verschwiegen, was sie hätte bekennen sollen, und jetzt konnte sie es nicht mehr über die Lippen bringen. Schließlich hatte sie ja die Eltern so lange glauben lassen, sie wisse nichts von der Sache.

So hatte Lissa keinen frohen Augenblick mehr, und mit jedem Tag sah sie trauriger und jammervoller aus. Und wenn Kurt und Karl zu ihr herankamen und sagten: «Freu dich doch auch einmal, Lissa. Nun kommt Weihnachten jeden Tag näher, und denk nur, was wir da alles bekommen können!» – dann kamen der Lissa gleich die Tränen in die Augen, und halb weinend sagte sie: «Ich kann mich nicht mehr freuen, nie mehr, auch zu Weihnachten nicht.» Das kam dem mitleidigen Karl doch zu traurig vor, und er sagte ihr wohl tröstend: «Siehst du, Lissa, wenn man gar nichts mehr machen kann, dann überläßt man alles dem lieben Gott, und dann wird man wieder fröhlich, wenn man nur nichts Böses getan hat. Die Mama hat's gesagt.» Dann fing aber Lissa erst recht an zu weinen, so daß es dem Karl angst und bang wurde und er auf und davon lief, wie Kurt schon vorher getan hatte. Denn diesem kam es sehr ungemütlich vor, daß die lustige Lissa so verändert war.

Auch der Mutter war Lissas verändertes Wesen nicht entgangen. Oft beobachtete sie das Kind lange im stillen. Aber sie stellte keine Frage an Lissa.

Was der liebe Gott schenkt

Der November ging dem Ende zu. Der Schnee war noch viel höher geworden, und mit jedem Tag wurde jetzt die Kälte grimmiger. Die Großmutter in Altkirch zog an ihrem dünnen Deckbett hin und her, sie wurde darunter fast nicht mehr warm. Die Stube war auch so kalt; denn es war nur ein sehr geringer Holzvorrat da, und in diesem tiefen Schnee konnte ja kein einziges Reis gefunden werden. Kaffee wurde nur selten gekocht, und die Bohnen mußten nun immer mit den Steinen zerrieben werden; die Mühle war für immer unbrauchbar, und Geld für eine neue war keins da. Die arme Großmutter hatte viel zu klagen und zu jammern. Der Großvater saß meistens auf der Ofenbank, suchte die Jammernde zu beschwichtigen und flocht derweilen seine kleinen Weidekörbe.

Solange es fort und fort geschneit hatte und der tiefe Schnee weich geblieben war, hatte der Großvater seine Körbe selbst zum Käser hinauftragen müssen; denn wenn er die Kinder geschickt hätte, so wären sie im Schnee steckengeblieben. Da war kein gebahnter Weg den Berg hinauf. Sogar der Großvater hatte Mühe durchzukommen, so tief sank er manchmal in die Schneehaufen.

Aber jetzt war der Himmel hell geworden, und die hohen Schneefelder waren weit und breit so hart zugefroren, daß man darüber hingehen konnte wie über eine feste Straße. Nicht einmal unter den großen Bäumen krachte das Eis. Nun konnten die Kinder wieder einmal auf die Wanderung geschickt werden. Das Stanzeli band ein Tuch um, und der Seppli setzte die wollene Kappe auf; dann zogen sie aus, jedes sein Bündel Körbchen am Arm. Als sie nach einer guten halben Stunde an die Kapelle kamen, legte das Stanzeli seine Körbe hin und nahm den Seppli an der Hand, um hineinzutreten. Aber der Seppli war wieder einmal störrisch: «Ich komme nicht, ich will jetzt nicht beten, es friert mich an die Finger», behauptete er und stemmte seine Füße in den Boden ein, damit ihn das Stanzeli nicht vorwärts bringe. Aber dieses bat und zog ihn und erinnerte ihn daran, was der Pater Klemens gesagt hatte, und war ganz ängstlich, als könnte der Seppli sie beide um ein großes Gut bringen. Das Stanzeli hatte schon so viel von Jammer und Elend gehört und verstanden, daß es ihm als ein großes Glück und ein Trost erschien, so hinknien und zum Vater im Himmel, der allen armen Menschen helfen will, beten zu dürfen. Seppli gab endlich nach, und sie traten in die stille Kapelle ein. Das Stanzeli sagte leise und andächtig sein Gebet. Auf einmal ertönte ein sonderbarer Klagelaut durch die große Stille. Ein wenig erschrocken wandte sich das Stanzeli zu Seppli und sagte leise: «Mach keinen Lärm in der Kapelle, du mußt still sein.» Ebenso leise, aber grimmig antwortete Seppli: «Ich mache keinen, du machst ihn.»

In dem Augenblick ertönte der Klagelaut wieder, aber lauter. Der Seppli schaute forschend auf einen Punkt am Altar hin. Auf einmal packte er das Stanzeli am Arm und zog es mit solcher Macht von seiner Bank auf und dem Altar zu, daß es nicht anders als folgen konnte. Hier, am Fuße des Altars, halb bedeckt von der Altardecke, unter die es sich verkrochen hatte, lag ein weißes Schäfchen, zitternd und bebend vor Kälte und seine dünnen Beinchen von sich streckend, als ob es vor Mattigkeit keine Bewegung mehr machen könne. «Das ist ein Schaf. Jetzt haben wir einmal etwas geschenkt bekommen, das man sehen kann», erklärte der Seppli erfreut.

Das Stanzeli schaute mit großer Verwunderung auf das Tierchen. Auch ihm waren gleich die Worte des Pater Klemens in den Sinn gekommen, und es glaubte nicht anders, als daß der liebe Gott, der jedem Betenden etwas schenkt, ihnen heute das Schäflein geschickt habe. Nur daß es so matt und wie halbtot dalag, war dem Stanzeli nicht recht begreiflich. Es fing an, das Tierchen zu streicheln, um ihm zu zeigen, daß es sich nicht fürchten müsse. Aber es regte sich kaum, und nur von Zeit zu Zeit ließ es einen ganz wehmütigen Klagelaut hören.

«Wir wollen heim mit ihm und ihm einen Erdapfel geben, es hat Hunger», sagte der Seppli. Denn er kannte nur dieses Übel, das ihn auch schon öfters zu Klagetönen veranlaßt hatte.

«Was meinst du denn, Seppli? Wir müssen ja zum Käser hinauf», erinnerte das pflichtgetreue Stanzeli. «Aber so allein können wir es hier auch nicht lassen», und nachdenklich schaute das Kind auf das unruhig atmende Tierchen. «Jetzt weiß ich, was wir tun», fuhr Stanzeli nach einigem Nachsinnen fort, «so können wir es machen. Du hütest das Schäflein hier, und ich laufe, soviel ich kann, zum Käser hinauf und komme wieder, und dann gehen wir heim!»

Der Seppli war mit dem Vorschlag wohl zufrieden, und sofort lief das Stanzeli davon. Wie ein leichtes Reh schoß es das Schneefeld hinan.

Der Seppli setzte sich auf den Boden und betrachtete sein Geschenk mit Wohlgefallen. Das Schäfchen war von so schöner dicker Wolle bedeckt, daß der frierende Seppli Lust bekam, seine kalte Hand da hineinzustecken, und die wurde nun gleich so schön warm, daß er schnell auch die andere einsteckte. Nun rückte er ganz nah an das Tierchen heran. Es war wie ein kleiner Ofen für ihn; denn wenn das Schäfchen auch selbst vor Kälte zitterte, so war doch sein Wollpelz für den Seppli ein herrliches Wärmemittel.

Nach kaum einer halben Stunden kam das Stanzeli wieder herangerannt, und nun wollten die Kinder ihr Geschenk in Freude dem Großvater und der Großmutter heimbringen. Aber umsonst versuchten sie, das Schäfchen auf die Beine zu bringen. Es war so schwach, daß es gleich wieder hinfiel, wenn sie es ein wenig aufgerichtet hatten, und wimmerte dann ganz kläglich.

«Wir müssen es tragen», sagte das Stanzeli, «aber es ist mir zu schwer, du mußt mir helfen», und es zeigte dem Seppli, wie er anfassen müsse, daß es dem Schäflein nicht weh tue, und so trugen sie es miteinander fort. Es ging freilich ein wenig langsam; denn es war ziemlich unbequem, so zu zweien mit der Last weiterzukommen. Aber die Kinder waren so erfreut über ihr Geschenk, daß sie nicht nachgaben, bis sie bei ihrer Hütte ankamen und nun mit der Überraschung in die Stube hineinstürzen konnten.

«Wir haben ein Schaf bekommen, ein lebendiges Schaf mit ganz warmer Wolle!» schrie der Seppli schon beim Eintritt, und wie sie nun ganz in der Stube drinnen waren, legten die Kinder das Schäfchen neben den erstaunten Großvater auf die Ofenbank hin. Dann fing auch das Stanzeli an und erzählte, wie alles gegangen sei und wie es geradeso gekommen sei, wie der Pater Klemens ja schon immer gesagt habe, daß der liebe Gott einem jedesmal etwas schenke, wenn man betet, nur könne man es nicht immmer gleich sehen.

«Aber heute kann man es sehen», fiel der Seppli erfreut ein.

Der Großvater schaute die Großmutter an, was sie wohl dabei denke. Und sie sah ihn wieder an und sagte: «Was meinst du dazu, Joseph? Sag auch ein Wort.»

Nach einigem Nachsinnen sagte dann der Großvater: «Wir müssen jetzt zum Pater Klemens hinaufgehen und ihn fragen, wie das gemeint ist. Ich will, denk ich, selber gehen.» Damit erhob er sich von seinem Sitz, setzte die alte Pelzmütze auf und ging.

Der Pater Klemens kam mit dem Großvater zurück. Nachdem er die Großmutter begrüßt und ihr ein paar gute Worte gesagt hatte, setzte er sich neben das todesmatt daliegende Schäfchen und betrachtete es. Dann nahm er das Stanzeli und den Seppli vor sich hin und sagte freundlich: «Seht, Kinder, so ist's: Wenn ein Mensch betet, so schenkt ihm der liebe Gott ein fröhliches und zuversichtliches Herz, und das ist eine schöne Gabe, und an dem hängen dann noch viele andere gute Gaben. Das Schäflein hier aber hat sich verirrt; es wird wohl von der großen Herde sein, die noch spät im Herbst einmal durchzog, und der Hirt wird schon nach ihm fragen. Es muß lang schon verloren sein, denn es ist ganz ausgehungert und fast tot, vielleicht bringen wir es nicht einmal mehr recht zum Leben. Zuerst müssen wir ihm nun ein wenig warme Milch eingeben und dann zusehen, was es weiter nehmen kann.»

Der gute Pater hatte bei den letzten Worten das Schäfchen etwas aufgehoben und ihm mitleidig die Hand unter das Köpfchen gelegt.

Jetzt sagte der Großvater zaghaft: «Wir wollen tun, was wir können. Stanzeli, geh und sieh nach, ob noch ein Tropfen Milch da ist.»

Aber der Pater Klemens wehrte dem Stanzeli hinauszugehen und sagte: «Ich meine es nicht so. Wenn es euch recht ist, so nehme ich das Schäfchen zu mir, es hat Platz bei mir, und ich kann es pflegen.»

Das war eine große Erleichterung für die beiden Alten; denn sie wollten ja nicht das Schäflein Hungers sterben lassen und wußten nicht, wo etwas hernehmen, um es aufzufüttern.

Jetzt nahm Pater Klemens das matte Tierchen auf seinen Arm und wanderte so mit ihm dem alten Kloster zu. Der Seppli guckte ihm lange nach und knurrte ein wenig.

Nach ein paar Tagen sah der Großvater schon wieder den Pater Klemens auf sein Häuschen zukommen, und verwundert sagte er zur Großmutter: «Was meinst du, warum kommt der gute Vater schon wieder zu uns?»

«Das Schaf wird wohl gestorben sein, und jetzt will er uns sagen, daß wir nicht etwa vergebens vom Hirten einen Finderlohn erwarten sollen», meinte die Großmutter.

Pater Klemens trat ein. Man konnte ihm ansehen, daß er keine frohe Botschaft zu bringen hatte. Das Stanzeli und der Seppli kamen ihm gleich entgegengesprungen, um ihm die Hand zu geben. Er streichelte beide freundlich, dann sagte er leise zum Großvater: «Es wäre mir recht, wenn Ihr die Kindlein ein wenig fortschicktet, ich habe mit Euch zu reden.»

Dem Großvater wurde es ein wenig unsicher zumute, und er dachte bei sich: Wenn ich nur auch die Großmutter ein wenig abseits tun könnte, daß sie's nicht hört, wenn etwas Schlimmes berichtet werden muß. Er gab nun dem Stanzeli die zinnerne Flasche in die Hand und sagte: «Geh mit dem Seppli und hol die Milch, und wenn es noch ein wenig zu früh ist, könnt ihr oben beim Bauern warten, es ist warm im Kuhstall.»

Als die Kinder fort waren, rückte der Pater seinen Stuhl näher zum Bett der Großmutter und sagte: «Kommt ein wenig näher, Joseph, ich muß euch beiden etwas mitteilen. Ich tue es aber ungern – der Sepp hat etwas angestellt.»

Kaum war dieses Wort ausgesprochen, so erhob die Großmutter einen großen Jammer und rief ein ums andere Mal aus: «Ach, du mein Gott, daß ich das noch erleben muß! Das war noch meine letzte Hoffnung, daß der Sepp noch einmal umkehre und heimkomme und uns in unseren alten Tagen beistehe, und nun ist alles aus. Vielleicht müssen wir auch noch eine große Schande tragen und haben uns doch ehrlich und redlich bis ins hohe Alter durchgebracht. Ach, wie gern wollte ich auch über gar nichts mehr jammern und ohne Murren auf meinem harten Bett liegen und mein Leben lang keinen rechten Schluck Kaffee mehr bekommen, wenn nur das mit dem Sepp nicht sein müßte! Ach, wenn er nur sich und uns nicht in Unglück und in Schande hineingebracht hätte.»

Auch der Großvater saß sehr erschrocken und niedergeschlagen da.

«Was hat er denn gemacht, Vater?» fragte er zögernd, «ist's schlimm?»

Der Pater antwortete, er wisse noch gar nicht, was es sei. Er habe nur vernommen, der Sepp sei in der Umgegend aufgetaucht und habe drüben über dem Zillerbach etwas angestellt, und er habe es jetzt mit dem Herrn Oberamtmann auf dem Rechberg zu tun, der werde ihn wohl einstecken lassen.

«Ach, du mein Gott, dort drüben hat er's getan?» brach die Großmutter aufs neue aus. «Ach, wie wird es ihm ergehen! Sie werden ihn gewiß scharf genug abstrafen, schon weil der Oberamtmann den anderen Glauben hat.»

«Nein, nein, das müßt Ihr nicht so nehmen, Großmutter», fiel hier der Pater abwehrend ein, «das ist nicht so. Der Herr Oberamtmann ist nicht ungerecht, und was den Glauben anbetrifft, so denkt er gut darin. Ich habe ihn selbst mehr als einmal sagen hören: ‹Ein frommer und gottesfürchtiger Mensch auf dieser Seite vom Zillerbach und ein solcher auf der anderen Seite, die beten beide zu demselben Vater im Himmel, und das Gebet des einen ist diesem gerade so lieb wie das des anderen.› Den Herrn Oberamtmann drüben kenne ich schon seit vielen Jahren, und ich kann Euch auch sagen, daß ich schon viel hundertmal in erbaulichen Gesprächen mit ihm und seiner Frau zusammengesessen habe, und wir haben uns so gut verstanden, daß es uns immer ganz wohl dabei geworden ist, so daß es mich recht hinüberzieht, wenn ich lange nicht dort gewesen bin. Jetzt habe ich auch im Sinn, nächstens wieder hinüberzugehen und zu sehen, wie es mit dem Sepp steht, um ein gutes Wort für ihn bei dem Herrn Oberamtmann einzulegen.»

Über dieses Vorhaben waren die beiden Alten sehr froh und dankbar. Aber der Großmutter stieg der Kummer noch einmal auf, und sie sagte klagend: «Wenn ich es nur nicht verschuldet habe, daß es jetzt so bös mit uns gekommen ist, weil ich soviel über geringe Dinge gejammert und geklagt habe. Ich will es aber gewiß nicht mehr tun und geduldig sein, Pater Klemens.»

Der Pater tröstete die Großmutter noch und ermahnte sie, bei ihrem guten Vorsatz zu bleiben. Dann stand er auf und versprach ihr, wiederzukommen, sobald er auf dem Rechberg gewesen sei und vom Sepp Bericht bringen könne.

Der Großvater begleitete den Pater bis vors Haus, da fragte er: «Und wie ist's mit dem kleinen Schaf? Lebt's noch, oder ist's gestorben?»

«Nichts, nichts von Sterben», antwortete fröhlich Pater Klemens, «rund und voll wird's, und schon macht's wieder lustige Sprünge, und ein so zutrauliches Tierlein ist's, daß es mir leid tun wird, es herzugeben, wenn einmal der Hirte vorbeikommt. Ich habe ihm Bericht geschickt, daß das Schäflein bei mir sei. So wird er's wohl dalassen, bis er wieder in die Gegend kommt. Und nun behüt' Euch Gott!» Der Pater schüttelte dem Großvater die Hand und ging eilends davon; denn er hatte noch andere Kranke zu trösten, die sehnsüchtig auf ihn warteten, war doch in ganz Altkirch und noch weit darüber hinaus der gute Pater Klemens der Tröster aller Armen und Kranken.

Der Weihnachtsabend

Der langersehnte Weihnachtstag war gekommen. Vom frühen Morgen an waren Kurt und Karl in Erwartung von einem Zimmer ins andere und die Treppe hinauf- und wieder hinuntergewandert, und nirgends konnten sie lang bleiben, denn das Gefühl des nahenden Glücks trieb sie immer wieder umher. Bei der steten Bewegung hatten sie die Empfindung, als könnten sie dem Abend ein wenig schneller entgegengehen.

Lissa saß ganz still in einem Winkel und gab kaum Bescheid, wenn die Brüder zu ihr kamen und sie in ihre Hoffnungen hineinziehen wollten. Einen solchen Weihnachtstag hatte Lissa noch nicht erlebt. Wie war sie sonst voll freudiger Unruhe und brennender Erwartung auf den Abend voller Glück und Wonne. Nichts Herrlicheres kannte sie als diese Stunden der Erwartung, denen dann auf einmal die Erfüllung folgte! Die Erfüllung all der vielen, vielen Wünsche im strahlenden Lichterglanz! Jetzt saß sie da und wollte sich so gern freuen wie die Brüder. Aber es lag auf ihr wie eine erdrückende Bürde, die jedes Freudegefühl erstickte, und wenn sie sich zwingen wollte, alles abzuwerfen und zu vergessen und sich doch auf den Abend zu freuen wie ehemals, so war es ihr, als höre sie auf einmal jemand kommen, der das Krausköpfchen tot gefunden hatte und wußte, daß sie es verloren und vergessen hatte, und es eben jetzt dem Vater sagen wollte. Dann kroch sie noch tiefer in die Ecke hinein und lauschte scharf, und mit der Freude war es ganz vorbei, sie kam nicht mehr in ihr Herz.

Gegen Abend hatten Kurt und Karl endlich einen Augenblick der Ruhe gefunden, oder vielmehr die Spannung, die nun ihren höchsten Punkt erreichte, hatte sie beide zusammen auf einen Schemel gebannt, wo sie vor lauschender Erwartung nur noch leise Worte miteinander zu sprechen vermochten.

«Wie denkst du über das», flüsterte Karl, «glaubst du, daß das Christkind an das Krocketspiel mit den farbigen Kugeln denkt?»

«Vielleicht», gab Kurt leise zurück. «Aber weißt du was? Ich wollte noch viel lieber, es hätte an einen neuen Schlitten gedacht. Denn siehst du, der Keßler läuft nicht gut, und dann haben wir noch die Geiß*, und wenn die Lissa wieder einmal lustig wird, dann sollst du sehen, wie die rodeln will, das kenn ich, und dann bekommen wir zwei die Geiß nie, und auf dem Keßler haben wir nicht einmal beide Platz.»

«Ja, aber dann die Festung; weißt du, Kurt, wieviel tausendmal wir schon gern eine Festung gehabt hätten?» erinnerte Karl; «fast noch lieber wollten wir keinen Schlitten, meinst du nicht auch?»

«Ja, schon», sagte Kurt zögernd, denn ihm war schon wieder ein neuer Gedanke aufgestiegen. «Oder wenn das Christkind eine Farbenschachtel brächte und wir wieder die großen Bilderbogen malen könnten?»

«Oh, oh!» stöhnte Karl ganz zusammengepreßt vor Entzücken und Erwartung.

Jetzt trat die Mutter ins Zimmer. «Kinder», sagte sie und winkte mit dem Finger, «drüben am Klavier sind die Lichter angezündet. Nun gehen wir, ein Lied zu singen. Wo ist Lissa?»

In der Dämmerung hatte die Mutter nicht bemerkt, daß Lissa keinen Laut von sich gegeben hatte. Jetzt trat sie hervor, und alle gingen hinüber zum Klavier. Da setzte sich die Mutter hin und spielte und sang vor. Kurt und Karl stimmten aus voller Kehle mit ein, und Lissa sang leise mit. Und als nun im Lied die Worte kamen:

«Jesus ist größer, Jesus ist größer,
der unser traurig Herz erfreut...»,

da sang der Karl sie so fröhlich schmetternd, daß man merken konnte, er hatte zur Zeit kein trauriges Herz. Aber die Lissa hatte erfahren, was das ist, ein trauriges Herz zu haben. Sie schluckte und schluckte und konnte nicht weitersingen. Als das Lied zu Ende gesungen war, stand die Mut-

* Keßler und Geiß sind Schlittennamen

ter auf und sagte: «Nun bleibt ihr still hier zusammen, bis ich wiederkomme.» Aber Lissa lief ihr nach und rief kläglich: «Mutter, Mutter, kann ich dich nicht etwas fragen?»

Die Mutter zog das Kind in ihre Schlafkammer hinein und fragte, was es begehre.

«Mama, kann der Herr Jesus alle, alle traurigen Herzen wieder fröhlich machen?» fragte Lissa verängstigt.

«Ja, Kind, alle», gab die Mutter zur Antwort, «alle, was auch auf ihnen liegt. Nur das eine kann er nicht fröhlich machen, das ein Unrecht festhalten und nicht ablegen will.»

Jetzt brach Lissa in lautes Weinen aus: «Ich will es ja nicht mehr festhalten», schluchzte sie auf, «ich will es ja sagen. Ich habe das Krausköpfchen doch mitgenommen und habe es dann vergessen und verloren, und dann habe ich es verschwiegen, und ich bin schuld, daß es verhungert und erfroren ist, und ich kann mich gar nicht mehr freuen, über gar nichts.»

Jetzt zog die Mutter Lissa liebreich zu sich und sagte tröstend: «Jetzt hast du erfahren, liebes Kind, wie ein Unrecht, das wir im Herzen festhalten, uns furchtbar unglücklich macht. Daran wirst du denken und es nie wieder tun wollen. Nun aber hast du es reuig bekannt, und nun kann und will der Heilige Christ in dein Herz einziehen und es wieder fröhlich machen; denn heute will er alle Herzen ganz besonders erfreuen. Jetzt trockne deine Tränen weg und geh zu den Brüdern hinüber, ich komme dir bald nach.»

Der Lissa war ein solches Gewicht vom Herzen genommen, und so leicht und frei fühlte sie sich, daß sie am liebsten über alle Berge gesprungen wäre. Erst jetzt stieg mit einem Male und mit aller Macht das Bewußtsein in ihr auf: Heut ist Weihnachten! Was kann heut noch alles geschehen! Es jubelte alles in ihr auf. Ein einziger Schatten stieg zwischendurch in ihrem Herzen empor: das Krausköpfchen! Wo mochte das verhungerte Krausköpfchen jetzt liegen?

Als Lissa in frohen Sprüngen zu den Brüdern herüberkam, mußten sie sich sehr verwundern. Aber Karl sagte gleich: «Es ist gut, daß du wieder so bist. Ich habe aber schon gedacht, zu Weihnachten würdest du dann wieder froh werden.»

Jetzt mußte Lissa ihrer freudigen Erregung und ihren eben erst erwachten Hoffnungen den Brüdern gegenüber ein wenig Luft machen. Aber wie sie mitten im eifrigen Mitteilen war, ertönte laut und noch lauter die Glocke des Hauses, und Karl rief ganz blaß vor Erregung: «Das Christkind!» In dem Augenblick machte die Mutter die Tür auf, und ein Lichtstrom floß von drüben herein – die Kinder stürzten hinüber.

Da strahlte und schimmerte und funkelte es ringsum, und vor wunderbarer Herrlichkeit konnte man erst gar nicht erkennen, was alles da war. Aber in der Mitte stand ein großer Tannenbaum mit hellen, strahlenden Lichtern von oben bis unten auf allen Zweigen, und rosige Engelchen und glänzende Sommervögel schwebten um die Lichter, und rote Erdbeeren und schimmernde Kirschen und goldige Birnen und Äpfelchen hingen an allen Ästen, und in sprachlosem Entzücken liefen die Kinder hin und her und um den Baum herum. Aber mit einem Male kam etwas hereingerannt, und plötzlich wurde Lissa fast umgeworfen. Sie stieß einen Freudenschrei aus – wahrhaftig, da war das Krausköpfchen! Kugelrund und frisch und mutwillig stieß es die Lissa an und rieb sein Köpfchen an ihr und blökte vor Freude laut auf. Kurt und Karl stürzten bei dem bekannten Ton herzu und konnten fast nicht glauben, was sie sahen. Nicht verhungert, nicht erfroren, ganz lebendig und lustig war das Krausköpfchen wieder da! Sie erdrückten es fast vor Liebe und Freude.

Aber Karl hatte eben noch etwas erblickt. Er tat einen hohen Sprung auf die Seite: «Kurt! Kurt!» schrie er außer sich, «die Festung! Die Festung!» Aber Kurt war schon auf die andere Seite gesprungen und rief zurück: «Komm hierher! Komm hierher! Da ist der neue Schlitten! Oh, der prachtvolle Schlitten!» Und wie Karl hinzurannte, schrie er noch einmal auf: «Oh, oh! Da steht die Farbenschachtel! Oh, so viele Pinsel drinnen!»

Lissa drückte und liebkoste immer noch das Krausköpfchen, denn sein Erscheinen war für sie das liebste Geschenk. Oh, wie konnte sie jetzt wieder fröhlich sein! Alles, alles war vorbei, was sie gequält hatte, alles war wieder gut! Wie war das nur möglich?

Auf einmal erblickte Lissa zwei Augen, ganz groß aufgesperrt, die starrten auf den strahlenden Baum in regungsloser Bewunderung. Das mußte ja der Seppli sein! Lissa stand vom Boden auf, wo sie beim Krausköpfchen gekauert hatte – richtig, da stand auch das Stanzeli neben dem Seppli und schaute mit staunenden Augen zu all den leuchtenden Herrlichkeiten auf.

Lissa ging zu den Kindern hin: «Bist du heute auf einmal zu mir gekommen, Stanzeli?» fragte sie. «Gelt, der Baum ist schön? Hast du gewußt, daß heute das Christkind kommen werde?»

«O nein! O nein!» sagte das Stanzeli ganz schüchtern und leise; «aber deine Mutter hat uns da hineingeführt. Erst heute hat der Pater Klemens gesagt, das Schäfchen gehöre euch, wir dürften es hinüberbringen.»

«So habt ihr das Krausköpfchen gebracht? Aber woher denn, Stanzeli? Wo war es denn? Wie kann es nur so gesund sein und so aussehen?»

Jetzt trat die Mutter herzu und sagte der Lissa, sie werde dann alles von ihr hören. Nun aber solle sie die Kinder zu dem Tisch am Fenster hinüberführen, denn das Christkind habe auch an sie gedacht. Aber zuerst brachte kein Zureden den Seppli vom Fleck weg; denn einen solch leuchtenden Baum mit den lockenden, schimmernden, wunderbaren Sachen an allen Ästen hatte er in seinem Leben noch nie gesehen. Er konnte seine Augen nicht mehr davon abwenden. Er tat keinen Schritt vorwärts, wie lockend auch die Einladung klang. Zuletzt sagte Lissa: «Komm nur, Seppli, du kannst dort vom Tisch aus den Baum genausogut sehen und dann noch dazu, was dir das Christkind gebracht hat.»

Jetzt bewegte sich der Seppli langsam und ohne vom Baum wegzusehen. Aber der Tisch bot ihm einen Anblick dar, den er nicht erwartet hatte. Auf einem Teller lag ein Lebkuchen, so groß, wie er noch keinen gesehen hatte, und ringsum lag eine ganze Menge roter Äpfel und großer Nüsse. Und daneben lag ein fester Rückentornister, in dem man alles tragen konnte, was man in der Schule brauchte, so daß man dann nie etwas verlor. Und das Buch und die Tafel und die Griffel, die der Seppli von Ostern an alle brauchen würde, lagen schon darin. Und daneben lag noch ein ganz festes Wams für den Seppli, wie er in seinem Leben noch keines gehabt hatte. Seit die Lissa gesagt hatte: «Das gehört dem Seppli», stand er wie versteinert an dem Tisch und schaute einmal nach dem Stanzeli, ob es auch glaube, es sei wahr, und dann wieder auf seine Schätze.

Das Stanzeli konnte sein schönes warmes Röckchen und die prächtig gefüllte Nähschachtel, die noch samt dem großen Lebkuchenteller daneben stand, auch nicht genug ansehen. Aber jetzt erschrak es sehr, denn der Herr Oberamtmann kam auf einmal mit einem Mann, der vorher mit dem Hans und der Trine bei der Tür gestanden hatte, gerade zu ihm hin, und der Herr Oberamtmann sagte: «Da seht einmal hin, kennen werdet Ihr sie freilich nicht mehr.»

Dann ging er wieder weg.

Der Mann streckte seine Hand aus: «Gib mir die Hand, Stanzeli», sagte er. Das Kind gehorchte und schaute mit seinen ernsthaften Augen fragend zu ihm auf.

«Stanzeli! Stanzeli!» sagte er jetzt ganz bewegt, «tu nicht so fremd zu mir! Du siehst ja grad aus den Augen wie deine selige Mutter. Komm, sag ein Wort, Stanzeli, ich bin ja dein

Vater, und du siehst mich grad an wie sie.» Und er mußte sich ein ums andere Mal die Augen wischen.

«Wir haben nur einen Großvater und dann noch eine Großmutter», erklärte jetzt der Seppli, der allem zugesehen hatte, bestimmt.

«Nein, nein, sicher, Seppli, ihr habt auch einen Vater, der bin ich», sagte der Vater und nahm jedes der Kinder bei einer Hand. «Ich will es euch jetzt gewiß zeigen; aber ihr müßt mich auch kennen. Stanzeli, gelt, du willst mit deinem Vater freundlich sein? Du bist ja grad so geworden, wie deine Mutter war.»

Der Mann mußte immerfort über seine Augen wischen.

«Ja, ich will schon», sagte das Stanzeli zaghaft. «Aber ich kenne Euch gar nicht.»

Der Oberamtmann hatte bis jetzt von der Seite auf die kleine Gruppe am Tisch hingeblickt. Nun trat er wieder hinzu. «Sepp», sagte er ernsthaft, «ich weiß noch einen Vater und auch eine Mutter, denen es weh tut, daß der Sohn sie nicht mehr kennt und kein gutes Wort und keinen dankbaren Gegendienst hat für sie, die ihm die eigenen Kinder so gut erhalten haben. Aber heut ist Weihnachten, heut sollen alle fröhlich werden. Geht, Sepp, spannt den Braunen in den Schlitten ein, Ihr sollt Eure Kinder heimfahren. Das andere will ich Euch überlassen.»

«Vergelt's Gott dem Herrn Oberamtmann, vergelt's Gott alles tausendfältig», sagte der Sepp und konnte es vor Rührung fast nicht herausbringen. «Der Herr Oberamtmann soll gewiß mit mir zufrieden sein, so gewiß, als ich wünsche, daß unser Hergott meiner armen Seele gnädig sei.»

«Gut! Gut! Jetzt drauf und dran, Sepp, und das dort kommt mit auf den Schlitten», und der Oberamtmann deutete auf einen großen Ballen, der neben dem Tisch der Kinder lag.

Der Sepp nahm ihn auf seine Schultern und ging.

Nun wurden alle die Gaben schön zusammengepackt, die

dem Stanzeli und Seppli gehörten, und dann verabschiedeten sich die Kinder, und es wurde ausgemacht, im Frühling sollten Seppli und Stanzeli am ersten schönen Sonntag wiederkommen, und dann würden auch Lissa und ihre Brüder einmal nach Altkirch kommen. Denn sie wollten sobald als möglich den Pater Klemens mit dem Krausköpfchen besuchen, um ihm für seine gute Verpflegung zu danken. Nun nahm die Trine jedes der Kinder an eine Hand, um sie unten im Schlitten einzupacken, und die Mutter rief ihr noch einmal nach: «Trine, packt sie beide um und um in die große Schlittendecke ein, daß sie nicht frieren können.»

Drinnen unter dem Christbaum dauerte aber noch lange, lange Zeit die Freude und der Jubel fort über die vielen, vielen wundervollen Gaben, die da ausgebreitet waren, und vor allem immer wieder über das neugeschenkte, fröhlich blökende Krausköpfchen.

Um die Zeit, da der kräftige Braune mit dem Schlitten von dem Hause des Oberamtmanns wegtrabte, kam über den mondbeschienenen Fußweg vom alten Kloster herunter der Pater Klemens gegangen. Er lächelte vergnüglich vor sich hin, denn er gedachte des Besuches, den er vor zehn Tagen drüben auf dem Rechberg gemacht hatte. Da hatte es sich erzeigt, daß es um den Sepp doch nicht so schlimm stand, wie zu befürchten war. Der Sepp war einem Meister fortgelaufen, der ihn übel behandelt hatte. Der Meister war aber ein reicher und angesehener Bauer und wollte sich so etwas nicht gefallen lassen. Er fing einen großen Lärm an und verklagte den Sepp, und so kam die Sache vor den Oberamtmann. Aber der sagte, ein Knecht dürfe nicht mißhandelt werden, wer auch der Meister sei, und der Sepp konnte seiner Wege gehen. So weit hatte der Pater die Sache vom Herrn Oberamtmann selbst erfahren, und nun erzählte er diesem ein wenig von den alten Eltern des Sepp und seinen zwei Kindern und wie der Sepp nicht böse geartet sei, aber leichtfertig, und wie er seit dem Verlust seiner Frau ganz aus dem guten Geleise gekommen sei. Er meinte, wenn der Herr Oberamtmann ihm ein wenig zureden wollte, so könnte das nur gut sein. Der Oberamtmann hatte dann dem Pater versprochen, das zu tun, und nachher hatte die Frau Oberamtmann noch weiter nach der Haushaltung des Weiden-Joseph und den Kindern gefragt, und so war man von einem auf das andere gekommen. Zuletzt hatte der Pater auch noch von dem Schäfchen erzählt, das die Kinder gefunden hatten und das nun in seiner Pflege war. Da kam dann auf einmal heraus, wem das verlorene Schäfchen gehörte und daß es das Krausköpfchen war. Da hatten der Herr und die Frau Oberamtmann eine sehr große Freude gezeigt und den Pater beauftragt, die Kinder doch selbst mit dem Schäfchen herüberzuschicken, und zwar am Weihnachtstag, damit sie auch einen Festabend mit einem Christbaum hätten.

Das war nun für den guten Pater eine außerordentliche Freude; er hatte aber von dem Christbaum kein Wort gesagt, weder den Alten noch den Kindern, und so lächelte er eben jetzt wieder ganz vergnüglich im Gedanken an die Überraschung der Kinder. Und da er gern ihre fröhlichen Gesichter sehen wollte und auch die Alten noch ein wenig froh zu sehen hoffte, wanderte er jetzt noch in der Dunkelheit der Weidenhütte zu. Sobald er in die Stube trat, rief ihm die Großmutter entgegen: «Gottlob, daß Ihr kommt, Vater! So bekommt man doch noch ein Wort zum Trost. Jetzt ist es schon so dunkel, und die Kinder sind noch auf dem Weg und müssen ja über den Zillerbach. Ach, wenn ihnen nur auch nichts begegnet ist.»

«Nein, nein, Großmutter», sagte der Pater in fröhlichem Ton, «heute wollen wir nicht mehr jammern, heut ist Freude, und der Heilige Christ wacht heute besonders über die Kinder und läßt keinem etwas geschehen. Jetzt wollen wir ein gutes Wort miteinander reden, so geht die Zeit am besten dahin, und Ihr kommt auch da herüber, Joseph, und haltet mit.»

Unterdessen ließ der Sepp den Braunen traben, daß es war, als flöge der Schlitten; denn den Sepp hatte ein solches Verlangen erfaßt, wieder einmal heimzukommen, daß es ihm gar nicht schnell genug ging. Seit sechs Jahren war er nicht mehr dagewesen, und war ihm zwischendurch hie und da der Gedanke an die Heimat aufgestiegen, so hatte er nur immer eine große Traurigkeit und Leere vor sich gesehen, wie er sie damals empfunden hatte, als ihm die Konstanze gestorben war. Um diesen Gedanken zu entfliehen, war der Sepp dann immer noch ein wenig weiter fortgelaufen. Aber heute, seit er seine Kinder gesehen hatte, kam ihm alles anders vor, und das Stanzeli hatte ihm so lebendig die selige Mutter vor Augen gebracht und alle die friedlichen Tage, die er mit ihr und seinen Eltern in der Weidenhütte verlebt hatte, daß er meinte, er könne es nicht aushalten, bis er die Hütte und Vater und Mutter wiedersehe.

Jetzt hielt der Schlitten bei der Weide. Der Sepp hob seine Kinder heraus und warf die dicke Decke über den Braunen hin. Dann nahm er auf der einen Seite das Stanzeli und auf der anderen den Seppli an der Hand und trat in die Stube ein. Da überkam es den Sepp aber so, daß er schluchzend auf das Bett zulief und ausrief: «Mutter! Vater! Seid doch nicht mehr böse auf mich und verzeiht mir. Ich will auch gewiß tun, was ich kann, daß Ihr noch bessere Tage seht. Ich weiß wohl, daß Ihr hart durchmußtet. Aber es soll, will's Gott, von heut an besser werden.»

Vater und Mutter mußten vor Freude weinen, und die Mutter sagte nur immer zwischendurch: «Ach, Sepp, Sepp, ist es denn möglich! Ich hätte nie glauben können, daß unser Herrgott dir das Herz so umkehren könnte. Jetzt will ich aber auch nur noch loben und danken, solange noch ein Atmen in mir ist.» Und der Vater gab dem Sohn die Hand und sagte: «So ist's recht, Sepp, es soll auch alles verziehen und vergessen sein, und sei du uns willkommen! Jetzt sag aber auch, wie du zu den Kindern kamst und wie es mit dir steht.»

Erst mußte der Sepp dem Pater Klemens noch die Hand drücken, der mit stillvergnügtem Lächeln allem zugehört hatte. Dann erfuhren die Eltern zu ihrem Erstaunen, daß der Herr Oberamtmann den Sepp als Knecht eingestellt und ihm schon sein Pferd mit dem Schlitten anvertraut hatte. Da der Hans und die Trine auf Neujahr einen eigenen Hausstand gründen wollten, war der Platz für einen Knecht frei geworden, und der Sepp fügte hocherfreut bei: «Und was für ein Platz! Ein so guter Herr, der einem zuredet wie ein Vater, und dazu ein so schöner Lohn und so manches Stück an Kleidern das Jahr durch, das weiß ich vom Hans. Ich habe aber schon den Herrn Oberamtmann gebeten, mir nichts von meinem Lohn zu geben, daß ich nichts vertun kann und ihr am Ende alles bekommen könnt. Jetzt habe ich Euch freilich noch nichts bringen können als nur den guten Willen.»

«Der ist auch was wert, und unser Herrgott lege seinen Segen darauf, Amen!» sagte der Pater Klemens.

Der Seppli war schon lange schwerbeladen hin und her gewandert und hatte keinen Platz und keine Aufmerksamkeit für seine Schätze gefunden. Aber jetzt konnte er an das Lager der Großmutter vordringen, und bald hatte er nun das halbe Bett mit seinen Geschenken bedeckt, und wie das Stanzeli das sah, kam es schnell herbei und bedeckte die andere Hälfte mit den seinigen. So schaute der Kopf der Großmutter wie mitten aus einer Jahrmarktsbude heraus, und sie mußte die Hände zusammenschlagen vor Verwunderung und wieder sagen: «Ist denn so etwas möglich!» Als aber nun der Sepp auf einmal noch den großen Ballen hereinbrachte und auseinanderrollte und nun drei, vier schöne, warme Bettstücke zum Vorschein kamen, da konnte die Großmutter vor Überraschung und großem Dank gar nichts mehr sagen; aber sie hatte jetzt die Hände gefaltet und dankte gewiß im stillen fort und fort. Der Großvater aber hob den harten Gegenstand vom Boden auf, der mitten aus den Bettstücken hervorgerollt war, und die Augen des Alten glänzten vor Freude; denn sein einziger Wunsch war in Erfüllung gegangen: Er hielt eine nagelneue Kaffeemühle in der Hand. Nun konnte er endlich einmal wieder ein rechtes Pulver bekommen und der Großmutter den Trank bereiten, wie er sein mußte.

Ein solcher Weihnachtsabend voll Glück und Freude war in der Hütte des Weiden-Joseph noch nie gefeiert worden. Der Sepp erlebte auch noch die ersehnte Freude, daß seine Kinder sich zutraulich auf ihn setzten, der Seppli auf das eine Knie, das Stanzeli auf das andere, und nun jedes den Vater am besten kennen wollte. Denn da sie gesehen hatten, wie er den Großvater und die Großmutter liebhatte und so nahe zu ihnen gehörte, da hatten sie ihn auch lieb und merkten, daß sie zu ihm gehörten.

Nun mußte der Sepp aber auf den Rechberg zurück. Doch er wußte, daß er bald wiederkommen und jeden Sonntagnachmittag bei seinen Leuten zubringen durfte, das hatte ihm der Oberamtmann zugesagt.

Als er schon im Schlitten saß und eben abfahren wollte, schoß der Seppli noch einmal herbei und rief: «Vater, wart, ich muß dir noch etwas sagen!», und als der Vater sich hinausbog, sagte der Seppli eindringlich in sein Ohr: «Vater, wenn du an der Kapelle vorbeikommst, so vergiß auch nicht, hineinzugehen und zu beten. Weißt, der liebe Gott schenkt einem dort immer etwas, man kann es zuerst nur nicht sehen, aber nachher dann schon.»

Denn der Seppli hatte gut gemerkt, daß alle die reichen Gaben von heute mit dem Schäfchen zusammenhingen, das ihnen der liebe Gott in der Kapelle zugeführt hatte, und erinnerte sich wohl, wie er sich geweigert hatte hineinzugehen. Das wollte er aber nie mehr tun.

Zwischen dem Rechberg und Altkirch ging es nun fleißig hin und her. Der Sepp ist als treuer und anhänglicher Knecht beim Herrn Oberamtmann und geht alle Sonntagnachmittage nach Altkirch hinüber und bringt ein frisches weißes Brot mit zum Kaffee. Der schmeckt nun auch, aus der neuen Mühle kommend, der Großmutter wieder so gut, daß er sie, vereint mit anderen stärkenden Mitteln, die vom Rechberg herübergeschickt werden, wieder zu neuen Kräften gebracht hat. Nun kann sie wieder selber herumwirtschaften und den Sepp in der aufgeräumten Sonntagsstube fröhlich mit dem Großvater und den Kindern empfangen, so daß sich der Sepp die ganze Woche darauf freut und nun immer im stillen sagen muß: «Daheim ist's doch am schönsten.»

Von Zeit zu Zeit dürfen seine Kinder ihn auch auf dem Rechberg besuchen. Dann gibt es jedesmal einen lustigen Tag für alle die Kinder zusammen, und das Krausköpfchen ist immer dabei und macht mit. Und oftmals schon, wenn Lissa es anschaute, dachte sie: Oh, wie ist mir wieder wohl! In meinem Leben will ich kein Unrecht mehr im Herzen zurückbehalten.

Der Toni von Kandergrund

Daheim im Steinhüttchen

Hoch oben im Berner Oberland, noch eine gute Strecke über das von Wiesen umsäumte Dörfchen Kandergrund hinaus, steht eine kleine, einsame Hütte, von einem alten Tannenbaum überschattet. Nicht weit davon stürzt von der bewaldeten Felsenhöhe der Wildbach nieder, der bei großen Regengüssen so viel Felsgestein und Geröll mit fortschwemmt, daß eine wüste Steinmasse zurückbleibt, wenn die Güsse vorüber sind; von einem raschen, aber klaren Wasser werden die Steine durchflossen. Darum heißt die kleine Behausung in der Nähe dieses Baches «die Steinhütte».

Hier wohnte der brave Tagelöhner Toni, der auf allen Bauernhöfen, wohin er auf Arbeit ging, wohlgelitten war, denn er war still und fleißig, pünktlich in der Arbeit und zuverlässig in seinem ganzen Wesen.

In seinem Hüttchen daheim hatte er eine junge Frau und ein Büblein, das die Freude der beiden war. Am Hüttchen in dem kleinen Stall stand die Geiß, von deren Milch Mutter und Kind sich ernährten, während der Vater die ganze Woche hindurch auf den Bauernhöfen, wo er vom Morgen bis zum Abend arbeitete, seine Kost erhielt. Nur den Sonntag brachte er daheim bei seiner Frau und dem kleinen Toni zu. Frau Elsbeth hielt ihr Häuschen in guter Ordnung. War es auch eng und klein, so sah es doch immer so sauber und aufgeräumt aus, daß jeder gern in das sonnige Stübchen eintrat, und dem Vater Toni war es nirgends so wohl wie daheim im Steinhüttchen mit seinem kleinen Buben auf dem Knie.

Fünf Jahre hatten die Leute so in Eintracht und ungestörtem Frieden gelebt. Hatten sie auch keinen Überfluß und wenig irdische Güter, so waren sie doch glücklich und zufrieden. Der Mann verdiente so viel, daß sie keinen Mangel litten, und mehr als ihren einfachen Unterhalt begehrten sie nicht; denn sie hatten einander lieb, und ihre größte Freude war der kleine Toni. Das Büblein wuchs frisch und gesund heran und erfreute mit seiner Fröhlichkeit des Vaters Herz, wenn dieser sonntags daheim bleiben konnte, und versüßte der Mutter alle Arbeit in den Wochentagen, wenn der Vater bis spät am Abend fortblieb. Der kleine Toni war nun vier Jahre alt und wußte schon bei allerlei kleinen Arbeiten behilflich zu sein, im Häuschen und im Geißenstall und auch im kleinen Acker hinter der Hütte. Vom Morgen bis zum Abend trippelte er fröhlich hinter der Mutter her, denn es war ihm so wohl wie den kleinen Vögeln in der alten Tanne droben. Kam der Samstagabend, so scheuerte und putzte die Mutter doppelt eifrig, um bald fertig zu werden, denn an dem Tag hatte der Vater früher als sonst Feierabend, und sie ging ihm dann, den kleinen Toni an der Hand, immer ein Stück entgegen. Das machte dem Kleinen eine besondere Freude. Er wußte nun auch schon genau, wie eine Arbeit der anderen in der Wirtschaft folgte. Fing die Mutter an zu scheuern, so sprang er schon vor Freude in der Stube herum und rief ein ums andere Mal: «Jetzt gehen wir zum Vater! Jetzt gehen wir zum Vater!», bis der Augenblick kam und die Mutter ihn bei der Hand nahm und mit ihm auszog.

So war im schönen Maimonat wieder ein Samstagabend gekommen. Draußen sangen die Vögel im Baum lustig zum blauen Himmel empor, drinnen scheuerte die Mutter emsig, daß sie bald in den goldenen Abend hinauskomme, und zwischendurch, bald draußen, bald drinnen, hüpfte der kleine Toni umher und jauchzte: «Jetzt gehen wir zum Vater!» Es währte auch nicht lange, so war die Arbeit fertig. Die Mutter legte ihr Tuch um, band die gute Schürze vor und trat aus der Hütte. Der Toni sprang vor Freude in die Höhe und dreimal um die Mutter herum, dann faßte er ihre Hand und jubelte noch einmal: «Jetzt gehen wir zum Vater!» Dann trippelte er neben der Mutter her in den sonnigen, lieblichen Abend hinaus. Sie wanderten dem Wildbach zu, über den hölzernen Steg, der darüber führte, und kamen auf den schmalen Fußweg, der durch die blumenreichen Wiesen sich hinaufschlängelte, bis zum Mattenhof, wo der Vater arbeitete.

Jetzt fielen von der untergehenden Sonne die letzten Strahlen über die Wiesen hin, und von Kandergrund herauf ertönte die Abendglocke.

Die Mutter stand still und faltete die Hände.

«Leg deine Hände zusammen, Toneli», sagte sie, «es ist die Betglocke.»

Der Kleine gehorchte.

«Was muß ich beten, Mutter?» fragte er dann.

«Gib uns und allen Müden einen seligen Sonntag! Amen!» sprach andächtig die Mutter.

Toneli betete dasselbe. Plötzlich schrie er: «Der Vater kommt!»

Vom Mattenhof herunter kam einer gelaufen, so schnell er konnte.

«Das ist nicht der Vater», sagte die Mutter, und beide gingen dem Laufenden entgegen. Als sie einander erreicht hatten, stand der Mann still und sagte keuchend: «Geht nicht weiter, kehrt um, Elsbeth, ich wollte gerade zu Euch, es ist etwas geschehen.»

«Ach, du mein Gott!» rief die Frau in höchster Angst; «ist's etwas mit dem Toni?»

«Ja, er war beim Holzfällen mit, und da ist er getroffen worden. Sie haben ihn heimgebracht, er liegt oben im Mattenhof – aber geht nicht hinauf», fügte er hinzu und hielt die Elsbeth fest, die gleich fortwollte, sobald sie die Nachricht vernommen hatte.

«Nicht hinauf?» sagte sie rasch, «ich muß doch zu ihm, ich muß ihm helfen und sehen, daß sie ihn heimbringen.»

«Ihr könnt nichts helfen, er ist – er ist schon tot», brachte der Bote jetzt mit unsicherer Stimme hervor. Dann kehrte er um und lief wieder zurück, froh, seinen Auftrag vom Herzen zu haben.

Die Frau Elsbeth war auf den Stein am Weg niedergesunken, unfähig zu stehen oder zu gehen. Sie hielt ihre Schürze vor das Gesicht und brach in ein Weinen und Schluchzen aus, daß es dem Toneli angst und bange wurde, er schmiegte sich ganz nahe an die Mutter und begann auch zu weinen.

Es war schon dunkel, als Elsbeth sich endlich wieder fassen und an ihr Kind denken konnte. Der Kleine saß noch neben ihr auf dem Boden, hatte beide kleinen Hände in die Arme gedrückt und wimmerte kläglich. Die Mutter zog ihn in die Höhe.

«Komm, Toneli, wir müssen heim, es ist spät», sagte sie und nahm ihn bei der Hand. – Aber er widerstrebte.

«Nein, nein, wir müssen noch auf den Vater warten!» sagte er und zog die Mutter zurück.

Sie konnte wieder die Tränen nicht zurückhalten. «Ach, Toneli, der Vater kommt nicht mehr», sagte sie mit unterdrücktem Schluchzen. «Er feiert jetzt schon den seligen Sonntag, den wir für die Müden erbeten haben. Sieh, der liebe Gott hat ihn in den Himmel genommen. Da hat er's jetzt so schön, daß er am liebsten dort bleibt.»

«Dann wollen wir auch gehen», meinte Toneli und machte sich gleich auf den Weg.

«Ja, ja, wir kommen dann auch hin», versprach die Mutter. «Aber jetzt müssen wir zuerst noch heim ins Steinhüttchen», und schweigend ging sie mit dem Kleinen nach der stillen Hütte zurück.

Der Mattenhofbauer ließ der Elsbeth am anderen Tage sagen, er wolle alles besorgen, was für ihren Mann noch getan werden müsse, sie solle dann nur zum Begräbnis kommen, vorher nicht; denn sie würde ihren Mann nicht mehr erkennen. Er schickte ihr auch ein Stücklein Geld, damit sie für die nächste Zeit nicht zu große Sorgen habe, und versprach, auch später an sie denken zu wollen. Elsbeth tat, wie er ihr riet. Sie blieb daheim, bis unten in Kandergrund die Glocken ertönten, die zum Begräbnis riefen. Dann ging sie, ihren Mann zu seiner Ruhestätte zu begleiten. –

Es kamen traurige und schwere Tage für die Elsbeth. Ihr braver, guter Mann fehlte ihr überall, sie fühlte sich ganz verlassen ohne ihn. Dazu kamen nun die Sorgen, die sie bis jetzt wenig gekannt, da ihr Mann täglich seinen guten Verdienst gehabt hatte. Jetzt aber meinte sie zuweilen, sie müsse fast verzagen. Sie hatte nichts als ihre Geiß und das Kartoffeläckerchen hinter der Hütte. Daraus mußte sie sich und den Kleinen ernähren und kleiden und dazu den Zins für das kleine Haus zusammenbringen.

Die Elsbeth hatte nur einen Trost, aber einen, der sie immer wieder aufrichtete, wenn Schmerz und Sorgen sie erdrücken wollten: Sie konnte beten, und wenn auch manchmal unter Tränen, doch immer mit der festen Zuversicht, daß der liebe Gott auf ihr Flehen höre. Hatte sie am Abend ihren kleinen Toni in sein Bettchen gelegt, so kniete sie bei ihm nieder und betete laut ihr altes Lied, das ihr jetzt so tief aus dem Herzen kam wie nie zuvor:

«Ach, lieber Gott, ach, Vaterherz,
mein Trost von so viel Jahren,
wie läßt du mich so manchen Schmerz
und große Angst erfahren!

Ach, Herr, wie lange willst du mein
so ganz und gar verlassen?
Wie lange soll ich traurig sein,
mein Brot mit Tränen essen?

Nach dir, o Herr, verlanget mich
im Jammer dieser Erden;
mein Gott, ich harr' und hoff' auf dich,
laß nicht zuschanden werden,

Herr, deine Magd, laß unverzagt
mich tragen, was du schicktest,
bis du mein Schrei'n vom Himmel dein
erhörst und mich erquickest!»

Und unter dem dringenden Flehen flossen der Mutter reichlich die Tränen, und der kleine Toni wurde in seinem Herzen tief von der Mutter Weinen und innigem Gebet bewegt, hielt fest seine Hände gefaltet und weinte leise mit.

So ging die Zeit dahin. Elsbeth kämpfte sich durch, und der kleine Toni konnte ihr schon in mancherlei Geschäften behilflich sein, denn er war nun sieben Jahre alt geworden. Er war der Mutter einzige Freude; und Freude konnte sie an ihm haben, denn er war folgsam und willig zu allem, was sie von ihm haben wollte. Er war immer so ganz unzertrennlich mit seiner Mutter gewesen, daß er genau wußte, wie die Geschäfte des Tages getan sein mußten, und er begehrte nichts mehr, als der Mutter zu helfen, wo er konnte. Arbeitete sie auf dem Äckerchen, so kauerte er neben ihr, rupfte das Unkraut aus und warf die Steine auf den Weg hinüber. Holte die Mutter die Geiß aus dem Stall, damit sie das Gras um die Hütte her abweiden könne, so ging er Schritt für Schritt mit ihr, denn die Mutter hatte ihm gesagt, er müsse sie hüten, damit sie nicht fortlaufe. Saß die Mutter im Winter an ihrem Spinnrad, so saß er die ganze Zeit neben ihr und flocht aus festen Tuchstreifen seine Winterschuhe, wie die Mutter es ihn gelehrt hatte. Er hatte keinen größeren Wunsch, als seine Mutter froh und zufrieden zu sehen. Sein größtes Glück aber war, wenn wieder der Sonntag kam und die Mutter von aller Arbeit ruhte, mit ihm auf der kleinen hölzernen Bank vor dem Hüttchen saß, ihm vom Vater erzählte und er sonst allerlei Gespräche mit ihr führen konnte.

Nun aber war die Zeit gekommen, da Toni zur Schule mußte. Es kam ihn sehr hart an, von seiner Mutter fortzugehen und so lange von ihr fortzubleiben. Der weite Weg nach Kandergrund hinunter und wieder herauf kostete schon viel Zeit, so daß den Tag über der Toni nun fast nie mehr mit seiner Mutter zusammen war, nur noch am Abend. Er kam zwar immer so schnell nach Haus, daß sie es fast nicht begreifen konnte, denn er freute sich schon den ganzen Tag darauf, wieder daheim zu sein. Mit den Schulgenossen verlor er keine Zeit, sondern lief gleich von ihnen weg, sobald die Schule zu Ende war. Er war nicht an die Art der anderen Buben gewöhnt, da er ja stets ganz allein, nur mit der still arbeitenden Mutter gewesen und gewohnt war, ohne Lärm immerfort bei einer bestimmten Beschäftigung zu sein.

So war es ihm ganz fremd, und er hatte keine Freude daran, wenn die Buben beim Heraustreten aus dem Schulhause ein großes Geschrei erhoben, einer dem anderen nachlief, versuchten, wer der Stärkere sei, und einander zu Boden warfen oder sich so umherbalgten, daß die Mützen weit wegflogen und die Kittel halb durchgerissen wurden. Oft riefen ihm diese Kämpfer zu: «Komm und mach mit!» Und wenn er dann davonlief, riefen sie ihm nach: «Du bist ein Duckmäuser!» Aber das machte ihm wenig, er hörte es nicht lange, denn er lief aus allen Kräften, um wieder daheim bei der Mutter zu sein.

Jetzt war ihm in der Schule ein neues Interesse aufgegangen: Er hatte auf weißen Tafeln schöne Tiere abgebildet gesehen, welche die Kinder der oberen Klasse nachzeichneten. Schnell versuchte er das auch mit dem Bleistift, und daheim fuhr er dann fort, die Tiere wieder und wieder zu zeichnen, solange er noch ein Stücklein Papier hatte. Dann schnitt er die Tiere aus und wollte sie auf den Tisch stellen; aber das ging nicht. Da kam er plötzlich auf den Gedanken, daß, wenn sie von Holz wären, sie gewiß stehen könnten. Er fing schnell an, mit seinem Messer an einem Holzstückchen herumzuschneiden, bis ein Leib und vier Beine da waren. Aber zu einem Hals und dem Kopf darauf reichte das Holz nicht. Er mußte ein anderes Stück nehmen und von Anfang an berechnen, wie hoch es sein und wo der Kopf sitzen müsse. So schnitzte der Toni mit vieler Ausdauer immerzu, bis er etwas wie eine Geiß zurechtgebracht hatte und es nun mit großer Befriedigung der Mutter zeigen konnte. Sie war sehr erfreut über seine Geschicklichkeit und sagte: «Du wirst gewiß einmal ein Holzschnitzer und ein recht guter.» – Von der Zeit an schaute Toni alle Stückchen Holz, die auf seinem Weg lagen, darauf an, ob sie gut zum Schnitzen wären, und fand er das, so packte er sie schnell ein, so daß er manchmal alle Taschen voller Holzstücke heimbrachte, diese dann wie Schätze auf ein Häufchen sammelte und in jeder freien Minute wieder zu schnitzen anfing.

So vergingen die Jahre. Hatte Elsbeth auch immer vielerlei Sorgen, so erlebte sie doch an ihrem Toni nur Freude. Er hing an ihr mit immer gleicher Liebe, half ihr in allem, so gut er nur konnte, und lebte daneben ganz und gar in seiner stillen Beschäftigung, in der er es nach und nach zu einer ganz erfreulichen Geschicklichkeit brachte. Dem Toni war es auch nirgends so wohl, als wenn er im Steinhüttchen bei seiner Schnitzerei saß und die Mutter froh geschäftig bald hinausging, bald hereinkam, ihm immer wieder ein freundliches Wort sagte und zuletzt sich neben ihn an ihr Spinnrad setzte.

Ein schwerer Spruch

Toni war im Winter schon zwölf Jahre alt geworden. Er hatte nun die Schule hinter sich, und die Zeit war gekommen, da man sich nach einer Arbeit für ihn umsehen mußte, die ihm etwas eintrug und bei der er lernen konnte, was ihm für die kommenden Jahre nötig war. Der Frühling war da, und auf den Feldern hatte die Arbeit begonnen. Die Mutter meinte, es sei am besten, wenn sie den Mattenhofbauern frage, ob er etwas leichte Arbeit für den Toni hätte. Aber jedesmal, wenn sie davon anfing, bat er dringend: «Ach, Mutter, tu's doch nicht, laß mich doch ein Schnitzer werden!»

Dagegen hätte sie nun nichts gehabt. Aber sie wußte keinen Weg, wie das zu machen sei, und den Bauern oben auf dem Mattenhof kannte sie ja von ihrem Mann her. Er hatte ihr auch seit dessen Tod von Zeit zu Zeit ein wenig Holz oder Mehl geschickt. Sie hoffte, daß er den Toni erst für leichtere Dienste auf dem Feld verwenden würde, so daß dieser nach und nach die schwerere Arbeit erlerne. So sagte sie noch einmal, als sie am Samstagabend nach vollendetem Tagewerk mit dem Toni bei ihrem spärlichen Abendessen saß: «Toni, nun müssen wir etwas unternehmen. Ich meine, es wäre das Beste, wenn ich morgen nach dem Mattenhof hinaufginge.»

«Ach, Mutter, tu nur das nicht!» bat der Toni gleich flehentlich, «geh nur nicht zu dem Bauer! Laß mich nur ein Holzschnitzer werden, ich will gewiß auch so fleißig sein, daß ich genug verdiene und du nicht mehr so angestrengt arbeiten mußt, und dann kann ich bei dir daheim bleiben. Sonst müßtest du ja ganz allein sein, und ich kann es auch nicht aushalten, wenn ich immer fort sein muß. Laß mich bei dir, schick mich nicht fort, Mutter!»

«Ach, du guter Toni», sagte die Mutter, «was wollt ich dafür geben, daß ich dich immer bei mir behalten könnte! Aber es wird ja nicht sein können. Zum Holzschnitzen weiß ich keinen Weg, es müßte dir's ja jemand zeigen. Und wenn du's auch könntest, wie wollen wir denn die Sachen verkaufen? Da muß man Leute kennen und herumkommen, sonst bringt die Arbeit keinen Verdienst ein. Wenn ich nur mit jemand reden könnte, der mir einen guten Rat gäbe.»

«Kennst du gar niemand, Mutter, den man fragen könnte?» sagte Toni betrübt und grübelte nach, wo jemand zu finden wäre. Auch die Mutter besann sich.

«Ich meine, ich sollte zum Herrn Pfarrer gehen, der gibt mir schon einen Rat», sagte die Mutter, selbst erfreut über den Ausweg, den sie gefunden hatte.

Toni war ganz glücklich, und nun wurde gleich ausgemacht, daß sie früh am Morgen zur Kirche hinuntergehen wollten, dann sollte die Mutter zum Herrn Pfarrer hineingehen und der Toni draußen auf sie warten. Wie sie sich vorgenommen, so wurde am Sonntagmorgen alles ausgeführt. Die Mutter hatte von den geschnitzten kleinen Tieren zwei in die Tasche gesteckt, um sie dem Herrn Pfarrer als Beweis der guten Anlagen ihres Jungen zu zeigen. Der Pfarrer empfing sie sehr freundlich. Sie mußte sich neben ihn setzen, und er fragte teilnehmend nach ihrem Anliegen, denn er kannte die Elsbeth und wußte, wie brav sie sich durch alle schweren Tage geholfen hatte. Sie erzählte ihm nun die ganze Sache: wie Toni von früh auf sich so gern mit Schnitzen beschäftigt habe und nun nichts sehnlicher wünsche, als dieses Handwerk zu betreiben, wie sie aber keinen Weg zum Erlernen wisse und auch nicht, wie nachher die Arbeiten verkauft werden könnten. Zuletzt zeigte sie die beiden Tierlein als Beweis von Tonis Geschicklichkeit. Der Herr Pfarrer stellte nun der Frau vor, daß die Sache schwer auszuführen sei. Wären auch die zwei Geißlein gar nicht übel geschnitzt, so müßte doch Toni, um wirklich etwas Rechtes zu leisten und sein Brot damit zu verdienen, erst bei einem guten Schnitzer lernen; denn nur kleine Tierlein oder Schächtelchen verfertigen, das sei nichts, bringe auch nichts ein. Er würde nur seine Zeit damit verlieren. Es sei aber unten im Dorfe Frutigen ein sehr geschickter, weit bekannter Holzschnitzer, der mache prächtige, große Arbeiten, die weit in die Welt bis nach Amerika hinauskämen. Der schneide ganze Tiergruppen auf hohen Felsen aus, Gemsen und Adler und ganze Berge mit den Sennhirten und den Kühen. Mit diesem Schnitzer möge Elsbeth reden. Würde der Toni bei ihm lernen, so könnte er ihm dann auch zum Absatz der fertigen Arbeiten verhelfen, er habe genug Wege dazu offen.

Die Elsbeth verließ mit Dank und neuer Hoffnung im Herzen den Herrn Pfarrer. Vor dem Hause wartete Toni in großer Spannung. Sogleich mußte sie alles berichten, was der Herr Pfarrer gesagt hatte, und als sie zuletzt von dem Schnitzer in Frutigen erzählte, stand der Toni plötzlich still und bat: «So komm doch, Mutter, wir wollen gleich auf der Stelle hingehen.»

Daran hatte aber die Mutter gar nicht gedacht. Sie machte vielerlei Einwendungen, doch der Toni bat so eindringlich, daß sie endlich sagte: «Heim müssen wir noch und etwas essen, der Weg ist zu weit. Aber wir können das geschwind abtun und dann gleich wieder fortgehen.» So wanderten sie eilends dem Hüttchen zu, nahmen ein wenig Milch und Brot zu sich und machten sich gleich wieder auf den Weg. Sie hatten mehrere Stunden zu gehen. Aber Toni war so mit den Plänen und Gedanken für die Zukunft beschäftigt, daß ihm die Zeit verflog wie ein Traum und er ganz erstaunt aufschaute, als die Mutter sagte: «Sieh, dort ist der Kirchturm von Frutigen!»

Bald standen sie vor dem Hause des Holzschnitzers und hörten von den Kindern vor der Tür, daß der Vater daheim sei.

Drinnen in der großen getäfelten Stube saß der Schnitzer mit seiner Frau am Tisch und schaute mit ihr in einem großen Buch schön gemalte Tierbilder an. Das konnte er für sein Handwerk gut gebrauchen. Als die beiden eintraten, hieß er sie willkommen und lud sie ein, Platz auf der hölzernen Bank zu nehmen, auf der er selbst mit seiner Frau saß und die längs der Wand um die ganze Stube ging. Elsbeth folgte der Einladung und begann gleich, dem Schnitzer zu berichten, weshalb sie gekommen sei und was sie so gern von ihm wüßten.

Derweilen stand der Toni wie an den Boden gewurzelt da, und seine Augen starrten unbeweglich auf einen Punkt. Vor ihm an der Wand stand ein Glasschrank, darin waren zwei aus Holz geschnittene hohe Felsblöcke zu sehen. Auf dem einen stand eine Gemse mit ihren Jungen. Sie hatten so zierliche, schlanke Beinchen, und die feinen Köpfe saßen so natürlich auf den Hälsen, daß es war, als sei alles an ihnen in Bewegung und gar nicht von Holz gemacht. Auf dem anderen Felsblock stand ein Jäger, die Flinte hing an seiner Seite, der Hut, sogar mit der Feder daran, saß auf dem Kopfe, alles so fein geschnitzt, daß man meinte, es müsse ein wirklicher Hut und eine wirkliche kleine Feder sein, und doch war alles aus Holz.

Neben dem Jäger stand der Hund, und es war nicht anders, als wedele er gerade mit dem Schwanze. Toni war wie verzaubert. Er bewegte sich nicht und holte kaum Atem.

Als die Mutter ausgeredet hatte, sagte der Schnitzer, es komme ihm fast vor, als meine sie, die Sache gehe so halb von selbst, das sei aber nicht so. Wenn etwas Rechtes geleistet werden sollte, so kostete das Lernen viel Zeit und Mühe. Doch wäre er nicht abgeneigt, den Buben zu übernehmen; es schiene ihm, als habe er Lust zu der Sache. Er müsse aber ein paar Monate gegen ein Kostgeld in Frutigen bleiben und außerdem ein Lehrgeld bezahlen, etwa ebensoviel wie das Kostgeld, und die Frau müsse selbst wissen, ob sie so viel an den Buben wagen könne. Er wolle dagegen versprechen, daß der Bub etwas Rechtes lerne, sie möge dort im Kasten sehen, was er ihn lehren könne.

Die Elsbeth konnte vor Leid und Schrecken zuerst kein Wort antworten. Nun wußte sie, daß es eine völlige Unmöglichkeit sei, ihres Buben höchsten Wunsch zu erfüllen. Das notwendige Kost- und Lehrgeld überstieg alles, was sie erschwingen konnte, so weit, daß die Frage schon entschieden war. Es war alles aus mit Tonis Plänen.

Sie stand auf und dankte dem Schnitzer für seine Bereitwilligkeit, den Buben zu nehmen; sie müsse aber darauf verzichten. Dann winkte sie dem Toni. Dessen Blicke aber waren immer noch so unbeweglich auf den Schrank gerichtet, daß er nichts bemerkte. Sie nahm ihn bei der Hand und zog ihn leise zur Tür hinaus.

Draußen sagte Toni mit einem tiefen Atemzuge: «Hast du's gesehen im Schrank? Mutter, hast du's gesehen?»

«Ja, ja, ich hab es schon gesehen, Toni», entgegnete die Mutter seufzend. «Aber hast du gehört, was der Schnitzer sagte?»

Toni aber hatte nichts gehört, alle seine Sinne waren auf einen Punkt gerichtet gewesen. «Nein, ich habe nichts gehört. Wann kann ich gehen?» fragte er verlangend.

«Ach, es ist nicht möglich, Toni, nimm's nur nicht gar so sehr zu Herzen! Sieh, ich kann's nicht machen, ich täte es gar zu gern», versicherte die Mutter. «Aber es käme alles miteinander höher als ein ganzer Jahreszins, und du weißt es, wie hart ich arbeiten muß, um den jährlich zu erschwingen.»

Es war ein harter Schlag für den Toni. Die ganze Hoffnung vieler Jahre lag vernichtet vor ihm. Aber er wußte, wie seine Mutter arbeitete, wie wenig Gutes sie sich gönnte und wie sie immer noch darauf sann, ihm, wo sie konnte, eine kleine Freude zu machen. Er sagte auch kein Wort und schluckte nur ganz still seine aufsteigenden Tränen hinunter. Aber er wurde jetzt erst recht betrübt, daß alle Hoffnung dahin war. Denn zum erstenmal hatte er gesehen, welche wundervollen Sachen man aus einem Stück Holz zu schaffen imstande sei.

Oben in den Bergen

Am anderen Morgen ließ der Mattenhofbauer der Elsbeth sagen, sie solle gegen Abend zu ihm heraufkommen, er habe mit ihr zu reden. Zur rechten Zeit legte sie ihre Hacke weg, band die saubere Schürze um und sagte: «Mach noch fertig, Toni, mit dem Aufhacken, dann kannst du die Geiß melken und ihr ein wenig frische Streu geben, daß sie besser liegt. Bis dahin komme ich wieder.» Sie ging zum Mattenhof hinauf. Der Bauer stand unter dem offenen Scheunentor und schaute mit vergnügtem Gesicht nach seinen schönen Kühen, die in langer Reihe zum Brunnen wanderten. Elsbeth trat zu ihm.

«So, es ist recht, daß Ihr kommt», sagte er, ihr die Hand hinhaltend. «Ich habe an Euch gedacht um des Buben willen. Der ist jetzt in dem Alter, etwas leichte Arbeit übernehmen und Euch ein wenig helfen zu können, wenigstens sich selbst durchzubringen.»

«Auch ich habe schon daran gedacht», entgegnete Elsbeth, «und wollte Euch fragen, ob Ihr ihn etwa zu kleinen Arbeiten auf dem Felde brauchen könntet?»

«Das trifft sich gut», fuhr der Mattenbauer fort, «ich habe ein Pöstlein für ihn, gesund und wenig Mühe, sozusagen gar keine. Er kann auf die kleinere Alp mit den Kühen. Auf der großen ist der Senn mit seinem Buben, und ein Knecht ist auch dort, der kommt alle Morgen und Abend herüber zum Melken, so ist der Bub ja nicht ganz allein und hat nichts zu tun, als die Kühe zu hüten, daß keine sich verläuft, daß sie sich nicht mit den Hörnern stoßen oder sonst etwas Ungeschicktes tun. Dabei sitzt er auf der Alp, ist allein Meister und bekommt Milch, soviel er will. Besser kann es kein König haben.»

Die Elsbeth war ein wenig erschreckt über das Anerbieten. Wenn der Toni bisher schon mehr unter die Knechte gekommen und beim Vieh gewesen wäre, oder wenn er von Natur eine andere Art gehabt hätte, wilder und mehr zum

Hin- und Herfahren und Kommandieren geneigt – aber so still und schüchtern, wie er war, und dazu ohne Kenntnis der Sache zum erstenmal gleich ganz allein für mehrere Monate von daheim fort auf eine Alp hinaufzukommen, einer Herde Kühe zu wehren, das kam ihr fast zu schwer vor für den Toni. Wie wäre der arme Bub, der gar nicht besonders kräftig war, verlassen, wenn ihm oder der Herde etwas zustieße! Sie sprach dem Bauern alle ihre Bedenken aus, aber er ließ nichts gelten. Er meinte, gerade für den Buben sei es gut, daß er einmal hinauskomme. Oben auf der Alp werde er auch kräftiger als daheim werden, und zustoßen könne ihm nichts. Man gebe ihm ein Horn mit, und sollte einmal etwas Besonderes vorfallen, dann brauche er nur tüchtig zu blasen, und auf der Stelle komme der Knecht von der anderen Alp herüber. In einer guten halben Stunde sei er da.

Elsbeth dachte zuletzt, der Bauer verstünde es wohl besser als sie, und so wurde ausgemacht: nächste Woche, wenn die Kühe nach der Alp hinaufziehen, geht der Toni mit. «Er soll ein gutes Stücklein Geld und einen neuen Anzug haben, wenn er herunterkommt. Das tut auch gut für den Winter», sagte schließlich der Bauer.

Die Elsbeth nahm dankend Abschied und kehrte heim.

Toni wollte zuerst widerstreben, als er hörte, daß er für so lange fort sollte, ohne nur ein einziges Mal zwischendurch heimkommen zu können. Aber die Mutter stellte ihm vor, wie leicht der Dienst sei, daß er droben recht kräftig werde und dadurch später bessere Arbeit bekomme, und der Mattenhofbauer wolle ihm einen neuen Anzug und ein Stück Geld als Lohn geben. Da widerstand Toni nicht mehr, sondern sagte, er wolle ja gern auch etwas tun und die Mutter nicht allein arbeiten lassen.

Jetzt kam der Elsbeth auch in den Sinn: wenn der Toni den ganzen Sommer fort sei, so könne sie ja vielleicht nach Interlaken in eines der großen Gasthäuser gehen, wo den Sommer über so viele Fremde sind. Da könne sie ein gutes

Stück Geld verdienen und dem kommenden Winter einmal ohne Sorgen entgegengehen. In Interlaken war sie schon bekannt, denn sie hatte vor ihrer Verheiratung mehrere Sommer in einem Gasthaus als Zimmermädchen gedient.

Als nun der Tag kam, wo die große Schar der Kühe auf die Alp ziehen sollte, da übergab die Mutter dem Toni sein Bündelchen und sagte: «So, nun geh in Gottes Namen! Vergiß nicht zu beten, wenn der Tag anfängt und wenn er ausgeht, so wird dich der liebe Gott auch nicht vergessen, und sein Schutz ist besser als Menschenschutz.»

So zog der Toni mit seinem Bündelchen hinter der Herde zur Alp hinauf.

Gleich darauf schloß Elsbeth ihre Hütte. Die Geiß brachte sie auf den Mattenhof. Als der Bauer vernommen, daß sie nach Interlaken gehe, hatte er ihr versprochen, die Geiß zu nehmen, und gemeint, wenn Elsbeth wieder heimkomme, werde sie ihr doppelt soviel Milch geben, und was er davon gewinne, das solle die Elsbeth an Käse wiederbekommen. Nun ging sie hinunter nach Interlaken.

Die Herde war schon einige Stunden lang in die Höhe gestiegen. Der Senn schwenkte nun mit der großen Schar links ab, und der Knecht stieg mit Toni rechts hinan, von der kleineren Schar gefolgt, die aus wenigen Kühen, aber vielen jungen Rindern bestand; denn viele Kühe konnte man auf der kleinen Alp nicht haben, weil die Milch auf die große hinübergetragen werden mußte, wo die Sennhütte stand.

Jetzt waren sie auf dem höchsten Punkt der Alp angekommen. Da stand eine kleine Hütte. Ringsum war nichts als Weide, kein Baum, kein Strauch. In der Hütte war auf der einen Seite eine kleine Bank an der Wand festgenagelt, davor stand ein Tisch. Auf der anderen Seite war ein Heulager errichtet. In der Ecke stand noch ein kleines rundes Stühlchen und auf diesem ein hölzerner Krug. Toni und der Knecht waren hineingetreten. Dieser stellte das große hölzerne Milchgefäß, das er auf dem Rücken hinaufgetragen hatte, auf den Boden, langte daraus ein rundes Brot und ein großes Stück Käse hervor, legte beides auf den Tisch und sagte: «Ein Messer wirst du haben.» Toni bejahte es. Jetzt erfaßte der Knecht den hölzernen Krug, schwang das große Milchgefäß wieder auf den Rücken und ging hinaus. Toni folgte ihm. Der Knecht hob einen hölzernen Eimer aus dem großen Gefäß hervor, setzte sich auf das kleine runde Stühlchen, das er aus der Hütte genommen, und fing an, eine Kuh nach der anderen zu melken. War eine zu weit weg, so rief er: «Treib sie her!» Und Toni gehorchte. War der Eimer angefüllt, so goß er die Milch in das große Gefäß, und schweigend fuhr er so fort, bis alle Kühe gemolken waren. Zum Schluß füllte der Knecht noch den Krug mit Milch, reichte ihn dem Toni hin, nahm das Gefäß auf den Rücken, den Eimer in die Hand und sagte: «Gute Nacht!» Damit ging er die Alp hinunter.

Jetzt war Toni ganz allein. Er stellte seinen Milchkrug in die Hütte hinein und kam wieder heraus. Er schaute ringsum nach allen Seiten. Drüben sah er die große Alp mit der Sennhütte; aber zwischen ihr und seiner Alp war ein weites Tal, da mußte man erst hinunter, um zur großen hinaufzusteigen.

Ringsum aber um beide Alpen schauten große, dunkle Bergmassen nieder, die einen felsig, grau und zerklüftet, die anderen mit Schnee bedeckt, alle zum Himmel aufragend, so hoch und gewaltig und mit so verschiedenen Zacken und Hörnern und wieder mit so breiten Rücken, daß es dem Toni fast vorkam, als seien es ungeheure Riesen, von denen jeder sein eigenes Gesicht habe und auf ihn niederschaue. Aber es war ein heller Abend. Die Alp drüben hatte eben noch golden im Abendschein geglänzt, und jetzt kam ein Sternlein über den dunklen Bergen zum Vorschein und schaute so freundlich zu Toni nieder, daß es ihm wohltat. Er dachte an die Mutter, wo sie jetzt wohl sei und wie er sonst um diese Zeit noch mit ihr vor dem Hüttchen gestanden und sie so freundlich zu ihm geredet hatte. Da überkam ihn mit einem Male so ein Gefühl der Einsamkeit, daß er in die Hütte lief, sich auf sein Lager warf, sein Gesicht in das Heu drückte und leise schluchzte, bis die Müdigkeit des Tages ihn übermannte und er einschlief.

Der helle Morgen lockte ihn früh hinaus. Schon war der Knecht draußen, melkte die Kühe, sagte kein Wort und ging wieder.

Nun folgte ein langer, langer Tag. Es war völlig still ringsum. Die Kühe grasten und lagen umher auf der sonnenbeschienenen Weide. Toni ging ein paarmal in die Hütte hinein, trank von seiner Milch und aß von dem Brot und dem Käse; dann kam er wieder heraus, setzte sich auf den Boden hin und schnitzte an den Holzstücken herum, die er in seine Tasche gesteckt hatte. Denn war auch keine Hoffnung mehr, ein Holzschnitzer werden zu dürfen, so konnte er es doch nicht lassen, für sich zu schnitzen, so gut er es vermochte. Endlich wurde es wieder Abend. Der Knecht kam und ging, er sprach nie ein Wort, Toni hatte auch nichts zu sagen.

So verging ein Tag wie der andere. Sie waren alle so lang, so lang! Wenn es abends anfing, dunkel zu werden, wurde es dem Toni immer unheimlich. Dann schauten die hohen Berge so schwarz und drohend hernieder, als könnten sie ihm auf einmal etwas antun. Dann zog er sich eilends in die Hütte zurück und verkroch sich in seinem Heulager.

Viele Tage waren schon so hingegangen, einer ganz wie der andere. Immer hatte die Sonne am wolkenlosen Himmel geschienen, immer war abends das freundliche Sternlein über dem dunklen Berge erschienen. Aber eines Nachmittags fingen dicke, graue Wolken an, über den Himmel hinzujagen. Hier und da zuckten blendende Blitze, und auf einmal ertönten furchtbare Donnerschläge, die krachend von den Bergen widerhallten, als wären es doppelt so viele. Nun brach ein schreckliches Unwetter los. Es wurde völlig Nacht, der Regen peitschte gegen die Hütte, dazwischen rollten die Donner mit fürchterlichem Widerhall durch die Berge. Zuckende Blitze erhellten schwarze, schreckliche Riesengestalten, die ganz gespenstisch näher zu kommen schienen und immer drohender herunterschauten. Die Rinder liefen angstvoll und laut brüllend durcheinander, und große Raubvögel flatterten mit durchdringendem Gekrächze umher.

Toni war längst in die Hütte geflohen. Aber die Blitze erhellten ihm auch da die furchtbaren Gestalten, und die rollenden Donner schienen alle Augenblicke die Hütte in den Erdboden hineinschlagen zu wollen. Toni konnte vor Angst kaum noch atmen. Er klammerte sich an den Tisch und erwartete so jeden Augenblick, daß die Hütte zusammengeschlagen und ihn zerschmettern würde. Stundenlang dauerte das Gewitter, der Knecht kam nicht herüber. Es wurde nun wirklich Nacht; aber immer noch zuckten die blendenden Blitze, immer wieder rollten neue Donnerschläge, und um die Hütte heulte und toste der Sturm, als müßte sie fortgefegt werden.

Toni stand die halbe Nacht starr vor Schrecken an den Tisch geklammert da. Er hatte keine Gedanken mehr, nur das Gefühl einer furchtbaren Gewalt, die alles zerschmettere. Wie er auf sein Lager gekommen war, wußte er nicht. Am Morgen lag er quer über das Heu hingestreckt, so zerschlagen, daß er sich kaum erheben konnte. Angstvoll schaute er aus dem Fenster. Wie mußte es draußen aussehen nach einer solchen Nacht? Dann ging er hinaus, um nach den Kühen zu sehen. Der Boden war noch naß, die Tiere grasten aber ruhig. Der Himmel war grau, und dicke, schwarze Wolken zogen darüber. Finster und schrecklich anzusehen, standen die hohen Berge da. Sie waren so nahe herangekommen und schauten den Toni immer drohender an, und so lief er in die Hütte zurück.

Es folgten viele Gewittertage nacheinander, und kam zwischendurch einmal wieder die Sonne hervor, so stach sie unleidlich, und neue Gewitter folgten so anhaltend und heftig, daß der Senn drüben öfters sagte, einen solchen Sommer habe er seit Jahren nicht mehr erlebt, und würde es nicht anders, so mache er nicht halb soviel Butter wie voriges Jahr. Denn die Kühe wollten keine Milch geben, das Futter schmeckte ihnen nicht. Während dieser Zeit suchte der Knecht die besten Augenblicke aus, um auf die kleine Alp hinüberzukommen, melkte seine Kühe so schnell wie möglich und sah dabei nicht nach dem Buben aus; nur hie und da, wenn er dachte, der Toni habe keine Milch mehr, holte er schnell den Krug heraus, füllte ihn und stellte ihn wieder hin. Er sah dann oft den Toni auf seinem Heulager sitzen und rief ihm zu: «Du bist ein Fauler!» Dann aber lief er gleich fort, um trocken hinüberzukommen, und kümmerte sich nicht weiter um den Buben. So war der Juni dahingegangen, auch schon ein guter Teil des Juli. Die Gewitter waren seltener geworden, aber dicke Nebel hüllten oft die Alp ein, daß man kaum ein paar Schritte weit sah und nur oben hie und da ein schwarzer Kopf zum Vorschein kam, der finster über die Nebel hervorblickte. Die Rinder verliefen sich so weit, daß der Knecht in dem Tal zwischen beiden Alpen einige fand und wieder hinaufbrachte. So konnte es nicht weitergehen. Er rief oben gleich nach dem Buben, erhielt jedoch keine Antwort. Er lief zur Hütte und trat ein. Toni saß auf seinem Lager in die Ecke gedrückt und starrte vor sich hin.

«Warum siehst du nicht nach den Kühen?» fragte der Knecht.

Er erhielt keine Antwort.

«Kannst du nicht reden? Was ist denn mit dir?»

Keine Antwort.

Nun schaute der Knecht nach dem Brot und dem Käse, ob Toni alles verzehrt und etwa Hunger gelitten habe. Aber noch war mehr als das halbe Brot da, vom Käse der größte Teil; Toni hatte fast nur Milch getrunken.

«Wo fehlt's dir denn? Bist du krank?» fragte der Knecht wieder.

Toni gab keine Antwort. Es war, als hörte er gar nichts, und so regungslos starrte er vor sich hin, daß es dem Knecht ganz unheimlich wurde; er lief hinaus. Drüben erzählte er dem Sennen, wie es mit dem Hüterbuben sei, und sie machten aus, wenn einer von den Sennbuben mit der Butter hinuntergehe, müsse man die Sache dem Mattenhofbauern berichten.

So verging wieder eine Woche. Dann wurde dem Bauer der Bericht gebracht. Er meinte aber, der Bub werde schon wieder lustig werden, die starken Gewitter würden ihn ein wenig erschreckt haben. Doch ließ er sagen, der Senn möge hinübergehen. Er habe ja eigene Buben und verstehe sich besser auf deren Art als der Knecht. Wenn etwas Unrichtiges mit dem Toni sei, so müsse man ihn herunterbringen.

Einige Tage später ging der Senn wirklich mit einem seiner Buben hinüber.

Er fand den Toni gerade so in die Ecke gedrückt, wie der Knecht ihn gesehen hatte. Was der Senn auch sagen mochte, Toni gab keinen Laut von sich, rührte sich nicht und starrte immer vor sich hin.

«Er muß hinunter», sagte der Senn zu seinem Buben, «geh gleich mit ihm. Aber gib acht, daß ihm nichts zustößt, und sei gut mit ihm, es ist ja zum Erbarmen mit dem Buben», und dabei sah er mitleidig auf den Toni, denn der Senn hatte ein gutes Herz und Freude an seinen drei großen, frischen Buben. Der, den er bei sich hatte, war ein fester, stämmiger Bursche von sechzehn Jahren. Er trat zu Toni heran und hieß ihn aufstehen; aber Toni regte sich nicht. Da faßte der Bursche ihn unter den Armen, hob ihn in die Höhe wie eine Feder, schwang ihn dann hinten auf seinen Rücken, packte ihn mit beiden Armen fest, und so wanderte er mit der leichten Bürde die Alp hinab.

Als der Mattenhofbauer den Toni in dem traurigen Zustand sah, der sich immer ganz gleich blieb, erschrak er. So hatte er sich die Sache nicht gedacht. Er wußte gar nicht, was er mit dem Buben machen sollte. Die Mutter war weg, Verwandte waren keine da, und in diesem Zustand den Toni bei sich behalten, das mochte er nicht. Er konnte so eine Verantwortung auf sich laden, die er nicht gern tragen wollte. Plötzlich kam ihm ein guter Gedanke, derselbe, den die Leute dort in jeder Verlegenheit, in jeder Not und jedem Jammer immer zunächst haben: «Trag ihn zum Herrn Pfarrer!» sagte er zu dem Sennbuben, «der weiß schon einen Rat und wird helfen.»

Der Bursche machte sich gleich auf den Weg und kam zum Herrn Pfarrer. Dieser ließ sich alles erzählen, soviel der Bursche von dem Hergang der Sache wußte, wie Toni in diesen Zustand gekommen sei und wie lange er schon dauere; der Bursche wußte aber von allem sehr wenig. Der Pfarrer versuchte erst alle Mittel, Toni zum Sprechen zu bringen, fragte ihn, ob er zur Mutter wolle. Aber es war alles umsonst, Toni gab nicht das leistete Zeichen des Verständnisses oder der Teilnahme von sich.

Jetzt setzte sich der Herr Pfarrer hin, schrieb einen Brief und sagte zu dem Sennburschen: «Geh zurück auf den Mattenhof und sag dem Bauern, er solle anspannen und mir sein Wägelchen schicken. Ich will dann dafür sorgen, daß der Toni heut noch nach Bern kommt. Er ist schwer krank, sag das dem Bauern.» Dieser spannte auf der Stelle an, froh, daß das Weitere ihm abgenommen war und er den Toni nur bis zur Bahnlinie hinunterzufahren hatte. Der Herr Pfarrer aber schickte zu seinem Küster hinüber, das war ein älterer, freundlicher Mann, der schon seit vielen Jahren dem Herrn Pfarrer in manchen verantwortlichen Geschäften an die Hand gegangen war. Ihm wurde der Auftrag gegeben, mit aller Sorgfalt den Toni nach der großen Heilanstalt in Bern zu bringen und dort dem Arzt, einem guten Bekannten des Herrn Pfarrers, dessen Brief zu übergeben. Eine halbe

Stunde später fuhr das offene Wägelchen mit dem hohen Sitz vor das Pfarrhaus. Der Küster stieg hinauf, setzte den kranken Buben neben sich, hielt ihn sorgsam fest, und so fuhr der Toni zum erstenmal in seinem Leben, von einem Pferd gezogen, in die Welt hinaus. Aber er saß teilnahmslos da. Es war, als ob er von der Außenwelt gar nichts mehr vernähme.

In der Heilanstalt

Der Arzt der Anstalt saß mit seiner Familie unter allerlei fröhlichen Gesprächen abends um den Familientisch. Selbst die Dame aus Genf, die täglich einige Stunden mit der Familie zubrachte, schien heute von der Munterkeit der Kinder ein wenig angesteckt: so lebendig hatte sie sich noch nie an all den Verhandlungen beteiligt, die über verschiedene Angelegenheiten der Schuljugend geführt wurden.

Der Dame war ein geliebter, reichbegabter Knabe vor nicht langer Zeit gestorben. Dadurch war sie in so große Traurigkeit gefallen, daß ihre Gesundheit schwer gelitten hatte und sie daher in die Anstalt gebracht worden war, um dort Genesung zu finden.

Die belebte Unterhaltung wurde plötzlich dadurch unterbrochen, daß dem Arzt ein Brief übergeben wurde.

«Ein Brief von einem Bekannten, der mir einen Kranken in die Anstalt schickt. Es ist ein Junge, kaum so alt wie unser Max – da, lies!»

Damit überreichte der Doktor den Brief seiner Frau.

«Ach, der arme Junge!» rief die Frau, «ist er denn da?» Hol ihn doch her. Vielleicht tut es ihm gut, Kinder zu sehen.»

«Ich glaube, er ist ganz in der Nähe», sagte der Doktor, ging hinaus, und bald kam er mit dem Küster und Toni wieder herein. Er zog den ersteren mit sich zu einer Fensternische und fing hier halblaut mit ihm zu sprechen an. Unterdessen näherte sich die Hausfrau dem Toni, der sich beim Hineintreten in die nächste Ecke gedrückt hatte. Sie sprach freundlich mit ihm und forderte ihn auf, an den Tisch zu kommen und mit ihren Kindern etwas zu essen. Toni rührte sich nicht. Jetzt sprang die kleine kecke Marie vom Sessel und kam mit einem großen Butterbrot zu Toni heran. «Da, beiß einmal hinein!» sagte sie ermunternd.

Toni blieb unbeweglich.

«Sieh, so mußt du's machen», und die Kleine biß ein tüchtiges Stück von dem Brot ab und hielt es ihm dann wieder hin, immer noch näher, er hätte jetzt nur hineinzubeißen brauchen. Aber er starrte vor sich hin und machte keine Bewegung. Dieser wortlose Widerstand wurde der kleinen Marie unheimlich, sie zog sich leise zurück.

Jetzt kam der Doktor näher, nahm den Toni bei der Hand und ging, vom Küster gefolgt, hinaus.

Die Erscheinung des armen Toni hatte auf die Kinder einen großen Eindruck gemacht. Sie waren ganz still geworden.

Später, als sie zu Bett gegangen waren und die beiden Frauen noch allein zusammensaßen, kam der Doktor wieder zurück.

Er erzählte nun auf die dringenden Fragen der beiden alles, was ihm der Küster über den Verlauf der Krankheit und auch über das Leben des Toni und seiner Mutter mitgeteilt hatte, und daß man vorher nie etwas Unrichtiges an dem Jungen bemerkt hatte; nur sei er immer ein stilles und zurückhaltendes Kind und auch zarter gebaut gewesen als alle anderen.

Die Frauen fragten, wie er denn im Sommer auf der schönen Alp in diesen Zustand gekommen sei. Und der Doktor erklärte, das sei so unbegreiflich nicht, wenn man wisse, wie schrecklich die Gewitter droben in den Bergen seien; dazu ein zartes Kind, wie der Junge ja noch sei, ganz allein, ohne Menschen in der Nähe, ganze Wochen, ja Monate lang, ohne ein Menschenwort zu hören – «da», so schloß er, «kann vor Furcht und Grauen in der unheimlichsten Einsamkeit ein Kind wohl so zusammenschrecken, daß es gänzlich erstarrt.»

Jetzt brach die Genfer Dame, die einen ganz ungewöhnlichen Anteil an dem Geschick des armen Toni nahm, in großer Aufregung aus: «Wie kann eine Mutter einwilligen, daß so etwas mit ihrem Kinde geschieht; es ist ja völlig unbegreiflich, ganz unfaßlich!»

«Sie können ja freilich nicht ahnen», erwiderte besänftigend der Arzt, «was arme Mütter oft mit ihren Kindern geschehen lassen müssen. Glauben Sie nur nicht, daß es ihnen weniger weh tut als anderen. Sie sehen daraus, wie vieles durchlitten wird, wovon wir nichts wissen, und wie schwer die Armut drücken kann.»

«Wird man denn dem armen Jungen helfen können?» fragte die Frau des Arztes.

«Wenn ich nur eine rechte Gemütsbewegung bei ihm hervorbringen könnte», entgegnete er, «daß der Bann sich lösen würde, der ihn gefangenhält; jetzt ist alles in ihm völlig starr und leblos.»

«Ach, helfen Sie ihm! Helfen Sie ihm!» bat die kranke Dame eindringlich. «Oh, wenn ich etwas für ihn tun könnte!» Und in großer Aufregung ging sie hin und her und sann auf Hilfe. Denn Tonis Geschick ging ihr tief zu Herzen. –

Es war in der zweiten Woche des August gewesen, als Toni in die Anstalt gekommen war. Tag um Tag, Woche um Woche verging, der Doktor konnte den beiden Frauen, die jeden Morgen seinem Bericht mit großen Verlangen entgegensahen, immer nur dieselbe traurige Kunde bringen: nicht die leiseste Änderung war zu merken. Alle Mittel wurden versucht, den Knaben zu belustigen, ob er vielleicht lachen würde, alle Mittel, ihn zu rühren, ob er weinen möchte. Man machte ihm allerlei Künste vor, seine Aufmerksamkeit zu erregen: alles, alles umsonst, keine Spur von Teilnahme oder Bewegung war bei dem Toni hervorzubringen. «Wenn er nur einmal zum Lachen oder zum Weinen zu bringen wäre», wiederholte der Doktor immer wieder. Aber bald war er vier Wochen in der Anstalt. Alle Hoffnung schwand, der Arzt hatte alle Mittel erschöpft.

«Jetzt will ich noch eines versuchen», sagte er eines Morgens zu seiner Frau. «Ich habe an meinen Freund, den Pfarrer, geschrieben und ihn gefragt, ob der Junge sehr an seiner Mutter gehangen habe. Wenn ja, so solle er sie in den nächsten Tagen herschicken. Vielleicht macht das Wiedersehen doch einen Eindruck auf ihn.»

Mit größter Spannung sahen die Frauen nun der Ankunft der Elsbeth entgegen.

In der ersten Woche des September hatten die letzten Gäste das Gasthaus in Interlaken verlassen, in dem Elsbeth den Sommer zugebracht hatte. Sie machte sich gleich auf den Weg nach Hause, denn es verlangte sie, alles gut in Ordnung zu bringen, bevor Toni von der Alp herabkäme. Sie dachte natürlich, er sei dort droben, und hatte keine Ahnung von allem, was vorgefallen war. Der Bauer war sehr freundlich, meinte, ihre Geiß sei jetzt weit und breit eine von den schönsten, weil sie so lang an dem guten Futter gewesen sei. Als die Elsbeth aber nun nach ihrem Toni fragte, brach er schnell ab und sagte, er habe gerade soviel zu tun, sie möge nur zum Herrn Pfarrer gehen, er wisse am besten Bescheid über den Buben. Es kam der Elsbeth gleich ein wenig sonderbar vor, daß der Herr Pfarrer am besten wissen sollte, was auf der Alp vorgehe, und während sie die Geiß heimführte und darüber nachdachte, stieg ein ängstliches Gefühl in ihr auf und wurde immer stärker. Daheim band sie schnell die Geiß an, ging gar nicht ins Hüttchen hinein, sondern lief auf demselben Weg, den sie eben gekommen war, wieder bis nach Kandergrund hinunter.

Der Herr Pfarrer sagte ihr mit großer Schonung, der Toni habe das Leben auf der Alp nicht gut ertragen, man habe ihn herunterbringen müssen, und da es am besten für ihn gewesen sei, daß er schnell zu einem guten Arzt in die rechte Pflege komme, habe er den Buben gleich nach Bern geschickt.

Die Mutter war sehr erschrocken und wollte gleich am anderen Tag hinunterreisen, um selbst zu sehen, ob ihr Kind sehr krank sei.

Der Herr Pfarrer aber meinte, das gehe nicht, sie müsse warten, bis der Arzt einen Besuch erlaube, sie könne jedoch versichert sein, daß ihr Toni die beste Pflege genieße.

Mit schwerem Herzen ging Elsbeth in ihr Hüttchen zurück. Sie konnte nichts tun, nur alles dem lieben Gott übergeben. Er allein war ja ihr Trost seit so vielen Jahren. Es währte aber nur wenige Tage, so schickte der Herr Pfarrer ihr den Bescheid, sie solle gleich nach Bern reisen, der Doktor wünsche, daß sie komme.

Früh am folgenden Tag zog Elsbeth aus. Um die Mittagsstunde hatte sie Bern erreicht, und bald stand sie vor der Pforte der Anstalt.

Sie wurde nach der Wohnung des Arztes geführt und hier mit großer Freundlichkeit von seiner Frau und mit einer noch lebhafteren Teilnahme von der Genfer Dame empfangen. Diese hatte sich so in die Geschichte des armen Toni und seiner Mutter hineingelebt, daß sie kaum noch an etwas anderes dachte, als wie den beiden zu helfen sei. Sie hatte ja auch nur das einzige Kind gehabt und konnte sich den Kummer der Mutter so gut denken. Sie hatte auch den Arzt gebeten, dabeisein zu dürfen, wenn er den Buben zu der Mutter führen würde, um sich auch daran erfreuen zu dürfen, wenn beim Wiedersehen die Freude bei dem armen Kind durchbrechen würde, wie man hoffen konnte. Bald erschien auch der Doktor, und nachdem er die Mutter darauf vorbereitet hatte, daß Toni im ersten Augenblick noch nicht sprechen werde, holte er ihn. Er führte ihn an der Hand ins Zimmer, ließ ihn dann los und trat selbst zur Seite.

Die Mutter lief auf ihren Toni zu und wollte seine Hand fassen. Er zog sie zurück, drückte sich in die Ecke und starrte ins Leere.

Die Frauen und der Arzt wechselten traurige Blicke.

Die Mutter ging ihm nach und streichelte ihn. «Toneli, Toneli», sagte sie ein ums andere Mal mit zärtlicher Stimme, «kennst du mich denn nicht? Kennst du deine Mutter nicht mehr?»

Wie immer drückte Toni sich an die Wand, machte keine Bewegung und schaute starr vor sich hin.

Die zärtlichen Worte der Mutter gingen in jammernde über: «Ach, Toneli, sag nur ein einziges Wort! Sieh mich nur einmal an! Toneli, hörst du mich gar nicht?»

Toneli blieb unbeweglich.

Noch einmal schaute die Mutter voller Zärtlichkeit auf ihn, sie traf auf seine völlig starren Augen. Es war zuviel für die arme Elsbeth; das einzige Gut, das sie auf Erden besaß und an dem sie mit ganzer Seele hing, ihr Toni, sollte ihr verloren sein und in so trauriger Weise! Sie vergaß alles um sich her. Sie fiel neben ihrem Kinde auf die Knie nieder, und während ihr die Tränen aus den Augen stürzten, betete sie laut aus dem Jammer ihres Herzens heraus:

«Ach, lieber Gott, ach, Vaterherz,
mein Trost von so viel Jahren,
wie läßt du mich so manchen Schmerz
und große Angst erfahren!

Ach, Herr, wie lange willst du mein
so ganz und gar vergessen?
Wie lange soll ich traurig sein,
mein Brot mit Tränen essen?»

Tonis Augen hatten einen anderen Ausdruck bekommen, er schaute seine Mutter an. Sie sah es nicht und fuhr unter Tränen zu flehen fort:

«Nach dir, o Herr, verlanget mich
im Jammer dieser Erden;
mein Gott, ich harr' und hoff' auf dich,
laß nicht zuschanden werden ...»

Plötzlich warf Toni sich an die Mutter hin und schluchzte laut auf. Sie umschlang ihn, und ihre Jammertränen gingen in lautes und freudiges Schluchzen über. Auch das Kind schluchzte laut.

«Es ist gewonnen», sagte der Doktor in heller Freude zu den Frauen, die tiefbewegt auf die Mutter und den Buben schauten.

Jetzt öffnete der Doktor das Nebenzimmer und winkte der Elsbeth, mit dem Toni dort hineinzugehen. Er fand für gut, daß die beiden nun eine Weile allein seien. Drinnen fing nach einiger Zeit der Toni ganz natürlich mit seiner Mutter zu sprechen an und fragte: «Gehen wir heim, Mutter, ins Steinhüttchen? Muß ich nicht mehr auf die Alp?»

Und sie beruhigte ihn und sagte, sie nehme ihn jetzt gleich mit heim, und da blieben sie beieinander. Bald kamen dem Toni alle seine Gedanken wieder ganz klar. Nach einer Weile sagte er: «Aber ich muß etwas verdienen, Mutter.»

«Kümmere dich jetzt nicht darum!» beruhigte Elsbeth, «der liebe Gott wird schon einen Weg zeigen, wenn es Zeit ist.»

Dann fing sie an, ihm von der Geiß zu erzählen, wie schön und fett sie geworden sei, und Toni wurde nach und nach ganz lebendig.

Nach einer Stunde holte der Doktor die beiden ins Wohnzimmer zu den Frauen zurück. Toni war völlig verändert, seine Augen hatten jetzt einen ernsthaften, aber ganz verständigen Ausdruck. Die Genfer Dame hatte eine unbeschreibliche Freude. Sie setzte sich gleich zu ihm hin, und er mußte ihr erzählen, wo er in die Schule gegangen und was er dort gelernt habe.

Der Doktor aber winkte Elsbeth zu sich heran.

«Hört, gute Frau», fing er an, «die Töne, die ihr da angeschlagen habt, haben einen tiefen, erschütternden Eindruck auf das Herz des Buben gemacht. Kannte er das Lied schon?»

«Ach, du mein Gott!» rief die Elsbeth aus, «viele hundert Male habe ich es ja an seinem Bettlein gebetet, wie er noch ganz klein war, oft unter vielen Tränen, und er hat dann mit mir geweint, wenn er schon nicht wußte, warum.»

«Er weinte, weil Ihr weintet, er litt, weil Ihr littet», sagte der Doktor. «Nun begreif ich's, daß er von diesen Worten erwachte. Mit solchen Eindrücken schon in der frühen Kindheit ist es kein Wunder, daß er ein stiller und in sich gekehrter Junge wurde. Das erkärt mir noch manches an dem Vorgang.»

Jetzt trat die Genfer Dame heran, sie mußte durchaus mit der Frau reden. «Liebe gute Frau, er soll und darf nicht wieder auf die Alp, er paßt nicht dazu», sagte sie in großem Eifer, «wir müssen etwas anderes für ihn suchen. Hätte er keine Lust zu irgendeinem anderen Handwerk? Aber es müßte ein leichtes sein; er ist nicht kräftig und bedarf der Pflege.»

«Ach ja, er hätte große Lust, etwas zu erlernen», sagte die Mutter. «Schon von klein auf hat er es gewünscht. Aber ich darf es fast nicht sagen.»

«Doch, doch, gute Frau, sagt's nur frisch heraus», ermunterte die Dame und erwartete etwas Unerhörtes.

«Er möchte so gern Holzschnitzer werden und hat auch viel Geschicklichkeit dazu. Aber das Kost- und Lehrgeld zusammen beträgt über achtzig Franken.»

«Ist das alles?» rief die Dame im höchsten Erstaunen, «ist

das alles? Komm, mein Junge», und sie lief wieder zu Toni hin, «willst du wirklich gern Holzschnitzer werden? Am liebsten von allem?»

Die Freude, die in Tonis Augen leuchtete, als er die Frage bejahte, zeigte der Dame, woran sie war. Sie hatte ein solches Verlangen, dem Toni wohlzutun, daß sie am liebsten gleich noch in derselben Stunde handeln wollte. «Möchtest du's gleich erlernen, jetzt gleich zu einem Meister kommen?» fragte sie ihn.

Toni bejahte freudig.

Nun aber kam ein neuer Gedanke. Sie wandte sich an den Doktor: «Sollte er sich vielleicht erst erholen müssen?»

Der Doktor erwiderte, er habe auch schon darüber nachgedacht. Die Frau habe ihm aber gesagt, daß sie einen sehr guten Meister oben in Frutigen wisse. «Nun, denke ich», fuhr er fort, «das Schnitzen ist keine anstrengende Arbeit, und eine Hauptsache für den Toni ist, daß er eine Zeitlang gute, kräftige Nahrung bekommt. In Frutigen ist ein sehr gutes Gasthaus, wenn er nur hie und da ...»

«Das übernehm ich, Herr Doktor, das übernehm ich», unterbrach ihn die Dame; «ich gehe mit, morgen reisen wir. In Frutigen werde ich Kost und Wohnung und alles, was er braucht, für den Toni besorgen.» Die Dame schüttelte in ihrer Herzensfreude der Mutter und dem Buben wiederholt die Hände und ging hinaus, um ihr Mädchen über die Reisevorbereitungen zu unterrichten.

Als dann die Mutter mit dem Buben nach ihrem Zimmer gebracht worden war, sagte der Doktor in großer Freude zu seiner Frau: «Wir haben zwei Genesene. Auch unsere Dame ist geheilt. Eine neue Aufgabe ist in ihr Leben getreten, du wirst sehen, sie wird neu aufleben in der Fürsorge für diesen Jungen. Das war ein schöner Tag!»

Am folgenden Morgen wurde die Reise nach Frutigen angetreten, und die kleine Gesellschaft war so froh und glücklich zusammen, daß sie oben angekommen war, ehe sie sich's versah. Beim Holzschnitzer ließ sich die Dame alles sagen, was man zu dem Handwerk brauche, und nachdem der Schnitzer allerlei Werkzeuge vorgezeigt hatte, meinte er, ein schönes Buch mit guten Bildern, nach denen man arbeiten könne, sei auch nicht zu verachten. Nachdem ihm die Dame anempfohlen, den Toni alles zu lehren, was ihm irgend für die Zukunft nützlich sei, ging man nach dem Gasthaus. Hier mietete die Dame ein gutes Zimmer mit bequemem Bett und machte selbst mit dem Wirt den Küchenzettel für jeden Tag der Woche. Der Wirt versprach unter vielen Bücklingen, alles genau zu befolgen, denn er merkte wohl, mit wem er es zu tun habe.

Nun mußten die Mutter und Toni mit der Dame im Gasthaus speisen, und während der Mahlzeit hatte sie ihnen noch viel mitzuteilen: Sie gehe, sagte sie, nun nächstens heim nach Genf, da seien große Läden, wo nichts als Schnitzereien verkauft würden. Dort werde sie gleich vermitteln, daß Toni alle seine Arbeiten hinschicken könne; er möge nur mit frischem Mut zu arbeiten anfangen. Auch bestand sie darauf, daß Toni nicht zwei, sondern drei Monate beim Schnitzer bleibe, damit er alles von Grund auf erlerne. Er könne ja von hier aus sonntags die Mutter besuchen, oder sie könne zu ihm kommen. Elsbeth und Toni waren so erfüllt von Dank, daß sie gar keine Worte dafür fanden. Aber die Dame verstand sie trotzdem wohl und trug ein fröhliches Herz heim, wie sie es seit langer Zeit nicht mehr gehabt hatte.

Wie der Doktor vorausgesehen, so kam es: Die Dame, die nicht mehr an ihre Heimat hatte denken können und wollen, begehrte nun, nach Genf zurückzukehren. Sie hatte nun so viele Pläne dort auszuführen, daß sie den Tag der Rückkehr kaum erwarten konnte. Mit großer Freude willigte der Arzt in die baldige Abreise ein.

Toni, kaum bei seinem neuen Lehrmeister angekommen, machte sich mit solchem Eifer und Geschick an die Arbeit, daß der Schnitzer schon in der vierten Woche zu seiner Frau sagte: «Wenn der so fortfährt, so lernt er's besser, als ich es selber kann.»

Drei Monate waren zu Ende, da nahte Weihnachten heran. Durch tiefen Schnee watete Toni eines Morgens seiner Heimat zu. Er sah rund und frisch aus, und sein Herz war so fröhlich, daß er laut vor sich hinsingen mußte.

Als er aber nach langem Marsch plötzlich sein Steinhüttchen mit der dickbeschneiten Tanne dahinter erblickte, da schossen ihm vor Freude die Tränen in die Augen; er kam ja wieder heim, heim für alle Zeit. Er lief auf das Häuschen zu, und schon hatte ihn die Mutter gesehen und lief heraus, und wer nun von beiden die größte Freude hatte, das kann kein Mensch wissen. Aber so glücklich waren die beiden, als sie wieder nebeneinander in ihrem Häuschen saßen, daß sie sich gar kein größeres Glück auf Erden hätten denken können. Ihre höchsten Wünsche waren erfüllt: Toni war Holzschnitzer und konnte sein Handwerk daheim bei der Mutter treiben. Und mit welchem Segen hatte außerdem der liebe Gott sie noch überschüttet! Von Genf her waren der Elsbeth solche Wohltaten zugeflossen, daß sie gar keinen sorgenschweren Tagen mehr entgegenzusehen brauchte, und mit jeder Sendung kamen neue Zusicherungen für die bereitwillige Aufnahme von Tonis Arbeiten. Ein Weihnachtsfest aber, wie es zwei Tage nachher im Steinhüttchen gefeiert wurde, hatten weder die Elsbeth noch ihr Toni je erlebt; denn die Festkerzen, welche die Mutter angezündet hatte, beleuchteten nicht nur eine Menge Sachen, die Toni zu seiner Bekleidung erhielt, sondern auch eine ganze Auswahl der schönsten Messer zum Schnitzen und ein Buch mit Bildern von einer Größe und Schönheit, wie Toni in seinem Leben noch nichts gesehen hatte. Auch für Elsbeth war liebevoll gesorgt. Alles hatte die Dame in Genf ausgesonnen, und der lichte Widerschein davon fiel erhellend in ihr eigenes Herz zurück.

Die schönsten Gemsen und Jäger aber und die prächtigen

Adler auf den Felsen, die dort in den hohen Schaufenstern in Genf stehen, hat der Toni geschnitzt, und war ihm ein Stück ganz besonders gut gelungen, so wanderte es nicht zu dem Genfer Kaufherrn, sondern zu der Dame, für die Toni sein Leben lang ein dankbares Herz bewahrte.

Und wer nur Gott zum Freunde hat, dem hilft er allerwegen

Basti und Fränzeli erlernen ein Lied

In Bürglen, dem kleinen Dorfe oberhalb Altdorf, sind im Sommer die grünen Wiesen mit dem duftenden Gras und den frischen Blumen gar herrlich anzusehen und zu durchwandern. Schattige Nußbäume stehen ringsum, und an ihnen vorbei, die Wiesen hinunter, rauscht der schäumende Schächenbach und macht wilde Sprünge, wenn ihm ein Stein im Wege liegt. Am Ende des Dörfchens, wo nur noch, von Efeu überwachsen, ein alter Turm steht, führt ein Fußweg weiter den Bach entlang. Hier steht ein besonders großer, uralter Nußbaum, und unter seinem kühlen Schatten lagern sich gern die Wanderer und schauen von dem schattigen Sitze zu den hohen Felsen auf, die in den blauen Himmel hineinragen. Wenige Schritte von dem alten Baum entfernt führt ein hölzerner Steg über den tosenden Bach, unmittelbar an den Berg hinan, wo der Fußweg steil hinaufgeht. Dort steht ein Häuschen mit einem kleinen Stall daran, höher hinauf wieder eines und noch eines und dann, wie an den Berg angeworfen, das kleinste von allen, mit so niedriger Tür, daß kein Mann eintreten könnte, ohne sich zu bücken. Der Geißenstall hinten ist auch so klein, daß gerade nur die magere Geiß hineingeht, weiter gar nichts. Das Häuschen hat nur zwei Räume, Stube und Kämmerchen daneben, und vor der Stubentür ein Plätzchen, wo der kleine Herd steht.

Im Sommer bleibt die Haustür den ganzen Tag offen und macht diesen kleinen Raum hell, sonst ist es ganz dunkel. In dem Häuschen hat der Wildheuer Joseph gewohnt. Aber schon seit vier Jahren ist er tot, und nun wohnen noch seine Frau und zwei Kinder darin: die stille, fleißige Afra mit dem kleinen Basti, dem festen, gesunden Buben, und dem noch kleineren Fränzeli, dem zarten, hellgelockten Mädchen. Der Joseph und die Afra hatten sehr still und friedlich miteinander gelebt und ihre kleine Behausung nur dann miteinander verlassen, wenn sie zusammen zur Kirche gingen. Sonst blieb Afra immer bei ihrer Arbeit zu Hause. Joseph aber ging am Morgen auf seinen Verdienst aus und kam abends wieder. Als ihnen ein Knäblein geschenkt wurde, sahen sie im Kalender nach, und da es der Tag des heiligen Sebastian war, gaben sie ihrem Kinde diesen Namen. Als dann das kleine Mädchen an dem Tage des heiligen Franziskus geboren wurde, hießen sie es Franziska, woraus dann, nach der Sitte des Landes, ein Fränzeli wurde. Die Kinder waren immer der Afra bestes Gut gewesen und, seit sie ihren Mann verloren hatte, ihr großer Trost und ihre einzige Freude auf Erden. Sie hielt ihre Kinder so sauber und ordentlich, daß kein Mensch gedacht hätte, sie kämen aus dem geringsten Häuschen und gehörten einer der ärmsten Frauen der ganzen Gegend an. Jeden Morgen wusch sie sie mit aller Sorgfalt und kämmte das lichtblonde Lockenhaar des Fränzeli, daß es nicht so verwildert aussah, und jeden Sonntagmorgen war von den zwei Hemdlein, die jedes besaß, wieder eines gewaschen, und darüber wurden dem Fränzeli das beste Röcklein und dem Basti die Höschen vom Vater her angezogen. Sonst hatten beide nichts anderes an, Strümpfe und Schuhe kamen den ganzen Sommer nicht an ihre Füße. Im Winter hatte die Mutter dann schon etwas Warmes für sie bereit, freilich nicht viel. Es war auch nicht notwendig; die Kinder kamen dann fast gar nicht zum Häuschen heraus. Aber für diese und alle sonstige Arbeit, die zu tun war, mußte die Afra früh und spät tätig sein und konnte sich wenig Ruhe gönnen. Aber nichts war ihr zuviel: Wenn sie nur ihre Kinder bei sich hatte und die beiden mit ihren fröhlichen Augen zu ihr aufschauten, vergaß sie gleich alle Müdigkeit, die sie noch eben niederdrücken wollte, und kein Wohlleben der Welt hätte sie für ihre Kinder eingetauscht. Sie gefielen auch jedem wohl, der sie sah. Wenn sie miteinander Hand in Hand den Berg herunterkamen – denn der Basti hielt als guter Beschützer das Fränzeli immer fest an der Hand –, dann sagte manchmal ein Nachbar, der sie vorbeigehen sah, zum anderen: «Es hat mich doch schon manchmal gewundert, was die Afra mit ihren Kindern macht. Meine sehen nie so appetitlich aus.»

«Gerade das wollte ich auch eben sagen», erwiderte gewöhnlich der andere, «ich will doch einmal meine Frau fragen, wie das zugeht.» Die Frauen aber hörten das nicht besonders gern und sagten, da könne man nichts dafür, die einen Kinder seien nun einmal so und die anderen anders, und die Afra müsse nicht meinen, daß schöne Kinder die Hauptsache seien. Das meinte aber die Afra durchaus nicht, nur wollte sie, da ihr der liebe Gott einmal so liebliche Kinder gegeben, dieselben nicht schmutzig umherlaufen lassen. Wenn aber ein Nachbar zu ihr sagte: «Afra, eure Kinder gefallen mir. Der Bub ist wie ein Erdbeerapfel, und das Fränzeli mit den zarten Bäcklein und den goldenen Ringellocken ist gerade wie ein Altarbildchen», dann erwiderte sie: «Wenn sie mir der liebe Gott nur gesund erhält und sie auch brav werden, darum bete ich alle Tage.» Und das tat sie wirklich.

Es waren nun bald fünf Jahre vergangen, seit sie ihren Mann verloren hatte. Der Basti war vor einiger Zeit sechs Jahre alt geworden, das Fränzeli fünf, sah aber, so zart und fein gebaut, wie es war, wohl um zwei Jahre jünger aus als der feste Basti mit seinen kräftigen Gliedern.

Es war ein rauher Herbst; früh trat der Winter ein und

schien recht hart werden zu wollen. Schon im Oktober fiel tiefer Schnee und ging nicht mehr weg. Im November stand das Häuschen der Afra so tief darin, daß man kaum mehr hinaustreten konnte. Basti und Fränzeli saßen in ihrer Ecke beim Ofen und kamen nie mehr vor die Tür. Die Mutter mußte dann und wann hinaus, tat es aber nur, wenn sie auch nicht ein Bröcklein mehr im Hause hatte. Den Berg hinunterzukommen war fast unmöglich, so tief lag der Schnee; und einen Pfad machte da niemand als etwa ein einzelner Mann, der noch höher oben wohnte und in dessen Fußstapfen sie dann zu treten suchte. Hatte es aber frisch geschneit, so mußte sie sich den Weg selbst suchen und bahnen. Kam sie dann von diesen Gängen nach Hause, so war sie oft so müde, daß sie sich alle Gewalt antun mußte, um nicht niederzusinken. Und doch gab's dann noch soviel zu tun, daß sie sich noch lange keine Ruhe gönnen konnte. Aber doch war es nicht die Müdigkeit, die sie jetzt oft schweigsam machte und ihr so manchen schweren Seufzer auspreßte, wenn sie sich endlich abends hinsetzte, um noch das Zeug der Kinder zu flicken. Schwere Sorgen drückten sie nieder und wuchsen mit jedem Tage. Oft wußte sie nicht mehr, wie sie ein Stücklein Brot erwerben könnte, so selten bekam sie Arbeit, und hatte sie eine Woche lang nichts verdient mit Stricken oder Spinnen, konnte sie kein Brot kaufen, und die wenige Milch von der mageren Geiß war die ganze Nahrung für alle drei.

So sann Afra oft stundenlang in der Nacht hin und her, was sie tun könnte, um nur irgend etwas, wenn auch noch so wenig, zu erwerben; denn noch drei lange Wintermonate lagen vor ihr. Sonst, wenn die Mutter die Kinder zu Bett gelegt und sich neben sie an ihre Flickarbeit gesetzt hatte, hatte sie ihnen immer ein Lied gesungen, und dabei waren sie eingeschlafen. Jetzt saß die Mutter still da, und kein Gesang wollte aus dem gepreßten Herzen aufsteigen.

So saß sie eines Abends schweigend und kummervoll da,

draußen heulte der Wind und rüttelte an dem Häuschen, als wollte er es umwerfen. Das Fränzeli war gleich eingeschlafen, denn wenn es nur die Mutter bei sich sitzen sah, hatte es keinen Kummer, wenn auch der Wind noch so arg heulte und pfiff. Der Basti aber hatte die Augen noch ganz offen und schaute der Mutter zu, wie sie flickte. Plötzlich sagte er: «Aber Mutter, warum singst du denn nie mehr?»

«Ach Gott», seufzte sie, «ich kann es nicht mehr.»

«Weißt du das Lied nicht mehr? So wart, ich will dir schon zeigen, wie es geht», und Basti setzte sich aufrecht in seinem Bett hin und fing an zu singen:

«Jetzo kommt die Nacht herfür,
liegt auf Wald und Wegen,
und wir beten all zu dir:
Gib uns deinen Segen!»

Mit fester, klarer Stimme hatte Basti den Vers bis zu Ende richtig gesungen, den er so manchen Abend von der Mutter gehört hatte, und diese war ganz verwundert. Plötzlich schoß ihr ein Gedanke durch den Kopf. «Den hat mir der liebe Gott geschickt», sagte sie und blickte freudig auf ihren Buben hin. «Basti, du kannst mir etwas verdienen helfen, daß ich für dich und Fränzeli wieder Brot habe, das willst du doch gern?»

«Ja, ja, ich will – jetzt gleich?» fragte Basti in großem Eifer und stieg sofort aus dem Bett heraus.

«Nein, nein, geh nur wieder hinein. Siehst du, wie du frierst?», und die Mutter steckte schnell den Kleinen wieder unter die Decke. «Aber morgen will ich dich ein Lied lehren, und am Neujahrstage kannst du es den Leuten singen. Es währt nicht mehr lange bis dahin, und dann geben sie dir Brot und vielleicht Nüsse.»

Basti kam über die Aussicht auf diese Gaben und auf seine wichtige Tätigkeit in solche Aufregung, daß er gar nicht einschlafen konnte und ein ums andere Mal fragte: «Mutter, ist es bald morgen?» Aber zuletzt wurde doch der Schlaf Meister und drückte dem Basti die Augen zu.

Am Morgen erwachte er mit demselben Gedanken, mit dem er eingeschlafen war. Aber er mußte sich noch gedulden, denn die Mutter sagte: «Erst am Abend können wir singen, am Tage hab ich viel zu tun.» Da verkürzte sich Basti die Zeit damit, daß er dem Fränzeli erzählte, was ihn die Mutter lehren wolle und daß er dann Brot und vielleicht auch Nüsse heimbringen werde. Das Fränzeli hörte ganz gespannt zu und konnte auch kaum den Abend erwarten.

Als es nun dunkel geworden und die Mutter mit allen Geschäften zu Ende war, zündete sie das Lämpchen an, setzte sich an den Tisch und zog das Fränzeli auf die eine, den Basti auf die andere Seite zu sich heran. Dann nahm sie die warmen Strümpfchen vor, die für den Basti zu seiner Reise gestrickt werden mußten, und sagte: «Hör mir jetzt recht zu, Basti, ich will dir den ersten Vers ein paarmal vorsingen, und dann wollen wir versuchen, ob du ihn kannst», und nun fing die Mutter an zu singen. Es währte auch gar nicht lange, so sang der Basti schon mit, und plötzlich fing auch das Fränzeli mitten hinein ganz eifrig an zu singen. Als das die Mutter hörte, nickte sie ihm freundlich zu, und als dann der Vers zu Ende war, sagte sie: «Das ist recht, Fränzeli, vielleicht kannst du's auch noch.» Als sie nun zusammen viele Male den Vers gesungen hatten, sagte die Mutter: «Willst du's nun versuchen, Basti? Das Fränzeli hilft auch ein wenig mit; was meinst, Fränzeli?» Es nickte fröhlich, und der Basti begann mit fester Stimme sein Lied. Wie mußte aber die Mutter staunen, als das Fränzeli mit einem silberhellen Stimmchen einfiel, das sie vorher noch gar nicht so gehört hatte, und wenn der Basti manchmal noch aus der Melodie fallen wollte, sang die Kleine weiter wie ein Vögelein, das ohne Mühe und ganz richtig seine Weise zu Ende singt.

Die Mutter war hocherfreut. Sie hatte nie daran gedacht,

daß das kleine Fränzeli mithelfen könne, und es klang so hübsch, als nun die beiden zusammen sangen, daß sie nur immer hätte zuhören mögen. Auf diese Weise hatte sie viel mehr erreicht, als sie erwartet hatte. Jeden Abend wurde nun mit allem Fleiß gesungen, und als die Woche zu Ende war, konnten die Kinder schon das ganze Lied mit allen vier Versen ohne Anstoß, und das machte ihnen so große Freude, daß sie immer wieder von vorn anfingen, wenn sie zu Ende waren, und von ihrem Singen gar nicht genug bekommen konnten. Die Mutter war sehr froh darüber; denn nun konnte sie sicher sein, daß die Kinder nicht steckenbleiben würden, auch wenn sie nicht bei ihnen war.

Der Dezember war gekommen und der Jahresschluß nahe. Kurz zuvor setzte sich am Abend die Mutter noch einmal mit den Kindern hin, um zu hören, ob sie in ihrem Gesang auch ganz sicher seien, und stimmte das Lied an. Aber jetzt kamen diese der Mutter immer zuvor, so eifrig waren sie, und die Mutter mußte ihren Takt ein wenig beschleunigen, wenn sie mitwollte. Ohne Anstoß sangen sie alle vier Verse ihres Neujahrsliedes. Es hieß so:

«Nun ist das alte Jahr dahin,
ein neues ist gekommen.
Wir wünschen, daß es euch erschien
zu eurem Heil und Frommen.

Jetzt ist die kalte Winterszeit,
die Erde starrt im Eise.
Doch ist der liebe Gott nicht weit
und hilft nach seiner Weise.

Doch wird es manchem Vöglein schwer,
sein Futter zu erreichen,
und auch die Kinder ziehn umher
und suchen sich desgleichen.

Nun bring' euch allen früh und spat
das Jahr viel Heil und Segen,
und wer nur Gott zum Freunde hat,
dem hilft er allerwegen.»

Unerwartete Neujahrssänger

Der Neujahrsmorgen war gekommen. In aller Frühe war die Mutter zur Kirche gegangen, denn das versäumte sie nie. Nun fing sie an, die harrenden Kinder in alle warmen Sachen zu packen, die sie nur hatte. Viele waren es freilich nicht, doch hatte sie auch dem Fränzeli noch ein paar warme Strümpfe gestrickt, die brauchte es ja heute besonders. Zuletzt nahm die Mutter ein altes Tuch hervor, das sie sonst selbst umlegte, wickelte das Fränzeli um und um hinein, nahm es auf den Arm und sagte: «So, nun können wir gehen.» Der Basti zog voran und arbeitete sich ganz tapfer durch den hohen Schnee bis hinunter auf den Weg, dem Schächenbach entlang. Hier konnte er neben der Mutter gehen und hatte soviel zu fragen, wohin sie nun kommen würden und was dann geschehen werde, daß die Zeit ganz schnell verging und er unbemerkt seine dreiviertel Stunden zurückgelegt hatte.

Sie waren jetzt bei den ersten Häusern von Altdorf angelangt. Die Mutter sah gleich, daß schon eine Menge Kinder unterwegs waren, um ihre Neujahrslieder zu singen; in allen Häusern gingen sie aus und ein. Die Afra ging ohne Aufenthalt bis zum großen Gasthaus, das unweit der Kirche bei dem alten Turm steht. Hier war es noch ziemlich still. Die Mutter stellte das Fränzeli auf den Boden, packte sie aus und schickte dann die Kinder in das große Haus hinein; dort sollten sie gleich beim Eintritt ihr Lied anstimmen. Sie selbst zog sich ein wenig hinter den Turm zurück, doch so, daß sie die Kinder sehen konnte, wenn diese wieder herauskamen.

Basti trat, das Fränzeli fest an der Hand haltend, in das Haus ein, fing gleich mit heller Stimme sein Lied zu singen an, und Fränzeli stimmte ganz melodisch mit ein. Da wurde die Tür der Gaststube aufgemacht. Die Leute riefen die Kinder herein, lobten sie für ihren Gesang, und in den Korb, den die Mutter dem Basti an den Arm gegeben hatte, flog von da und dort manches Stück Brot und hier und da auch ein kleines Geldstück, und die Frau des Hauses legte eine große Handvoll Nüsse hinein und sagte: «Am Neujahr müßt ihr auch etwas aufs Brot haben!» Nun dankte der Basti ganz laut und das Fränzeli leise, und dann liefen die Kinder voller Freude über ihre Gaben zur Mutter hinaus. Nun ging es weiter nach einem anderen Hause; aber da waren schon singende Kinder, und andere kamen noch nach, so daß manchmal eine ganze Schar miteinander in demselben Haus stand. Wollten sie dann alle durcheinander singen, so kam die Frau oder der Mann heraus und sagten, sie wollten lieber jedem ein Stück Brot geben als solchen Lärm haben. Manchmal bekamen sie auch nicht alle von den Gaben und mußten leer wieder fort. Aber mehr als einmal, wenn da so viele zusammen vor einer Tür standen, rief die Frau das Fränzeli zu sich heran und sagte freundlich: «Komm, du Kleines, du frierst ja, du mußt etwas haben. Aber dann geh heim, du zitterst ja wie ein Läublein.»

Nachdem die Kinder so in fünf oder sechs Häusern gesungen hatten und nun wieder aus einem heraustraten, sah die Mutter, daß es nicht länger so ging. Es war bitterkalt, daß sie selbst fast erstarrt war, und das zarte Fränzeli zitterte an all seinen Gliedern, daß es gar nicht mehr singen konnte. Sogar der Basti war völlig blau geworden und hatte so steife Hände, daß er nichts mehr fassen konnte und nur den Arm mit dem Korb vorstreckte, wenn er etwas bekommen sollte.

Jetzt wickelte die Mutter rasch das Fränzeli wieder ein und nahm es auf den Arm.

«Und du, Basti», sagte sie, «lauf nur recht, komm, so wirst du wieder warm.» Nun liefen sie, ohne stillzustehen, bis sie wieder daheim in ihrem Häuschen waren, und da setzten sie sich alle drei um den kleinen Ofen ganz nahe zusammen, bis Hände und Füße wieder warm waren. Dann holte Basti den Korb herbei. Sie mußte doch sehen, was alles drinnen war. Die Kinder bekamen auch nach der großen Anstrengung jedes ein schönes Stück Brot und ihre Nüsse dazu, und so feierten sie zusammen einen fröhlichen Neujahrsabend. Auch die Mutter war froh und dankbar. War ihr auch keine durchgreifende Hilfe zuteil geworden, so hatte sie doch für manchen Tag genug Brot, und hier und da war ja auch ein Geldstücklein mit in den Korb hineingeflogen, das konnte sie gar gut gebrauchen.

Freilich folgten noch schwere, kummervolle Tage, und die Mutter hatte noch oft mit Mangel und Frost zu kämpfen. Aber endlich ging der lange Winter zu Ende. Die warme Sonne schien wieder, die Kinder konnten wieder vor dem Hüttchen sitzen und mußten nicht mehr frieren. Auch die Geiß wurde wieder hinausgeführt, konnte von dem jungen, schönen Gras fressen und gab wieder ein wenig mehr Milch.

Der Mutter war eine große Last dadurch abgenommen, daß sie nicht mehr überall nach Holz suchen mußte, um das dünne Häuschen notdürftig zu erwärmen. Denn jetzt glitzerte die Sonne warm in die Fenster, und schöne laue Luft strömte herein. Aber die Mutter hatte sich den ganzen Winter durch so sehr angestrengt und so mangelhafte Nahrung zu sich genommen, daß sie ganz von Kräften gekommen war, und auch die warme Frühlingssonne konnte ihr dieselben nicht wiederbringen. Trotzdem ließ sie nicht nach in ihrem Fleiß und ihrer rastlosen Tätigkeit von früh bis spät, und wenn sie auch manchmal vor Müdigkeit und Schwäche zu erliegen glaubte, eine große, innere Angst trieb sie immer wieder neu an; denn sie sah wohl voraus, wenn sie sich und die Kinder nicht mehr durchbringen könnte, würden sie ihr von der Armenbehörde weggenommen und irgendwo untergebracht, damit sie in einem Dienst ihr Brot erwerben könnten. Und der Gedanke war ihr so schrecklich, daß sie lieber ihre letzte Kraft einsetzen wollte.

Jetzt waren die langen, heißen Sommertage gekommen. Von dem wolkenlosen Himmel sandte die Sonne wahre Gluten auf die Bergwände nieder, an denen überall das Spätheu zum Trocknen lag oder schon in Bündel gemacht wurde. Auch Afra war mit den Kindern hinaufgestiegen, wo ihr hoch am Felsen droben ein kleines Stückchen Erde gehörte, von dem sie jedes Jahr das Winterfutter für ihre Geiß gewann. Sie hatte das Heu, das sie tags zuvor abgemäht hatte, zusammengebunden, um es als ganz warme und trockene Bürde auf dem Kopf nach Hause zu tragen. Das Fränzeli hielt sich, wie immer, wenn die Mutter keine Hand frei hatte, an deren Kleide fest, Basti aber hatte auch eine kleine Heubürde zu tragen.

Daheim holte die Mutter gleich die Milch herbei, denn sie hatten alle seit dem kärglichen Frühstück nichts genossen als zwischendurch ein Stück Brot, das sie mitgenommen hatten, und nun war es schon fünf Uhr abends. Als die Mutter zur Milch den Rest des Brotes aus dem Schrank nahm, sah sie erst, wie sehr klein es war. Ehe sie die bestellten Strümpfe fertig gestrickt hatte, bekam sie kein Geld, um Brot zu kaufen, und gestern und heute hatte sie wegen der Arbeit beim Heu nicht stricken können. Die Mutter gab die Hälfte des kleinen Stückchens dem Fränzeli, die andere dem Basti und sagte: «Ich weiß wohl, daß ihr großen Hunger habt; aber ihr begreift es schon, daß ich euch nicht mehr geben kann. Seht, es ist eben nichts mehr da. Aber heut abend will ich fleißig stricken, dann kann ich euch morgen ein größeres Stück geben.» Basti nahm fröhlich sein Stücklein in Empfang. Aber er biß noch nicht hinein, er sah noch auf die Mutter, die Milch in die Schüsselchen goß, die sie den Kindern gab, sich dann hinsetzte und ihren Kopf in die Hand legte. Basti schaute sie noch immer unverwandt an.

«Wo hast du dein Brot, Mutter?» fragte er endlich.

«Ich habe keins, Basti, aber ich habe auch keinen Hunger; ich brauche nichts», erwiderte die Mutter. Da kam das Fränzeli hurtig heran und steckte der Mutter schnell noch ein ganz kleines Bröcklein in den Mund, das es noch übrig hatte, und der Basti streckte sein Stücklein auch hin und sagte ganz kläglich: «Ja, wenn du keins hast, dann mußt du hungern. So wollen wir teilen.» Aber die Mutter hielt es ihm wieder hin: «Nein, nein, Basti, iß nur fröhlich. Sieh, ich könnte nicht essen, es ist mir nicht so recht. Wenn ich nur morgen nach Altdorf hinunter zum Doktor gehen könnte, er würde mir doch einen Rat geben. So geht's nicht mehr.»

Die letzten Worte sagte sie leise vor sich hin, und plötzlich sank sie mit geschlossenen Augen zurück; vor Schwäche und Mattigkeit hatte sie eine Ohnmacht befallen. – Der Basti schaute die Mutter eine Weile an, dann sagte er leise zu Fränzeli: «Komm, ich weiß schon, was ich mache. Aber du mußt ganz leise sein, daß du die Mutter nicht weckst. Siehst du, sie will ein wenig schlafen.» Damit faßte er das Fränzeli fest an der Hand, zog es gegen die Tür, und es konnte gar nicht anders als leise sein, denn es hatte weder Strumpf noch Schuh an seinen kleinen Füßen, wie der Basti auch nicht. So kamen sie ganz still zur offenen Tür hinaus und wanderten zusammen den Berg hinunter. Als sie den steilen Fußweg zurückgelegt hatten und nun ihre Wanderung längs dem tosenden Wasser fortsetzten, drückte der Basti das Fränzeli vom Bach weg auf die andere Seite des Weges und noch ein gutes Stück weit in die Wiese hinein und sagte belehrend: «Siehst du, Fränzeli, man darf nie auf der anderen Seite gehen, sonst fällt man in den Schächen hinunter. Das hat die Mutter gesagt, und so kleine Kinder wie du würden auf der Stelle ertrinken.» Das begriff Fränzeli und ließ sich ganz willig durch die Wiese führen. Dann begann der Basti wieder: «Siehst du, Fränzeli, jetzt gehen wir nach Altdorf in die Häuser und singen wieder unser Lied, dann bekommen wir Brot und vielleicht auch Nüsse, dann bringen wir alles der Mutter, weißt, weil sie heute kein Brot mehr bekommen hat. Aber kannst du auch das Lied noch singen?»

Fränzeli war sehr erfreut über dieses Ziel und wanderte mit neuem Eifer durch die Wiese und dann auf der steinigen Straße trotz seiner nackten Füßchen. Es sagte, dieses Lied könne es schon noch, und Basti schlug vor, es noch einmal zu versuchen. So stimmten die Kinder laut ihr Neujahrslied an. Sie konnten es noch ganz gut, fingen immer wieder von vorn an, und so kamen sie unversehens bis nach Altdorf hinunter, obschon Fränzelis zarte Füßchen vor Anstrengung ganz rot geworden waren. Als sie die ersten Häuser des Fleckens erreicht hatten, hörten sie auf zu singen, und Basti sagte: «Ich weiß noch ganz gut, bei welchem Haus man anfängt. Hier noch nicht.» Er zog Fränzeli, das jetzt ein wenig müde war, bis zu dem großen Gasthaus «Zum goldenen Adler», in das die Mutter sie am Neujahrstag zuerst hineingeschickt hatte. Aber jetzt sah es da anders aus als damals. Die Abendsonne warf güldene Strahlen auf den freien Platz vor der Haustür, und ein ziemlicher Lärm erscholl von dorther. Eine ganze Gesellschaft von Fremden war angekommen, lauter junge Herren in schönen, farbigen Mützen; die hatten gleich nach ihrer Ankunft den großen Tisch aus der Gaststube herausgetragen, draußen auf den freien Platz hingestellt, und nun saßen sie alle daran und aßen und tranken in großer Fröhlichkeit, denn sie hatten heute einen langen Marsch gemacht und ließen es sich nun wohl sein. Als Basti die Herren an dem Tisch erblickte und Fränzeli vor Furcht stillstand, hielt er es für das richtigste, gleich aus der sicheren Ferne die Herren anzusingen, und so stimmte er denn mit aller Kraft an, damit sie es durch den Lärm, den sie selbst machten, hören konnten.

«Still», donnerte plötzlich die mächtige Stimme des gewaltig großen Menschen, der oben am Tische saß, «still, sag ich, ich höre Gesang, wir bekommen Musik zu unserer Abendtafel.»

Die Herren sahen sich alle um, und als sie die Kinder erblickten, die sich ein wenig hinter den alten Turm gestellt hatten, winkten alle, und eine Menge Stimmen riefen zugleich: «Nur heran!» – «Nur näher!» – «Nur hierher!»

Die Kinder hatten aufgehört zu singen, und der Basti kam sehr bereitwillig heran. Er mußte aber das Fränzeli ein wenig ziehen, denn es fürchtete sich sehr.

Jetzt streckte der große Blonde mit dem dicken Bart seinen langen Arm aus, zog den Basti noch näher zum Tisch heran, und alle riefen: «Nun laß sie singen, Barbarossa!»

«So, nun singt euer Lied», befahl dieser, «nur tapfer!»

Basti fing mit lauter Stimme an, und Fränzelis Stimmchen klang wie ein leises, silbernes Glöckchen dazu, und ohne Wanken sangen sie:

«Nun ist das alte Jahr dahin,
ein neues ist gekommen.
Wir wünschen, daß es euch erschien
zu euerm Heil und Frommen.»

«Barmherzigkeit! Wir sind auf die andere Seite der Weltkugel geraten, hier feiern sie Neujahr!» schrie Barbarossa laut auf, und nun ging ein Rufen und Lachen los, daß es einen ungeheuren Lärm gab.

«Hör auf und mach nicht solchen Spektakel», rief jetzt der hohe Schwarzlockige, der neben Barbarossa saß. «Seht doch das kleine Madönnchen an, es zittert ja vor Schrekken.»

Nun gab es wirklich Ruhe, und alle schauten nach dem Fränzeli, das sich ängstlich an Basti festhielt.

«Ritter Maximilian, nimm du dich des Madönnchens an!» befahl Barbarossa, «und dann weiter mit dem Gesang!»

Maximilian nahm das Fränzeli freundlich bei der Hand und sagte: «Komm zu mir, du kleines Mädchen, da kann dir niemand etwas zuleide tun.»

Fränzeli hielt vertrauensvoll seine Hand fest, und sobald es ruhig war, stimmte Basti wieder an:

«Jetzt ist die kalte Winterzeit,
die Erde starrt im Eise,
doch ist der liebe Gott nicht weit
und hilft nach seiner Weise.»

«Mich hat er wirklich heute vor Frost bewahrt», warf Barbarossa ein, an dem alles wie in Gluten stand: die Augen, die Wangen und der Bart.

Lärmen und Lachen waren wieder ausgebrochen, aber viele riefen nun: «Weiter!» – «Weiter» – «Weiter!» Die Kinder sangen:

«Doch wird es manchem Vöglein schwer,
sein Futter zu erreichen,
und auch die Kinder ziehn umher
und suchen sich desgleichen.»

«Das müssen sie haben, das müssen sie haben», riefen sie nun von allen Seiten, und eine Menge Teller mit ganzen Schichten von guten Sachen wurden zu den Kindern hingeschoben. Aber Basti ließ sich nicht verlocken, mit fester Stimme sang er weiter, und das Fränzeli half bis zu Ende mit:

«Nun bring' euch allen früh und spat
das Jahr viel Heil und Segen,
und wer nur Gott zum Freunde hat,
dem hilft er allerwegen.»

Nun brach heller Jubel aus, und alle riefen durcheinander: «Das ist ein schöner Wunsch! Der bringt uns Glück auf dieser Reise!»

Barbarossa aber zog nun den Basti zu sich und stellte einen Teller mit so vielen schönen Sachen vor ihn hin, wie er sie in seinem Leben noch nie gesehen hatte. Auf dem Rand lag ein großes Stück schneeweißes Brot, und Barbarossa sagte ermunternd:

«So, mein Sohn, nun geh tapfer ans Werk und gib nicht nach, bis du alles besiegt hast.» Und all die anderen Teller mit den hohen Haufen darauf wurden ihm noch zugeschoben, und von allen Seiten rief es: «Den auch noch!» – «Das soll er auch noch haben!»

Basti stand da und schaute auf all die Schätze mit hellem Entzücken in den Augen, und vor Erwartung wurden ihm die Augen immer größer; aber er berührte nichts. Dem Fränzeli, das immer noch die Hand seines Beschützers festhielt, hatte dieser einen ebenso reichlich gefüllten Teller vorgesetzt und es aufgefordert zuzugreifen. Fränzeli hatte durch den langen Marsch einen großen Hunger, nahm gleich ein schönes Bröcklein an die Gabel und wollte es zum Munde führen. Aber es guckte schnell noch nach dem Basti, und als es sah, daß dieser keinen Bissen aß, legte es hurtig sein Bröcklein wieder in den Teller zurück.

«Was ist denn mit dir los? Warum greifst du denn nicht an, mein tapferer Tell-Enkel? Wie heißtest du denn eigentlich?» fragte Barbarossa.

«Basti heiß ich», war die Antwort.

«Gut, Basti, mein Sohn, was hast du denn für tiefe Gedanken, die dir so die Augen aufreißen und den Appetit wegnehmen?»

«Wenn ich nur einen Sack hätte!» kam jetzt heraus.

«Einen Sack? Und was dann?»

«Dann will ich alles hineintun und der Mutter bringen, sie hat heute kein Brot mehr gehabt.»

Nun wurden die Herren ganz nachdenklich, und viele riefen, man müsse ihm einen Sack holen, er solle seinen Willen haben.

Andere fragten, wo die Mutter wohne, ob sie gleich in der Nähe sei. Als Basti antwortete, sie wohne in Bürglen oben auf dem Berge, brachen alle in Verwunderung aus, und Barbarossa sagte: «Wenn ihr von dort oben heruntergekommen seid, habt ihr gewiß doch auch Hunger – nicht, Basti?»

«Ja, und auch noch, weil wir heute nur ganz wenig Brot bekommen haben», bestätigte dieser. «Aber morgen kann die Mutter vielleicht die Strümpfe fortbringen, dann bekommen wir mehr.»

Jetzt wollte jeder der Herren etwas tun, die einen einen Sack holen, die anderen einen Träger. Aber Barbarossa rief, alles übertönend: «Jetzt will ich vor allem sehen, wie sich diese zwei Menschenkinder sattessen, und dann kommt das Weitere. Nun hör, Basti! Was hier auf deinem Teller liegt, das ißt du, und wenn du fertig bist, so bekommt deine Mutter alle übrige.»

«Das alles?» fragte Basti und wies mit leuchtenden Augen auf alle die gefüllten Teller hin.

«Alles!» bestätigte nun Barbarossa. «Kannst du nun anfangen?»

Jetzt ergriff Basti seine Gabel und aß mit so erfreulichem Appetit darauflos, daß Barbarossa mit großer Befriedigung zuschaute, die Maximilian, der Schwarzlockige, besonders mitempfand, als nun auch Fränzeli es wagte, endlich seinen großen Hunger zu stillen. Die Tätigkeit wurde nur hie und da durch eine kurze Frage und Antwort unterbrochen.

«Hat euch eure Mutter hierher geschickt, das Lied zu singen?» fragte einmal Barbarossa.

«Nein, sie ist eingeschlafen, weil sie kein Brot gegessen hatte und müde war. Sie wollte auch zum Doktor gehen, daß er ihr einen Rat gäbe», erklärte der Basti, «und da bin ich mit dem Fränzeli gegangen, daß die Mutter Brot bekommt, wenn sie erwacht, denn wir haben das erstemal auch Brot bekommen, als wir hier gesungen haben.»

Jetzt begriffen die Herren, wie es gekommen war, daß ihnen die Kinder das Neujahrslied gesungen hatten, und Barbarossa rief:

«Ich beantrage, daß wir alle miteinander unsere Sänger nach Bürglen hinaufbegleiten. Ohnehin müßten wir morgen die Stätte aufsuchen, wo die Wellen des wilden Schächenbachs den braven Tell verschlungen haben. Wir machen heute eine Mondscheinpartie daraus und bringen unsere entlaufenen Freunde ihrer Mutter wieder.»

«Und du als guter Mediziner gibst ihr gleich einen guten Rat», setzte Maximilian hinzu.

Als er dann aber sah, daß schon alle Freunde ihre Sitze verließen, die Stöcke schwenkten und gleich auf und davon wollten, da rief er ihnen ganz entrüstet zu: «Was meint ihr eigentlich? Soll denn dieses kleine, zarte Wesen mit euch Schritt halten? Soll es überhaupt zum zweitenmal diesen ganzen Weg auf seinen winzigen Füßchen zurücklegen? Erst spannt der Wirt seinen Gaul vor, dann wird das kleine Mädchen mit dem Proviantkorb in den Wagen gesetzt, und dann geht's vorwärts.»

«Dein Gedanke ist gut», bemerkte Barbarossa mit einem Blick auf den großen Korb, den die Wirtin statt eines Sackes gebracht hatte; denn als sie verstanden hatte, was die Herren von ihr wollten, hatte sie ihnen erklärt, daß all die verschiedenen Nahrungsmittel nicht in einen Sack zusammengeworfen werden könnten, und darum hatte sie einen gewaltig großen Korb herbeigeschafft und alles gut da hineingepackt.

«Das beste ist nun», fuhr Barbarossa, zu Maximilian gewendet, fort, «du bleibst, setzest dich mit deinem Madönnchen und dem Proviantkorb in den Wagen. Wir gehen unterdessen voraus, und Basti macht den Wegweiser.» Das wurde beschlossen. Als sich aber der Zug in Bewegung setzen wollte, machte Barbarossa noch einmal halt und sagte ernsthaft: «Keiner kann wissen, welchen Gefahren und Strapazen wir auf dieser nächtlichen Reise entgegengehen. Darum folge jeder meinem Beispiel und stecke eine Flasche kräftigen Weines in seine Tasche.»Damit schritt er ins Haus hinein, um sich eine zu verschaffen. Alle anderen folgten ihm lärmend nach, der Vorschlag hatte vollen Anklang gefunden.

Endlich waren dann wieder alle auf dem Platz, und die Reise konnte angetreten werden. An der Spitze des Zuges marschierte der gewaltige Barbarossa, den kleinen Basti zur Seite. Bald hob auch Maximilian das Fräulein in die offene Kutsche hinein, setzte sich an seine Seite, den hochbepackten Korb daneben, und nun ging's fort in den schönen Abendschein hinein, der von der untergehenden Sonne noch golden am Himmel flimmerte. Dem Fränzeli aber gefiel es außerordentlich gut, so im Wagen zu fahren, den freundlichen Beschützer an seiner Seite. Das Vertrauen zu ihm war so groß geworden, daß es sich fortwährend mit ihm unterhielt und ihm erzählte, wie es daheim mit der Mutter und dem Basti und der Geiß lebte und was sie alles taten.

Eine Überraschung nach der anderen

Die Mutter daheim war unterdessen ein paarmal halb erwacht, hatte aber nicht die Kraft gehabt, sich ganz zu erheben. Immer war sie wieder zurückgesunken und hatte mehrere Stunden in einer Art Betäubung dagelegen. Endlich aber erwachte sie. Schon war die Dämmerung hereingebrochen. Ihre Kinder konnte sie nicht sehen. Sie war aber so müde, daß sie noch sitzen blieb. «Basti!» rief sie nach einiger Zeit, als alles so still um sie her blieb. «Fränzeli, wo seid ihr?» Sie erhielt keine Antwort. Da gab ihr die Angst plötzlich Kraft. Sie stand schnell auf und trat vor das Häuschen; aber da war niemand – zur Geiß hinein, die war ganz allein –, dann ging sie rund um das Häuschen und rief dabei immerfort der Kinder Namen – alles blieb still. Nur von unten herauf toste der wilde Schächenbach. Eine furchtbare Angst kam über die Mutter, kaum konnte sie sich auf den Füßen halten. Sie faltete die Hände, und inbrünstig flehte sie, der liebe Gott wolle ihr doch das Schwerste ersparen. Dann lief sie an den Fußweg und wollte den Berg hinunter. Da sah sie von unten herauf einen ganzen Zug Leute kommen. Alle sprachen laut und eifrig miteinander, und es war gerade, als ob die aufgehobenen Stöcke nach ihrem Häuschen hinaufzeigten. «Ach Gott im Himmel», sagte sie im höchsten Schrecken, «sollte es eine Botschaft für mich sein?» Sie konnte keinen Schritt weiter tun, sie stand wie gelähmt.

«Mutter! Mutter!» rief es auf einmal von unten herauf, «wir kommen schon, und du solltest nur sehen, was wir bringen! Und die Herren kommen alle mit, und das Fränzeli kommt in einer Kutsche mit einem Pferd.»

Und jetzt stürmte der Basti allen voraus und rief immerfort und erzählte atemlos, was alles geschehen war, denn er konnte kaum erwarten, bis die Mutter alles erfuhr. Und als er endlich oben war und auf die Mutter losstürzte, drückte sie den Buben an sich und dankte Gott von ganzem Herzen, und vor Freude war sie neu belebt. Aber Erstaunen und Überraschung wuchsen mit jedem Augenblick, denn hinter ihrem Basti kam eine ganze Schar von Herren heran, und alle grüßten sie aufs freundlichste wie eine alte Bekannte. Zwei davon trugen auf zwei Stöcken, die sie auf die Achseln gelegt hatten, einen gewaltigen Korb, und zuletzt kam noch ein Herr, der hielt das Fränzeli an der Hand, und so vertraulich war das sonst so scheue Kind mit ihm, daß es nicht einmal seine Hand losließ, als es die Mutter sah, sondern ihn mit sich zu ihr heranzog. Die gute Afra wußte gar nicht, wo sie zu danken anfangen sollte, denn aus Bastis Reden hatte sie schnell begriffen, daß die Herren den Kindern allerlei Gutes erwiesen hatten, und der vollbepackte Korb zeugte auch davon. Sie wandte sich nun gleich an Barbarossa. Weil er der größte von allen war, hielt sie ihn für eine Art von Anführer und dankte ihm mit so warmer Herzlichkeit, daß er ganz begeistert wurde. Nun kam es ihm plötzlich in den Sinn, daß er ihr ja auch einen ärztlichen Rat geben sollte, und er schlug ihr vor, mit ihm in die Hütte zu treten und ihm zu sagen, was ihr fehle. Auch darüber war sie sehr froh, und drinnen erklärte sie ihm, daß sie zwar keine Schmerzen habe, sondern nur vor Schwäche und Kraftlosigkeit kaum noch stehen und gehen könne. Er fragte nun, was sie esse und trinke, und sie sagte ihm alles genau. Nun trat Barbarossa vor die Hütte hinaus und rief mit lauter Stimme: «Alle Flaschen her!» Er selbst lief eifrig hin und her, diese zu sammeln, und endlich war der Tisch völlig mit Flaschen bedeckt. Einige standen sogar noch auf dem Boden, und zu der sprachlos erstaunten Afra sagte er dann: «Ihr seht, Frau, die Medizin haben wir schon mitgebracht. Jeden Tag ein rechtes Glas voll genommen, dann wird's besser.»

«Ach, mein guter Herr», konnte Afra endlich hervorbringen, «ich habe wohl manchmal gedacht, ein Tröpflein Wein könnte mir guttun, wenn ich's bekommen könnte. Aber soviel, soviel!»

«Meine gute Frau», erwiderte Barbarossa, «wenn ein Tröpflein guttut, so tun mehrere Tröpflein besser. Und nun lebt mir wohl und Eure Kinder dazu!» Damit streckte er der Afra seine Hand hin. Sie begleitete ihn hinaus und nahm Abschied von all den Herren; aber sie konnte gar nicht fertig werden mit Danken.

Auch das Fränzeli dankte jetzt seinem Beschützer, soviel es nur konnte, und bat, er solle nur bald wiederkommen. Der Basti schoß mit seinen Danksagungen von einem zum anderen, und dann lief er auf die äußerste Spitze des Felsvorsprungs und schrie aus vollem Halse, solange er noch etwas von den Herren sehen konnte: «Vergelt's Gott, Barbarossa! Vergelt's Gott, Maximilian!» Denn er hatte sich die Namen wohl gemerkt.

Als die Kinder dann aber drinnen im Hüttchen bei der Mutter saßen, hatten sie soviel zu erzählen, wie alles sich ereignet hatte, wie sie schnell fortgegangen waren, um der Mutter ein wenig Brot zu ersingen, während sie schlief, und wie sich dann eins aus dem anderen ergeben habe, bis sie mit der Kutsche und dem Pferd heimgeleitet worden waren, und das Fränzeli konnte fast keine Worte finden, um die Herrlichkeit zu beschreiben, die es erlebt hatte, so im Wagen nach Hause zu fahren. Als nun aber der große Korb ausgepackt wurde und aus einem jeden Paket wieder neue, prächtige Eßwaren herausrollten und zuletzt unten noch drei ganze weiße Brote zum Vorschein kamen, welche die Herren noch eigens bestellt hatten, da überkam die Freude den Basti so, daß er in hohen Sätzen in der Stube herumhüpfen und noch einmal laut rufen mußte: «Vergelt's Gott, Maximilian! Vergelt's Gott, Barbarossa!» Die Mutter aber mußte immer wieder sagen: «Das hat der liebe Gott den jungen Herren ins Herz gegeben. Wir wollen auch alle Tage für sie beten, Kinder, und es nie vergessen.»

Unterdessen zogen die Studenten in großer Fröhlichkeit gegen Altdorf hinunter. Nur Ritter Maximilian war eine Weile ganz still gewesen, dann plötzlich brach er in die Worte aus: «Es ist doch nicht recht! Nein, es ist nicht recht. Nun haben wir die arme Frau und die Kinder nur gerade davor geschützt, daß sie nicht Hungers sterben, und weiter gar nichts. Was sollen sie da oben im Winter machen ohne warme Kleider, ohne Essen, ohne alles? Das geht nicht, wir müssen eine Sammlung veranstalten, gleich heute noch, der Wirt kann den Ertrag übermitteln.»

«Ritter Maximilian», entgegnete Barbarossa, «deine Gesinnung ist gut, dein Vorschlag aber unpraktisch. Du vergißt, daß wir auf der Reise sind, daß wir noch weit nach

Hause haben und noch einiges bis dahin gebrauchen. Was bleibt da zu sammeln? Ich mache einen anderen Vorschlag: Wir gründen einen neuen Verein, die Bastiania, Jahresbeitrag vier Mark. Zu Ehrenmitgliedern werden alle Mütter und Schwestern ernannt. Die liefern uns die nötigen Kittel und Röckchen für den Basti und das Madönnchen. Sobald wir nach Hause kommen, wird der Jahresbeitrag eingezogen, die Ehrenmitglieder werden zu liebreicher Mitwirkung gebeten, und die erste Sendung der Bastiania geht ab.»

Dieser Vorschlag fand einstimmigen, lauten Beifall. In der fröhlichsten Stimmung zogen die Herren in Altdorf wieder ein, fanden ihren Tisch noch draußen stehen, setzten sich gleich wieder daran, und hier im hellglänzenden Mondschein wurde sofort die Bastiania gegründet und besiegelt.

Wie mußte aber die Afra sich wundern, als einige Wochen danach der Postbote ein so mächtig großes Paket zu ihr hinaufbrachte, daß er es mit Gewalt durch die offene Tür zwängen mußte. Dann warf er es zu Boden und sagte, seine Stirn trocknend: «Es wundert mich nur, Afra, was Ihr für Bekanntschaft so weit oben in Deutschland habt. Aber auch der Postverwalter hat's nicht erraten können, wer Euch in so weiter Ferne kennen mag.»

«Ihr werdet wohl nicht am rechten Ort sein mit dem Paket», erwiderte die Afra.

«Ihr könnt's lesen», gab der Bote zurück und ging seiner Wege.

Wirklich stand deutlich der Name der Afra und ihr Wohnort darauf. Sie löste nun die festvernähten Ecken auf, und immer lockerer wurde die ganze Naht. Die Kinder schauten mit Spannung auf den geheimnisvollen Gegenstand. Jetzt auf einmal ging alles auseinander, und heraus rollten Kittel und Jäckchen und Tücher und Stiefel und Strümpfe, zum Erstaunen viele, und mitten heraus fiel eine schwere Rolle, darin waren viele, viele Silberstücke. Die

Mutter schlug die Hände zusammen und rief nur immer: «Aber woher auch? Woher nur ein solcher Segen?» Da brachte ihr das Fränzeli ein Blatt Papier, das aus den Sachen herausgefallen war. Darauf standen die Worte:

«Und wer nur Gott zum Freunde hat,
dem hilft er allerwegen.»

Da rief der Basti sofort: «Das steht im Lied, das kommt von den Herren!»

Ja, das mußte so sein; jetzt war es auch der Mutter klar, daß die reiche Sendung von niemand sonst als von ihren Wohltätern aus Deutschland herkommen könnte. Aber welcher unaussprechliche Dank erfüllte jetzt ihr Herz, da sie auf einmal ganz und gar von der großen Angst befreit war, daß sie von ihren Kindern getrennt werden könnte. Nun hatte sie ja eine so reiche Unterstützung, daß sie den kommenden Winter ohne Sorge leben konnte, und dazu war sie von dem stärkenden Wein wieder ganz kräftig und gesund geworden.

Wie wird aber die Afra erst staunen, wenn nächstes Jahr wieder eine solche Sendung kommt und jedes Jahr aufs neue; denn die Bastiania besteht als Verein fort, und die Ehrenmitglieder denken bei jedem zu klein gewordenen Kleidchen und Kittelchen ihrer Kinder an die kleinen Neujahrssänger, die ihnen von den Söhnen und Brüdern bei der Rückkehr von der Schweizerreise in so lebendigen Farben geschildert worden sind.

Die Afra aber hat als bleibendes Andenken in ihrer Stube das Blatt aufgehängt, das die Herren ihrer Sendung beigelegt hatten, worauf die Worte stehen:

«Und wer nur Gott zum Freunde hat,
dem hilft er allerwegen.»

In sicherer Hut

Vor der Abreise

In der schönen Stadt Dresden, nicht weit von der Elbterrasse, steht ein großes steinernes Haus. Dort saß am sonnigen Julimorgen Herr Feland in seinem Lehnstuhl und hielt eine so große Zeitung vor sich, daß man von seinem Gesicht gar nichts sehen konnte.

Ihm gegenüber saß die Frau des Hauses und goß von Zeit zu Zeit aus dem singenden Kessel ein wenig Wasser auf den duftenden Kaffee in der Maschine. Das Frühstück sollte gleich beginnen.

Da öffnete sich die Türe: Zwei kleine Mädchen traten ein und hinter ihnen ein großes Fräulein, das mit einiger Besorgnis die lebhaften Sprünge sah, mit denen die kleine Rita durch die Stube eilte, um sich zuletzt mit einem großen Satz auf Papas Knie zu schwingen. Am sicheren Gelingen des Sprunges sah man deutlich, daß er nicht zum erstenmal ausgeführt wurde. Siegesstolz schaute nun Rita umher, als wollte sie sagen: «Nun sitze ich wieder auf meiner festen Burg, wo mir kein Unfall zustoßen kann!» Dann steckte sie das lockige Köpfchen unter die große Zeitung und rief schelmisch: «Oh, Papa, ich finde dich schon! Wann gehen wir auf die Gemmi?»

Der Vater legte das Blatt weg, küßte die Kleine und sagte: «Erst guten Morgen, kleine Heuschrecke; nachher kommen die Reisepläne.» Um ihrer gewandten Sprünge willen nannte sie der Papa nämlich die kleine Heuschrecke. Als Rita nun die große Zeitung nicht mehr zwischen sich und dem Papa sah, legte sie ihre Arme um seinen Hals und sagte ihm mit großer Zärtlichkeit guten Morgen. Unterdessen stand Schwester Ella ganz still neben Vaters Stuhl und wartete seinen Morgengruß ab. Jetzt küßte er auch sein älteres Töchterchen, das sich dann still an den Tisch setzte.

«Wenn du dich nun auch dahin verfügtest, wo du hingehörst!» sagte der Vater zu Rita, die noch gar keine Anstalt machte, ihren hohen Sitz zu verlassen.

«Ich gehe gleich, Papa», versicherte Rita, setzte sich aber erst noch auf ihrer Burg zurecht, «ich wollte nur warten, bis du gesagt hast, wann wir auf die Gemmi gehen.»

«Sobald die Mutter gepackt hat», erwiderte der Vater.

Jetzt sprang Rita herunter und auf die Mama los.

«Oh, Mama, so wollen wir doch heute packen! Bitte, bitte, gleich auf der Stelle», bat Rita schmeichelnd. «Ich will dir helfen, und Ella kann auch helfen und Fräulein Hohlweg auch, und dann können wir morgen fort, und dann ...»

«Jetzt trinken wir erst unsere Milch und sitzen eine Weile ganz ruhig am Tisch, liebes Kind», berichtigte hier die Mutter, und Rita, die fürs erste keine weitere Antwort auf ihre Frage voraussah, setzte sich nun an ihren Platz zwischen Vater und Mutter, und das Frühstück begann.

Schon seit längerer Zeit hatte in Herrn Felands Hause jeder Morgen mit der dringenden Frage nach der Gemmireise angefangen. Im Kopf der kleinen Rita kam kaum mehr ein anderer Gedanke auf. Dieses Reiseziel war auf folgende Weise in die Vorstellung der kleinen Rita eingedrungen und hatte sich da festgesetzt:

Im vergangenen Sommer hatten Vater und Mutter eine Schweizerreise gemacht. Auf dem Gemmipaß, der sie vom Wallis nach dem Kanton Bern hinüberführte, hatte es ihnen so besonders wohlgefallen, daß sie beschlossen, den folgenden Sommer wieder hinzugehen, die Kinder und Fräulein Hohlweg mitzunehmen und einige Zeit dort zu bleiben. Die Eltern hatten auf ihrer Reise den Fremdenführer Kaspar kennengelernt und ihm dann ihre Absicht und den Wunsch mitgeteilt, in der Gegend eine Wohnung zu mieten und sich dort häuslich niederzulassen, statt in einem Hotel zu wohnen. Da hatte Kaspar ihnen den Vorschlag gemacht, sein eigenes Häuschen, das unweit des Gemmipasses an einem grünen Abhang nahe beim Fußwege stand, zu beziehen. Gerade diese Zeit war für ihn die beste, sein kleines Häuschen abzutreten. Er selbst war dann immer unterwegs mit den Fremden, seine beiden Buben hüteten auf der Alp die großen Herden, und seine Frau konnte im Dachkämmerchen oben wohnen und die Familie Feland bedienen. Für diese konnten dann die große Wohnstube und die beiden Schlafkammern eingerichtet werden. Dieser Vorschlag kam Herrn Feland und seiner Frau sehr gelegen, und nachdem sie sich das Häuschen angesehen hatten, beschlossen sie, es für die Sommermonate des kommenden Jahres zu mieten. Diese Nachricht und die Schilderung der schönen Wiesen und hohen Schneeberge, der grünen Alpen und der vielen weidenden Kühe hatten auf beide Kinder einen tiefen Eindruck gemacht, und seit langem konnte Rita kaum mehr den Tag der Abreise erwarten. Schon im Winter war kein Tag begonnen und kaum einer beendigt worden, ohne daß sie wiederholte: «Mama, wird nun bald der Sommer kommen?»

Nun war wirklich der Sommer da, und Ritas Fragen wurden immer bestimmter und dringender. Jeden Morgen erklangen nun erwartungsvoll die Worte: «Wann gehen wir auf die Gemmi?» Mit jedem Tag wuchs des Kindes Ungeduld und mehrten sich die stürmischen Fragen und Bitten; denn jetzt konnte Rita kaum mehr erwarten, daß man in einen Wagen stieg und den hohen Bergen und grünen Wiesen entgegenfuhr.

Endlich kam der Tag, da das ganze Haus Feland wie ein

großer Jahrmarkt aussah. Alle möglichen Kleidungsstücke lagen in solcher Menge in allen Zimmern umher, daß man sich nirgends mehr niederlassen konnte. Nach und nach verschwand aber alles in drei mächtigen Koffern, und zwei Tage später saß die ganze Familie Feland im Reisewagen: Ella in stiller Freude zwischen der Mutter und Fräulein Hohlweg, Rita neben dem Vater, den sie alle Augenblicke im hellen Entzücken umarmte, denn nun ging es ja auf die große Reise, nun ging es nach der Gemmi!

Auf der Gemmi

Nicht weit von der Höhe des Gemmipasses tritt der schmale Weg ins Gehölz hinein und führt bald an die Stellen, wo der Wanderer nicht ohne Grauen über die steilen Felswände in den tiefen Abgrund hinunterschaut. Auf diesem Waldpfade kam am schönen Sommerabend ein kleiner Junge daher. Er hielt eine große rote Blume in der Hand, die er wohl drinnen im Gehölz gefunden hatte, und schaute sie von Zeit zu Zeit bewundernd an.

Nun trat er auf die freie Stelle am Wald heraus und schaute ringsum, schien aber nichts Besonderes zu entdecken, das er weiter anschauen konnte, und setzte seinen Weg fort. Jetzt trat er auf den schmalen Wiesenpfad, der zur Linken den grünen Abhang hinaufführt. Dort standen zwei Häuschen nicht weit voneinander entfernt, jedes mit einem kleinen Anbau nach hinten, der offenbar das Vieh beherbergte. Einer dieser Ställe war größer, auch das Häuschen selbst mit seiner nagelneuen Haustür sah geräumiger und besser aus. Es gehörte dem besagten Herrn Kaspar, der mit seiner Frau und seinen zwei Buben darin wohnte und jedes Jahr etwas daran verbessern konnte, weil er den Sommer durch als Fremdenführer einen guten Verdienst hatte. In seinem Stalle standen nicht nur zwei Geißen wie bei allen Nachbarn, sondern seit zwei Jahren auch eine schöne Kuh, die ihm prächtige Milch und Butter lieferte. Das kleinere Häuschen drüben mit der alten, wurmstichigen Haustür und dem baufälligen Schindeldach gehörte dem Träger Martin, einem großen Mann, der um seiner kräftigen Erscheinung willen nur «der feste Martin» genannt wurde. Da lebte er mit seiner Frau und vier kleinen Kindern, und hinten im kleinen Stall standen seine zwei Geißen, deren Milch die ganze Haushaltung ernähren mußte.

Den Sommer hindurch, besonders wenn es schön war, hatte der feste Martin freilich auch eine ordentliche Einnahme. Er trug dann den Fremden das Gepäck über die Gemmi. Doch verdiente er lange nicht soviel wie der Nachbar Kaspar, der oft viele Tage mit den Bergsteigern unterwegs war.

Vor der neuen Haustür standen eben die zwei Buben des Kaspar und hatten sichtlich eine wichtige Sache zu verhandeln. Sie besahen, befühlten und verglichen mit großem Ernst zwei Gegenstände, die sie in ihren Händen hielten, und wenn sie endlich mit dem Vergleich zu Ende zu sein schienen, fingen sie wieder von vorne an. Der kleine Junge, der eben vom Walde her auf das Häuschen zukam, stand jetzt still und schaute voller Erstaunen auf den Vorgang vor der Haustür.

«Seppli, komm, sieh, sieh!» rief ihm nun einer der beiden Buben zu. Seppli näherte sich. Verwundert schauten seine Augen auf das, was ihm gezeigt wurde.

«Sieh, das hat der Vater uns vom Jahrmarkt in Bern mitgebracht», rief der größere der Buben wieder dem Seppli zu, und jeder hielt sein Geschenk in die Höhe. Welch ein wunderbarer Anblick bot sich Sepplis Augen dar! Chäppi und Jörg hielten jeder in der Hand eine große Peitsche, hierzulande Geißel genannt. Der feste und doch biegsame Stock war mit roten Lederbändchen umwunden. Der lange weiße

Geißelriemen war aus Lederstreifen geflochten. An ihrem Ende hing ein fest gedrehtes, rundes Schnürchen von gelber Seide mit einem offenen Zöttelchen am Schluß. Dieses Ende, das einen wundervollen Knall bewirken konnte, wurde der «Zwick» genannt. Seppli schaute sprachlos auf die Geißeln. Nie in seinem Leben hatte er etwas so Herrliches gesehen!

«Jetzt hör einmal», sagte Chäppi und fing an, seine Geißel zu schwingen. Jörg tat desgleichen, und nun knallte und donnerte es das Tal hinab und hinauf und hallte von allen Bergen wider, daß es dem Seppli vorkam, als gäbe es nichts Größeres und Herrlicheres auf der ganzen Welt. «Wenn ich nur auch eine Geißel mit einem gelben Zwick hätte!» sagte er tief aufatmend, als die beiden das Knallen endlich eingestellt hatten.

«Ja, da kannst du warten», erwiderte hochfahrend der Chäppi, und mit einem letzten, besonders lauten Knall lief er davon. Er hatte seine Geißel ja noch anderen Leuten zu zeigen. Jörg lief hinter ihm drein; der Seppli aber schaute den beiden nach und blieb unbeweglich stehen. Auf sein sonst unbekümmertes Herz war ein schweres Gewicht gefallen. Er hatte etwas gesehen, wonach alle seine Wünsche strebten wie nach gar nichts sonst auf der Welt, und der Chäppi hatte vernichtend gesagt: «Ja, da kannst du warten!» Es war dem Seppli nicht anders zumute, als ob er nichts mehr hätte, was ihm Freude machen könnte. Er packte seine rote Blume und warf sie von sich; denn nur eine rote Blume haben und niemals eine Geißel mit einem gelben Zwick besitzen, das brachte den Seppli auf gegen die Blume. Sie flog weit in die Wiese hinein, und der Seppli schaute ihr in stillem Grimm nach. Man kann nicht wissen, wie lange er noch so da stehengeblieben wäre, wenn sich jetzt nicht hinter ihm die Haustür geöffnet hätte und eine Frau mit einem großen Besen in der Hand herausgetreten wäre.

«Wo sind die Buben, Seppli?» fragte sie rasch.

«Fort mit den Geißeln», war die Antwort; denn diese waren ihm immer noch vor Augen.

«Lauf und ruf sie heim, aber hurtig!» befahl die Frau. «Morgen früh müssen sie auf die Alp, und am Abend kommt die Herrschaft, da ist noch viel zu tun. Sag es ihnen, spring, Seppli!»

Der Junge lief jetzt mit aller Kraft der Richtung zu, wo die beiden Buben verschwunden waren. Die Frau fing nun mit ihrem Besen in allen Winkeln an zu arbeiten und zu fegen. Es war Kaspars Frau und die Mutter der beiden Buben Chäppi und Jörg.

Am Morgen war von Herrn Feland ein Brief angekommen, der ihn und die Seinigen für den folgenden Abend anmeldete. Daher die großen Vorbereitungen mit dem Besen, die übrigens nicht unnötig waren; denn Chäppi und Jörg trugen gar vielerlei mit ihren großen Schuhen ins Haus hinein. Jetzt kamen die beiden unter lautem Peitschenknallen dahergerannt, Nachbars Seppli immer noch hinterdrein, denn der Anblick der Geißeln zog ihn unwiderstehlich mit. Als aber nun die Mutter ihre Buben hereinrief, daß sie ihr noch in allerlei Arbeit beistehen sollten, kehrte Seppli endlich um und ging dem Häuschen drüben zu; aber ganz langsam, so wie einer, der einen großen Schmerz mit sich trägt. Und den trug der Seppli auch mit sich, denn die Geißeln mit dem gelben Zwick schwebten ihm unaufhörlich vor Augen, und dazu hörte er Chäppis erdrückendes Wort: «Ja, da kannst du warten!»

Vor der alten Haustür drüben, auf dem Plätzchen, wo der Boden zu einer Tenne festgetreten war, stand der Vater Martin und war bemüht, mit einem schweren Beil einen großen, knorrigen Holzklotz in kleine Stücke zu zerspalten, damit die Mutter wieder etwas in den Herd zu legen habe. In einer Reihe vor dem Vater standen das Martheli, der Friedli und das Betheli und schauten mit großen, ernsthaften Augen seiner Arbeit zu. Seppli, der Älteste, trat jetzt auch heran, stellte sich in die Reihe und riß die Augen auf, denn wo es etwas zu sehen gab, war er immer dabei. Bald aber deutete der Vater auf die kleinen Stücke am Boden und sagte mit einer so sanften, freundlichen Stimme, wie man sie von dem großen, festen Mann gar nicht erwartet hätte: «So, Seppli, nimm immer zwei davon auf den Arm und bring sie der Mutter in die Küche hinein, so kann sie uns die Kartoffeln kochen.» Der Seppli tat sofort, wie ihm geheißen, und die Arbeit ließ ihn ein wenig seinen großen Kummer vergessen. Als er aber später neben dem Friedli auf dem schmalen Bett lag, da konnte er nicht, wie sonst, gleich einschlafen, das große Leid stieg wieder vor seinen Augen auf, und er mußte seufzen: «Oh, wenn ich nur eine Geißel mit einem gelben Zwick hätte!»

Es wird Bekanntschaft gemacht

Am folgenden Morgen konnte man schon in aller Frühe ein lautes Peitschenknallen hören, denn um vier Uhr standen Chäppi und Jörg schon vor dem Häuschen und warteten auf die Kühe, die man von da und dort herbringen sollte, um sie nach der Alp hinaufzuführen, wo die große Herde war. Dann sollten die beiden bis zum Herbst als Hirtenbuben droben bleiben, und darauf freuten sie sich so sehr, daß sie gar nicht genug Lärm machen konnten. Denn zu zweien da droben zu sein und den ganzen Sommer nichts zu tun zu haben, als mit den Peitschen und mit den Kühen umherzurennen, das war für beide eine herrliche Aussicht.

Als die Mutter ihnen noch die Ränzlein aufgebunden und sie ermahnt hatte, recht zu tun, und sie dann mit ihren Kühen davongezogen waren, kehrte die Mutter in das Häuschen zurück, und nun begann ein Fegen und Putzen in jedem Raum und Winkel, von oben bis unten, daß es den ganzen Tag kein Ende nehmen wollte. Schon ging die Sonne hinter den Tannen unter, als die Frau noch einmal eins ums andere der Fenster abrieb und sich dann prüfend im Zimmer umschaute. Nun glitzerte aber auch alles: die Fenster um und um, der Tisch mit der Schiefertafel darauf als Tischplatte, die Bänke ringsum an den Wänden und auch der Boden. Jetzt sah die Frau, wie den Weg vom Tal herauf ein ganzer Zug von Trägern, von Pferden und Reiterinnen nahte. Schnell lief sie die kleine Treppe hinauf nach der Bodenkammer, band eine saubere Schürze um und stellte sich unter die Haustür, um ihre fremden Gäste zu empfangen. Der Zug hielt, und Herr Feland hob erst seine Frau und Fräulein Hohlweg, dann die Kinder von den Pferden. Kaum stand Rita auf dem Boden, so rannte sie vor Wonne hin und her und wußte gar nicht, was das allerschönste war, das hölzerne Häuschen mit der kleinen Bank vor der Tür, die grünen Wiesen ringsum mit den Blumen und Bächen oder der goldene Abendschein oben auf den Felsen und Tannen; alles war so neu, so schön! Auch Ella war ganz voller Bewunderung und schaute in stillem Staunen ringsum. Aber jetzt traten Vater und Mutter in das Häuschen, und nun ging ein neuer Genuß für Rita an, denn da war alles so anders, als sie es je in ihrem Leben gesehen hatte. Sie faßte Ella bei der Hand und rannte mit ihr in alle Winkel hinein. «Sieh, sieh, da kann man in der ganzen Stube an der Wand herum sitzen, und sieh nur, wohin man da klettern kann.» Dabei stieg Rita schnellen Schrittes die Stufen hinan, die hinter dem Ofen zu einer Öffnung hinaufführten, durch die man in die Schlafkammer eintrat. Das war eine herrliche Entdeckung! Von da ging es durch die offene Tür in eine andere Kammer, worin wieder zwei Betten standen. Von der Kammer gelangte man auf einen kleinen Bodenraum hinaus, und ein hölzernes Treppchen führte auf der anderen Seite wieder nach der Wohnstube hinunter. Das war ein herrlicher Kreislauf, den man des Tages viele Male machen konnte, und alles im ganzen Häuschen innen und außen sah so neu und ungewohnt und vielversprechend aus! Rita wußte gar nicht, worüber sie sich am meisten freuen sollte. Als sie endlich in ihrem großen Bette oben in der Kammer und Ella in dem anderen neben ihr lag und die Mutter nach dem Abendgebet den Kindern gute Nacht sagte, tat Rita einen tiefen Atemzug und sagte mit innigster Befriedigung: «Oh, nun sind wir auf der Gemmi!»

Die schönsten Sommertage folgten nun mit goldenem Sonnenschein auf den Wiesen, mit frischem Windesrauschen oben im Tannenwald und dem dunkelblauen Himmel, der weithin über die Felsen und die weißen Schneeberge ausgebreitet lag. In wenigen Tagen schon hatten Ella und Rita alle schönen Stellen in der Nähe entdeckt, wo man sich lagern und die warmen Nachmittagsstunden gemütlich zubringen konnte, bis abends wieder eine Wanderung mit Papa und Mama unternommen wurde. Aber der Rita war es eigentlich mehr um Entdeckung der schönen Plätzchen als um das Lagern zu tun, und während Ella sich auf das weiche Moos bei den Tannen oder auf den grünen Weideboden an der Halde hinsetzte und sich darauf freute, daß nun Fräulein Hohlweg kommen und eine schöne Geschichte lesen oder erzählen würde, hatte Rita schon wieder einen neuen Gedanken, der sie fortzog. Unterdes saß die Mutter drinnen im Häuschen beim Vater, und manchmal mußte sie sich auch zum Ausruhen hinlegen, denn ihre Gesundheit war sehr angegriffen. Wenn Rita Fräulein Hohlweg aus dem Häuschen treten sah, den großen Korb mit sämtlichen Strickzeugen am Arm, da kamen dem Kinde erst recht allerlei schöne Orte in den Sinn, wo man nun hingehen könnte, und ehe noch Fräulein Hohlweg sich hingesetzt hatte, erklärte ihr Rita, sie müsse schnell zum Papa hinein, da sie ihm vieles zu sagen habe. Husch, war sie im Häuschen, hatte sich auf Papas Knie geschwungen und machte ihm eine Menge von Vorschlägen, wie man zu den Tannen hoch oben auf die Felsen klettern und dann weit umherschauen könnte oder tief, tief in das Gehölz hineingehen, bis man zu den großen Vögeln käme, die manchmal so schauerlich schreien. Der Papa hörte dann die kühnen Vorschläge mit Teilnahme an, meinte aber, vorderhand wären noch kürzere Wanderungen zu unternehmen und jetzt möge sie wieder zu Ella und dem Fräulein zurückkehren.

Eben war Rita wieder auf des Vaters Knie angekommen. Heute hatte sie einen neuen Vorschlag zu machen und hatte es sehr eilig.

«Oh, Papa, leg nur das Buch einen ganz kleinen Augenblick weg», bat sie, «ich will dir nur etwas sagen.»

Der Vater willigte ein und hörte aufmerksam zu.

«Sieh, Papa», fuhr Rita fort, «schon gestern und heute wieder steht dort drüben vor dem Häuschen ein kleiner Junge und sperrt die Augen auf und schaut immerfort herüber. Ich muß endlich einmal hinübergehen und fragen, warum er das tut und wie er heißt.»

Der Vater war mit dem notwendigen Gang einverstanden, und Rita machte sich gleich auf den Weg. Drüben stand der Seppli noch auf dem gleichen Fleck wie vor einer Stunde und schaute zum Nachbarhause hinüber, denn seit die fremden Leute angekommen waren, gab es hier immer etwas Neues und Merkwürdiges zu sehen. Als Rita bei ihm angelangt war, stellte sie sich gerade vor ihn hin, die Hände auf den Rücken gelegt, so wie Vater, wenn er wichtige Besprechungen mit Mama im Sinn hatte.

«Was hast du sehen wollen, daß du immer hinübergeschaut hast?» fragte sie.

«Nichts», erwiderte Seppli.

Diese Antwort schien der Rita nicht ganz zutreffend.

«Hast du etwa gemeint, wir hätten auch einen kleinen Jungen, und hast du sehen wollen, wie er aussieht?» forschte sie weiter.

«Nein», gab der Seppli kurz zurück.

«Du hast vielleicht vergessen, was du sehen wolltest», sagte nun Rita, die Sache für sich und den Seppli zurechtlegend. «Wie heißt du denn?»

«Seppli.»

«Wie alt bist du?»

«Weiß nicht.»

«Das muß man wissen. Komm, stelle dich neben mich, so» – und Rita stellte sich an den Seppli heran und schaute ihm über die Achsel. Er war ein wenig kleiner, aber dafür auch viel fester gebaut als Rita.

«Du bist noch nicht so groß wie ich», sagte sie, «du bist noch ziemlich klein. Siehst du, ich werde sieben Jahre alt, denn ich bin vor gar nicht langer Zeit sechs Jahre alt geworden, gerade an meinem Geburtstag, das weiß ich noch gut; denn ich habe viele Geschenke bekommen. Du wirst vielleicht erst sechs Jahre alt, weil du noch so klein bist.»

Der Seppli nahm die Unterweisung gläubig an, denn er wußte nicht, daß er schon seit einiger Zeit sieben Jahre alt war und daß er nur mehr in die Breite als in die Höhe gewachsen war.

«Was machst du den ganzen Tag, Seppli?» fragte Rita.

Seppli hatte lange nachzudenken. Endlich sagte er: «Ich weiß, wo es rote Blumen gibt.»

Dieses Wort fiel wie ein zündender Funke in Ritas Herz. Auf einmal sah sie einen Busch flammend roter Blumen irgendwo im Wald, und alles in ihr begehrte nach den wunderbaren Blumen.

«Wo, wo? Seppli, wo sind die Blumen? Komm, wir wollen schnell hingehen!» Und Rita hatte schon Sepplis Hand erfaßt und zog ihn fort. Der Seppli folgte, aber langsam.

«Dort», sagte er jetzt und zeigte mit dem Finger nach dem Gehölz hinauf.

«Oh, geht man dort in den großen Wald hinein?» rief Rita erwartungsvoll, den Seppli mit aller Macht weiter an der Hand ziehend.

«Ja, und dann immer weiter», antwortete Seppli bedächtig und ohne in einen schnelleren Schritt zu verfallen; er hatte auch schwere Holzschuhe an den Füßen.

Aber Rita zog immer stärker an dem Seppli. Schon sah sie den Weg durch den dunkeln Wald vor sich und hinter den Bäumen die großen roten Blumen, leuchtend und schimmernd.

«Komm doch, Seppli, komm!» rief sie und zog ihn noch heftiger vorwärts.

Jetzt kamen sie am Häuschen des Kaspar vorüber. Der Vater stand unter der Tür. Er wollte sehen, wo seine Kleine sich so lange aufhalte, der erlaubte Besuch konnte wohl nun zu Ende sein. Eben als er auf die Schwelle trat, kam das seltsame Paar vorüber, Rita mit aller Anstrengung den Seppli nach sich ziehend.

«He, he! Nicht so eilig, kleine Heuschrecke!» rief der Vater, «komm hierher! Wohin soll der neue Freund geschleppt werden?»

«Oh, Papa», rief Rita in großem Eifer, «er weiß so schöne rote Blumen im Walde, wir wollen sie holen.»

«Nein, nein», sagte der Vater, Rita bei der Hand nehmend, «das geht nicht. Jetzt gehen wir mit Mama spazieren, und der kleine Freund holt die Blumen allein und bringt sie dir, dann soll er ein schönes Butterbrot haben.»

Damit zog der Vater sein Kind mit sich ins Haus, und schon bald kamen alle miteinander, Vater und Mutter, Fräulein Hohlweg, Ella und Rita wieder heraus und wanderten zusammen auf dem sonnenbeschienenen Bergpfad gegen das Tal hinab. Der Seppli blieb auf demselben Fleck stehen, bis er gar nichts mehr von der Gesellschaft sah, dann erst wandte er um und kehrte wieder zu seiner Haustür zurück.

Eine Schreckensnacht

Am folgenden Tage, um die Zeit, da Frau Feland wie gewöhnlich ausruhen mußte, schritt Fräulein Hohlweg mit dem großen Korbe dem schönen Schattenplätzchen nahe der Wohnung zu, um das gemütliche Strick- und Lesestündchen abzuhalten. Ella saß schon ruhig auf ihrem Moosplätzchen. Rita stand vor ihr und erzählte mit großer Begeisterung von einem Busch im Walde mit roten flammenden Blumen, die weithin durch die Bäume leuchteten. Ihre Augen wurden dabei immer glänzender, denn je mehr sie davon redete, desto deutlicher sah sie alles vor sich, und es war, als sei sie schon auf dem Wege mitten im Wald.

Fräulein Hohlweg stellte eben den großen Korb hin und sagte: «Setz dich nun, Rita, und sei still, ich habe euch etwas Schönes vorzulesen.» Aber Rita war so erfüllt von ihren Blumen und dem Walde und all den Dingen, die sie vor Augen hatte, daß die Ermahnung vergeblich war.

«Ich muß geschwind zum Papa, ich habe ihm soviel zu sagen!» versicherte Rita und lief dem Häuschen zu. Das kam nun jeden Tag vor: immer meinte Rita, wenn sie sich hinsetzen sollte, dem Papa gerade etwas Besonderes sagen zu müssen; heute jedoch hatte sie es noch eiliger als sonst. Als nun schon eine gute Weile vergangen war und das Kind nicht zurückkehrte, wurde Fräulein Hohlweg unruhig und sagte: «Geh schnell hinein, Ella, und rufe Rita, daß sie ja nicht Mama aufweckt. Papa muß auch schon fort sein. Er sagte ja bei Tisch, daß er einen großen Weg vorhabe.» Ella lief hinein, kam aber so lange nicht wieder, daß auch Fräulein Hohlweg hineinging. Es war ganz still drinnen. In der Wohnstube war kein Mensch, in der Küche auch niemand! Das Fräulein stieg die kleine Treppe hinauf und öffnete leise die Schlafkammer der Kinder; auch da war niemand. Durch die offene Tür konnte man ins Zimmer der Eltern sehen. Frau Feland lag mit geschlossenen Augen auf ihrem Bett, sie war allein im Zimmer.

Fräulein Hohlweg trat wieder hinaus. Jetzt kam Ella vom Boden herunter und erzählte, wie sie Rita im ganzen Häuschen, in allen Winkeln gesucht habe, zuletzt auch auf dem Boden hinter dem Holz und im Kämmerchen von Kaspars Frau. Aber Rita sei nirgends. Das Fräulein lief die Treppe hinunter dem Stalle zu, dort war etwas zu hören. Kaspars Frau stand drinnen und machte den Geißen die Streu zurecht. Auf die Frage nach der kleinen Rita antwortete sie nur, vor nicht langer Zeit habe sie das Kind ins Haus kommen sehen. Wo konnte aber Rita nachher hingekommen sein? Fräulein Hohlweg und Ella fingen noch einmal an, das ganze Haus zu durchsuchen, dann ringsumher alle Ecken und Winkel. Die Frau half rüstig mit, denn sie sah, daß große Angst das Fräulein erfaßte; aber nirgends war eine Spur von dem Kinde zu entdecken. Die Frau lief nach dem Nachbarhäuschen hinüber, vielleicht hatte man dort Rita gesehen. Aber da war niemand, die Haustür geschlossen, alles still. Da kam der Frau in den Sinn, daß Martin heute hoch oben bei den Felsen sein Heu mache und daß alle Hausgenossen mit ihm gegangen seien; mit dieser Nachricht kam sie zurück. Fräulein Hohlweg war sonst schon furchtsamer Natur, jetzt wurde sie immer unruhiger. «Ach, wenn ich doch dem Kinde gleich nachgelaufen wäre!» jammerte sie wohl hundertmal, aber das half nun nichts.

Was war zu tun? Wo sollte man Rita suchen? Konnte sie vielleicht den Leuten zu dem Felsen hinauf nachgelaufen sein? Etwa dem kleinen Jungen, mit dem man sie gestern gesehen hatte? Je mehr Fräulein Hohlweg darüber nachdachte, desto wahrscheinlicher schien es ihr. Wenn man jetzt nur gleich jemand hinaufschicken könnte, meinte sie, bevor man der Mutter etwas von der Sache sagen müßte. Die dienstfertige Frau erbot sich, es zu tun und so schnell als möglich wiederzukommen; aber der Weg sei weit und mühsam, sie brauche mehr Zeit, als man denke, wenn man so hinaufschaue. Fräulein Hohlweg versprach ihr die beste Belohnung, wenn sie nur laufen und dadurch Frau Feland vor dem Schrecken bewahren wolle. Sie hoffte ganz sicher, die Frau werde Rita mit nach Hause bringen. Aber der Weg war länger, als das Fräulein dachte, und lange ehe die Botin zurück sein konnte, kam Frau Feland aus ihrem Zimmer herunter und wollte mit den Kindern einen Spaziergang machen. Nun mußte alles gestanden werden. Im ersten großen Schreck wollte die Mutter gleich selbst hinaus, nach dem Kinde zu suchen, wo es auch sei. Aber Fräulein Hohlweg war so sicher, Rita müsse mit dem kleinen Jungen fortgelaufen sein und die Frau würde sie zurückbringen, daß Frau Feland sich auch beruhigte und auf die Rückkehr der Frau warten wollte. Sie hatte freilich keinen ruhigen Augenblick: von einem Fenster lief sie an das andere, dann wieder vor die Haustür, dann um das Häuschen herum. Die Zeit wurde ihr so lang, so lang!

Endlich, nach zwei langen Stunden, kam die Frau zurück, keuchend und glühend vor Hitze. Aber – sie kam allein, ohne Rita. Martin war mit seiner ganzen Familie am frühen Morgen zum Heusammeln nach den Felsen hinaufgegangen und oben geblieben. Seit gestern hatte niemand das Kind gesehen. Auch auf dem Weg hatte die Frau hier und dort nach ihm gefragt, aber es war keine Spur von ihm zu entdecken.

Jetzt brach die Mutter in großen Jammer aus.

«Oh, daß nur mein Mann da wäre!» rief sie. «Wo finden wir Leute, das Kind zu suchen? Was müssen wir tun? Gute Frau, was können wir tun?»

Die Frau erbot sich, ringsumher in die Hütten zu laufen und Leute aufzubieten, die zum Suchen auszögen, bevor es Nacht werde; man müsse dem wilden Waldbach nach- und ins Gehölz hinaufgehen. «Wenn nur nicht alle oben beim Heu wären», jammerte sie. Aber sie machte sich sofort auf den Weg. Ella, die nun begriff, was mit Rita geschehen sein könnte, fing bitterlich an zu weinen.

«Oh, Mama, wenn Rita in den Bach hineingefallen wäre,

der so schrecklich tost, oder wenn sie im Walde wäre und den Weg gar nicht mehr finden könnte!» schluchzte sie. «Oh, wir wollen gleich in den Wald gehen, es ist ihr gewiß furchtbar angst.»

Das war auch der Mutter Gedanke. Sie nahm Ella bei der Hand und eilte nach dem Gehölz hinauf, so sehr, wie sie in ruhigen Zeiten nicht zu eilen vermocht hätte. Fräulein Hohlweg lief hinter ihnen her; sie wußte vor Angst kaum mehr, was sie tat. Eine Stunde nach der anderen verging. Nach allen Seiten hin liefen suchende Frauen und Kinder. Aber keine Spur von Rita wurde entdeckt.

Es war Nacht geworden.

Frau Feland, Ella immer fest an der Hand haltend, war bis jetzt kreuz und quer durch Gebüsch und Gesträuch umhergelaufen, sie konnte nicht mehr. Sie kehrte mit Ella nach der Wohnung zurück und brach hier völlig zusammen. Fräulein Hohlweg, die ihr auf Schritt und Tritt gefolgt war, stand ratlos da und sah aus, als wäre auch sie dem Umfallen nahe. Ella saß still weinend neben der Mutter.

Jetzt kehrte Herr Feland zurück. Als er von seiner Frau in wenigen Worten vernommen hatte, was vorgefallen war, trug er sie vor allem weiteren Handeln hinauf in die Schlafkammer und empfahl ihr, völlig ruhig zu bleiben. Er werde alles tun, das Kind aufzufinden. Auch Fräulein Hohlweg und Ella sollten zur Ruhe gehen. Sobald Rita gefunden war, sollten sie davon in Kenntnis gesetzt werden.

Nun ging Herr Feland nach dem Häuschen des Martin hinüber, denn auch sein erster Gedanke war, Rita sei mit dem neuen Freunde von gestern ausgezogen. Martin trat eben aus der Haustür. Er hatte schon gehört, daß ein Kind verloren sei, und wollte eben kommen, um suchen zu helfen. Auf Herrn Felands Fragen erzählte er ihm, wie er vom frühen Morgen an mit Frau und Kindern fort gewesen, das Töchterchen also gar nicht von ihnen gesehen worden sei.

Herrn Felands Gedanke war nun, Rita sei allein ausgezogen, entweder, wie sie ihm selbst vorgeschlagen hatte, irgendwo gegen die Felsen hinauf oder tief in den Wald hinein. Er ordnete nun sogleich an, Martin solle alle Männer der Nachbarschaft herbeiholen, sie mit guten Laternen versehen, und dann sollten die einen gegen die Felsenhöhen hinaufsteigen und überall herumsuchen, die anderen das Gehölz nach allen Richtungen durchstreifen. Diesen letzteren wollte Herr Feland selbst sich anschließen, und er war entschlossen, das Suchen fortzusetzen, bis sein Kind gefunden sei. So zogen die Männer in die Nacht hinaus, und Frau Feland hörte, wie eine Stunde nach der anderen drunten an der alten Wanduhr schlug; aber so langsam, so schleichend ging die Nacht dahin, wie Frau Feland noch keine in ihrem Leben durchwacht hatte. Sie schloß kein Auge. Bei jedem fernen Ton, der an ihr Ohr drang, fuhr sie empor und sagte sich: «Nun kommen sie und bringen das Kind! Aber wie, lebend oder tot?» Aber sie kamen nicht. Von Zeit zu Zeit kam Ella leise herübergetrippelt. Sie wollte sehen, ob die Mutter schlafe, denn auch sie konnte vor Angst keine Ruhe finden. Wenn sie dann auch die Mutter wieder wachend fand, bat sie immer wieder: «Oh, Mama, wollen wir nicht noch einmal beten, daß der liebe Gott die Rita beschütze und sie bald heimbringe?»

Das wollte die Mutter jedesmal gern, und Ella kniete dann an ihrem Bette nieder und betete und flehte zum lieben Gott, daß er doch Rita vor allem Unglück behüten und dem Papa den Weg zu ihr zeigen wolle. Dann ging Ella wieder still in ihre Kammer zurück.

Die Nacht verging. Schon stieg die Sonne strahlend hinter den Bergen empor und leuchtete auf Wald und Wiesen, als hätte sie lauter Freude zu verkünden.

Frau Feland sank erschöpft auf ihre Kissen zurück. Endlich überwand die Müdigkeit Kummer und Sorge. Ein leiser Schlummer entrückte die geängstete Mutter für kurze Zeit der qualvollen Ungewißheit und Erwartung.

Am anderen Morgen

Bleich und verstört schritt Herr Feland durch den goldenen Morgenschein seiner Wohnung zu, und an seinen Kleidern war's zu sehen, daß er durch viele Dornen und stechendes Gestrüpp gedrungen war. Frau Feland hatte gleich seinen Tritt gehört, und angstvoll rief sie: «Bringst du das Kind?» Er trat näher, setzte sich an ihr Bett, legte den Kopf in seine Hände und sagte fast tonlos: «Ich komme allein. Ich kann nicht mehr hoffen, nicht mehr denken. In welchem Zustande werden wir das Kind nach der langen Nacht wiederfinden, ganz tot oder halb tot?»

«O nein, Papa», rief Ella schluchzend, die leise herzugekommen war, «der liebe Gott hat gewiß unsere Rita beschützt. Mama und ich haben in der Nacht soviel darum gebetet.»

Der Vater stand auf. «Wir haben die ganze Nacht das Gehölz nach allen Richtungen durchsucht, da kann das Kind nicht sein. Nun wollen wir zu den Schluchten des Waldbaches hinuntersteigen.»

Mit zitternder Stimme hatte der Vater diese Worte gesprochen. Die Vermutung, das Kind sei in den wilden Waldbach gestürzt, wurde ihm immer mehr zur Gewißheit. Herr Feland hatte angeordnet, den Männern bei Martin ein gutes Frühstück zu bereiten, dann sollten sie alle weiter suchen helfen. Nun, da es hell war, konnte man auch besser in die Schluchten und Tiefen hinabsteigen.

Als Herr Feland bei Martin eintrat, saßen die Männer noch am Tisch und besprachen eifrig, was nun zu tun sei. Der Seppli stand neben seinem Vater und sperrte Augen und Ohren weit auf.

Herr Feland setzte sich neben Martin. Eine Stille trat ein, denn alle sahen es ihm an, wie groß Angst und Kummer in seinem Innern waren. Plötzlich sagte der Seppli trocken: «Ich weiß schon, wo sie ist.»

«Mußt nicht so unnütz reden, Seppli», verwies ihn der Vater in seiner sanftmütigen Weise, «du warst ja oben beim Heuen, während sie sich verlaufen hat. Du kannst nichts davon wissen.»

Herr Feland fragte nach Seilen und anderen notwendigen Dingen, und während darüber verhandelt wurde, sagte Seppli halblaut, aber ganz hörbar: «Ich weiß doch, wo sie ist.»

Herr Feland stand auf, faßte ihn bei der Hand und sagte freundlich: «Junge, sieh mich an und sag mir's aufrichtig: Weißt du etwas von dem Kinde?»

«Ja», war die kurze Antwort.

«So sprich doch, Junge! Hast du das Kind gesehen? Wo ist sie hingegangen?» fragte Herr Feland in wachsender Aufregung.

«Ich will's zeigen», antwortete der Seppli und ging der Tür zu. Alle standen auf; sie sahen einander an. Keiner wußte, ob mit dem wahrscheinlich unnützen Gang ernstgemacht werden sollte. Herr Feland aber ging ohne Zögern dem Buben nach.

«Seppli, Seppli», sagte der Vater Martin warnend, «ich meine fast, du versprichst, was du nicht halten kannst.»

Der Seppli aber trottete fest weiter, Herr Feland folgte, die Männer kamen zögernd nach.

Als der Junge dem Gehölz zusteuerte, standen sie still, und einer sagte: «Es ist ja ganz zwecklos, dem Buben dahin zu folgen; wir haben den ganzen Wald durchsucht und nichts gefunden. Wir gehen nicht.» Martin berichtete das Herrn Feland, und daß er selbst den Worten des Buben nicht traue. Seppli marschierte indes immer zu, und auch Herr Feland und Martin entschlossen sich zu folgen. Seppli wanderte unentwegt weiter in das Gehölz hinein. Plötzlich bog er links ab gegen die alten Tannen, wo man bald etwas Rotes durchschimmern sah. Der Seppli steuerte gerade darauf los, mitten durch Gestrüpp und stechende Distelbüsche bis zu einem lichten Plätzchen, wo mehrere große Büsche hintereinander standen, alle mit roten Blumen bedeckt. Hier stand er still und schaute ein wenig verblüfft umher. Er hatte offenbar erwartet, Rita da zu finden. Dann setzte er entschlossen seinen Weg fort. Die Blumenbüsche wurden seltener, aber immer größer. Bei jedem stand der Seppli einen Augenblick still und schaute rundum, dann ging er weiter, immer nach links.

«Nein, Seppli, jetzt geht's nicht weiter», rief der Vater, «dort kommen wir an die große Felswand.»

Aber in demselben Augenblick schimmerte es wie Feuer durch die Bäume; die Sonne glühte auf einem über und über mit roten Blumen bedeckten Strauch. Der Seppli lief schnell darauf zu, war dann aber dicht an der Felswand, die schroff und steil in den tiefen Abgrund führte. Seppli guckte rundum über die Blumen den Felsen hinab. Dann kehrte er sich um. Herr Feland stand hoffnungslos hinter ihm: Der Weg hörte auf, und das Kind war nicht gefunden! Martin faßte den Buben bei der Hand und wollte ihn von der gefährlichen Stelle zurückziehen. Da sagte der Seppli in seiner trockenen Weise: «Da unten liegt sie.» Herr Feland stürzte vor, beugte sich über den Abgrund – eine Totenblässe überzog sein Gesicht. Er trat zurück, am nächsten Baum mußte er sich festhalten, so zitterten ihm die Knie. Er winkte Martin. Dieser hielt den Seppli noch fest an der Hand. Jetzt trat er an den Rand und schaute in die Tiefe. Hier und da hing einiges Gebüsch am Abgrund. Schon in einer schauerlichen Tiefe hatte der Fels einen kleinen Vorsprung wie eine schmale Platte. Hier lag, ganz an den Felsen geschmiegt, regungslos ein kleines Wesen, das Gesichtchen an den Stein gedrückt.

«Gott im Himmel, es ist wahr, da liegt sie!» sprach Martin erschüttert, «aber ob lebendig oder...» Er sprach das Wort nicht zu Ende, ein Blick auf Herrn Feland schloß ihm die Lippen. Dieser sah aus, als könne er selbst gleich tot hinfallen. Doch er faßte sich.

«Martin», sprach er tonlos, «es ist keine Zeit zu verlieren.

Eine Bewegung, und das Kind liegt im Abgrund. Wer steigt hinunter? Wer holt es?»

Die anderen Männer kamen jetzt auch herzu. Hoffnungslos, aber neugierig, waren sie dem kleinen Führer doch noch gefolgt. Auch sie schauten jetzt, einer nach dem anderen, an der Felswand hinunter.

«Hört, ihr Männer», sagte Herr Feland mit bebender Stimme, «es ist kein Augenblick zu verlieren. Wer will es tun? Wer hilft, wer wagt es?»

Die Männer blickten einander an, alle jedoch blieben stumm. Einer trat wieder an den Rand, schaute hinunter, kehrte dann um, zuckte die Achseln und ging fort.

«Wenn man nur bestimmt wüßte, daß sie noch lebendig ist», sagte ein anderer. «Aber man wagt sein Leben, und vielleicht nur, um ein Totes zu holen.»

«Wer weiß, ob das Kind nicht lebt», rief Herr Feland fast außer sich, «und wenn es sich bewegt, ist es unrettbar verloren! Oh, es ist nicht möglich?»

«Es wäre schon lange unten, wenn es noch lebte, so still liegt keines», sprach einer. «Und, Herr, wenn man dort hinabrollt, dann hilft auch der beste Lohn nichts mehr.»

Achselzuckend trat einer nach dem anderen zurück. Herr Feland schaute verzweifelnd um sich. Es war keine Aussicht mehr auf Hilfe. «Ich will es selbst tun», rief er außer sich, «sagt mir nur, wie?»

Jetzt trat Martin zu ihm heran.

«Nein, Herr», sagte er ruhig, «das geht nicht, dann sind Sie beide verloren, das ist sicher. Aber ich will's tun mit Gott. Ich habe auch solche Kleinen, ich weiß, wie es dem Herrn zumute sein muß.»

Schon ehe er ausgeredet, hatte er das große Seil an dem Stamm der alten Tanne festgemacht, denn er hatte beschlossen, das Kind dem Vater heraufzuholen, sei es nun tot oder lebendig. Jetzt nahm er seine Mütze ab, betete leise, faßte das Seil und glitt die Felswand hinab.

Er kam bei der schmalen Felsplatte an. Leise, leise nahte er dem Kind. Denn war es am Leben und erschrak vor ihm – nur eine rasche Bewegung, und noch im letzten Augenblick war es verloren. Es lag ohne Regung da. Martin bückte sich und legte seine breite, feste Hand auf das Kind. In demselben Augenblick wollte es sich rasch umwenden und wäre dann unrettbar hinabgestürzt. Aber Martins Hand lag fest auf ihm. Den Kopf konnte es umdrehen; ein paar große, verwunderte Augen schauten den Mann an.

«Gott sei Lob und Dank!» sagte Martin tief aufatmend. «Sag du auch so, Kleines, wenn du noch reden kannst!»

«Ja, ich kann schon noch reden! Gott sei Lob und Dank!» sagte das Kind mit ganz frischer Stimme.

Martin schaute in höchster Verwunderung auf das völlig unverletzte Kind.

«Du mußt unserem Herrgott besonders lieb sein, an dir hat er Wunder getan. Das mußt du dein Lebtag nicht vergessen, Kleines», sagte er andächtig. Dann hob er mit seiner festen Rechten das Kind zu sich empor. «So, nun mußt du mich mit beiden Armen um den Hals fassen, aber recht fest, so, als wenn ich dein lieber Vater wäre. Denn siehst du, ich kann dich nicht halten. Ich habe mit beiden Händen genug zu tun, daß wir hinaufkommen.»

«Ja, ja, ich will schon festhalten», versicherte Rita und umklammerte den Martin so fest, daß er kaum atmen konnte. Aber wie froh war er!

Er begann nun, die Felswand hinaufzuklettern. Es war keine leichte Arbeit. Zuweilen mußte er einen Augenblick ausruhen. Oben stand Herr Feland, und die Männer schauten mit angehaltenem Atem hinunter, wie der Mann über dem Abgrund schwebte. Wird er die Anstrengung aushalten? Wird er heraufkommen? Oder wird ihn die Kraft verlassen? Wird er ausgleiten und mit dem Kinde in die dunkle Tiefe stürzen? Näher und näher kamen sie … Nur noch das letzte, furchtbar steile Felsstück, da …

«Gott sei gedankt!» rief atemlos Martin, als er den letzten Schritt über den Rand tat. Er nahm das Kind von seinem Halse und legte es dem zitternden Vater in die Arme.

Herr Feland mußte sich setzen. Er hielt sein Kind und schaute es stumm an, als könne er sein Glück noch nicht fassen. «Oh, Papa, ich bin so froh», sagte Rita und schlang beide Arme liebkosend um seinen Hals. «Aber ich wußte wohl, daß du mich am Morgen holen würdest.»

Martin war an die Seite getreten. Mit gefalteten Händen schaute er auf Vater und Kind, und vor Freude fielen ihm jetzt die Tränen über das gebräunte Gesicht herab. Seppli hatte sich an ihn geschmiegt und hielt ihn fest, denn er hatte begriffen, daß der Vater in großer Gefahr gewesen war.

Jetzt trat Herr Feland, sein Kind auf dem Arm, zu Martin heran. Er streckte dem Retter seine Hand entgegen: «Ihr begreift es wohl, Martin, daß ich jetzt erst tue, was ich zuallererst hätte tun sollen», sprach er mit bewegter Stimme. «Ich danke Euch, wie nur einer danken kann, dem das Leben wiedergegeben ist. Ich vergesse es nie, daß Ihr Euer Leben daran gewagt habt, mein Kind zu retten.»

Die beiden Männer drückten einander die Hände, und Martin sagte treuherzig: «Es ist mir ein schöner Lohn, daß ich Euch das Kleine so ohne Schaden zurückbringen konnte.»

«Ich sehe Euch heute noch einmal, jetzt müssen wir zur Mutter», sagte Herr Feland und trat, die Kleine fest am Arm haltend, den Rückweg an. Martin, seinen Seppli an der Hand, und die anderen folgten.

Wie sie nun zusammen durch den Wald gingen, sagte Martin zu seinem Buben: «Jetzt sag mir, Seppli, woher wußtest du, daß das Kleine sich gerade dahin verlaufen hatte?»

«Weil sie zu den roten Blumen wollte», erwiderte Seppli.

«So? Aber woher wußtest du denn, daß sie gerade dort bei dem Felsen sein konnte?»

«Weil sie nicht beim ersten Busch war, so war sie weitergegangen, weil dann immer noch schönere Blumen kommen, und der allerschönste Busch ist zuletzt am Felsen. Aber ich wußte nicht, daß sie hinabgefallen war», berichtete der Seppli.

Jetzt war Herr Feland bei seiner Wohnung angekommen. Er trat ein und öffnete die Tür des Schlafzimmers. Ella saß noch am Bette und hielt die Hand der Mutter fest. Diese lehnte erschöpt ihren Kopf in die Kissen, die Augen waren geschlossen. Herr Feland trat herzu und setzte Rita mitten auf das Bett der Mutter.

«Guten Morgen, Mama! Hast du auch gut geschlafen?» rief Rita ganz fröhlich, wie sie jeden Morgen tat, wenn sie kam, die Mutter zu umarmen. Diese öffnete die Augen und starrte ihr Kind an. Dann plötzlich faßte sie es, drückte es mit aller Macht an ihr Herz, und Tränen unsäglicher Freude strömten ihr aus den Augen. Sie konnte kein Wort sprechen, nur immerfort dem lieben Gott danken in ihrem Herzen.

Ella hielt die kleine Schwester fest bei der Hand und sagte immer wieder: «Bist du wieder da, Rita? Wo warst du denn die ganze Nacht so allein?» Allmählich berichtete der Vater, wie und wo er Rita gefunden und wie Martin sein Leben gewagt, um das Kind zu retten. Ein Schauer überlief die Mutter bei der Schilderung. Sie drückte das Kind noch einmal fest an sich, als sie sich die furchtbare Gefahr vorstellte, in der es die ganze Nacht hindurch geschwebt hatte.

«Oh, hast du dich denn nicht fast zu Tode gefürchtet?» fragte Ella, die vor Mitleid immerfort mit den Tränen kämpfte.

«O nein, ich habe mich nicht gefürchtet», berichtete Rita fröhlich. «Jetzt will ich erzählen, wie es gegangen ist. Zuerst wollte ich zu Papa hinein und ihn fragen, ob ich jetzt mit dem Seppli zu den roten Blumen gehen dürfe. Aber der Papa war fort. Da dachte ich, er würde es mir wohl erlauben, weil ich doch schon gestern so gern gehen wollte und dann nicht durfte. Und dann ging ich zu Seppli. Aber der war auch fort.

Da dachte ich, die roten Blumen finde ich schon allein, der Seppli hat mir ja gesagt, wohin man gehen muß. Dann bin ich in den Wald hinaufgegangen, habe aber lange, lange gesucht und sie nicht gefunden. Aber auf einmal habe ich einen roten Schimmer hinter den Bäumen gesehen und bin hingelaufen. Zuerst waren nur wenig Blumen da, aber der Seppli hatte gesagt, man müsse ins Gehölz hineingehen und dann immer weiter. So ging ich immer noch weiter, und es kamen immer mehr Blumen, und zuletzt kam ein großer, großer Busch mit soviel schönen roten Blumen! Die leuchteten so prachtvoll, und ich wollte sie alle, alle haben, und da bin ich auf einmal hinuntergefallen und auf einem kleinen Rasenstück liegengeblieben. Aber es war nur schmal, und darum bin ich ganz nahe an den Felsen herangerückt und habe gedacht: Ich will nur ganz still liegen, der Papa kommt dann schon und holt mich. Aber dann wurde ich müde – und es ist auch schon ein wenig Nacht geworden –, und ich habe gedacht, jetzt muß ich gewiß schlafen, und am Morgen kommt dann der Papa und holt mich. Dann habe ich gedacht, jetzt muß ich noch beten, daß mir der liebe Gott die Englein schickt, daß sie mich beschützen, wenn ich schlafe, und ich habe gebetet:

‹Breit aus die Flügel beide,
o Jesu, meine Freude,
und nimm dein Küchlein ein!
Will Satan mich verschlingen,
so laß die Englein singen:
Dies Kind soll unverletzet sein.›

Dann habe ich ganz gut geschlafen, bis der Mann kam, und ich wußte gleich, daß ihn der Papa geschickt hatte.»

Mit Beben war die Mutter der Erzählung gefolgt. Der Vater konnte seine Freude daran nicht verbergen.

«Aber nun geht meine kleine Heuschrecke keinen Schritt

mehr allein», sagte er jetzt in so ernstem Ton, wie er ihn in der Freude seines Herzens finden konnte.

Die Mutter aber hatte noch nicht gehört, wer die Suchenden endlich auf die richtige Spur geführt hatte; sie wollte aber alles genau wissen. Nun fiel dem Vater der Seppli ein und daß dieser eigentlich der erste gewesen sei, der Rita aufgespürt hatte.

«Den braven Jungen müssen wir besonders bedenken», sagte er, und Rita, die diesen Gedanken gleich mit Begeisterung erfaßte, strebte sofort vom Bett herunter, um die Sache gleich auszuführen.

Was aber sollte die Belohnung für Seppli sein? Was konnte sie ihm auf der Stelle bringen?

«Er soll mal einen großen Wunsch äußern», sagte der Vater, «wir wollen sehen, was sein Herz erfreuen könnte.»

«Kann ich gleich zu ihm?» fragte Rita eilig.

Der Papa wollte mitgehen, um gleich mit Vater Martin zu sprechen und auch die anderen Männer zu belohnen. Rita hüpfte vor Freude durch die ganze Stube. Sie war voll großer Gedanken für den Seppli.

«Aber Papa, wenn er sich nun eine Menagerie mit den allergrößten Tieren wünscht, die es gibt?» fragte sie.

«Dann bekommt er sie», war die bestimmte Antwort.

«Aber Papa», folgte gleich darauf wieder, «wenn er sich einen Türkenanzug wünscht und einen krummen Säbel dazu, wie Vetter Karl ihn hat?»

«Bekommt er ihn auch!» war die Antwort.

Jetzt schoß Rita auf Seppli zu, der gerade vor der Haustür stand.

«Komm, Seppli!» rief sie, «jetzt kannst du dir das Allerschönste wünschen, was es gibt.»

Der Seppli schaute Rita mit gerunzelter Stirn an. Es war, als ob ihre Worte etwas, das ihm schwer auf dem Herzen lag, wieder geweckt hätten. Endlich sagte er niedergeschlagen: «Das nützt nichts.»

«Doch freilich, das nützt», erwiderte Rita. «Weil du mich gefunden hast, kannst du wünschen, was du willst, und du bekommst es; der Papa hat es gesagt. Jetzt denk einmal recht nach, und dann sag etwas!»

Allmählich schien Seppli die Sache zu begreifen. Er schaute Rita noch einmal prüfend an, ob es auch wirklich im Ernst gemeint sei. Dann holte er tief Atem und sagte: «Eine Geißel mit einem gelben Zwickel.»

«Nein, Seppli, das ist gar nichts», erwiderte Rita ganz unwillig, «so etwas mußt du nicht wünschen. Denk noch einmal nach, was das Allerschönste ist, und das mußt du wünschen.»

Seppli sann gehorsam nach, holte noch einmal tief Atem und sagte: «Eine Geißel mit einem gelben Zwickel.»

Jetzt trat Herr Feland mit den Männern aus dem Hause. Diese entfernten sich unter vielen Danksagungen, Martin blieb unter der Tür stehen.

«Euch habe ich noch nichts angeboten, Martin», sprach Herr Feland. «Euch möchte ich meine Dankbarkeit vorerst in einer Weise dartun, die Euch eine rechte Freude macht. Sagt, habt Ihr irgendeinen besonderen Wunsch?»

Martin drehte die Mütze ein wenig in den Händen herum, dann sagte er zögernd: «Ich habe schon lange einen großen Wunsch; aber den darf ich nicht sagen. Nein, nein, er hätte mir nicht in den Sinn kommen sollen.»

«Sagt ihn frei heraus», ermunterte Herr Feland, «vielleicht kann ich helfen.»

«Ich habe immer gedacht», fuhr Martin zögernd fort, «wenn ich es nur einmal soweit bringen könnte wie mein Nachbar drüben, daß ich daran denken dürfte, eine Kuh zu kaufen. Ich habe ziemlich viel Heu und könnte dann ohne Sorgen meinen Haushalt durchbringen.»

«Es ist gut, Martin», sagte Herr Feland, «wir sehen uns wieder.» Dann nahm er Rita bei der Hand und schlug mit ihr den Rückweg ein.

«Und was wünscht denn dein Freund Seppli?» fragte er.

«Oh, der ist dumm!» rief Rita, «er will nur eine Geißel mit einem gelben Zwickel! Ist ja gar nichts.»

«Doch, doch, das ist etwas», versicherte der Vater. «Siehst du, jedes Kind hat seine eigenen Freuden. Dem Seppli wird eine solche Geißel gerade dieselbe Freude machen wie dir die allerschönste Puppenstube.»

Auf diese Erklärung hin gab sich Rita zufrieden und konnte nun kaum erwarten, daß das Gewünschte ankomme.

Am folgenden Tag hatte Herr Feland eine Reise ins Tal hinunter zu machen. Rita wußte wohl, warum, und hüpfte vor Freude den ganzen Morgen lang. Der Papa ging aber nicht, ohne seiner kleinen Heuschrecke einzuschärfen, daß sie keinen Schritt allein vom Hause weggehen dürfe, und Fräulein Hohlweg erhielt strenge Anweisung. Diese hatte aber in der Schreckensnacht solche Angst ausgestanden, daß die Ermahnung nicht not tat. Sie hatte im Gegenteil im Sinn, von jetzt an kein Auge mehr von Rita abzuwenden, was ihr aber doch sehr schwer werden mochte.

Zwei Tage darauf, als Martin sich gerade mit den Seinen an den Tisch zu den dampfenden Kartoffeln gesetzt hatte, ertönte vor dem Häuschen ein starkes Gebrüll – noch einmal und zum drittenmal!

«Dem Kaspar muß seine Kuh fortgelaufen sein», sagte Martin und stand auf, um sie einzufangen. Das mußte Seppli auch sehen! Eilig lief er dem Vater nach, das Martheli, der Friedli und das Betheli folgten und hinter ihnen die Mutter, um alle wieder zurückzuholen.

Draußen aber stand Vater Martin in regungslosem Staunen, und alle anderen neben ihm sperrten die Augen weit auf. Die Mutter aber, die jetzt hinzukam, schlug die Hände zusammen und konnte vor Verwunderung kein Wort hervorbringen. Am Hause angebunden, stand eine glänzend braune Kuh, so groß und prächtig, wie nur hie und da bei den reichen Bauern eine zu sehen war. An dem einen Horn war eine Peitsche befestigt, die hatte eine weiße feste Lederschlinge mit einem dicken, seidenen Zwick daran; der flimmerte wie Gold in der Sonne!

An den Peitschenstiel war ein Papier gebunden, darauf stand mit großen Buchstaben: «Für den Seppli!»

Martin nahm die Peitsche herunter und gab sie dem Buben. «Sie ist dein», sagte er.

Seppli hielt seine Geißel in der Hand: Das Schönste und Herrlichste, was er sich denken konnte, war sein Eigentum! Und dazu war noch eine Kuh da, die konnte man auf die Alp treiben und dazu mit der Geißel knallen wie der Jörg und der Chäppi.

Seppli erfaßte mit strahlenden Augen seine Geißel, drückte sie an sich und hielt sie so fest, als wollte er sagen: «Keine Macht der Erde kann mich davon trennen!» Martin und seine Frau konnten nicht genug das prächtige Tier anschauen; daß es ihnen aber gehören sollte, kam ihnen wie ein Wunder vor.

Endlich sagte Martin: «Sie brüllt, weil sie die Milch hergeben will. Seppli, hol die Becken, wir wollen es uns wohl sein lassen.»

Zwei große Becken voll der schäumenden, frischen Milch wurden gefüllt und zu den Kartoffeln auf den Tisch gestellt, dann begleiteten alle im Triumph die Braune nach dem Stall.

Drüben vor dem Nachbarhäuschen stand Herr Feland mit seinen Kindern; sie wollten zuschauen, wie die Braune empfangen wurde. Auch mußte Rita durchaus wissen, welchen Eindruck die Geißel machen würde, die sie selbst mit großen Buchstaben für den Seppli bezeichnet hatte.

Als Frau Feland sich von den großen Aufregungen erholt hatte, wanderte die ganze Familie nach der Felsenwand hinauf, um noch einmal dem lieben Gott aus vollem

Herzen an dem Orte selbst Lob und Dank zu sagen, wo er seine schützende Hand so sichtbar über das Kind gebreitet hatte.

Moni der Geißbub

Dem Moni ist's wohl

Um zu dem Badehaus Fideris zu gelangen, muß man steil und lange die Höhe hinaufsteigen, nachdem man die Straße verlassen hat, die durch das lange Tal des Prättigaus aufwärtsführt. So mühsam keuchen dann die Pferde den Berg hinan, daß man lieber aussteigt und zu Fuß die grüne Höhe emporklettert.

Nach längerem Steigen kommt man erst zum Dorfe Fideris, das auf der freundlichen grünen Anhöhe liegt, und von da geht es weiter in die Berge hinein, bis das einsame Gebäude des Badeortes erscheint, überall von felsigen Höhen umgeben. Dort oben wachsen nur noch Tannen, die die Höhen und Felsen umher bedecken, und es sähe alles ziemlich düster aus, wenn nicht überall aus dem niedrigen Weidegras die feinen Bergblümchen mit ihren glänzenden Farben hervorguckten.

An einem hellen Sommerabend traten zwei Frauen aus dem Badehaus und gingen den schmalen Fußweg hin, der unweit des Hauses zu steigen anfängt und bald sehr steil bis zu den hoch aufragenden Felsen hinansteigt.

An dem ersten Vorsprung standen die beiden still und schauten sich um, denn sie waren eben erst in dem Bade angekommen.

«Lustig ist's nicht hier oben, Tante», sagte jetzt die Jüngere, indem sie ihre Augen rundum gehen ließ. «Lauter Felsen und Tannenwälder und dann wieder ein Berg und noch einmal Tannen darauf. Wenn wir sechs Wochen hier bleiben sollen, dann wollte ich, es wäre hier und da auch noch etwas Lustigeres zu sehen.»

«Zum Lustigen wird jedenfalls nicht gehören, daß du hier oben dein Brillantenkreuz verlierst, Paula», entgegnete die Tante, indem sie das rote Samtband zusammenknüpfte, an dem das funkelnde Kreuz hing. «Es ist das dritte Mal, daß ich das Band festmache, seit wir hier angekommen sind. Ich weiß nicht, woran es liegt, ob an dir oder an dem Band. Aber das weiß ich, daß du jammern wirst, wenn es verloren ist.»

«Nein, nein», rief Paula lebhaft aus, «das Kreuz darf nicht verlorengehen, um keinen Preis, es ist noch von der Großmutter und ist mein größter Schatz!»

Paula ergriff selbst noch das Band und machte zwei, drei Knoten aufeinander, damit es festhalte. Plötzlich spitzte sie die Ohren: «Hör, hör, Tante, jetzt kommt aber wirklich etwas Lustiges.»

Hoch oben erschallte ein fröhlicher Gesang. Zwischendurch kam ein langer, schallender Jodler, dann wurde wieder gesungen. Die Damen schauten aufwärts, konnten aber nichts Lebendiges entdecken. Der Fußweg ging in großen Krümmungen, oft zwischen hohem Gebüsch und wieder zwischen vorstehenden Bergabhängen durch, so daß man von unten herauf immer nur kurze Stückchen davon erblicken konnte. Aber jetzt wurde es plötzlich lebendig auf dem Pfad, oben und unten, auf allen Seiten, wo der schmale Weg gesehen werden konnte, und immer lauter und näher tönte der Gesang.

«Sieh, sieh, Tante, dort! Hier! Sieh da! Sieh da!» rief Paula in großem Vergnügen, und ehe die Tante sich's versah, kamen drei, vier Geißen in Sprüngen daher und immer mehr, immer mehr, und jede hatte ein Glöckchen am Hals. Die Glöckchen läuteten von allen Seiten her, und mitten in einem Rudel kam der Geißbub angesprungen und sang eben noch ein Lied zu Ende:

«Und im Winter bleib' i fröhlich,
weil's Weinen nichts nützt,
und weil ihm allemal der Frühling
auf den Fersen schon sitzt.»

Dann ließ er einen lauten Jodler erschallen, und auf einmal stand er mit seinem Rudel dicht vor den Damen, denn mit seinen nackten Füßen sprang er gerade so flink und leise wie seine Tierchen.

«Guten Abend wünsch ich!» sagte er, indem er die beiden lustig anschaute, und wollte weiterziehen. Aber der Geißbub mit den fröhlichen Augen gefiel den beiden. «Wart ein wenig», sagte Paula, «bist du der Geißbub von Fideris? Hast du Geißen aus dem Dorfe unten?»

«Ja, natürlich!» war die Antwort.

«Gehst du alle Tage mit ihnen da hinauf?»

«Ja, freilich.»

«So, so, und wie heißt du denn?»

«Moni heiß ich ...»

«Willst du mir das Lied noch einmal singen, das du eben gesungen hast? Wir haben erst einen Vers gehört.»

«Das ist zu lang», erklärte Moni, «es wird zu spät für die Geißen, sie müssen heim.» Er rückte sein verwittertes Hütchen zurecht, schwang seine Rute in der Luft und rief den Geißen zu, die schon überall zu fressen angefangen hatten: «Heim! Heim!»

«So singst du mir's doch ein andermal, Moni, nicht wahr?» rief ihm Paula nach.

«Ja nu, das will ich, und gute Nacht!» rief er zurück, setzte sich nun mit den Geißen in Trab, und in kurzer Zeit stand die ganze Herde unten, wenige Schritte vom Badehaus bei dem Hintergebäude, still. Denn hier hatte Moni die

Geißen, die zum Hause gehörten, die schöne weiße und die schwarze mit dem zierlichen Zicklein, abzugeben. Moni behandelte das Zicklein mit größter Sorgfalt, denn es war ein zartes Tierlein, und er liebte es vor allen. Es war auch so anhänglich, daß es ihm den ganzen Tag immerfort nachlief. Er zog es auch jetzt ganz zärtlich heran, nahm es in seine Arme und stellte es in seinen Stall hinein. Dann sagte er: «So, Mäggerli, nun schlaf wohl. Gelt, du bist müde? Leg dich jetzt nur gleich hin, siehst du, so in die gute Streu hinein!» Nachdem er so das Mäggerli hingebettet hatte, zog er eilig mit seiner Schar weiter, erst den Hügel hinan vor dem Badehaus und dann die Straße hinunter, dem Dorfe zu. Hier nahm er sein Hörnchen vor und blies so gewaltig hinein, daß es bis weit ins Tal hinab dröhnte. Von allen zerstreuten Behausungen her kamen jetzt die Kinder angelaufen, jedes stürzte auf seine Geiß, die es aus der Ferne schon erkannte, und von den nahen Häusern her kam hier eine Frau und dort eine, faßte ihr Geißlein am Halsband oder am Horn, und in kurzer Zeit war die ganze Herde auseinandergestoben und jedes Tierlein kam an seinen Ort. Zuletzt stand der Moni noch allein mit der Braunen, seiner eigenen Geiß, und mit ihr ging er nun dem Häuschen am Bergabhang zu, wo ihn die Großmutter schon unter der Tür erwartete:

«Ist alles gutgegangen, Moni?» fragte sie freundlich, führte dann die Braune in den Stall und fing gleich an, sie zu melken. Die Großmutter war noch eine rüstige Frau und besorgte alles selbst im Hause und im Stall und hielt überall gute Ordnung. Moni stand unter der Stalltür und schaute der Großmutter zu. Als das Melken beendet war, trat sie ins Häuslein ein und sagte: «Komm, Moni, du wirst Hunger haben.»

Sie hatte auch schon alles hergerichtet, Moni brauchte nur zu Tisch zu sitzen; sie setzte sich neben ihn. Und stand auch nichts weiter auf dem Tisch als die Schüssel voll Maisbrei, mit der Milch der Braunen gekocht, so ließ sich's Moni doch herrlich schmecken. Dabei erzählte er der Großmutter, was er den Tag über erlebt hatte, und sobald er sein Mahl beendet hatte, zog er sich auf sein Lager zurück, denn in der ersten Frühe mußte er ja wieder mit der Herde ausziehen.

In dieser Weise hatte Moni schon zwei Sommer verbracht, so lange war er schon Geißbub und jetzt so an dieses Leben gewöhnt und mit seinen Tierchen zusammengewachsen, daß er sich's gar nicht anders denken konnte.

Mit seiner Großmutter lebte Moni zusammen, solange er sich besinnen konnte. Seine Mutter war gestorben, als er noch ganz klein war. Sein Vater zog bald nachher mit anderen zum Kriegsdienst nach Italien, um etwas zu verdienen, wie er sagte; denn er meinte, das Geldverdienen gehe dort schneller.

Die Mutter seiner Frau war auch arm. Aber sie nahm auf der Stelle das verlassene Büblein ihrer Tochter, den kleinen Salomon, zu sich und teilte mit ihm, was sie hatte. Es lag auch ein Segen auf ihrem Häuschen, und noch nie hatte sie Mangel leiden müssen.

Die brave, alte Elsbeth war im ganzen Dorf von jedermann wohlgelitten, und als vor zwei Jahren ein anderer Geißbub ernannt werden mußte, da fielen alle Stimmen einmütig auf den Moni. Denn jeder mochte es der arbeitsamen Elsbeth gönnen, daß nun Moni auch etwas verdienen konnte. Die fromme Großmutter hatte den Moni keinen Morgen ausziehen lassen, ohne daß sie ihn erinnerte: «Moni, vergiß nicht, wie nah du dort oben dem lieben Gott bist und daß er alles sieht und hört und du vor seinen Augen nichts verbergen kannst. Aber vergiß auch nicht, daß er nah ist, dir zu helfen. Darum brauchst du dich nicht zu fürchten, und wenn du dort oben keine Menschen errufen kannst, rufe du nur zum lieben Gott in der Not, er hört dich gleich und kommt dir zu Hilfe.»

So zog Moni von Anfang an voller Zuversicht auf die einsamen Höhen und die höchsten Felsen und hatte weder

Furcht noch Schrecken, denn er dachte immer: Je höher hinauf, desto näher bin ich beim lieben Gott und desto sicherer in allem, was mir begegnen kann. So hatte Moni weder Sorge noch Kummer und konnte sich an allem freuen, was er erlebte vom Morgen bis zum Abend, und es war kein Wunder, daß er beständig pfiff und sang und jodelte, denn er mußte seiner großen Fröhlichkeit Luft machen.

Monis Leben auf der Höhe

Am folgenden Morgen erwachte Paula so früh wie sonst nie. Ein lauter Gesang hatte sie aus dem Schlaf geweckt. «Da ist gewiß schon der Geißbub», sagte sie, sprang aus dem Bett und lief ans Fenster.

Richtig, mit frischen, roten Backen stand der Moni drüben und hatte eben die alte Geiß und das Zicklein aus dem Stall herausgeholt. Jetzt schwang er seine Rute in der Luft, die Geißen hüpften und sprangen um ihn herum, und nun ging's vorwärts mit der ganzen Schar, und plötzlich erhob Moni seine Stimme wieder und sang, daß es von den Bergen widerhallte:

«Dort droben in den Tannen
singen d' Vögel im Chor,
und hat's es Weil g'regnet,
kommt die Sonn' wieder vor.»

«Heute muß er mir einmal sein ganzes Lied singen», sagte Paula, denn jetzt war Moni verschwunden, und sie konnte seinen fernen Gesang nicht mehr verstehen.

Am Himmel zogen noch die roten Morgenwolken dahin, und ein frischer Bergwind rauschte dem Moni um die Ohren, wie er so hinaufstieg. Das war ihm eben recht. Vor

Wohlbehagen jodelte er vom ersten Bergvorsprung so gewaltig ins Tal hinab, daß mancher Schläfer unten im Badehaus erstaunt die Augen aufschlug, sie dann aber gleich wieder zumachte, denn er kannte die Weise und wußte, daß er nun noch ein Stündchen Schlaf zugeben konnte – denn der Geißbub kam immer so früh. Unterdessen kletterte Moni mit seinen Geißen eine Stunde lang weiter und weiter hinauf, bis hoch zu den Felsen hinan.

Immer weiter und immer schöner war es um den Moni geworden, je höher hinauf er kam. Von Zeit zu Zeit guckte er sich um, dann schaute er zu dem hellen Himmel auf, der nun immer blauer wurde, dann fing er aus vollem Hals an zu singen, immer lauter und immer fröhlicher, je höher er kam:

«Dort droben in den Tannen
singen d' Vögel im Chor,
und hat's es Weil g'regnet,
kommt die Sonn' wieder vor.

Und die Sonn' und die Sterne
und den Mond bei der Nacht,
die hat der liebe Gott uns
zur Freude gemacht.

Im Frühling gibt's Blumen,
die sind gelb und sind rot,
und so blau ist der Himmel,
und i freu' mi fast z' Tod.

Und im Sommer gibt's Beeren,
und geht's gut, so gibt's viel,
und die roten und die schwarzen
ess' i alle vom Stiel.

Hat's im Hag wieder Nüsse,
so weiß i, wie's tut,
wo die Geißen gern naschen,
sind die Kräutlein auch gut.

Und im Winter bleib' i fröhlich,
weil's Weinen nichts nützt,
und weil ihm allemal der Frühling
auf den Fersen schon sitzt.»

Jetzt war die Höhe erreicht, wo er gewöhnlich blieb und auch heute zunächst bleiben wollte. Das war eine kleine grüne Hochebene mit einem so weiten Felsvorsprung, daß man von dem freien Punkte ringsumher weit ins Tal hinabsehen konnte. Dieser Vorsprung hieß die Felsenkanzel, und hier konnte Moni oft stundenlang verweilen und um sich schauen und vor sich hinpfeifen, indes seine Tierlein ganz gemütlich ihre Kräuter um ihn her suchten.

Sobald Moni angekommen war, nahm er seinen kleinen Vorratssack vom Rücken, legte ihn in eine kleine Höhle des Bodens, die er selbst dafür gegraben hatte, trat dann auf die Felsenkanzel hinaus und warf sich auf den Boden, um sich's einmal so recht wohl sein zu lassen.

Der Himmel war jetzt dunkelblau geworden. Drüben waren die hohen Berge mit den in den Himmel ragenden Zacken und großen Eisfeldern zum Vorschein gekommen, und drunten leuchtete weithin das grüne Tal im Morgenglanz. Moni lag da, schaute umher, sang und pfiff. Der Bergwind kühlte ihm das warme Gesicht, und hörte er einmal zu pfeifen auf, so pfiffen die Vögel über ihm noch viel lustiger und flogen in den blauen Himmel hinauf.

Dem Moni war es unbeschreiblich wohl. Von Zeit zu Zeit kam das Mäggerli zu ihm heran und rieb ein wenig seinen Kopf an Monis Achseln, wie es immer aus lauter Zärtlichkeit tat, dann meckerte es ganz liebevoll, ging auf die andere

Seite von Moni und rieb wieder den Kopf an seiner Schulter. Auch von den anderen kam bald diese, bald jene, um nach dem Hirten zu sehen, und jede hatte ihre eigene Weise bei ihrem Besuch.

Die Braune, seine eigene Geiß, kam ganz sorglich und schaute nach, ob auch alles mit ihm in Ordnung sei. Sie stand dann da und schaute ihn an, bis er sagte: «Ja, ja, Braunli, es ist schon recht, geh nur wieder zum Futter!» Die junge Weiße und die Schwalbe, die so hieß, weil sie schmal und flink war und überall hineinschoß wie die Schwalben in ihre Löcher, schossen immer miteinander so auf den Moni los, daß sie ihn wohl umgeworfen hätten, wäre er nicht schon auf dem Boden ausgestreckt gewesen, und gleich nachher schossen sie wieder fort.

Die glänzende Schwarze, die Geiß des Wirtes vom Badehaus, Mäggerlis Mutter, war ein wenig stolz. Sie kam nur so auf ein paar Schritte Entfernung heran, schaute mit erhobenem Kopfe nach dem Moni hin, als wollte sie sich nicht zu vertraulich erweisen, und ging dann wieder ihrer Wege. Der große Sultan aber, der Bock, zeigte sich immer nur einmal, drückte dann alle weg, die er in Monis Nähe traf, und meckerte einige Male so bedeutungsvoll, als habe er Mitteilungen über den Zustand der Herde abzugeben, als deren Anführer er sich fühlte.

Nur allein das kleine Mäggerli ließ sich niemals von seinem Beschützer verdrängen. Kam der Bock und wollte es wegdrücken, so kroch es so tief unter Monis Arm oder Kopf, daß der große Sultan gar nicht mehr hinzukam, und so unter Monis Schutz fürchtete sich das Zicklein kein bißchen mehr vor dem Sultan, vor dem es sonst erzitterte, wenn es in seine Nähe kam.

So war der sonnige Morgen hingegangen. Moni hatte schon sein Mittagsmahl abgehalten und stand nun nachdenklich auf seinen Stecken gestützt, den er hier oben öfters brauchte, denn er war ihm beim Auf- und Niedersteigen sehr dienlich. Er dachte nach, ob er eine neue Seite der Felsen besteigen sollte, denn höher hinauf wollte er diesen Nachmittag mit den Geißen, die Frage war nur, nach welcher Seite? Er entschied sich für die linke, denn dort ging es nach den drei Drachensteinen, um die herum so zartes Buschwerk wuchs, daß es ein wahres Festessen für die Geißen war.

Der Weg war steil, und oben waren gefährliche Stellen an der schroffen Felswand. Aber er wußte einen guten Weg, und die Geißen waren ja vernünftig und verliefen sich nicht so leicht. Er trat den Aufstieg an, und lustig kletterten alle seine Geißen nach, bald vor, bald hinter ihm, das kleine Mäggerli immer ganz in seiner Nähe. Zuweilen auch hielt er es fest und zog es mit sich, wenn eine gar so steile Stelle kam. Es ging aber alles ganz gut, und nun waren sie oben, und mit hohen Sprüngen rannten die Geißen gleich zu den grünen Büschen hin. Denn sie erinnerten sich wohl an das vortreffliche Futter, das sie schon öfter hier oben abgeweidet hatten.

«Nur ruhig! Nur ruhig» mahnte Moni, «und stoßt einander nicht an den steilen Stellen, es läge ja sogleich eines unten und hätte die Beine gebrochen. Schwalbe! Schwalbe! Was kommt dir denn in den Sinn?» rief er jetzt voller Aufregung in die Steine hinauf, denn die flinke Geiß war über die hohen Drachensteine hinaufgeklettert, stand jetzt auf dem äußersten Rand des einen Steins und guckte von da ganz vorwitzig auf ihn hernieder. Er kletterte eilig hinauf, denn nur noch ein einziger Tritt, und die Schwalbe läge unten im Abgrund. Moni war sehr behend. In wenigen Minuten hatte er den Stein erklettert und mit einem schnellen Griff die Schwalbe am Bein erfaßt und zurückgezogen. «Komm du jetzt mit mir, du unvernünftiges Tierlein du!» schalt Moni, zog die Schwalbe mit sich herunter zu den anderen und hielt sie noch ein Weilchen fest, bis sie von einem Strauch gekostet und dann recht angebissen hatte und nun nicht mehr ans Fortlaufen dachte.

«Wo ist das Mäggerli?» schrie Moni plötzlich auf, der die Schwarze erblickte, wie sie allein an einer steilen Stelle stand und nicht fraß, sondern ruhig umherschaute. Immer war das junge Geißlein neben Moni, oder es lief seiner Mutter nach.

«Wo hast du dein Zicklein, Schwarze?» rief er erschrocken und sprang auf die Geiß zu. Sie war ganz sonderbar, fraß nicht, blieb immer auf demselben Platze stehen und spitzte so verdächtig die Ohren. Moni stellte sich dicht neben sie und schaute hinauf und hinab. Jetzt hörte er ein leises, jammerndes Meckern. Das war Mäggerlis Stimme. Sie kam von unten herauf, so kläglich und hilfeflehend. Moni legte sich auf den Boden und beugte sich vor. Dort unten bewegte sich's. Jetzt sah er's deutlich, tief unten hing das Mäggerli an dem Ast eines Baumes, der aus einer Felsenspalte herausgewachsen war, und winselte zum Erbarmen. Es mußte hinuntergefallen sein.

Glücklicherweise hatte es der Ast aufgehalten, sonst hätte es in den Abgrund stürzen und jämmerlich zu Tode fallen müssen. Aber auch jetzt noch mußte es auf der Stelle in die Tiefe stürzen und zerschellen, wenn es sich nicht mehr an dem Ast festhalten konnte. In höchster Angst rief er hinunter: «Halt fest, Mäggerli, halt fest am Ast! Sieh, ich komme schon und hole dich!» Aber wie sollte er dahin gelangen? Die Felswand war hier so steil, daß er unmöglich da hinunterkommen konnte, das sah der Moni wohl ein. Aber das Geißlein mußte da unten etwa in Höhe vom Regenfelsen sein, dem überhangenden Gestein, unter das man sich beim Regen so gut flüchten konnte. Da brachten die Geißbuben von jeher ihre Tage bei schlechtem Wetter zu. Darum hieß das Gestein schon von alter Zeit her der Regenfelsen. Von da aus, dachte Moni, könnte er quer über den Felsen klettern und von dort mit dem Zicklein zurückkommen.

Schnell pfiff er die Herde zusammen und stieg mit ihr bis zu der Stelle hinunter, wo es zum Regenfelsen hineingeht. Da ließ er sie weiden und ging dem Felsen zu. Hier sah er gleich noch ein ziemliches Stück über sich den Baumast und das Geißlein daran hängend. Er sah wohl, daß es nicht leicht sei, da hinaufzuklettern und wieder herunter mit dem Mäggerli auf dem Rücken. Aber anders war das Tierlein nicht zu retten. Er dachte auch gleich, der liebe Gott würde ihm gewiß beistehen. Dann könnte es ihm ja nicht fehlen. Er faltete seine Hände, schaute zum Himmel auf und bat um Gottes Hilfe bei seinem Rettungswerk. Nun war er voller Vertrauen, daß alles gutgehen werde, und rüstig kletterte er den Felsen hinan, bis er oben bei dem Ast angelangt war. Hier klammerte er sich mit beiden Füßen fest an, hob dann das zitternde, wimmernde Tierlein auf seine Schultern und kletterte nun mit großer Sorgfalt wieder hinunter. Als er aber nun wieder den sicheren Grasboden unter den Füßen hatte und das erschrockene Geißlein gerettet sah, da war er so froh, daß er laut danken mußte und in den Himmel hinaufrief: «Oh, lieber Gott, ich danke dir, daß du uns so gut geholfen hast! Oh, wie sind wir beide so froh darüber!» Dann setzte er sich noch ein wenig auf den Boden und streichelte das Zicklein, das immer noch an allen seinen zarten Gliedern zitterte, und tröstete es über die ausgestandene Angst.

Als nun bald nachher Zeit zum Aufbruch war, setzte Moni das Zicklein noch einmal auf seine Schultern und sagte sorglich: «Komm, du armes Mäggerli, du zitterst ja immer noch. Heute kannst du nicht heimgehen, ich muß dich tragen», und so trug er das Tierlein, das sich fest an ihn schmiegte, den ganzen Weg hinunter.

Paula stand jetzt auf der letzten Anhöhe vor dem Badehaus und erwartete den Geißbuben. Ihre Tante hatte sie begleitet. Als nun Moni mit seiner Last auf dem Rücken herankam, wollte Paula wissen, ob das Zicklein krank sei, und zeigte große Teilnahme. Wie Moni das sah, setzte er sich gleich auf den Boden vor Paula hin und erzählte ihr sein heutiges Erlebnis mit dem Mäggerli. Das Fräulein streichelte das gerettete Tierlein, das jetzt ruhig auf Monis Knien lag und mit seinen weißen Füßen und dem schönen schwarzen Rückenfleck sehr zierlich aussah. Es ließ sich ganz gern ein wenig streicheln.

«Jetzt singst du mir auch noch dein Lied, da du gerade so gut dasitzest», sagte Paula. Moni war so fröhlich gestimmt, daß er gern und aus voller Brust anstimmte und sein ganzes Lied bis zum Ende sang.

Das gefiel Paula ausnehmend wohl, und sie sagte, er müsse es ihr noch öfter singen. Dann zog die ganze Gesellschaft zusammen zum Badehaus hinunter. Hier wurde das Zicklein auf sein Lager gelegt, Moni nahm Abschied, und Paula ging in ihr Zimmer zurück, um hier noch lange mit der Tante von dem Geißbuben zu sprechen, auf dessen fröhlichen Morgengesang sie sich schon jetzt wieder freute.

Ein Besuch

So waren mehrere Tage vergangen, einer so klar und sonnig wie der andere, denn es war ein besonders schöner Sommer, und der Himmel blieb blau und wolkenlos vom Morgen bis zum Abend.

Unausgesetzt war der Geißbub jeden Morgen in der Frühe mit hellem Gesang am Badehaus vorbeigezogen, jeden Abend mit hellem Gesang wieder zurückgekehrt, und alle Badegäste waren so an das fröhliche Singen gewöhnt, daß es keiner hätte missen mögen.

Vor allem aber freute sich Paula an Monis Fröhlichkeit, und sie ging ihm fast jeden Abend entgegen, um ein Gespräch mit ihm anzuknüpfen.

An einem sonnigen Morgen war Moni wieder oben bei der Felsenkanzel angelangt und wollte sich eben niederwerfen, als er sich noch anders besann. «Nein, vorwärts! Ihr habt ja das letzte Mal die guten Blättlein alle stehenlassen müssen, weil wir dem Mäggerli nachmußten, jetzt geht's noch mal hinauf, da könnt ihr fertig fressen!» Und mit Freuden sprangen ihm die Geißen alle nach, denn sie merkten, daß es zu den schönen Büschen an den Drachensteinen hinaufging. Diesmal hielt Moni aber sein kleines Mäggerlein die ganze Zeit im Arm fest, riß ihm die guten Blättlein selber von den Büschen und Kräutern am Felsen ab und ließ es sie aus seiner Hand fressen. Das mochte dem Geißlein am allerbesten gefallen. Es rieb ganz vergnüglich von Zeit zu Zeit sein Köpfchen an Monis Schulter und meckerte fröhlich. So war der ganze Morgen hingegangen, und Moni merkte erst an seinem Hunger, daß es unvermerkt spät geworden war. Er hatte aber sein Essen unten bei der Felsenkanzel in der kleinen Höhle liegen lassen, da er sich vorgenommen hatte, gegen Mittag wieder hinunterzukommen.

«So, ihr habt nun schon viel Gutes bekommen, und ich habe noch gar nichts», sagte er zu seinen Geißen, «jetzt muß ich auch etwas haben, und unten findet ihr noch genug, kommt!» Damit tat er einen lauten Pfiff, und die ganze Schar zog auf und davon, die lebhaftesten Tiere immer voran, und allen voraus die leichtfüßige Schwalbe, der heute Unerwartetes begegnen sollte. Sie sprang hinunter von Stein zu Stein und über manchen Felsenriß weg. Aber auf einmal konnte sie nicht weiter – unmittelbar vor ihr stand ganz plötzlich eine Gemse und schaute ihr neugierig ins Gesicht. Das war der Schwalbe noch nicht vorgekommen! Sie stand, schaute die Fremde fragend an und wartete, daß ihr diese aus dem Wege gehe und sie schön auf den Felsblock springen lasse, wie sie's im Sinne hatte. Aber diese räumte den Platz keineswegs und schaute der Schwalbe frech ins Gesicht. Sie standen beide einander gegenüber, immer hartnäckiger, und noch zur heutigen Stunde würden sie dort stehen, wenn nicht unterdessen der große Sultan herbeigekommen wäre. Der erkannte alsbald die Sachlage, schritt ganz rücksichtsvoll an der Schwalbe vorbei und drückte plötzlich die Gemse so weit und so gewaltig auf die Seite, daß sie einen kühnen Sprung machen mußte, um nicht über die Felsen hinabzurutschen. Die Schwalbe aber zog siegesstolz ihres Weges, und der Sultan schritt befriedigt hinter ihr her, denn er fühlte sich als sicherer Beschützer der Geißen seiner Herde.

Unterdessen waren Moni von oben und ein anderer Geißbub von unten herauf auf demselben Platz angekommen und blickten auch erstaunt einander an. Aber sie kannten sich wohl, und nach dem ersten Staunen begrüßten sie sich freundlich. Es war der Jörgli von Küblis, der schon den halben Morgen lang den Moni vergebens gesucht hatte und ihn nun hier oben traf, wo er ihn gar nicht mehr vermutete.

«Ich habe nicht gedacht, daß du mit den Geißen so hoch hinaufgingest», sagte der Jörgli.

«Freilich gehe ich», entgegnete Moni, «aber nicht immer. Gewöhnlich bin ich bei der Felsenkanzel und dort oben herum. Warum bist du heraufgekommen?»

«Ich will dir einen Besuch machen», war die Antwort, «ich habe dir allerhand zu erzählen. Auch habe ich hier zwei Geißen, die bringe ich dem Wirt vom Bad. Er will eine kaufen, und da dachte ich, du willst doch mal zum Moni hinauf.»

«Sind es deine Geißen?» fragte Moni.

«Freilich, die unsrigen, die fremden habe ich nicht zu hüten, ich bin nicht mehr Geißbub.»

Darüber mußte sich Moni sehr verwundern, denn zu gleicher Zeit mit ihm war der Jörgli Geißbub von Küblis geworden, und Moni begriff nicht, daß das so einfach aufhören konnte und der Jörgli nicht einmal jammerte.

Unterdessen waren Hirten und Geißen bei der Felsenkanzel angekommen. Moni holte Brot und ein Stückchen gedörrtes Fleisch hervor und lud den Jörgli zum Mittagessen ein. Sie setzten sich beide auf die Kanzel hinaus und ließen sich's schmecken, denn es war sehr spät geworden, und sie hatten beide Hunger. Als nun alles aufgegessen und dann noch ein wenig Geißmilch getrunken war, legte sich der Jörgli ganz behaglich der Länge nach auf den Boden und stützte seinen Kopf auf beide Ellbogen. Moni aber war sitzen geblieben, denn er schaute immer gern von oben in das tiefe Tal hinunter.

«Was bist du denn aber jetzt, Jörgli, wenn du nicht mehr Geißbub bist», fing Moni nun an, «etwas mußt du doch sein?»

«Freilich bin ich etwas und etwas Rechtes», erwiderte Jörgli, «Eierbub bin ich. Alle Tage gehe ich mit den Eiern in alle Wirtshäuser, so weit ich komme. Hier hinauf ins Badehaus komme ich auch, gestern war ich schon dort.»

Moni schüttelte den Kopf: «Das ist nichts, Eierbub möchte ich nicht sein. Tausendmal lieber will ich Geißbub sein, das ist viel schöner.»

«Ja, auch noch, warum denn?»

«Die Eier sind ja nicht lebendig, mit denen kannst du ja kein Wort reden, und sie laufen dir nicht nach wie die Geißen, die sich freuen, wenn du kommst, und anhänglich sind und jedes Wort verstehen, das du mit ihnen redest. Du kannst keine solche Freude mit deinen Eiern haben wie ich mit den Geißen hier oben.»

«Ja, und du», unterbrach ihn Jörgli, «was hast du denn für große Freuden hier oben? Jetzt hast du wohl sechsmal aufstehen müssen, während wir beim Essen waren, nur um des einfältigen Geißleins willen, daß es nicht hinunterfalle – ist denn das eine Freude?»

«Ja, das tu ich ganz gern! Gelt du, Mäggerli, komm, komm!» Moni sprang auf und lief dem Geißlein nach, denn es machte ganz unvorsichtige Freudensprünge. Als er wieder saß, sagte Jörgli:

«Es gibt auch ein anderes Mittel, die jungen Geißen davor zu bewahren, daß sie nicht über die Felsen hinabfallen und man ihnen nicht immer nachspringen muß wie du.»

«Was für eins?» fragte Moni.»

«Man steckt einen Stecken fest in den Boden und bindet die Geiß mit einem Bein daran. Sie zappelt dann zwar furchtbar, aber sie kann doch nicht fort.»

«Du wirst doch nicht meinen, daß ich so etwas mit dem Geißlein mache!» sagte der Moni ganz entrüstet, zog das Mäggerli zu sich und hielt es fest, als müßte er es vor einer solchen Behandlung schützen.

«Um das da wirst du nicht mehr lange Sorgen haben», fing Jörgli wieder an, «das kommt nicht mehr oft hier herauf.»

«Was? Was? Was sagst du, Jörgli?» fuhr Moni auf.

«Pah, weißt du's denn nicht? Der Wirt will es nicht aufziehen, es ist ihm zu schwach, es gibt nie eine wackere Geiß. Er hat es meinem Vater verkaufen wollen, aber der wollte es auch nicht. Nun will es der Wirt nächste Woche schlachten, und dann kauft er unseren Scheck dort.»

Moni war vor Schrecken ganz blaß geworden. Erst konnte er kein Wort sagen, aber dann jammerte er laut über das Geißlein hin:

«Nein, nein, das dürfen sie nicht tun, Mäggerli, das dürfen sie nicht tun, sie dürfen dich nicht schlachten, das kann ich nicht ertragen. Oh, ich will lieber gleich mit dir sterben; nein, das kann ja nicht sein!»

«Tu doch nicht so», sagte Jörgli ärgerlich und zog den Moni in die Höhe, der sich in seinem Jammer auf sein Gesicht zu Boden geworfen hatte. «Steh doch auf, du weißt ja, daß das Geißlein nun einmal dem Wirt gehört und er damit machen darf, was er will. Denk doch nicht mehr daran! Komm, ich weiß noch etwas: Sieh! Sieh!» Damit hielt Jörgli dem Moni die eine Hand hin, und mit der anderen deckte er den Gegenstand fast zu, den Moni bewundern sollte. Es funkelte aber ganz wunderbar aus der Hand heraus, denn die Sonne blitzte eben dort hinein.

«Was ist's?» fragte Moni, als es eben wieder aufblitzte, von einem Sonnenstrahl beleuchtet.

«Rate!»

«Ein Ring?»

«Nein, aber so etwas.»

«Wer hat dir's gegeben?»

«Gegeben? Niemand, ich hab es selbst gefunden.»

«Dann gehört es dir aber nicht, Jörgli.»

«Warum nicht? Ich habe es niemand genommen. Ich wäre fast mit dem Fuß darauf getreten, dann wär's doch zerbrochen. Ich kann es geradesogut behalten.»

«Wo hast du's gefunden?»

«Unten beim Badhaus, gestern abend.»

«So hat es jemand aus dem Haus unten verloren. Du mußt es dem Wirt sagen, und wenn du's nicht tust, so tu ich's heute abend.»

«Nein, nein, Moni, tu nur das nicht», sagte Jörgli jetzt bittend, «sieh, ich will dir zeigen, was es ist, und ich will es in einem von den Wirtshäusern an ein Zimmermädchen verkaufen, es muß mir aber gewiß vier Franken geben, dann gebe ich dir auch einen oder zwei, und dann weiß ja niemand etwas davon.»

«Ich will nichts! Ich will nichts!» unterbrach ihn Moni heftig, «und der liebe Gott hat alles gehört, was du gesagt hast.»

Jörgli schaute zum Himmel auf: «Ja, so weit weg?» sagte er zweifelnd. Er fing aber gleich an, leiser zu reden.

«Er hört dich doch», sagte Moni zuversichtlich.

Dem Jörgli war es nicht mehr recht geheuer. Wenn er nur den Moni auf seine Seite zu bringen wüßte, sonst war alles verloren. Er sann und sann. «Moni», sagte er plötzlich, «ich will dir etwas versprechen, was dich freut, wenn du keinem Menschen etwas von dem Gefundenen sagen willst. Du brauchst ja nichts davon zu nehmen, dann hast du ja nichts damit zu tun. Wenn du das willst, so will ich meinen Vater überreden, daß er doch das Mäggerli kauft, damit es nicht geschlachtet wird, willst du?»

In Moni entstand ein harter Kampf. Es war ein Unrecht, wenn er den Fund verheimlichen half. Jörgli hatte seine Hand aufgemacht: Es lag ein Kreuz darin, mit vielen Steinen besetzt, die in allen Farben funkelten. Moni sah wohl, daß das nicht ein wertloses Ding war, dem niemand nachfragen würde. Er fühlte wohl, daß es war, als ob er selbst behielte, was ihm nicht gehörte, wenn er schweigen würde. Aber auf der anderen Seite war das kleine, liebevolle Mäggerli, das sollte auf schreckliche Weise mit einem Messer getötet werden, und er konnte das verhindern, wenn er schweigen wollte. Eben jetzt lag das Geißlein so vertrauensvoll neben ihm, als wüßte es, daß er ihm immer helfen würde. Nein, er konnte es nicht geschehen lassen, er mußte es erretten helfen.

«So will ich, Jörgli», sagte er, aber ohne Freudigkeit.

«So schlag ein!» Und Jörgli hielt Moni seine Hand hin, daß er's hinein verspreche, denn nur so galt ein Versprechen unumstößlich.

Jörgli war sehr froh, daß er nun seiner Sache sicher war. Da aber Moni so still geworden war, er selbst auch viel weiter nach Hause hatte als Moni, fand er es für gut, mit seinen zwei Geißen aufzubrechen. Er verabschiedete sich von Moni und pfiff den beiden Gefährten, die sich unterdessen zu den weidenden Geißen des Moni gesellt hatten, aber nicht, ohne daß mehrere Zusammenstöße und Angriffe zwischen den beiden Parteien stattgefunden hatten. Denn die Fideriser Geißen hatten noch nicht gehört, daß man mit einem Besuch artig sein muß, und die Kübliser Geißen wußten nicht, daß man nicht gleich die besten Kräutlein aussuchen und die anderen Geißen davon wegdrücken darf, wenn man auf Besuch ist. Als nun der Jörgli ein Stück den Berg hinunter war, brach auch Moni mit seiner Schar auf. Aber er war ganz still, sang keinen Ton und tat kein Pfiffchen auf dem Heimweg.

Moni kann nicht mehr singen

Moni kam am folgenden Morgen gerade so still und niedergeschlagen wie am Abend vorher den Weg zum Badehaus hinan. Leise holte er die Geißen des Wirts heraus und stieg weiter hinauf, aber er sang keinen Ton, er tat keinen Jodler in die Luft hinauf. Er ließ seinen Kopf hängen und machte ein Gesicht, als fürchte er sich vor etwas. Hie und da blickte er auch scheu um sich, ob ihm nicht jemand nachkomme und ihn etwas fragen wolle.

Moni konnte gar nicht mehr lustig sein. Er wußte erst selbst nicht so recht, warum. Er wollte sich freuen, daß er das Mäggerli gerettet hatte, und wieder einmal singen. Aber er brachte es nicht heraus. Der Himmel war heute mit Wolken bedeckt, und Moni dachte, wenn die Sonne komme, werde es ihm schon wieder anders werden und er wieder lustig sein können.

Als er oben angekommen war, fing es ganz tüchtig zu regnen an. Er flüchtete unter den Regenfelsen, denn es goß bald in Strömen vom Himmel herunter.

Die Geißen kamen auch heran und stellten sich da und dort unter die Felsen. Die vornehme Schwarze hatte gleich ihren schönen glänzenden Pelz schonen wollen und war noch vor dem Moni unter den Felsen hineingekrochen. Sie saß jetzt hinter dem Moni und schaute aus dem behaglichen Winkel vergnüglich in den strömenden Regen hinaus. Das Mäggerli stand vor seinem Beschützer unter dem vorragenden Felsen und rieb zärtlich sein Köpfchen an seinem Knie, und dann schaute es erstaunt zu ihm auf. Denn der Moni sagte kein Wort, und das war das Zicklein nicht gewohnt. Auch seine Braune scharrte zu seinen Füßen und meckerte, denn er hatte den ganzen Morgen noch nichts zu ihr gesagt. Moni saß nachdenklich da, auf seinen Stecken gestützt, den er bei solchem Wetter immer zur Hand nahm, daß er an den steilen Stellen nicht ausglitsche; denn an solchen Tagen hatte er Schuhe an. Jetzt, da Moni stundenlang unter dem Regenfelsen saß, hatte er gute Zeit zum Nachdenken.

Jetzt überdachte Moni, was er dem Jörgli versprochen hatte, und es kam ihm nun nicht anders vor, als ob der Jörgli etwas gestohlen habe und er selbst dasselbe tue, weil ihm der Jörgli doch auch etwas dafür geben oder tun mußte. Er hatte doch getan, was unrecht war, und der liebe Gott war jetzt nicht mit ihm zufrieden. Das fühlte er in seinem Herzen, und es war ihm recht, daß es trübe war und regnete und er unter dem Felsen verborgen war, denn er hätte doch nicht wie sonst in den blauen Himmel hinaufsehen dürfen. Er fürchtete sich jetzt vor dem lieben Gott. Aber auch noch an anderes mußte Moni denken: Was, wenn nun das Mäggerli wieder über einen steilen Felsen hinunterfiele, und er wollte es holen? Der liebe Gott würde ihn dabei gar nicht mehr beschützen, und er dürfte auch nicht mehr zu ihm beten und rufen und hätte so keine Sicherheit mehr! Und wenn er dann ausglitschte und mit dem Mäggerli tief über die zackigen Felsen hinunterfiele und beide ganz zerrissen und zerbrochen unten im Abgrund lägen: O nein, sagte er angstvoll in seinem Herzen, so durfte es doch nicht kommen. Es mußte aufs neue so werden, daß er wieder beten und vor den lieben Gott mit allem kommen konnte, was ihm auf dem Herzen lag. Dann konnte er auch wieder fröhlich sein, das fühlte Moni. Er wollte das Gewicht fortwerfen, das ihn drückte, er wollte gehen und alles dem Wirt sagen – aber dann? Dann würde Jörgli seinen Vater nicht überreden, und der Wirt würde das Mäggerli totstechen. O nein! O nein! Das könnte er nicht aushalten, und er sagte: «Nein, ich tu es nicht, ich sage nichts!» Aber es war ihm nicht wohl dabei, und das Gewicht auf seinem Herzen wurde immer schwerer. So verfloß dem Moni der ganze Tag. Er kehrte abends so tonlos heim, wie er morgens gekommen war, und als unten beim Badehaus Paula stand und schnell zum Geißenstall hinübersprang und teilnehmend fragte: «Moni, was fehlt dir?

Warum singst du denn nicht mehr?», da kehrte er sich ab und sagte: «Kann nicht», und so schnell wie möglich machte er sich mit seinen Geißen davon.

Paula sagte oben zu ihrer Tante: «Wenn ich doch nur wüßte, was der Geißbub hat. Er ist ganz verändert, man kennt ihn gar nicht mehr – wenn er doch nur wieder sänge!»

«Es wird der schreckliche Regen sein, der den Buben so verstimmt», meinte die Tante.

«Nun kommt auch alles zusammen. Wir wollen doch heimfahren, Tante», bat Paula, «das Vergnügen hier ist aus. Erst verliere ich mein schönes Kreuz, und es ist nicht mehr zu finden. Dann kommt dieser endlose Regen, und nun ist nicht einmal mehr der lustige Geißbub zu hören. Wir wollen fort!»

«Die Kur muß zu Ende gebracht werden, da kann nichts helfen», erklärte die Tante.

Dunkel und grau war es auch am folgenden Morgen, und der Regen strömte unausgesetzt nieder. Moni brachte seinen Tag gerade so zu wie den vorhergegangenen. Er saß unter dem Felsen, und seine Gedanken gingen ruhelos immer im Kreise herum. Denn wenn er sich einmal entschloß: «Jetzt will ich gehen und das Unrecht gestehen, daß ich wieder zum lieben Gott aufsehen darf» – da sah er wieder das Zicklein unter dem Messer vor sich. Alles fing wieder von vorn an in ihm, daß er von Denken und Grübeln und von dem Gewicht, das er trug, am Abend ganz müde war und unter dem strömenden Regen heimschlich, als merke er nichts davon.

Beim Badehaus unten stand der Wirt unter der Haustür und fuhr Moni an: «Komm endlich mit ihnen, sie sind naß genug! Was kriechst du auch wie eine Schnecke den Berg herunter! Es wundert mich überhaupt, was mit dir ist.»

So unfreundlich war der Wirt noch nie gewesen, im Gegenteil, immer hatte er dem fröhlichen Geißbuben die freundlichsten Worte zugerufen. Aber Monis verändertes Wesen gefiel ihm nicht, und dazu war er sonst noch übler

Laune, denn Fräulein Paula hatte ihm ihren Verlust geklagt und fest versichert, das kostbare Kreuz könne nur im Hause oder unmittelbar vor der Hautür verlorengegangen sein, denn sie sei an jenem Tage nur hinausgetreten, um abends den heimkehrenden Geißbuben singen zu hören. Daß man aber sagen sollte, es könne in seinem Hause ein so wertvoller Schmuck verlorengehen, ohne daß man ihn wieder erhalte, machte ihn sehr böse. Er hatte auch den Tag vorher das ganze Dienstpersonal versammelt, es verhört und bedroht und endlich dem Finder eine Belohnung ausgesetzt. Das ganze Haus war über den verlorenen Schmuck in Aufruhr.

Als Moni mit seinen Geißen an der Vorderseite des Hauses vorbeiging, stand Paula dort. Sie hatte auf ihn gewartet. Es wunderte sie sehr, daß er immer noch nicht wieder singen und lustig sein könne.

Als er nun vorbeischlich, rief sie: «Moni, Moni! Bist du denn noch derselbe Geißbub, der vom Morgen bis zum Abend sang:

‹Und so blau ist der Himmel,
und i freu' mi fast z' Tod?›»

Moni hörte wohl die Worte, gab aber keine Antwort. Doch sie machten einen großen Eindruck auf ihn.

Oh, wie war's doch so anders, als er den ganzen Tag fröhlich singen konnte und es ihm gerade so zumute war, wie er sang. Oh, wenn es doch wieder so sein könnte!

Wieder zog Moni nach seiner Höhe hinauf, still und freudlos und ohne Gesang. Der Regen hatte nun aufgehört, aber düster hingen ringsum die Nebel an den Bergen, und der Himmel war noch voller Wolken. Moni setzte sich wieder unter den Felsen und kämpfte mit seinen Gedanken. Gegen Mittag fing der Himmel an, sich aufzuklären. Es wurde heller und heller. Moni kam aus seiner Höhle hervor und schaute umher. Die Geißen sprangen wieder lustig hin und her, auch das Zicklein war ganz mutwillig vor Freude über die wiederkehrende Sonne und machte die fröhlichsten Sprünge.

Moni stand draußen auf der Kanzel und sah, wie es unten im Tal und oben über die Berge hin immer schöner und heller wurde. Jetzt teilten sich die Wolken, und der lichtblaue Himmel schaute so lieblich und freundlich herunter. Es war Moni, als schaue der liebe Gott aus dem lichten Blau zu ihm nieder, und auf einmal war es in seinem Herzen ganz klar, was er tun mußte. Er konnte das Unrecht nicht mehr mit sich herumtragen, er mußte es ablegen. Jetzt ergriff Moni das Zicklein, das neben ihm umhersprang, nahm es in seinen Arm und sagte voller Zärtlichkeit:

«Oh, Mäggerli, du armes Mäggerli! Ich habe gewiß getan, was ich konnte, aber es ist ein Unrecht, und das darf man nicht tun. Oh, wenn du nur nicht sterben müßtest, ich kann es nicht aushalten!» Und nun fing Moni an, so sehr zu weinen, daß er nicht mehr weiterreden konnte, und das Zicklein meckerte wehmütig und kroch tief unter seinen Arm, als wollte es sich ganz bei ihm verstecken und in Sicherheit bringen. Jetzt hob Moni das Geißlein auf seine Schultern: «Komm, Mäggerli, ich trag dich heute noch einmal heim, vielleicht kann ich dich bald nicht mehr tragen.»

Als der Zug unten beim Badehaus war, stand Paula wieder auf der Wacht. Moni stellte das Junge mit der Schwarzen in den Stall hinein, und anstatt weiterzuziehen, kam er heran und wollte an dem Fräulein vorbei ins Haus gehen. Sie hielt ihn an.

«Immer noch ohne Gesang, Moni? Wo willst du hin mit dem Jammergesicht?»

«Ich muß etwas anzeigen», erwiderte Moni, ohne die Augen aufzuschlagen.

«Anzeigen? Was denn? Darf ich's nicht wissen?»

«Ich muß zum Wirt, es ist etwas gefunden worden.»

«Gefunden? Was denn? Ich habe auch etwas verloren, ein schönes Kreuz.»

«Ja, das ist es gerade.»

«Was sagst du?» rief Paula in höchster Überraschung. «Ist es ein Kreuz mit funkelnden Steinen?»

«Ja, gerade so eins.»

«Wo hast du's denn gefunden, Moni? Gib's doch her. Hast du's denn gefunden?»

«Nein, der Jörgli von Küblis.»

Nun wollte Paula wissen, wer der sei und wo er wohne, und wollte auf der Stelle jemand nach Küblis hinunterschikken, das Kreuz zu holen.

«Ich will geschwind zu ihm gehen, und wenn er's noch hat, will ich's bringen», sagte Moni.

«Wenn er's noch hat?» rief Paula, «warum sollte er's nicht mehr haben? Und wie weißt du denn von allem, Moni? Wann hat er's gefunden, und wie hast du's denn vernommen?»

Moni schaute zu Boden. Er durfte nicht sagen, wie alles zugegangen war und wie er geholfen hatte, den Fund zu verheimlichen, bis er es nicht mehr hatte ertragen können.

Aber Paula war sehr gut gegen Moni. Sie nahm ihn auf die Seite, setzte sich auf einen Baumstamm zu ihm hin und sagte mit der größten Freundlichkeit:

«Komm, erzähl mir, wie es alles zugegangen ist, Moni, ich möchte so gern alles von dir wissen.»

Nun faßte der Moni Zutrauen und fing an und erzählte die ganze Sache. Er teilte ihr auch jedes Wort mit von seinen Kämpfen um Mäggerlis willen und wie er so alle Freude verloren hatte und nicht mehr zum lieben Gott aufschauen durfte und daß er's dann heute nicht mehr länger ertragen konnte.

Jetzt redete Paula sehr freundlich mit ihm und sagte, er hätte nur gleich kommen und alles anzeigen sollen, und es sei recht, daß er ihr jetzt alles so aufrichtig gesagt habe, es solle ihn nicht gereuen. Dann sagte sie, dem Jörgli könne er zehn Franken versprechen. Er solle sie bekommen, sobald sie das Kreuz wieder in Händen habe.

«Zehn Franken?» wiederholte Moni voller Erstaunen, denn er wußte ja, wie Jörgli es anfangs hatte verkaufen wollen. Jetzt stand Moni auf. Er wollte noch heute nach Küblis hinunter, und wenn er das Kreuz bekäme, es gleich morgen früh mitbringen. Nun lief er davon und konnte wieder ganz große Sprünge machen. Er hatte wieder ein viel leichteres Herz, das schwere Gewicht drückte ihn nicht mehr zu Boden.

Daheim stellte er nur seine Geiß ein, sagte der Großmutter, er habe noch einen Auftrag auszurichten, und rannte sogleich gegen Küblis hinunter. Er fand den Jörgli daheim und sagte ihm gleich, was er getan hatte. Der wurde erst sehr aufgebracht, aber als er nun bedachte, daß alles bekannt sei, zog er das Kreuz heraus und fragte: «Gibt sie mir auch etwas dafür?»

«Ja, jetzt kannst du sehen, Jörgli», sagte Moni entrüstet, «auf dem ehrlichen Wege hättest du gleich zehn Franken bekommen und auf deinem Lügenweg doch nur vier. Die zehn bekommst du nun.»

Jörgli war sehr überrascht. Jetzt reute es ihn, daß er nicht gleich mit dem Kreuz ins Badehaus gegangen war, nachdem er es vor der Türe aufgelesen hatte; denn er hatte doch nun kein gutes Gewissen und hätte es doch so anders haben können!

Aber jetzt war's zu spät. Er übergab das Kreuz dem Moni, und dieser eilte damit heim. Es war ja schon ganz Nacht geworden.

Moni singt wieder

Paula hatte Befehl gegeben, daß man sie am frühen Morgen wecken sollte, denn sie wollte auf dem Platze sein, wenn der Geißbub käme; sie wollte selbst mit ihm verhandeln. Am Abend hatte sie noch eine lange Unterredung mit dem Wirt gehabt und war dann sehr befriedigt aus seiner Stube herausgekommen. Sie mußte etwas Erfreuliches mit ihm ausgemacht haben!

Als der Geißbub am Morgen mit seiner Herde herankam, stand Paula schon vor dem Haus und rief: «Moni, kannst du denn immer noch nicht singen?»

Er schüttelte den Kopf: «Nein, ich kann's nicht. Ich muß jetzt immer an das Mäggerli denken, wie lange es wohl noch mit mir auf die Weide gehen wird. Ich kann nicht mehr singen, solange ich lebe, und hier ist das Kreuz.»

Damit übergab er ihr ein kleines Päckchen; denn die Großmutter hatte es ihm sorgfältig in drei oder vier Papiere gewickelt.

Paula schälte das Kreuz aus den Hüllen heraus und betrachtete es genau. Es war wirklich ihr schönes Kreuz mit den funkelnden Steinen und völlig unversehrt.

«So, Moni», sagte sie nun freundlich, «du hast mir eine große Freude gemacht, denn ohne dich hätte ich wohl mein Kreuz nie mehr gesehen. Nun will ich dir auch eine Freude machen: Geh, hol das Mäggerli dort aus dem Stall, es gehört jetzt dir!»

Moni starrte das Fräulein in einem Erstaunen an, als sei es unmöglich, ihre Worte zu verstehen. Endlich stotterte er: «Aber wie – wie könnte das Mäggerli mein sein?»

«Wie?» wiederholte Paula lächelnd, «sieh, gestern abend habe ich es dem Wirt abgekauft, und heute morgen schenke ich es dir. Kannst du jetzt wieder singen?»

«Oh, oh, oh!» stieß Moni heraus und rannte wie ein Unsinniger auf den Stall zu, zog das Geißlein heraus und nahm es auf den Arm. Dann kam er zurückgesprungen, streckte dem Fräulein seine Hand entgegen und sagte ein ums andere Mal: «Ich danke tausend, tausendmal! Vergelt's Gott! Und wenn ich Ihnen nur einen Gefallen tun könnte!»

«So, jetzt stimm einmal an. Wir wollen doch sehen, ob es wieder klingt!» sagte Paula.

Da stimmte Moni sein Lied an und zog nun den Berg hinauf mit den Geißen, und seine Jubeltöne schmetterten so ins Tal hinab, daß im ganzen Badehaus keiner war, der sie nicht hörte, und mancher drehte sich auf seinem Kissen um und sagte: «Der Geißbub hat wieder gut Wetter.» Es freute aber alle, daß er wieder sang, denn sie hatten sich alle an den fröhlichen Wecker gewöhnt, die einen zum Aufstehen, die anderen zum Weiterschlafen.

Als Moni oben von der ersten Höhe das Fräulein immer noch unten vor dem Hause stehen sah, trat er besonders weit hinaus und sang hinunter, so laut er konnte:

«Und so blau ist der Himmel,
und i freu' mi fast z' Tod.»

Den ganzen Tag über war in Monis Mund nur ein Freudenjauchzen. Alle Geißen wurden angesteckt und hüpften und sprangen umher, als wäre ein großes Fest da oben. Und die Sonne schien so fröhlich vom blauen Himmel herunter, und nach dem großen Regen waren auch alle Kräutlein so frisch und die gelben und roten Blümlein so glänzend. Dem Moni war's, als habe er Berg und Tal und die ganze Welt noch nie so schön gesehen. Sein Zicklein ließ er den ganzen Tag nicht von sich weg. Er zog ihm die besten Kräutlein aus und fütterte es und sagte immer wieder: «Mäggerli, du gutes Mäggerli, du mußt nicht sterben, du bist jetzt mein und kommst mit mir auf die Weide hinauf, solange wir leben.» Und mit schallendem Singen und Jodeln kam Moni auch am Abend wieder herunter, und nachdem er die Schwarze zu ihrem

Stall geführt hatte, nahm er das Zicklein auf den Arm; es kam ja nun mit ihm nach Haus. Das Mäggerli machte auch gar keine Miene, als wollte es lieber dableiben, sondern schmiegte sich an den Moni an und fühlte sich unter dem allerbesten Schutz. Denn Moni hatte es ja schon lange besser und zärtlicher behandelt als die eigene Mutter.

Als aber Moni so bei der Großmutter einzog, sein Mäggerli auf der Schulter, da wußte diese gar nicht, was sie sah, und Monis Rufen schon von ferne: «Es gehört mir, Großmutter, es gehört mir!» erklärte ihr die Sache noch lange nicht. Aber Moni konnte noch nicht erzählen. Erst lief er nach dem Stall, und dort, hart neben der Braunen, damit es sich nicht fürchte, machte er dem Mäggerli ein schönes, weiches Lager von frischer Streu, legte es darauf und sagte: «So, Mäggerli, nun schlaf gut in der neuen Heimat! So sollst du's immer haben. Alle Tage mache ich dir ein neues Bettlein!»

Erst jetzt kam Moni zu der verwunderten Großmutter zurück, und wie sie nun zusammen bei ihrem Nachtessen saßen, erzählte er ihr die ganze Geschichte von Anfang an, seine drei kummervollen Tage und den heutigen beglückenden Schluß. Die Großmutter hörte ganz still und aufmerksam zu, und als er zu Ende war, sagte sie ernsthaft: «Moni, wie es dir jetzt gegangen ist, das mußt du dein Leben lang im Sinn behalten! Während du dir den schweren Kummer mit Unrecht-Tun machtest, um dem Tierlein zu helfen, hatte der liebe Gott schon lange ihm zur Hilfe und dir zur Freude einen Weg gefunden. Du mußtest nur erst tun, was vor ihm recht war. Hättest du gleich recht getan und auf Gott vertraut, so wäre gleich alles gutgegangen. Jetzt hat der liebe Gott dir so über alles Verdienen geholfen, daß du es dein Leben lang nicht vergessen darfst.»

«Nein, ich will es auch gewiß nie vergessen», sagte Moni mit eifriger Zustimmung, «und gewiß immer gleich denken: Ich muß nur tun, was vor dem lieben Gott recht ist, das andere bringt er schon in Ordnung.»

Bevor aber Moni sich schlafen legen konnte, mußte er noch einmal in den Stall und sein Geißlein anschauen, ob es auch wirklich möglich sei, daß es draußen liege und ihm angehöre.

Der Jörgli bekam nach Versprechen seine zehn Franken; aber so leicht sollte er denn doch nicht von der Sache loskommen.

Als er wieder ins Badehaus kam, wurde er vor den Wirt geführt. Der nahm den Burschen beim Kragen, schüttelte ihn tüchtig und sagte bedrohlich: «Jörgli, Jörgli! Versuche du kein zweites Mal mehr, mein ganzes Haus in Verruf zu bringen. Kommt noch ein einziges Mal so etwas vor, so kommst du auf eine Art zu meinem Haus hinaus, die dir nicht gefällt! Sieh, dort oben steckt ein ganz zügiges Weidenrütchen für solche Fälle. Jetzt geh und denk dran!»

Aber noch eine Folge hatte der Vorgang für den Buben: Wenn von nun an irgend etwas im Badehause verlorengegangen war, gleich rief die ganze Dienerschaft: «Das hat der Jörgli von Küblis!» Und kam dieser nachher ins Haus, so drangen sie alle miteinander auf ihn ein und riefen: «Gib's her, Jörgli! Gib's heraus!» Und wie er auch versicherte, er habe nichts und wisse nichts, sie schrien ihn alle an: «Dich kennt man schon!» und: «Uns fängst du nicht!»

So hatte der Jörgli fortwährend solche Angriffe zu bestehen und fast keinen ruhigen Augenblick mehr; denn wenn er jetzt nur jemand auf sich zukommen sah, so glaubte er schon, der komme, um ihn zu fragen: «Hast du nicht dies oder das gefunden?» So war es dem Jörgli nie mehr recht wohl zumute, und hundertmal dachte er: Hätt ich doch jenes Kreuz auf der Stelle zurückgegeben! In meinem ganzen Leben behalt ich nichts mehr, das mir nicht gehört.

Der Moni aber hörte den ganzen Sommer nicht auf zu singen und zu jodeln, denn es war ihm so wohl da droben bei seinen Geißen wie kaum einem anderen Menschen auf der Welt. Aber oftmals, wenn er so in seinem Wohlsein ausgestreckt auf der Felsenkanzel lag und in das sonnige Tal hinabschaute, mußte er daran denken, wie er damals mit seinem schweren Gewicht auf dem Herzen auf dem Regenfelsen gesessen hatte und alle Freude aus war, und er sagte jedesmal in seinem Herzen: «Ich weiß schon, wie ich's mache, daß es nie mehr so kommt: Ich tue nichts mehr, wenn ich dabei nicht fröhlich zum Himmel hinaufsehen kann.»

Begab es sich aber, daß der Moni sich zu lange in seine Betrachtungen vertiefte, so kam wohl eine oder die andere der Geißen heran, schaute verwundert nach ihm aus und suchte ihn zur Gesellschaft zurückzumeckern, was er aber manchmal ziemlich lange nicht hörte. Nur wenn sein Mäggerli kam und mit Verlangen nach ihm rief, dann hörte er es gleich und kam ihm auch auf der Stelle entgegengesprungen, denn sein anhängliches Geißlein war und blieb Monis liebstes Gut.

Was der Großmutter Lehre bewirkt

Der Kummer der alten Waschkäthe

Die alte Waschkäthe saß in ihrem Stübchen im einsamen Berghüttchen und schaute nachdenklich auf ihre gekrümmten Hände, die sie vor sich auf die Knie gelegt hatte. Bis der letzte Abendschein hinter den fernen Waldhöhen drüben verglommen war, hatte sie emsig an ihrem Spinnrad fortgearbeitet. Jetzt hatte sie es ein wenig beiseite gerückt; die Hände, die so gekrümmt und zerarbeitet aussahen, mußten wohl müde sein. Die Alte seufzte auf und sagte vor sich hin: «Ja, wenn ich noch könnte wie damals!» Sie meinte wohl arbeiten, denn das hatte sie ihr Leben lang tapfer getan und viel ausgerichtet.

Nun war sie alt geworden, und die ehemals so rüstige und unermüdliche Waschfrau konnte gar nichts mehr tun als ein wenig spinnen, und das trug so wenig ein. Dennoch hatte sie sich schon seit ein paar Jahren auf diese Weise durchgebracht und noch dazu ihr Enkelkind erhalten, das bei ihr lebte und noch nicht viel verdienen konnte. Es hatte allerdings auch seine kleinen Einnahmen, denn es war ein flinkes und anstelliges Kind.

Heute erfüllte die Großmutter aber noch ein besonderer Kummer, der ihr schon seit dem frühen Morgen das Herz schwer gemacht hatte. Ihr Enkelkind, die fröhliche Trini, die sie von klein auf erzogen hatte, war in ihr zwölftes Jahr eingetreten. Sie sollte im Frühling aus der Schule entlassen werden und dann in einen Dienst gehen. Heute früh nun war der ferne Vetter der Großmutter unten aus dem Reußtal heraufgekommen und hatte der alten Base den Vorschlag gemacht, das Kind ihm zu übergeben. Er hatte zwar selbst nicht viel und konnte sonst nichts geben; aber es war dort unten, in der neuen Fabrik, die an der wasserreichen Reuß erbaut worden war, ein guter Verdienst zu finden. Dort konnte Trini die Woche durch ein schönes Stück Geld erwerben und daneben die nötige Arbeit in seinem Hause verrichten; dafür wollte er sie beherbergen. Da seine Frau kränklich war und sie keine Magd anzustellen vermochten, war ihnen das Kind erwünscht, denn sie wußten, daß es groß und kräftig und sehr anstellig war.

Die Großmutter hatte schweigend zugehört, aber in ihrem Herzen hatten die Worte einen großen Kampf entfacht. Der Vetter wünschte auch, daß das Kind schon im Herbst herunterkomme, das Schuljahr könne schon um die Hälfte gekürzt werden. Es wisse genug und könne dann gleich etwas verdienen, und seine Frau hätte es im Winter besonders nötig. Die Großmutter hatte noch immer nichts gesagt. Jetzt, als der Vetter drängte und gleich das Jawort haben wollte, sagte sie, er müsse ihr ein wenig Zeit lassen, vor dem Herbst eile es ja nicht mit dem Entschluß. Sie sehe den Vorteil des Kindes wohl ein, aber sie müsse sich erst die Gedanken noch zurechtlegen und dann auch mit dem Kinde reden. Der Vetter war nicht recht zufrieden. Er hätte gern gleich alles festgemacht und den Tag bestimmt, wann Trini herunterkommen sollte. Er meinte, mit dem Kind sei doch nichts zu reden, das habe noch keine Vernunft und kenne seinen eigenen Vorteil nicht. Aber die Großmutter blieb standhaft. Gegen den Herbst möge er noch einmal kommen, dann solle er bestimmte Antwort haben. Wenn es so beschlossen sei, so könne er dann das Kind gleich selbst mitnehmen, für den Augenblick könne sie nichts Weiteres sagen. Dabei blieb sie. Der Vetter sah, daß da weiter nichts zu machen war. Er ermahnte die alte Base nochmals, des Kindes Vorteil nicht außer acht zu lassen. Es sei ja doch auch ihr eigener Vorteil, wenn das Kind etwas verdiene und sie nachher auch unterstützen könne. Dann ging er.

Schon den ganzen Tag während der Arbeit waren des Vettes Worte der Großmutter nachgegangen, aber sie hatte noch nicht Zeit gehabt, sie so recht zu überdenken. Jetzt, in der Dämmerung, sann sie der Sache Schritt für Schritt nach, und sie mußte ein paarmal tief aufseufzen. Der Vetter hatte recht, es war ein großer Vorteil für das Kind, daß es in sein Haus eintreten konnte, um von da aus in der Fabrik einen sicheren Verdienst zu finden. Sie wußte selbst keinen vorteilhafteren Weg für das Kind, sie wußte eigentlich gar keinen. Ringsherum waren nur kleine Gütchen, die die Leute alle selbst bebauten. Sie hatten dabei an ihren eigenen Kindern Hilfe genug. Wer eine Magd einstellte, wie es unten im Pfarrhaus oder im Amtshaus oder in dem neuen Wirtshaus die Frauen taten, der nahm ältere Mädchen, kräftigere, fertige Personen, die Küche und Garten zu regieren wußten. Auch die Goldäpfelbäuerin auf dem großen, obstreichen Hof hatte immer eine Magd, aber auch eine große, starke, die ihr in allem helfen konnte, und auch eine solche konnte nie lange bei der Bäuerin bleiben. Wenn ihr also nicht einmal eine erwachsene Person die Arbeit recht machen konnte, was wäre dann ein Kind für sie, wie die Trini noch war! Daß das Kind aber auf das Frühjahr, wenn es aus der Schule entlassen wurde, eine Arbeit suchen mußte, das sah die Großmutter wohl ein. Seit sie nicht mehr wie früher überallhin als Wäscherin auf die Arbeit gehen konnte, sondern nur mühsam mit ihren gekrümmten Fingern ihr wohlfeiles Gespinst zuwege brachte, konnte sie nur noch knapp sich und das Kind erhalten, und mit jedem Tage konnte es schwerer für sie werden.

Und doch, sich von dem Kinde trennen, das kam der

Großmutter als das Allerschwerste vor, das sie erleben konnte. Und würde auch die neue Aufgabe für das junge Kind nicht zu schwer sein? Die Alte wußte wohl, wie es bei dem Vetter war: Er selbst hatte eine rohe und unfreundliche Art und war meistens unwirsch, daß seine Frau immer halb krank und dadurch auch nicht gut gelaunt war. Sie saß meistens freudlos in ihrer Ofenecke und sagte kein Wort. Nun war es wohl so schlimm mit ihr geworden, daß der Mann daran denken mußte, eine Hilfe ins Haus zu holen. Da hätte das Kind die Geschäfte im Hause alle allein zu besorgen und dann erst zur Arbeit in die Fabrik zu gehen, wenn etwas verdient werden sollte. War nun für all diese Arbeit das Kind nicht noch zu jung? Und würde es ihm nicht gar zu schwerfallen, von der Großmutter weg, die es so liebhatte, in ein fremdes Haus weit fortzukommen und zur überschweren Arbeit nie ein Wort der Liebe und des Trostes zu hören? Das war ihr liebes Trineli nicht gewohnt. Der Großmutter trat jener Tag vor Augen, da es ihr ins Haus gebracht worden war, ein kleines, hilfloses Ding, das niemand brauchen konnte und das niemand hüten wollte. Damals hatte sie noch rüstige Hände und gute Kräfte, und wenn sie auch früh und spät tätig sein mußte, sie tat es gern. Die Waschkäthe hatte drei Kinder gehabt, zwei Söhne und eine Tochter. Ihr Mann war an einem hitzigen Fieber gestorben, als die Kinder alle drei noch ganz klein waren. Da hatte die Käthe zu arbeiten, soviel sie nur vermochte, daß die Kleinen immer bekleidet blieben und keinen Mangel litten. Tag und Nacht war sie an der Arbeit, und jedermann ringsum rief sie zur Hilfe bei den großen Wäschen, denn man wußte wohl, keine arbeitete so gut wie die Käthe, die wegen dieser Tätigkeit überall nur die Waschkäthe hieß. Als ihre Söhne groß waren, bekamen sie Lust, in die Ferne zu wandern. Sie gingen miteinander nach Amerika. Die Tochter verheiratete sich und zog ins Tal hinab. Aber nicht viel mehr als ein Jahr danach starb sie plötzlich ganz jung. Das betrübte ihren Mann so sehr, daß er es daheim nicht mehr aushalten konnte. Er brachte das kleine Trineli zur Großmutter hinauf und sagte: «Da, Mutter, nehmt Ihr das Kind, ich weiß nichts damit zu machen; ich muß fort, es leidet mich hier nicht mehr.» Dann ging er zu den Schwagern nach Amerika. Von dem Tage an hatte die Waschkäthe eine neue Sorge, aber auch eine neue, große Freude nach vielem Kummer und Leid. Das kleine Trineli entwickelte sich schnell und vergalt der guten Großmutter ihre Mühe und Arbeit mit einer ungewöhnlichen Liebe und Anhänglichkeit und auch mit vieler Kurzweil, denn das Kind war so fröhlich und lebendig wie ein munteres Fischlein im Wasser. Mit jedem Jahr wurde es der Großmutter lieber und unentbehrlicher. – Alle diese vergangenen Tage stiegen nun in die Dämmerung vor der alten Waschkäthe auf, und der Gedanke, das Kind so weit und vielleicht für alle Zeit von sich zu lassen, machte ihr das Herz immer schwerer. Aber sie kannte einen Tröster, der ihr schon durch manche Trübsal geholfen und auch manches Leid in einen Trost für sie verwandelt hatte. Den wollte sie doch nicht vergessen. Lieber, als so die schweren Gedanken in ihrem Inneren hin und her zu wälzen, wollte sie jetzt die Sache dem lieben Gott übergeben. Mußte es sein und mußte dieses Leid der Trennung über sie ergehen, so hatte doch der liebe Gott seine Hand dabei. Es konnte ja alles zum Besten des Kindes so geordnet sein, und sein Wohl ging ihr noch über das eigene. Als die Großmutter in ihrem Sinnen so weit gekommen war, faltete sie still die Hände und sagte andächtig vor sich hin:

«Drum, meine Seele, sei du still
zu Gott, wie sich's gebühret,
wenn er dich so, wie er es will,
und nicht, wie du willst, führet.
Kommt dann zum Ziel der dunkle Lauf,
tust du den Mund mit Freuden auf,
zu loben und zu danken.»

In den Erdbeeren

Während die alte Käthe so still sinnend erst an ihrem Spinnrad und dann in der Dämmerung saß, ging es droben am Sonnenrain ziemlich laut zu. Hier wuchs jedes Jahr eine Fülle der schönsten, saftigsten Erdbeeren. Wenn sie recht reif waren, schien es oft, als ob ein großer, dunkelroter Teppich vom Sonnenrain herunterhinge, der in der Sonne glühte. Der Platz war den Kindern von «Hochtannen» – wie das kleine, aus zerstreuten Häusern bestehende Bergdörfchen hieß – wohlbekannt. Sie wußten auch recht gut, daß, wenn man die Beeren recht ausreifen ließ, ein schöner Gewinn damit zu erzielen war, denn diese ungewöhnlich großen, saftreichen Beeren wurden überall gern gekauft. So gaben die Kinder selbst acht aufeinander, daß die Beeren nicht etwa geholt wurden, bevor sie die rechte Reife erlangt hatten. Erscholl aber an einem schönen Junitage unter den Schulkindern der Ruf: «Sie sind reif am Sonnenrain! Sie sind reif!» – dann stürzte noch an demselben Abend die ganze Schar hinaus, jedes mit seinem Korbe in der Hand, immer eines das andere überholend, denn jedes wollte zuerst auf dem Platz sein und die schönsten und reifsten Beeren finden. Die mitgebrachten Körbe, Kratten genannt, hatten alle dieselbe Form, aber verschiedene Größen. Sie hatten die Form von Zylinderhüten, mit dem Unterschiede, daß bei diesen die Öffnung unten ist, wo der Kopf hineingesteckt wird, bei jenen aber oben, wo die Erdbeeren hineingeworfen werden. War dann unter der eifrigen Arbeit des Sammelns, teils in die Kratten und teils in den Mund hinein, der Abend gekommen und brach die Dämmerung herein, da man die dunkelroten Beeren nicht mehr von den halbreifen unterscheiden konnte, so wurde allseitig zum Schluß aufgerufen. Dann deckte man die Kratten mit großen Blättern zu und befestigte zwei hölzerne Stäbchen kreuzweise darüber, damit der Wind die Blätter nicht entführe. Nun stimmte man das Erdbeerlied an, und voller Fröhlichkeit zog die ganze Schar heimwärts, alle aus vollen Kehlen singend:

«Erdbeeren rollen,
die Kratten all, die vollen,
Erdbeeren mit Stielen,
jetzt trägt man sie heim, die vielen,
Erdbeeren an Ästen,
die meinen sind die besten!»

Am schnellsten und am rührigsten aber von allen war das Großkind der alten Waschkäthe, die lustige Trini. Immer wußte sie, wo die schönsten Beeren standen und wo noch am wenigsten abgeweidet war. Dann schoß sie dahin und rupfte mit einer Gewandtheit, daß kein anderes neben ihr aufkam und die Langsamen in ihrer Nähe gar nichts erwischten. Auf einen kleinen Puff kam es Trini dabei auch nicht an, wenn ihr eine schöne Stelle besonders ins Auge fiel, wo schon ein anderes Ernte hielt. Niemals arbeitete sie in den Mund hinein, bis ihr Kratten so voll war, daß sie eben noch die hölzernen Stäbchen über den Blättern festmachen konnte, ohne die zarten Früchte zusammenzudrücken. Erst dann kamen noch einige der süß duftenden Beeren in den Mund und schmeckten herrlich nach der heißen Arbeit. Vorher hätten sie aber Trini gar nicht geschmeckt, denn es war ihr, als gehörten sie alle der Großmutter, bis keine einzige Beere mehr in den Kratten hineinging. Trini hatte einen großen Eifer, für ihre liebe Großmutter auch etwas zu tun. Sie fühlte wohl, wie aufopfernd und gut sie zu ihr war und wie hart sie immer noch arbeitete, daß sie beide keinen Mangel zu leiden brauchten. Sie hatte auch ihr Leben lang nie andere als liebevolle Worte von ihr gehört, und wie manchmal hatte sie erfahren, daß sie viel lieber sich selbst als ihr etwas versagte. Dafür hing sie auch mit dem ganzen Herzen an der Großmutter, und mit Freude sah sie die Beerenzeit wiederkommen, da sie täglich ihren vollen Kratten heimbringen oder ihn dahin tragen konnte, wohin er bestellt war, um dann ein schönes Geldstück einzuernten. Das war für die Großmutter eine reichliche Einnahme, die freilich nur eine kurze Zeit dauerte. Soviel brachten aber nur die allergrößten Kratten ein, und diese hatten Trini und die kleine, bleiche Maneli. Diese konnte aber niemals ihren Kratten auch nur zur Hälfte füllen. Maneli, die eigentlich Marianne hieß, war mit Trini in gleichem Alter. Beide saßen auf derselben Schulbank, aber sie sahen sehr verschieden aus. Trini war groß und stark, hatte feste, runde Arme und rote Backen und fürchtete sich vor den größten Buben in der Schule nicht, denn sie wußte sich zu wehren. Maneli aber war schmal und blaß, dabei schüchtern gegen alle. Sie war sehr ärmlich gekleidet und sah aus, als bekomme sie nicht recht zu essen, was auch wohl sein konnte, denn sie hatte noch fünf kleinere Geschwister, und ihre Mutter war viel krank. Der Vater, der auf Taglohn ging, brachte nicht immer soviel heim, daß es zu allem langte. Eben jetzt, da die Dämmerung heranrückte, hatte Trini die kraftlose Maneli mit einem ziemlichen Puff auf die Seite geschoben, denn sie stand an einer Stelle, die mit besonders großen Beeren bedeckt war, und Trini wollte flugs ihren Kratten damit fertig füllen. Es gelang ihr auch, und allen anderen voraus rief sie jetzt siegreich: «Voll! Fertig! Heim! Heim!» Nun riefen auch die anderen: «Heim! Heim!», und schon hatte sich Trini mit ihrem vollen, schön verpackten Kratten hingestellt, um den Zug anzuführen, und mit heller Stimme begann sie zu singen:

> «Erdbeeren rollen,
> die Kratten all, die vollen.»

Als die Schar singend und jauchzend die ersten Häuser erreicht hatte, stoben die Kinder plötzlich alle auseinander, die einen aufwärts, die anderen abwärts. Trini lief aus allen Kräften den Berg hinauf, denn sie hatte noch einen ziemlich langen Weg zu machen. Das Häuschen der Großmutter stand hoch oben und war das höchste von ganz Hochtannen. Jetzt kam Trini am Hof der Goldapfelbäuerin vorbei. Die schaute eben über die Hecke, die den Hof umschloß, und als sie das Kind so vorbeirennen sah, rief sie ihm zu: «Komm doch einmal hierher und zeig mir deine Beeren!»

Trini war in ihrem Eifer schon ein gutes Stück über die Stelle hinaus, wo die Bäuerin stand. Aber sie kam schleunigst zurück, denn die Aussicht, die Beeren gleich anzubringen, war ihr sehr erfreulich.

«Hast du auch etwas Rechtes? Zeig her!» fuhr die Bäuerin fort, da nun Trini an der Hecke stand und ihren Kratten zu ihr emporhob. «Ich kaufe sonst keine solche Ware, es wächst mir Besseres auf meinem Hof. Aber man sagt, eingekocht sei das Zeug gut gegen allerhand Übel. So gib's her! Was geben sie dir unten im Wirtshaus für soviel?»

«Einen Franken», antwortete Trini.

«So, das ist auch genug für solches Beerenzeug. Aber du mußt's haben um deiner Großmutter willen, das ist eine brave Frau, die arbeitet. Du bringst ihr doch das Geld heim und machst keine Firlefanzereien damit?»

«Nein, das tu ich nicht», entgegnete Trini und sah die Bäuerin mit Augen an, die denen einer kleinen, wilden Katze nicht unähnlich waren, denn über diesen Verdacht kochte der Zorn in ihr auf. Die Bäuerin lachte: «Nur nicht gleich so aufgebracht, so etwas kommt auch vor. Aber komm, wir wollen wieder gut Freund sein! Da, das ist der Franken für die Großmutter, und wenn ich dir noch einen Batzen für dich gebe, so wird's dir auch nicht leid sein. So, jetzt spring wieder!»

Trini dankte hoch erfreut und lief davon, hörte auch nicht auf zu rennen, bis sie oben beim Häuschen angekommen war. Jetzt stürmte sie in die kleine Stube hinein, wo es fast dunkel geworden war. Nur ein letzter lichter Streifen am Abendhimmel schimmerte noch in das Fenster hinein, dort, wo die Großmutter saß. Trini stürzte zu ihr hin und war so eifrig im Berichten von allem, wovon sie erfüllt war, daß immer das zweite Wort vor dem ersten herauswollte und es ziemlich lange dauerte, bis die Großmutter verstanden hatte, daß die Erdbeeren schon verkauft seien, ein ganzer Franken dafür gelöst und noch ein Batzen darüber hinaus erobert sei. Auch den mußte Großmutter nehmen, Trini wollte kein Geld behalten. Es sollte alles der Großmutter gehören, und daß sie heute noch einen Batzen über das Gewöhnliche hinaus bekam, machte Trini eine besondere Freude.

«Ja, Großmutter, und siehst du», fuhr Trini immer noch halb außer Atem fort, «ich war vor allen anderen zuerst fertig und hatte doch den Kratten voll wie kein anderes. Maneli hatte ihren nicht halb voll. Sie machte auch furchtbar langsam, und wenn sie an einem guten Platz war und ich auch dahin kam, so hatte ich schon wieder alles weggerupft, ehe sie nur eine Handvoll erwischen konte.»

Die Großmutter hatte sich sehr über die guten Nachrichten und auch über den reichlichen Gewinn des Kindes gefreut. Aber jetzt sagte sie ernsthaft: «Aber gelt, Trineli, du stößt doch nicht etwa das Maneli weg, wenn es einen guten Platz gefunden hat, so daß du dann die Beeren bekommst? Das wäre nicht recht.»

«Doch, freilich, das tu ich schon, das tut man immer, Großmutter», versicherte Trini. «Es muß jedes machen, daß es die meisten und die schönsten erwischt, und darum geht es dann natürlich immer so zu.»

«Nein, nein, das mußt du mit dem kleinen, schwachen Maneli nicht mehr tun», mahnte die Großmutter. «Siehst du, es kann nicht neben dir aufkommen. Es ist kraftlos und kann sich nicht wehren, und seine Mutter hätte die Beeren nötig. Sie weiß manchmal nicht, wo sie für all die kleinen

Kinder Brot hernehmen soll. Tu das nicht mehr, Trineli, laß das arme Kleine ein andermal auch zu seiner Sache kommen. Aber jetzt setz dich zu mir her», fuhr die Großmutter in einem anderen Tone fort, «ich habe etwas mit dir zu reden, du bist vernünftig genug, um es zu verstehen.»

Neugierig setzte sich das Kind hin, denn es war noch nie vorgekommen, daß die Großmutter es eigens zu sich rief, um mit ihm zu reden.

«Trineli», fing sie jetzt bedächtig an, «wir müssen daran denken, was du etwa für Arbeit tun könntest, wenn du im Frühling aus der Schule kommst. Der Vetter aus dem Reußtal ist heute morgen hier gewesen. Im Herbst könntest du zu ihm hinunterkommen und dir dort in der Fabrik etwas verdienen. Vielleicht würde es dein Glück sein; du könntest von einem Jahr zum anderen weiterkommen und so deinen Weg machen. Was meinst du dazu?»

«Lieber will ich sterben!» fuhr Trini augenblicklich heraus.

«Mußt nicht so unbedacht reden, Trini», mahnte die Großmutter freundlich. «Sieh, der Vetter will etwas für dich tun. Er meint es gut, wir wollen ihn nicht bös machen, wir wollen noch miteinander über die Sache nachdenken.»

«Und wenn der Vetter käme und noch so bös werden sollte, so ginge ich doch nicht!» rief Trini, und man konnte sehen, wie es immer heißer in ihr kochte.

«Wir wollen jetzt nichts weiter sagen. Wenn es für dich gut ist, so wird es so sein müssen, Trineli, und dann wollen wir's annehmen und denken: ‹Der liebe Gott schickt's, es muß gut sein›.»

Die Großmutter wollte damit freilich abschließen, aber jetzt brach erst recht aus, was in dem Kinde gekocht hatte. Die Tränen stürzten ihm wie Bäche aus den Augen, und unter heftigem Schluchzen stieß es hervor: «Großmutter, wer soll dir dann Holz und Wasser zutragen, wenn es kalt wird? Was willst du denn machen, wenn du im kalten Winter wieder nicht aufstehen kannst und es ist kein Mensch bei dir und macht Feuer an und macht dir ein wenig Kaffee und bringt ihn dir? Und du bist ganz allein und kannst nichts machen, und wenn du rufst, so kommt kein Mensch, oh, oh! Ich geh nicht, Großmutter, ich kann nicht gehen! Ich kann nicht!»

«Komm, Trineli, komm», sagte beschwichtigend die Alte, die einen solchen Ausbruch nicht erwartet hatte, «komm, wir müssen nun unser Abendbrot essen, und dann wollen wir beten und zu Bette gehen. Über Nacht hat der liebe Gott auch schon manches anders gemacht, als es am Abend vorher war.»

Aber Trini mit ihrer heftigen Gemütsart war nicht so schnell wieder im Gleichgewicht. Sie konnte keinen Bissen hinunterbringen, und bis tief in die Nacht hinein hörte die Großmutter ihr Schluchzen und Weinen noch immerfort, wenn sie auch ihren Kopf ins Kissen hineindrückte. Das war ein neuer Kummer für die alte Waschkäthe. Sie hatte nicht gedacht, daß das Kind sich über des Vetters Vorschlag so verzweifelt gebärden würde.

Trini wird etwas Neues verständlich

Mehrere sonnige Tage waren seit dem leidvollen Abend vergangen. Die Großmutter sagte kein Wort mehr von der drohenden Trennung. Sie vergaß diese freilich nie und hatte manchen schweren Augenblick, wenn wieder deutlich vor ihr stand, was ja kommen mußte. Aber sie wollte mit dem Kinde nicht mehr davon reden. Sie hatte ihre Sache dem lieben Gott anvertraut, und deshalb konnte sie sich im stillen immer wieder an der Zuversicht festhalten: Wenn das Schwere kommen müßte, so würde er es für das Kind zum Guten wenden. Als nun die Großmutter gar nichts mehr sagte und alles wieder wie vorher war, die Sonne schien und die Vögel wie immer lustig pfiffen, da dachte Trini, die Gefahr sei vorüber, der liebe Gott habe wirklich, wie die Großmutter gesagt, über Nacht etwas geändert, und die alte Fröhlichkeit kehrte in Trinis Herz zurück. Jeden Abend, wenn die Kinder über die Wiesen daherkamen, hörte man allen anderen voraus Trinis helle Stimme erschallen:

«Erdbeeren rollen,
die Kratten all, die vollen.»

Der Sonnenrain war nun ganz abgeweidet, und man mußte weiterliegende Plätze aufsuchen. Da gab es noch ergiebige Stellen oben beim Walde und hinten bei der Mühle, und vor allem noch die Kornhalde. Dort war eine Fülle von Erdbeeren zu finden. Das wußten die Kinder alle wohl, aber die wenigsten trauten sich, dort hinaufzugehen. Da mußte man um das große Kornfeld herum an der Hecke hinaufsteigen bis zu dem schmalen Grasstreifen, der zwischen dem Korn und dem großen Moosfelsen lag. Dort, wo die Sonne den ganzen Tag heiß brannte, schossen die Erdbeeren schon fast rot aus dem Boden und wurden wie Kirschen so groß. Aber der Kornbauer, dem das große Feld gehörte, konne es nicht leiden, daß die Kinder dort Beeren suchten, denn er behauptete, sie zerstampften ihm das Korn, und hier und da mochte es auch schon geschehen sein. Wenn er deshalb die Beerensuchenden dort oben traf, jagte er sie augenblicklich mit den größten Drohungen davon, und nicht selten folgte den Drohungen gleich die Erfüllung, denn das Mittel dazu trug er immer bei sich, das war seine feste, knochige Hand. So wagten es nur die Allerkühnsten, an diesem Streifzug teilzunehmen, und zu denen gehörte unstreitig Trini. Eben heute sollte die Unternehmung stattfinden; denn schon seit dem frühen Morgen lag es oben am Moosfelsen wie feuriges Gold und blitzte und flammte ins Tal hinab. Trini war zuerst auf dem Platz, von wo ausgezogen werden sollte. Sie hatte ihren großen Kratten an einer langen Schnur um den Hals gebunden, damit sie nachher immer mit beiden Händen zugleich rupfen und die Beeren hineinwerfen konnte. Das ging gerade doppelt so schnell wie bei denen, die mit der linken Hand den Kratten festhalten mußten. Jetzt kamen die Buben gelaufen, die mitwollten – Mädchen kamen keine, sie fürchteten sich alle. Nun ging es vorwärts. Aber heute durfte unterwegs nicht wie sonst gelacht und geschwatzt werden, denn man wollte nicht, daß der Bauer etwas von dem Zuge bemerke. Sorgsam schritt eines hinter dem anderen die Hecke entlang, denn die Furcht hatte sie gelehrt, das Korn zu schonen. Nun waren sie alle oben, und welch eine wundervolle Ernte lag vor ihnen ausgebreitet! Dunkelrot glühten die großen Beeren zwischen allen Halmen durch, über alle Blätter hinaus. Es war ein überquellender Reichtum, man konnte nur so in die Fülle hineinfahren. Mit blitzenden Augen fuhr auch Trini hinein, und bevor die anderen nur recht versucht hatten, wie die Beeren schmeckten, hatte sie schon den halben Kratten gefüllt. Mit beiden Händen faßte sie immerzu nach beiden Seiten hin so emsig als möglich, denn da guckten ja immer schon schönere und noch größere hervor. Aber plötzlich – die Kinder fuhren zusammen, als schlüge der Blitz neben ihnen ein: «Ihr Feldratten, seid ihr schon wieder da?» ertönte es niederschmetternd aus dem Korn heraus. Da stand der breite Bauer mit den knochigen Händen vor ihnen und hob seine Faust in die Höhe. «Macht, daß ihr auf der Stelle fortkommt und ich keines mehr sehe, oder ...» – er schwang seine Faust erschreckend in der Luft herum. Wie der Wind waren die Buben alle davon und sogleich verschwunden. Aber beharrlich rupfte Trini noch ein, zwei, drei Beeren ab, jetzt nur noch die drei großen – nur noch jene zwei –, Trini konnte sich nicht trennen, die Beeren reuten sie gar zu sehr.

«Jetzt weiß ich, wer mein Korn zerstampft und so frech ist wie eine Schermaus. Mach, daß du den Fleck räumst, und komm mir nicht noch einmal ans Korn!» drohte der Bauer zornig.

«Ich habe gewiß nie das Korn zerstampft, keine Ähre», versicherte Trini, immer noch rupfend, «ich wollte ja nur die Beeren holen.»

«Ich kenne euch wohl», brummte der Bauer. «Pack auf, oder ich nehme dich bei den Ohren und schüttle dich, daß du meinst, du habest deren vier am Kopf!»

Der Bauer kam heran. Jetzt schoß Trini auf und davon. Von ihrer inneren Entrüstung getrieben, daß sie alle die schönen Beeren hatte stehenlassen müssen und doch nie Korn zerstampft hatte, flog sie beinahe, bis sie daheim war, und geladen wie eine kleine Kanone stürzte sie auf die Großmutter los und rief: «Nein, nie habe ich das Korn zerstampft und nie eine Ähre ausgerissen, nur die Beeren habe ich genommen, und jetzt fressen sie nur die Schnecken, und ich wollte auch, der liebe Gott ließe dem Bauern zur Strafe vier Ohren an den Kopf wachsen, denn ich habe ihm nichts Böses getan.»

«He, he, Trineli, was kommt dir denn in den Sinn?» sagte mahnend die Großmutter. «Komm, setz dich zu mir nieder, es ist Feierabend. Ein Licht zünden wir heut nicht an, der Mond scheint genug zum Abendessen. Komm, erzähl mir alles recht, wie es zugegangen ist.»

Daß die Großmutter alles anhören wollte, was sie zu berichten und zu klagen hatte, besänftigte Trini schon ein wenig. Sie setzte sich hin und berichtete gern, was sie erlebt hatte. Sie versicherte, daß sie keiner Ähre etwas zuleide getan hätte, sondern nur die Beeren nehmen wollte, die jetzt von den Würmern und Schnecken verdorben würden. Als sie zu des Bauern Drohung von den vier Ohren kam, mußte sie noch einmal ihrem Herzen Luft machen. «Gelt, Großmutter, wenn ihm zur Strafe jetzt vier Ohren anwachsen würden, das hätte er verdient. Denn ich habe ihm gar nichts getan und nie das Korn zerstampft!»

«Trineli», sagte jetzt die Großmutter, «wir wollen dem Bauern seine zwei Ohren lassen. Aber wir wollen etwas von ihm lernen. Siehst du, man kann alles brauchen und seinen Gewinn davon haben, und wäre es ein ungerechtes Wort. Es kommt nur darauf an, von wem wir die Worte nehmen. Wenn einer kommt und uns ohne Grund etwas Böses tut oder sagt, so wie dir heut der Bauer, und es tut uns recht weh, dann müssen wir ein wenig weiter denken und fragen: ‹Haben wir nicht doch so etwas verdient?› Dann kommt uns auf einmal in den Sinn, daß wir einmal einem anderen recht weh getan haben, der sich nicht wehren konnte. Und nun haben wir erfahren, wie's tut, und es wird uns leid. Wir wollen es nicht mehr tun und wieder bei dem anderen gutmachen, was wir können. Das ist dann gerade, was der liebe Gott mit uns gewollt hat. Darum hat er den Ungerechten uns so böse Worte sagen lassen. Siehst du wohl, Trineli? Dann können wir aber auch nicht mehr so bös gegen den sein, der das getan hat. Denn wir wissen, der liebe Gott hat ihn gebraucht, wie ich meinen Besen brauche, wenn ich die Stube schön sauber und rein fegen will. So macht uns der liebe Gott das Herz wieder sauber und in Ordnung, und wir haben den Gewinn, denn es wird uns dann wohl und leicht, wie es uns vorher nie gewesen ist. Hast du recht zugehört, Trineli, und willst du dran denken, was ich dir gesagt habe?» Trineli hatte wirklich aufmerksam zugehört, und über den Worten der Großmutter war ihr Zorn gegen den Bauer ganz vergangen. Jetzt kamen ihr die schönen Erdbeeren wieder in in den Sinn. Sie holte sie schnell herbei, damit die Großmutter noch im Mondschein die Prachtbeeren bewundere. Wenn auch der Kratten nur halb so voll war wie gewöhnlich, so hatte sie doch außerordentliche Freude und sagte ein ums andere Mal, solche Wunderbeeren habe sie noch nie gesehen. Trini wollte stracks noch damit zur Goldapfelbäuerin hinunter; aber die Großmutter sagte, so spät kaufe die Bäuerin keine Beeren mehr, am anderen Morgen könne sie ihre Beeren zum Wirtshaus hinuntertragen.

Noch eine zornige Rede, und was daraus folgt

Der Juli ging seine Ende entgegen und mit ihm die schöne Erdbeerenzeit. Nur oben beim Walde über Hochtannen war noch eine späte, kräftige Sorte der Beeren zu finden, die besonders gut bezahlt wurden; denn jetzt reisten viele Fremde über den Berg, und unten am Wirtshause an der großen Straße machten sie meistens halt. Die seltenen Beeren kamen dann der Wirtin sehr gelegen. Aber man brauchte viel Zeit, die Kratten auch nur halb zu füllen, und man mußte genau wissen, wo die vereinzelten Beeren wuchsen. Aber wer fröhlichen Mutes war wie Trini, dem machte das keine schweren Gedanken. Eben jetzt am wonnigen Sommerabend lief sie mit freudestrahlendem Gesicht den Berg hinan, dem Tannenwalde zu. Sie wußte, daß nun die letzten würzigen Beeren dort oben die rechte Reife erlangt hatten. Auch Maneli und noch manches andere der Kinder wußten den Platz, aber den meisten war der Weg zu weit und das Suchen zu mühsam. Nur Maneli kam mit seinem großen Kratten hinter Trini her, blieb aber weit zurück; denn wie ein Reh die steilen Höhen hinaufspringen konnte nur Trini, der an Kraft und Behendigkeit nicht ein einziges Mädchen ihres Alters gleichkam. Oben gab es Arbeit. Die Beeren waren reif und schön und dufteten herrlich, aber sie mußten sorgsam gesucht werden. In einem sonnigen Winkel standen wohl einmal einige der rot schimmernden Büsche dicht aneinander. Aber dann konnte man wieder vergebens nach weiteren Beeren ausspähen. Trini sah in alle Löcher hinein, kletterte jeden Erdhügel hinauf, zog alle

Grasbüsche auseinander, und wo noch ein rotes Beerlein herausguckte, wurde es schnell eingeheimst. Trini hörte auch nicht auf zu klettern und zu spähen und zu rupfen, bis die Dämmerung hereinbrach und aller Tätigkeit ein Ende machte. Aber Trini tat das nicht leid. Sie schaute siegreich auf ihren Kratten, denn auch diesmal war es ihr gelungen, ihn bis obenan zu füllen. Sie hatte nur noch Blätter und Stäbchen darauf zu befestigen, denn nicht eine der kostbaren Beeren durfte herausrollen. Jetzt sauste Trini wie der Wind den Berg hinab. Zum Wirtshaus hinunterzulaufen, dazu war's zu spät, aber bis zur Goldapfelbäuerin konnte sie schon noch kommen, die wollte gewiß diese letzten schönen Beeren noch haben, und dann konnte sie der Großmutter gleich noch den außergewöhnlichen Gewinn heimbringen. Immer eiliger wurde ihr Schritt. – Still und traurig hinter ihr kam Maneli gegangen. Man konnte wohl sehen, daß sie an ihrem Kratten nicht schwer zu tragen hatte. Es mußte ein anderer Grund sein, warum sie so langsam und niedergedrückt daherkam.

Die Goldapfelbäuerin hatte eben einen Verdruß gehabt. Die junge Magd, die trotzig neben ihr an dem Gemüsebeet stand, hatte ihr alle jungen Setzlinge verschwemmt. Es war ihr zu mühsam vorgekommen, den zarten Pflänzchen sorgfältig jedem einzelnen mit der Gießkanne zu trinken zu geben, wie die Bäuerin ihr befohlen hatte. Mit dem großen Kübel hatte sie den ganzen Wasserschwall über das Beet hingeschüttet. In der Bäuerin kochte der Zorn auf wie heiße Milch, die überlaufen will, als sie die Zerstörung sah. Da gerade kam Trini hergelaufen: «Guten Abend!» rief sie noch außer Atem, «seht die schönen Beeren. Es sind die letzten, wollt Ihr sie?»

«Ich brauche nichts!» rief zornig die Bäuerin. «Mach, daß du fortkommst, ich habe keine Zeit für dich!»

«Wenn Ihr sie nur ansehen wollt, sie würden Euch gefallen. Ihr wolltet sie sicher haben», meinte Trini.

«Hab ich dir nicht gesagt, daß ich nichts will? Mach, daß du gehst!» wiederholte die Frau.

Aber Trini blieb immer noch stehen. Sie dachte: Wenn die Bäuerin nur Zeit hätte, die Beeren anzusehen, dann würde ihr schon die Lust kommen, sie zu behalten.

Jetzt aber kochte es über in der Bäuerin und um so höher, als ihr Zorn schon lange einen Ausweg gesucht hatte. Denn daß sie ihn nicht an der trotzigen Magd ausließ, dafür mochte die Frau ihre Gründe haben.

«Hast du Harz an deinen Sohlen?» rief sie grimmig, «oder guckst du nach den reifen Äpfeln aus, damit du weißt, welchen Baum ihr zuerst wieder schütteln wollt, wie ihr es immer macht, du und das andere Lumpenvolk?»

Das konnte aber Trini nicht auf sich sitzen lassen, so etwas hatte sie nie getan. «Ich habe nie die Bäume geschüttelt und nicht einen einzigen Apfel –»

«Du wirst nicht besser sein als alle anderen!» unterbrach sie die Bäuerin. «Ich will kein Wort mehr hören, dort geht's hinaus!»

Damit erhob die Frau so rasch und drohend ihren Arm, daß es Trini nicht mehr sicher zumute war. Sie rannte aus dem Garten und um die Hecke herum. Aber hier konnte sie nicht mehr weiter. Auch ihr Blut hatte zu kochen begonnen bei der ungerechten Anschuldigung. Nun sie so, ohne angehört zu werden, davonmußte, wollte alles in ihr überkochen. Sie setzte sich auf den Boden hin, sie mußte sich Luft machen.

«Nein, das habe ich nicht getan», kam es vor Aufregung ganz laut heraus. «Ich habe die Apfelbäume nie geschüttelt, nie! Aber die Bäuerin ist nur ein Besen, ja sie ist nur ein Besen, das hat die Großmutter gesagt, und der liebe Gott will nur etwas herausfegen mit ihr. Aber ich habe gar nichts gemacht. Ich habe nichts Böses getan.» Hier hielt Trini auf einmal inne, denn plötzlich stieg die Frage in ihr auf, was wohl der liebe Gott habe ausfegen wollen in ihrem Herzen, wie ihr die Großmutter so deutlich erklärt hatte, wenn sie doch gar nichts Unrechtes getan hatte. Nun wurde Trini ganz still und nachdenklich. Nach einer Weile stand sie langsam auf; sie sah gar nicht mehr aufgebracht aus. Halblaut sagte sie noch: «Ja, es ist wahr, das war doch nicht recht.» Trini war beim Nachdenken auf einmal vor die Augen gekommen, wie sie heute wieder mehrmals Maneli auf die Seite gepufft und sich schnell über die Beeren hergemacht hatte, die Maneli auch gern eingesammelt hätte. Diese war aber immer still auf die Seite gewichen, Trini war ja viel stärker und flinker. So leistete ihr Maneli niemals Widerstand. Nun wollte Trini ihr Unrecht gutzumachen suchen und Maneli schnell noch ein wenig von den eigenen Beeren abgeben. Sie lief immer eiliger, aber nicht bergan, der Wohnung der Großmutter zu, sondern querfeldein eine ganze Strecke weit. Bei einem elenden, kleinen Häuschen, an dem die alten Fensterscheiben halb oder ganz zerbrochen und mit Papier verklebt waren, stand sie still und holte ein wenig Atem. Es war jetzt dunkel geworden. Durch die halben Scheiben schimmerte ein dünnes Lichtlein. Auf einmal hörte Trini ein leises Schluchzen ganz in ihrer Nähe. Sie schaute sich um. Auf einem Holzblock vor dem Häuschen saß ganz unbeweglich eine kleine Gestalt, den Kopf auf die Arme gelegt. Trini trat hinzu.

«Was hast du, Maneli?» fragte sie erstaunt, als sie die kleine Gestalt erkannt hatte, «warum weinst du so?»

Maneli hob den Kopf und sah so traurig aus, wie Trini sie noch nie gesehen hatte.

«Ich darf nicht hinein», sagte sie schluchzend, «die Mutter ist krank, und schon zu Mittag hatten wir fast nichts zu essen. Dann sagte sie, für den Abend brächte ich, will's Gott, etwas heim, wenn ich in die Beeren ginge und sie dann gleich ins Wirthaus trüge. Ich brächte dann ein Schwarzbrot dafür heim, meinte die Mutter. Aber sieh, Trini, nur die hab ich.» Damit hob Maneli ihren Kratten in die Höhe, und Trini guckte hinein. Es war fast gar nichts darin, kaum der Boden des Korbes war bedeckt. Trini fühlte ihren schweren Kratten am Arm. Es war ihr, als werde er immer schwerer und drücke sie nicht nur am Arm, sondern auch auf dem Herzen. Auf einmal riß sie Stäbchen und Blätter weg, kehrte ihren Kratten um und schüttete den ganzen reichen Inhalt in Manelis leeres Gefäß, so daß dieses bis obenhin voll war und noch etwas von den Beeren übrigblieb. Diese legte Trini schnell auf die Blätter am Boden und sagte: «Nimm die auch noch hinein. Gute Nacht!» Und fort rannte sie in hohen Sprüngen.

«Trini! Trini! Danke tausend, tausendmal!» rief ihr Maneli aus allen Kräften nach, dann stürzte sie in die Hütte hinein. Jetzt machte auf einmal Trini wieder kehrum und kam zurückgerannt. Sie wollte sehen, was die Mutter beim Anblick von Manelis Kratten mache, der ja den ganzen Sommer lang nie so voll gewesen war.

Nun war sie wieder da; durch die zerbrochenen Scheiben an dem niedrigen Häuschen konnte sie alles sehen, was drinnen vorging. Die bleiche Mutter stand, von den kleinen Kindern umringt, am Tisch und schaute auf die Beeren im Kratten und auf den Teller daneben, der auch noch ganz voll war. Sie schlug ihre Hände zusammen und sagte ein ums andere Mal zu Maneli, die freudestrahlend zu ihr aufschaute: «Wie ist es möglich, Kind? Wie ist es nur möglich?»

«Vom Trini, vom Trini!» wiederholte Maneli drei-, viermal, «es hat sie mir alle gegeben, alle! Und denk, Mutter, für soviel gibt die Wirtin jetzt zwei ganze Franken.»

«Gott vergelt's dem Kind und ersetze es ihm und der Großmutter hundertfach, was es heut an uns getan hat. Er allein weiß, wie ich die ganze Nacht durch gesorgt habe, wo ich am Morgen Brot für euch hernehme. Nun haben wir ja für manchen Tag genug.

Die bleiche Frau hatte bei diesen Worten die Hände gefaltet, als danke sie im stillen noch für die große Wohltat.

Jetzt schoß Trini davon mit einer Freude im Herzen, wie sie in ihrem ganzen Leben noch keine empfunden hatte. Die Großmutter hatte wohl recht gehabt, daß man am Ende Gewinn davon habe und daß es einem so wohl werde wie nie, wenn man es recht verstehe, was der liebe Gott ausfegen wolle. Nun machte Trini noch ganz neue Pläne in ihrem Herzen: Bald konnte man auch in die Heidelbeeren gehen und in die Brombeeren, und sie nahm sich vor, jedesmal, wenn sie ihren Kratten gefüllt hatte, noch Maneli den ihrigen füllen zu helfen. Und würden nicht beide voll, so wollte sie immer mit ihm teilen, denn Trini hatte noch ein ganz anderes Glück in ihrem Herzen über die Worte der armen, kranken Mutter, als sie je über ihren vollen Kratten empfunden hatte. Als sie dann endlich heimkam und nun im höchsten Eifer ihre Erlebnisse erzählte und zuletzt der Großmutter den ganz leeren Kratten vorwies, sagte sie bittend: «Gelt, du bist mir nicht bös, Großmutter, daß ich kein einziges Beerlein heimbringe, du magst sie gewiß alle dem Maneli und seiner kranken Mutter gönnen?»

Da lobte die Großmutter das Kind und sagte, was es getan habe, freue sie mehr, als wenn es ihr zwei ganze Kratten voll nach Hause gebracht hätte. – So gut wie heut abend Trini ihre Kartoffelsuppe schmeckte, hatte ihr noch gar kein Essen geschmeckt; denn sie dachte immer daran, wie nun Maneli noch ihr Schwarzbrot hatte heimbringen können und jedes sein Stück bekam und es gewiß jetzt eben fröhlich verspeiste.

Wie es mit dem Vetter geht

Schon war der letzte Sommermonat, der warme August, da. Auf allen Bäumen glänzten die Äpfel rotgolden und kündeten den Herbst an. Der Vetter hatte nie wieder etwas von sich hören lassen. In der alten Käthe stieg manchmal die freudige Hoffnung auf, er habe sein Vorhaben geändert und denke nicht mehr an das Kind. Dann wurde es ihr so leicht ums Herz, als seien ihr alle Sorgen abgenommen, als könnte sonst kommen, was da wolle, Hunger und Mangel und Entbehrung aller Art, wenn sie nur das Kind nicht von sich lassen mußte. Trini war fröhlich wie ein Vogel vom Morgen bis zum Abend. Sie hatte sich den Vetter und sein Begehren seit langem aus dem Sinn geschlagen. Das völlige Stillschweigen der Großmutter darüber hatte ihre Sicherheit noch gefestigt.

Da trat eines Morgens ein junger Bursche bei der Waschkäthe ein und sagte, er komme aus dem Reußtal und habe ihrem Vetter versprochen, ihr im Vorbeigehen eine Bestellung auszurichten. Der Vetter lasse ihr sagen, sie solle die Kleider und alles andere für das Kind bereithalten. Er hole es ab, sobald er um eines Geschäftes willen über den Berg müsse. Mit dem Vormund wolle er dann schon alles in Ordnung bringen, was die Schule und den Lohn und das übrige betreffe. Der Großmutter wurde es vor Schrecken ganz schwarz vor den Augen; sie mußte sich schnell setzen, um sich nur wieder ein wenig zu fassen. So war also plötzlich gekommen, was sie freilich immer im stillen befürchtet, aber doch immer in so weiter, unsicherer Ferne gesehen hatte. Nun war es da. Denn daß der Vormund gleich einwilligen und dem Vetter das Kind übergeben würde, das war ihr gewiß. Sie konnte ja für keinen Verdienst sorgen, war ja nicht einmal sicher, daß sie sich selbst noch lange durchbringen konnte; dann fielen sie beide der Gemeinde zur Last. Der Vetter aber konnte einen so guten Verdienst in Aussicht stellen und für des Kindes Versorgung für alle Zukunft einstehen. Es mußte sein, das sah sie deutlich vor sich. Die alte Käthe hatte schon viel Schweres erlebt, aber das Weggeben dieses Kindes, das ihre ganze Freude und Stütze war, kam ihr gerade vor, als wolle man ihr eines ihrer Glieder abreißen, ohne das sie nicht mehr fortleben könnte.

Sie überdachte nun, wie sie dem Kinde die Sache beibringen sollte. Aber wenn sie sich vorstellte, in welchen Jammer es das erste Mal ausgebrochen war, als sie davon geredet hatte, so entfiel ihr der Mut, es wieder und nun mit Bestimmtheit zu tun. Zuletzt dachte sie, das beste sei, gar nicht über die Sache zu reden. Ein kurzer Kampf, wenn der Vetter komme, sei noch am leichtesten zu ertragen, und unterdessen habe das Kind doch noch ungetrübte Tage. Aber von dem Morgen an lag ein solcher Kummer auf dem Gesicht der Großmutter, daß es Trini manchmal ganz bange wurde und sie immer wieder fragte: «Großmutter, was hast du denn? Ich will alle Nächte durch Brombeeren suchen, wenn du denkst, wir können nicht mehr leben, weil du nicht mehr soviel tun kannst. Ich brauche nicht zu schlafen, ich kann es schon aushalten, sieh nur, sieh!» Und Trini streckte ihre zwei festen Arme der Großmutter als Beweis entgegen, daß sie nicht zu sorgen habe. Aber es vermehrte nur ihren Kummer, denn sie sah ja nur zu wohl, wie groß und stark das Kind geworden war und daß es wirklich zu einer ganz anderen Arbeit tüchtig war als zu der, die es jetzt verrichtete. Doch am Abend, wenn sie wieder still in der Dämmerung saß und auf alle vergangenen Zeiten und auf so manche schwere Not zurückschaute, aus der ihr der liebe Gott so väterlich geholfen hatte, dann konnte sie den Weg wieder finden und mit Vertrauen sagen:

«Drum, meine Seele, sei du still
zu Gott, wie sich's gebühret.»

So saß sie wieder am Fenster, wo noch der Abendschein hereinschimmerte, und wartete auf das Kind, um dann Licht zu machen und das Abendessen zu bereiten. Da hörte sie jemand ihrem Häuschen zuschreiten. Das war nicht das Kind; es waren schwere, feste Tritte. Jetzt kam's – es mußte der Vetter sein. Der Großmutter wollte das Herz stillestehen.

Nun ging die Tür auf, und mit festem Schritt, einen großen Korb am Arm, trat die Goldapfelbäuerin herein und fragte: «Wo seit Ihr denn, Käthe? Man kann Euch ja gar nicht sehen. Guten Abend wünsch ich Euch!» Die Alte war schnell aufgestanden, hatte ihr Lichtlein angezündet und schüttelte jetzt ihrem Besuch die Hand. Auf dem Tisch stand nun der Korb, und im Schimmer des kleinen Lichtes glänzte eine Menge der herrlichen Goldäpfel, von denen der ganze Hof seinen Namen hatte. «Ich habe Euch einige Äpfel gebracht. Die Bäume haben dies Jahr schön getragen», sagte die Bäuerin wieder, «was Ihr nicht selbst braucht, wird das Kind nehmen. Wo habt Ihr's?»

Die Käthe berichtete, Trini sei mit den anderen Kindern noch einmal in die Brombeeren zum Walde hinauf; es werde aber nun mit dem Beerenlesen bald ein Ende haben. «Das wird's», bestätigte die Bäuerin. «Es ist mir aber gerade recht, daß das Kind weg ist, ich möchte noch etwas mit Euch reden.»

Die Käthe holte ihre Stühle herbei, und als die beiden nun voreinander am Tisch saßen, der große Apfelkorb zwischen ihnen, fing die Bäuerin wieder an: «Ich habe da vor kurzem etwas mit Eurem Kinde gehabt, es wird Euch wohl davon gesagt haben. Ich war so ein wenig in der Hitze, denn die junge Magd hatte mir das ganze Kohlrübenbeet verdorben und war dabei so unverschämt, als wäre sie im größten Recht. So sind sie heutzutage, und sagt man ihnen ein einziges Wort, das sie nicht gern hören, gleich werfen sie einem den Sack vor die Tür, und es heißt: ‹Sucht eine andere Magd!› Aber immer mit neuen Leuten wirtschaften, ist keine Freude, und so war mir der Ärger schon zum Überlaufen, als das Kind ankam, und es bekam ihn auf den Rücken. Daß es aber noch einmal gleich hinterm Hag aufzubegehren anfing, war mir zuviel, ich wollte es ihm verleiden und lief hinzu. Da hörte ich aber etwas, das hat mir gefallen. Ich mußte zu mir sagen: Die alte Käthe hat das Kind etwas Gutes gelehrt. Mit einem, das so denkt, müßte gut auszukommen sein, und wie ich mir alles recht überdacht hatte, kam mir ein Entschluß, und davon wollte ich Euch jetzt sagen. Das Kind ist freilich noch jung, aber es ist groß und stark, und gelehrig sieht es auch aus. Die paar Schulmonate bis zum Frühling haben auch nicht mehr viel zu sagen, und so dachte ich, wenn es Euch recht wäre, wollte ich das Kind zu mir nehmen. Den Winter durch hätte ich Zeit, es zu allem anzuleiten, und bis zum anderen Sommer gäbe es ein ordentliches Mägdlein für mich. Ihr müßt aber nicht sorgen, Käthe. Ich weiß schon, daß jetzt die Zeit da ist, da das Kind anfangen muß, für Euch zu arbeiten und etwas Ordentliches zu verdienen. Das muß es auch haben. Ich gebe ihm gleich den ganzen Lohn, den die Mägde hatten, und jede Woche noch ein Brot dazu, denn das Kind ist mir das wert. Dazu habt Ihr den Vorteil, daß es Euch nicht genommen wird. Es ist flink, es kann, sobald Feierabend ist, heim zu Euch, und am Morgen früh schickt Ihr mir's wieder. Am Sonntag darf es schon von Mittag an bei Euch bleiben. – Warum fangt Ihr denn an zu weinen, Käthe? Das Kind soll es nicht schlecht haben bei mir, und Ihr dürft auch nicht zu kurz kommen. Korn und Obst hab ich auf dem Hof und Milch im Stall. Ein Säcklein Mehl und eine Flasche Milch auf den Sonntag soll das Kind auch heimbringen, und daneben gibt es das Jahr hindurch noch manches, das wißt Ihr schon ...»

«Sagt nur nichts mehr, es ist ja mehr als genug», konnte hier endlich die alte Käthe hervorbringen, «ich weine ja nur vor Freude, vor lauter Freude. Ihr wißt ja nicht, von welchem Kummer Ihr mich befreit und welche Wohltat Ihr an mir tut.»

Und nun erzählte die Alte der Bäuerin, wie sie sich schon den ganzen Sommer durch bekümmert habe und nun jeden Augenblick den Vetter erwarte, was sie dem Kinde gar nicht habe sagen dürfen, weil sie sich vor seinem großen Jammer fürchte. Eben als die Großmutter fertig erzählt hatte, kam

Trini hereingesprungen. Beim Anblick der goldenen Äpfel auf dem Tisch und der Bäuerin, die daran saß, stand sie plötzlich still und schaute in höchster Verwunderung auf den unerwarteten Besuch.

«Komm, gib mir deine Hand, Trini», sagte die Bäuerin. «Da du doch meine Bäume nie geschüttelt hast, mußt du mit der Großmutter ein paar Äpfel von ihnen haben.»

Über Trinis Gesicht ging ein heller Freudenschein. So hatte es die Bäuerin doch noch vernommen, daß sie das nicht getan hatte, das erfreute ihr Herz. Sie kam eilig herbei, der Frau die Hand zu reichen. «Was meinst du?» fuhr die Bäuerin fort, «wie gefiele es dir bei mir auf dem Hof, wolltest du brav mit mir arbeiten?»

Trini schaute immer verwunderter einmal auf die Bäuerin und dann wieder auf die Großmutter. Diese konnte nicht mehr schweigen in ihrer Freude: «Trineli, denk nur, denk nur, wie es jetzt kommt», rief sie aus, «du kommst nicht ins Reußtal, du sollst nicht von mir fort. Alle Tage darfst du zu der guten Frau hinunter auf den Goldapfelhof und am Abend wieder heim. Ach, was ist das für eine Erlösung aus der großen Sorge. Dank ihr, Trineli, dank ihr!»

«So dank ich vielmals! Und ich will gern bei Euch arbeiten, was Ihr nur wollt», sagte Trini, der jetzt das Verständnis der Sache aufzugehen anfing.

«So ist's recht», schloß die Bäuerin, «die Sache ist abgemacht. Das Beerenlesen hat jetzt ein Ende, und das Apfel- und Birnenlesen beginnt. Das ist gerade die rechte Zeit zum Eintreten bei mir. Am Montag schickt mir das Kind, Käthe, und gebt ihm Euren Segen mit! Und nun behüt Euch Gott!»

Sobald die Tür sich hinter der Bäuerin schloß, fing die Großmutter an, laut zu loben und zu danken, daß der liebe Gott alle ihre Sorge in solche Freude und Hilfe verwandelt hatte. Trini jauchzte laut auf: «Juchhe, nun muß ich nie von dir fort, Großmutter! Ich will schon recht tun und tüchtig arbeiten, dann behält mich gewiß die Bäuerin ihr Leben lang.»

Jetzt mußte sie aber die goldenen Äpfel noch recht aus der Nähe betrachten. Auf einmal sagte sie: «Großmutter, darf ich nicht dem Maneli noch geschwind die Hälfte bringen? Ich habe jetzt immer mit ihm geteilt.»

«Ja, ja», nickte beifällig die Alte, das war ihr gerade das Liebste, daß auch der armen Nachbarin etwas von ihrem großen Glück zugute komme. «Lauf nur gleich, Trineli, und nimm auch mehr als die Hälfte. Es sind ihrer so viele, die sich an den Äpfeln freuen werden, geh schnell!»

Trini stürzte fort, und ein ungeheures Freudengeschrei brach bei der Kinderschar aus, als sie die Äpfel auf den Tisch hinschüttete, die da und dort hinrollten, und der süße Apfelduft die ganze Stube durchströmte.

Am Montag, als Trini unter den Bäumen des Goldapfelhofes schon rüstig an ihrer Arbeit war, trat der Vetter bei der alten Käthe ein. Jetzt hatte sie keine Angst mehr. Sie sagte ihm, wo das Kind auf Arbeit sei und daß es dort bleiben werde. Aber so schnell ließ sich der Vetter nicht von seinem Plan abbringen, denn er hatte fest im Sinne, das Kind mit sich zu nehmen. Er lief gleich zum Vormund und stellte ihm vor, wieviel größeren Gewinn das Kind von der Fabrikarbeit hätte als vom Dienen, denn dort würde ihm jedes Jahr sein Lohn erhöht werden. Aber der Vormund lächelte nur schlau, denn die Goldapfelbäuerin war auch bei ihm gewesen. Sie wußte schon, was sie zu tun hatte, wenn sie das Kind behalten wollte. Er sagte, wenn das Kind fort sei, sorge niemand für die alte Frau, solange es aber bei der Bäuerin sei, wären sie beide versorgt und könnten ohne anderen Beistand gut leben, und so sei die Sache abgemacht.

Trini geht es mit jedem Tag besser auf dem Goldapfelhof. Jetzt kennt sie schon alle Arbeit, und die Bäuerin mag die flinke, immer frohe Trini so gern, als wäre sie ihr eigenes

Kind. Die Großmutter sorgt auch dafür, daß das Kind nie vergesse, wer zu ihm redet, wenn es ertragen soll, was weh tut – denn sie weiß wohl, wie es zu dem guten Platz bei der Bäuerin gekommen ist.

Am Felsensprung

Beim Holzlesen

Der «Schneerücken» heißt ein hoher Berggrat, der auf der einen Seite in ein mildes Tal mit grünen Wiesen und reich belaubten Fruchtbäumen, auf der anderen Seite in tiefe, felsige Schluchten niederschaut, die der schäumende Wetterbach durchrauscht. Er kommt von dem grauen Gletscher herunter, den man hoch zum Himmel ragen sieht, und so wild und gewaltig stürzt dieses Bergwasser daher, daß es unten in der Schlucht an den Felsstücken, die ihm im Wege liegen, hoch aufspritzt und mit furchtbarem Tosen über die niedrigeren Steinblöcke springt. Am lautesten tost und schäumt der wilde Bach an einer Stelle, wo einst die gewaltigen Felsstücke sich von dem hohen Berggestein losgemacht hatten und heruntergestürzt waren. Diese hemmen nun den Lauf des Wassers so sehr, daß es sich teilweise schäumend zwischen ihnen durchzwängen und sie teilweise überspringen muß. Hier heißt es: «Am Felsensprung». In diese einsame Bergschlucht hinein, wo kaum eine Menschenstimme vernommen werden kann wegen dem unausgesetzten Tosen und Donnern des tobenden Wassers, hatten dennoch Menschen ihre Behausungen gebaut. Hart an dem hohen Felsen stand ein Häuschen mit kleinen Fenstern und einem Schindeldach, auf dem große Steine die Schindeln festhalten mußten, daß der Wind sie nicht wegblase. Da wohnte der Flößer Joseph mit seiner Familie. Seinen Zunamen hatte er von seinem Handwerk: Er mußte nämlich die großen Holzstücke überwachen, die weiter oben in den Wetterbach geworfen wurden, damit sie abwärts schwämmen, bis sie beim großen Staatsgebäude, das unten im Tale lag, ans Land gezogen wurden. Oftmals blieben die Scheite hinter den hohen Steinen im Fluß hängen, oder sie wurden ans Land geschwemmt und blieben im Gesträuch liegen. Dann mußte der Flößer sie wieder flottmachen, daß sie weiterzogen. Am Ufer konnte er das mit den Händen tun, wenn er sie sich dabei auch manchmal an den scharfen Felsen aufriß. Mußte er aber die Holzstücke draußen mitten im wirbelnden Wasser freimachen, dann nahm er die lange Holzstange mit dem eisernen Haken zur Hand, sprang im Fluß von einem Stein auf den anderen, und wo ein Stück Holz festsaß, wurde es von dem eisernen Haken ergriffen und weitergestoßen. Die Arbeit des Flößers war mühsam und manchmal auch recht gefährlich, und was er dabei verdiente, war gerade soviel, daß er kümmerlich mit seiner Frau, der rastlos tätigen Marthe, und seinen vier Kindern leben konnte.

Oberhalb des Flößerhauses, kaum hundert Schritt weit, war noch ein Häuschen, das klebte wie ein Vogelnest am Felsen und war so klein, daß nicht mehr als zwei Personen darin wohnen konnten. Es lebte nur noch eine darin, die alte Mutter Silvia, von allen so benannt, die sie kannten und je gekannt hatten. Die Mutter Silvia saß fast immer in ihrem kleinen Stübchen und spann ihren Flachs. Hatte sie dann nach Tagen ihre Arbeit vollendet, so schickte sie sich an, ihre große Reise zu machen; denn eine solche war es für die Alte, den hohen Schneerücken zu besteigen und auf der anderen Seite ins Tal hinabzuwandern bis zu dem großen Dorf, wo die schönen steinernen Häuser standen und der Kramladen war. Dorthin trug sie ihre schön gesponnenen Stränge und bekam ihr Stückchen Geld dafür, von dem sie lebte. Woher der Flachs kam, den sie nachher wieder spann, wußte man nicht, denn sie hatte kein Feld, sie besaß nichts als ihr Stübchen und ihr Kämmerlein, aber irgendwoher kam der Flachs; denn die Mutter Silvia spann immer wieder.

Diese zwei Häuschen waren weit und breit die einzigen Menschenwohnungen. Zu den Häusern und der kleinen Kirche auf dem Schneerücken hatte man mehr als eine Stunde weit in die Höhe zu steigen. Der Herbst war gekommen und hatte früh schon rauhe Tage mitgebracht. Dort unten am Felsensprung war es auch immer früher kalt und rauh als oben an den sonnigen Halden, denn die Sonne ging früh hinter den hohen Felsen unter. Dann wurde es gleich feucht und kalt in der Schlucht. Über den Felsen im Gehölz sauste der Wind durch die alten Tannen und Lärchenbäume und schüttelte ihnen die Blätter und Nadeln herunter.

Ein kräftiger Junge, der unter den Bäumen die dürren Hölzer zusammenlas, schaute von Zeit zu Zeit um sich, als müßte er jemand bewachen. In einiger Entfernung ging ein schmales, blasses Mädchen von Baum zu Baum, dieselbe Arbeit verrichtend. Jetzt ließ es die Zweige aus seiner Schürze auf den Boden fallen und lehnte sich, wie Schutz suchend, an einen Tannenbaum an. Eben hob der Junge den Kopf auf: «Feieli», rief er hinüber, «fürchtest du dich, weil der Wind so in den Bäumen wütet?»

«Nein, nein», rief das Mädchen zurück, «aber ich kann fast nicht atmen, der Wind läßt mich nicht und macht mich auch so müde.» Das Kind war noch bleicher geworden und setzte sich am Baume nieder.

«Laß nur alles liegen, Feieli, und tu gar nichts mehr, ich will schon alles selbst machen», rief der Bruder nun in beschützendem Tone, «ich will schon genug zusammenbringen, daß die Mutter zufrieden ist, das sollst du gleich sehen.»

Und der Junge raffte nun mit solchem Eifer seine Holzstückchen unter allen Bäumen zusammen, daß er in kurzer

Zeit einen ganzen Haufen aufgeschichtet hatte. Jetzt stand er neben dem sitzenden Mädchen, aus dessen schmalem, farblosem Gesichtchen zwei große dunkle Augen voller Liebe zu ihm aufschauten, während er sich den Schweiß trocknete.

«Du mußt immer doppelt arbeiten, Jos, weil ich so wenig tue», sagte das Kind wehmütig, «wenn ich nur bald stärker würde!»

«Das ist ganz gleich, und einmal wirst du schon stärker – weißt, wenn du groß bist», tröstete der Bruder. «Aber komm, Feieli, jetzt hab ich Holz genug. Wir wollen noch ein wenig dort sitzen, wo man das Wasser kommen sieht.»

Damit zog Jos seine Schwester vom Boden auf und hinter sich her bis zum Rand des Felsens, von wo man den schäumenden Wetterbach schon eine Strecke weit daherstürzen sah. Hier setzten sich die Kinder unter die verwitterte alte Tanne, deren lange Äste über die Felswand niederhingen.

Jos und Feieli waren des Flößers älteste Kinder. Sie waren bald nacheinander auf die Welt gekommen und wurden beide dem Vater nach benannt, dann aber beider Namen so abgekürzt, wie sie jetzt gerufen wurden. Der elfjährige Jos sah breit und fest aus und bildete den vollen Gegensatz zu dem zehnjährigen, zartgebauten Schwesterchen, dem man wohl drei Jahre weniger als dem stämmigen Bruder gegeben hätte. Jos ging, so oft es die Arbeit des Vaters erlaubte, die er schon an manchen Tagen zu teilen hatte, zur Schule nach dem Schneerücken hinauf, und dann freute er sich; denn er hatte großen Eifer zum Lernen. Am liebsten hätte er immerfort und alles gelernt, was nur zu erlernen war. Das zarte Feieli konnte ihn nur wenig begleiten, obschon es auch zur Schule gehen sollte. Aber der Weg war so lang und im Winter so verschneit, daß der starke Junge oft fast nicht durchkommen konnte. Das Feieli blieb aber doch nicht so ganz unwissend; denn die größte Freude des Jos war es, seiner Schwester alles zu erzählen, was er gelernt hatte, und ihr überhaupt alle seine Gedanken mitzuteilen. Das Feieli war sein bester, eigentlich sein einziger Freund, mit dem er alles verhandeln und besprechen mußte. Das Kind liebte auch den Jos über alles, und wenn er seine Mitteilungen begann, dann schaute es mit seinen ernsten, großen Augen unverwandt zu ihm auf und verlor kein Wort, und diese Aufmerksamkeit und die Erwartung in den sprechenden Augen regten den Jos zu immer neuen Mitteilungen und weiteren Gedanken an.

Jetzt war der schönste Augenblick seines Tages gekommen. Fröhlich wischte er die letzten Schweißtropfen von seiner Stirn, setzte sich auf seinem Stein zurecht und sagte: «Sieh jetzt das Wasser, Feieli, wie es dort herausgeschossen kommt und an den Steinen aufspritzt und brüllt; gelt, du meinst, so tut es immer? Gar nicht! Weiter unten, aber weit, weit, so weit, wie du noch nie warst, läuft es in ein anderes Wasser ein, und dann laufen sie zusammen und kommen noch in ein größeres, und das ist dann ein See. Der ist so breit und tief, daß ein großes Schiff darüberlaufen kann, und zwar ganz allein, ohne Ruder. Gelt, das kannst du nicht begreifen, Feieli? Aber es ist wahr, und ich weiß, wie es zugeht. Ein Mensch hat eine Maschine erfunden, die treibt das Schiff inwendig, und das möchte ich jetzt noch gern wissen, wie die Maschine beschaffen ist. Weißt, Feieli, Schiffe kann ich schon machen aus Holz, und die schießen auf dem Wetterbach wohl allein davon, aber auf dem stillen Wasser würden sie nicht mehr weiterkommen. Daß sie aber dort weiterlaufen, das möcht ich recht von Grund auf verstehen und eine solche Maschine machen können!»

«Wer kann das machen?» fragte Feieli, das sehr aufmerksam den Worten des Jos gefolgt war.

«Wie die heißen, die alles zuerst erfinden und ausdenken, weiß ich nicht», antwortete Jos, «aber nachher machen es die Mechaniker, die haben große Werkstätten, da werden dann die Maschinen gemacht.»

«Könntest du nicht Mechaniker werden, Jos?» fragte das Feieli rasch, und vor freudiger Hoffnung flog eine hohe Röte über das bleiche Gesicht.

«Das ist gerade, was ich Tag und Nacht denke, Feieli», sagte der Bruder mit großer Befriedigung; denn daß das Feieli nun auch auf seinen Gedanken gekommen war, das gab ihm neue Zuversicht zu seinem Vorhaben. «Und siehst du», fuhr er eifrig fort, «ich arbeite auch immerfort, sobald ich nur einen Augenblick Zeit habe, an einer Schiffsmaschine, sieh» – damit zog Jos aus seiner Tasche ein wunderliches Stück Blech, an welchem zwei Drahträder festgenagelt waren, je eins an einer Seite.

«Sieh, Feieli» – und Jos ließ die Räder rasch laufen –, «das kommt dann in das hölzerne Schiff hinein, und die Räder auf die Seite, dann muß es laufen.»

Das Feieli schaute bewundernd auf die kunstreiche Erfindung, dann richtete es seine großen, glänzenden Augen auf den Bruder und sagte voller Verlangen:

«Oh, Jos, was können wir tun, daß du bald Mechaniker werden könntest? – Aber dann müßtest du gewiß fort, und ich könnte es fast nicht mehr aushalten, wenn du nicht mehr da wärest.»

Auf das schmale Gesichtchen kam ein Ausdruck von solcher Traurigkeit, daß der Jos es nicht ertragen konnte. Augenblicklich rief er:

«Nein, nein, daran mußt du nicht denken! Ich will dir sagen, was ich noch im Sinn habe: Wenn ich dann ein Mechaniker bin, kann ich viel verdienen, und dann bist du immer bei mir, und wir leben miteinander ganz fröhlich, und du mußt keine schwere Arbeit mehr tun und kein Holz mehr sammeln. Wenn ich dann ein Schiff fertig gemacht habe, fahren wir miteinander darin auf einem großen Wasser umher, weißt du, so auf einem breiten, glatten, nicht wie der Wetterbach ist. Gelt, dann haben wir's gut! Dann mußt du nicht mehr husten und frieren und so herumkeuchen um der kleinen Buben willen. Dann sorge ich dafür, daß du dich immer wohl fühlst, und ich arbeite nur noch ganz allein. – Aber was hast du? Frierst du, Feieli?»

Das Kind war schon ein paarmal zusammengeschauert; aber die Beschreibung des Jos hatte es so erfüllt, daß es nichts anderes gefühlt hatte. Da nun der Jos zu Ende war, bemerkte es seinen Zustand.

«Ja, es ist kalt und auch spät. Sieh, es wird schon dunkel», sagte es ängstlich.

Jos sprang auf. Auch er hatte alles über seinen Plänen vergessen. Er lief rasch zu der Stelle zurück, wo sein Bündel Zweige lag, schwang es rasch auf den Rücken und wollte losrennen. Aber das Feieli kam nicht nach; es keuchte unter seiner Bürde und hustete ohne Aufhören.

«Laß alles liegen, Feieli, ich hole es schon noch», rief Jos mitleidig. «Komm, du mußt nicht so husten.»

Das Feieli fogte, aber es brachte seine Bürde nicht weiter, kaum konnte es dem rennenden Jos nachfolgen. Unten beim Häuschen angekommen, warf Jos sein Bündel hin und lief wieder zurück. Die Mutter stand unter der offenen Tür. Sie kochte die Kartoffeln zum Abendessen in der kleinen Küche, in die man unmittelbar von dem schmalen Felsweg eintrat.

«Komm, komm», rief sie dringend dem herannahenden Kind zu, «komm, Feieli, mach doch ein wenig geschwinder! Wo bleibt ihr denn auch so lange? Warum läuft er wieder fort? Der hat doch immer etwas im Kopf! Geh schnell hinein und sieh zu, daß die Buben nichts anstellen. Die Kartoffeln sind gleich fertig, und der Vater kommt auch bald. Lauf, lauf, Feieli, mach den Tisch zurecht, bring die Buben zum Schweigen, hörst du, wie sie toben?» Das Feieli war immer noch stehengeblieben, weil es gern der Mutter erklärt hätte, warum der Jos wieder zurückgelaufen sei und daß er nichts Unrechtes im Kopfe habe. Aber es konnte nicht dazu kommen. Es war immer so mit der Mutter. Die gute Marthe hatte viel zu tun und noch viel mehr, weil sie meinte, gleich im allerersten Augenblick und noch im allerletzten des Tages müsse man etwas mit den Händen tun, sonst sei die Zeit verloren. Bald nachdem das Feieli drinnen mit großer Mühe die zwei kleinen Buben hinter den Tisch gebracht und jedem seinen runden Löffel in die Hand gegeben hatte, kam von oben herunter der Jos mit dem zweiten Bündel und von unten herauf der Vater mit der großen Stange über der Schulter. Er hatte einen anstrengenden Tag gehabt, das konnte man ihm wohl ansehen. Jetzt lehnte er seine Stange ans Häuschen und trat herein.

Gleich darauf saß die ganze Familie in der kleinen Stube um den viereckigen Tisch, und mit großem Appetit bissen sie alle in die dampfenden Kartoffeln. Nur das Feieli schien keinen Hunger zu haben. Es führte ein paarmal den Löffel in die große Schüssel ein, aus dem alle die saure Milch schöpften, legte ihn dann aber weg und schaute staunend zu, wie die zwei kleinen Buben ernsthaft fort und fort aßen, bis gar nichts mehr auf dem Tisch war als die leere Milchschüssel und die Kartoffelschalen rings darum her. Dann sagte die Mutter eilig: «Nimm sie, Feieli, nimm sie, daß wir fertig werden.» Damit meinte sie die zwei Buben, die das Ofentreppchen hinaufgeschafft und auf ihr Nachtlager gebracht werden sollten. Das war nun keine leichte Sache, und mit aller Anstrengung brachte das Feieli sie nicht weiter als bis zum Ofen hin. Endlich kam der Jos aus dem Geißenstall wieder herein. Er half nun von unten herauf mit so kräftigen Stößen nach, daß die Buben mühelos hinaufrollten.

Nun war denn auch für Feieli der Feierabend gekommen, und wie es nun in dem kleinen Kämmerlein auf seinem Bette lag, da mußte es immer noch hin und her sinnen, ob es denn nicht irgend etwas tun könnte, daß der Jos ein Mechaniker werden könnte.

Das Feieli führt einen Entschluß herbei

Wie das tosende Wasser des Wetterbachs, der immerfort laut aufrauschend dahinzog, auf den Jos von jeher einen großen Eindruck gemacht hatte, so daß er schon als kleiner Junge aus jedem Stückchen Holz ein Schiffchen gezimmert und die großen Blätter des Haselnußstrauchs als Segel darauf gebunden hatte, so übte der Bach auch seinen starken Einfluß auf die kleinen Brüder aus, nur in anderer Weise. Der fünfjährige Bartli und der vierjährige Töffeli waren immerfort aus allen Kräften bemüht, zu den tosenden Wassern hinunterzugelangen, was eine immerwährende Wache für sie bedingte. Denn wären sie einmal dahin gekommen, so wären sie auch sicher hineingefallen und augenblicklich fortgeschwemmt worden und verloren gewesen. So hatte die Mutter Marthe eine Erfindung gemacht, daß die Buben ohne Gefahr draußen bleiben konnten und doch nicht immerfort gehütet werden mußten. Nahe beim Häuschen stand ein kleiner Fichtenbaum, festgewurzelt im Felsengrund, so daß er viel Rütteln und Schütteln vertragen konnte, ohne zu wanken. Hierher führte die Mutter morgens ihre kleinen Buben, band jedem eine dicke Schnur um das eine Bein und knüpfte das andere an dem Fichtenbaum fest. Wenn sich dann die Buben von ihrem Platz entfernten und zum Wasser hinunter wollten, ging es wohl ein paar Schritte weit, dann aber blieben sie stecken. Dann erhoben sie ein furchtbares Geschrei, das aber niemand stören konnte, denn der Wetterbach war noch viel lauter und übertönte sie. Dann zappelten sie hin und her und stießen mit dem freien Fuß in ihrem großen Zorn in die Luft hinaus. Wenn aber alles nichts half und der Fichtenbaum sie doch nicht losließ, setzten sie sich zuletzt auf den Boden und fingen mit Sand und Steinen an zu spielen, bis ihnen auf einmal wieder das Wasser in den Sinn kam und daß sie da hinunter wollten und das Geschrei von vorne anfing. In dieser Abwechslung vergingen ihnen die schönen Tage. An Regentagen aber, wo sie nicht draußen sein konnten, hatte das Feieli die schwere Aufgabe, sie in der Stube zu hüten. Jeden Augenblick entwischte einer zur Tür hinaus und war schon halb den Abhang hinunter, bevor das Feieli ihn erwischen konnte, und dann war meistens der zweite auch schon nachgelaufen, und es hatte all seine Kräfte aufzubieten, um sie beide zu halten und wieder zurückzubringen. Es geschah auch nicht selten, daß sie das zartgebaute Feieli zu Boden rissen. Wenn aber der Jos von weitem so etwas erblickte, dann kam er in solchem Zorn auf die Buben losgerannt, daß sie sich voller Schrecken hinter das Feieli niederduckten. Aber er zog sie hervor und rüttelte und schüttelte sie so lange, bis das gute Feieli für sie bat, er möge sie nun gehenlassen, sie wollten wohl nun wieder recht tun. Sie waren dann auch ganz zahm und verhielten sich ruhig, solange Jos in der Nähe war. Dem Feieli war der Bruder ein großer Trost und Halt, denn es hatte das Gefühl, einen Beschützer in der Nähe zu haben, der unerwartet beispringen konnte, wenn es sich nicht mehr zu helfen wußte.

Der Morgen nach dem kühlen Abend, da Jos und Feieli ihr Holz gesammelt hatten, war ein heller Sonntagmorgen. Schon früh hatte die Mutter den Bartli und den Töffeli an ihren Ort bringen und festbinden können. Nun putzte sie die Fenster, und das Feieli half mit und rieb aus Leibeskräften an den trüben Scheiben herum. Eben jetzt trat die alte Silvia aus ihrem Häuschen und kam den schmalen Weg herunter. Das Sonntagskäppchen saß so schmuck auf den weißen Haaren, und die frische Schürze auf dem dunklen Festtagsrocke war so reinlich anzusehen, daß jeder seine Freude daran haben mußte, der sie daherkommen sah.

Beim Flößerhäuschen stand sie still und schaute einen Augenblick dem Treiben zu, dann sagte sie: «Ich wünsche Euch einen guten Tag, Marthe, wenn Ihr Zeit habt, ihn anzunehmen. Wißt Ihr auch, daß heute der Tag des Herrn ist?

Ich meine, Ihr dürftet auch einmal daran denken und Eure Arbeit ein wenig einstellen.»

«Gewiß hab ich Zeit, Euern Gruß anzunehmen, und Gott dank Euch, Mutter Silvia», gab Marthe zurück. «Ihr braucht es aber nicht so streng mit mir zu nehmen, Ihr wißt ja, wie unsereins die Woche durch von früh bis spät so viel zu tun hat, daß man keinen Finger stillhalten kann, und dann ist nur das Nötigste getan, daß auch jedes etwas auf dem Leib hat und keinen Hunger leidet. Wenn ich aber etwas sauber machen will, so muß ich den Sonntag dazu nehmen. Ich möchte wissen, wie ich noch zwei Stunden weit in die Kirche gehen könnte.»

«Ich will jetzt nicht gerade von der Kirche sprechen. Es ist wahr, daß wir es schwer haben, hinzukommen», bestätigte die Mutter Silvia, «aber den Sonntag könntet Ihr doch von den Wochentagen unterscheiden und den lieben Gott bitten um Kraft für die kommende Woche und ihm danken, daß er es Euch in der vergangenen hat wohlergehen lassen. Ihr seid eine brave Frau, Marthe, aber es fehlt Euch doch etwas, und darum kommt Ihr zu keiner Ruhe. Es heißt: Bete und arbeite! Ihr tut aber nur das zweite, vom ersten wißt Ihr nichts, und Ihr könntet es doch wohl brauchen. Es bringt den Segen auf die Arbeit und Ruhe und Frieden für den Feierabend.»

«Ich denke, der liebe Gott wird nicht so unzufrieden mit mir sein, wenn ich tue, was ich kann. Er weiß ja wohl, wie schwer ich's habe», gab die Marthe zurück.

«Ja, Marthe, so müßt Ihr's nicht nehmen, als ob das Beten noch eine Last wäre zu den anderen, die Ihr schon habt», sagte ernsthaft die Mutter Silvia. «Es ist eine Wohltat, daß wir zu unserem Gott beten und von ihm uns Trost und Kraft für das harte Leben erflehen dürfen und zu wissen, daß, wo kein Mensch uns helfen kann, der Vater im Himmel uns hören und helfen will. Die Stunde kann noch kommen, da Ihr es erfahrt, was es für uns bedeutet, einen barmherzigen

Gott anrufen zu können. Wißt, Marthe, das Schwerste in diesem Leben ist nicht die Arbeit, und wäre sie noch so hart, wenn man sie mit gesunden Gliedern verrichten kann, es gibt noch ganz anderes zu ertragen. – Aber was hat denn das Feieli?» unterbrach die Alte plötzlich ihren Gedankengang, indem sie zur Seite blickte, wo sich das Kind gegen das Fenster lehnte und beide Hände gegen die Brust gedrückt hielt. Es sah matt und blaß aus.

«Ist dir nicht wohl?» fragte die Mutter jetzt auch besorgt. «Ich habe vorher nie gesehen, daß dir etwas fehlte. Man kann freilich nicht alles merken, wenn man immer alle Hände voll zu tun hat. Wo tut's dir weh? Geh ein wenig zu den Buben, du kannst etwas mit ihnen vornehmen, sie sind dann auch zufriedener. Such ihnen Steinchen und rote Blätter!»

Das Feieli wollte gleich gehen, aber die Mutter Silvia sagte: «Die sitzen ja still da drüben. Laßt das Kind ein wenig Sonntag haben. Laßt es eine Strecke mit mir gehen, die Morgensonne wird ihm wohltun. Ich gehe den Schneerücken hinan, so weit, bis ich die Glocken von oben läuten höre. Bis hinauf zur Kirche kann ich nicht gehen; aber die Glocken will ich hören, es bringt mir den Sonntag ins Herz.»

Marthe willigte ein, und Feieli kam leise heran. Aber die Mutter Silvia schüttelte den Kopf: «Nicht so, Feieli, nicht so! Geh hinein und zieh dein Sonntagsröcklein an und deine guten Schuhe, sonst kommen dir keine Sonntagsgedanken. In den Alltagsfetzen schleppt man das Alltägliche mit sich herum. Geh nur, ich warte!»

Es war ein freudiger Schimmer auf Feielis Gesicht gekommen, denn es wollte so gern einmal Sonntag haben und ordentlich angezogen sein; aber es stand still und schaute fragend nach der Mutter hinüber. «Ja, so geh, wenn's doch die Mutter Silvia haben will», sagte sie, und als das Kind fröhlich weggelaufen war, setzte sie hinzu: «Es wundert mich nur, daß Ihr darauf etwas haltet, die paar Schritte weit werden Euch wohl nicht viele Leute sehen.»

«Das tu ich nicht um der Leute willen», entgegnete Mutter Silvia. «Aber der Sonntag ist ein Festtag, und was sich die Woche durch an Schmutz angesetzt hat, das gehört nicht in den Feiertag. Und das saubere äußere Kleid wirkt auch manchmal auf das Innere zurück. Binde ich meine saubere Schürze am Sonntagmorgen um, so muß ich gleich denken: Bist du jetzt auch so fleckenlos nach innen wie nach außen? Und das treibt mich, ein Sonntagsgewand für meinen ganzen Menschen zu suchen. Das ist ein großer Segen, den mir der Sonntagsrock bringt.»

«Hört, Mutter», fiel Marthe ein wenig eilig ein, «ich habe nun einmal nicht soviel Zeit, über das alles nachzusinnen. Ihr mögt in manchem recht haben, aber Ihr müßt denken, was ich alles auf mir habe.»

«So behüte Euch Gott, Marthe! Wenn ich Euch in etwas beistehen kann, so ruft mich. Kräfte habe ich nur wenige; aber der Wille ist gut.» Damit trippelte die Alte fröhlich den Felsenpfad hinauf, gefolgt vom Feieli, das nun in seinem Sonntagsröckchen so schmuck und sauber wie ein frisch erwachtes Frühlingsblümchen aussah, aber eines von den allerzartesten, dem der erste Windstoß alle Blättlein verwehren konnte. Eine Zeitlang ging Feieli hinter der Alten her. Diese wollte wohl gern ein wenig ihren Sonntagsgedanken nachgehen. Das Feieli mochte auch etwas Besonderes ausdenken, denn es schaute mit seinen großen Augen ganz ernsthaft vor sich hin. Als sie an die Stelle kamen, wo der Felsenpfad in den breiteten Weg einmündet, konnten die beiden nun nebeneinander gehen. Mutter Silvia schaute ein paarmal nach dem Kinde hin, dann sagte sie:

«Feieli, was denkst du in deinem Herzen, wenn wir so schweigend miteinander wandern?»

«Ich denke den ganzen Tag und die Nacht, wenn ich nicht schlafen kann, immerfort das Gleiche», antwortete das Kind.

«So? Und was denn?» fragte die Alte weiter.

«Immerfort denke ich, was ich tun könnte, daß der Jos ein Mechaniker wird», sagte das Feieli.

Darüber mußte die Mutter Sivlia sich sehr wundern. Sie hatte noch gar nichts davon gehört und fragte nun beim Feieli nach, wie denn der Jos zu dem Wunsche komme und was Vater und Mutter dazu sagten? Nun erzählte ihr das Kind, wie Jos von jeher Schiffe gemacht und alles ausgedacht habe, wie sie allein schwimmen könnten, und wie er schon eine Maschine nachgemacht habe, welche wirklich die Schiffe vorwärts treibe. Bei der Erzählung wurde das Feieli immer eifriger, seine Augen glänzten immer feuriger, und zuletzt sagte es mit einem Ausdruck brennenden Verlangens: «Meint Ihr, daß er es werden kann, Mutter Silvia?»

Sie antwortete aber nicht gleich, sondern sagte, erst müsse man doch wissen, wie Vater und Mutter darüber dächten. Da berichtete das Kind, daß sie beide bis jetzt nicht den Mut gehabt hätten, Vater oder Mutter zu fragen, denn am Abend, wenn der Vater heimkomme, sei er müde und gebe fast keinen Bescheid mehr, und die Mutter habe nie Zeit, daß man mit ihr reden könne, und Jos habe auch gesagt, wenn er nur einmal zur Mutter Silvia hinüberkönnte und fragen, was sie meine.

Die alte Frau sagte, zuerst müsse man mit dem Vater und der Mutter reden und hören, ob sie einverstanden seien, dann könne man erst weiter denken. Aber das Feieli war nicht zufrieden mit der unbestimmten Antwort. Es schwieg eine Weile, dann schaute es mit demselben brennenden Verlangen zu der Alten auf und fragte wieder:

«Mutter Silvia, aber glaubt Ihr, daß der Jos ein Mechaniker werden kann?»

Als die alte Mutter das große Verlangen in Feielis Augen erblickte, ging es ihr zu Herzen. Sie konnte es nicht aussprechen, daß sie wenig Glauben an die Sache hatte. Ermunternd sagte sie: «Siehst du, Feieli, wenn das ein guter Weg für den Jos ist, so kann ihn der liebe Gott schon auftun. Das können wir aber nicht wissen, und vor allem muß der Junge mit Vater und Mutter reden. Jetzt wollen wir aber still sein und zuhören, wie schön es läutet.»

Vom Schneerücken herunter hörte man jetzt die Sonntagsglocken erklingen, und durch die weite Stille trug der Wind die Töne so hell und deutlich herunter, als kämen sie ganz aus der Nähe. Mutter Silvia faltete die Hände und blieb stehen, bis der letzte Ton verhallt war. Das war ihr sonntäglicher Kirchgang, bis der hohe Schnee sie daran hinderte, so weit zu kommen.

Jetzt löste sie die gefalteten Hände und sagte: «Nun wollen wir wieder zurückgehen, Feieli.»

Als sie nun wieder nebeneinander hergingen, sagte sie nach einer Weile: «Hast du denn auch schon daran gedacht, wie schön es sein muß, wenn wir einmal zu dem langen, friedevollen Sonntag in die Ewigkeit eingehen, wo keine Unruhe und kein Leid mehr ist?»

Das Feieli antwortete, daran habe es noch nie gedacht; aber wenn ihm etwas weh tue und bei ihnen alles so unruhig sei, freue es sich auf die Zeit, wenn der Jos einmal Mechaniker geworden sei. Dann wollten sie zwei zusammen leben und miteinander auf dem stillen Wasser fahren.

«Wir wollen jetzt noch ein wenig darüber hinaus denken, Feieli», sagte Mutter Silvia, nachdem sie aufmerksam dem Kinde zugehört hatte, «und weil du immer an den Jos und seine Schiffe denkst, will ich dich ein Sprüchlein von einem Schiffchen lehren. Das sag ich mir oft vor, und es macht mich fröhlich in meinem Herzen. Es heißt so:

‹Muß zuletzt mein Schifflein noch
in die dunklen Fluten sinken,
seh' ich schon von drüben doch
sonnenhelle Wasser blinken,
weiß, nun ist es nicht mehr weit
nach der stillen Ewigkeit.›»

Feieli mußte das Verschen nachsagen, und als sie wieder unten am Felsensprung angekommen waren, wollte Mutter Silvia es noch einmal hören, und Feieli sagte es ohne Anstoß auf. Dann nahm sie Abschied von dem Kinde und ging ihrem Hüttchen zu. Feieli aber lief, so schnell es vermochte, noch den Abhang hinunter, denn es konnte fast nicht warten, bis es wieder mit dem Jos zusammen war. Es mußte ihm ja berichten, was die Mutter Silvia gesagt hatte, daß nämlich der liebe Gott schon helfen könne, nur müsse man zuerst mit Vater und Mutter reden. Jos stand schon hinter dem Fichtenbäumchen und schaute nach dem Feieli aus. Er lief ihm entgegen und zog es schnell in die Gebüsche hinein. Hinter den großen Brombeersträuchern setzte er sich dann auf den Boden und zog seine Schiffsmaschine aus der Tasche; er hatte etwas Neues daran erfunden. Das Feieli setzte sich ganz nahe zu ihm hin und betrachtete die Erfindung mit dem größten Erstaunen. Jos erklärte ihm, nun werde noch ein hölzerner Kasten in das Schiff hineingezimmert, da hinein komme dann die Maschine, und wenn zuletzt noch das Ding erfunden sei, wo der Dampf hineinkomme, dann könne das Schiff leicht den Wetterbach hinauffahren, den spritzenden Wellen entgegen. Aber das war eigentlich nicht sein höchstes Ziel. Er hatte noch ganz andere Fahrten im Sinn, und nun schilderte er dem Feieli mit Eifer die selbst arbeitende Schiffsmaschine, und so feurig wurden seine Worte und seine Augen dabei, daß das Feieli auch ganz begeistert wurde und schnell vom Boden aufstand.

«So komm», sagte es, ihn bei der Hand nehmend, «wir wollen heute noch den Vater und die Mutter fragen. Die Mutter Silvia hat gesagt, der liebe Gott könne dir schon helfen, aber zuerst müsse man das tun.»

Jos stand ein wenig zögernd auf. Noch nie hatte er von seinen stillen Plänen ein einziges Wort zum Vater oder zur Mutter zu sagen gewagt, denn er hatte das bestimmte Gefühl, daß er auf Widerstand stoßen würde. Aber nun, da er das Feieli so zuversichtlich sah und von ihm hörte, daß auch die Mutter Silvia die Sache nicht für unmöglich hielt, kam auch ihm der Mut. Er erfaßte des Feielis Hand, und stumm vor Erwartung stiegen sie zusammen zum Häuschen hinab, um die große Frage Vater und Mutter vorzulegen.

Wie Feieli einen Weg sucht

Eben hatte die Mutter die Milch auf den Tisch gestellt und das große schwarze Brot hingelegt – denn am Sonntag gab es auch ein wenig Brot dazu, nicht nur Kartoffeln –, da sah sie von der offenen Küchentür aus die beiden Kinder herankommen.

«Komm, Feieli, komm, lauf ein wenig geschwinder», rief sie ihm entgegen, «mach die Buben los und bring sie zum Essen, der Jos soll den Vater holen!»

Das Feieli kam schnell herbei, und der Jos sprang über die Steinblöcke hinunter dem Wasser zu. Er sah sich aber noch einmal um und kam schnell wieder zurückgesprungen, denn er hatte gesehen, wie die beiden Buben sich gebärdeten. Jeder riß am Feieli und puffte und schlug mit dem freien Fuß aus, denn jeder wollte zuerst losgebunden und drinnen am Tisch sein. Das Feieli konnte weder den einen noch den anderen losmachen, so rissen sie es hin und her.

Mit einem Satz sprang Jos zu, packte mit jeder Hand einen am Genick und schüttelte rechts und links tüchtig zu.

«Ihr Halunken, ihr beiden», rief er grimmig aus, «so macht ihr es immer mit dem Feieli und stoßt und plagt es; aber wartet nur, wenn ihr es noch ein einziges Mal pufft, so pack ich euch alle beide und ziehe dort den höchsten Ast vom Baume herunter und binde euch beide fest daran, und dann lasse ich ihn wieder in die Luft hinaufschnellen, und ihr schnellt mit, und dort oben hängt ihr und zappelt und könnt dann sehen, wer euch wieder herunterholt. Habt ihr's verstanden?»

Der Bartli und der Töffeli bejahten ganz kleinlaut die Frage, denn die schreckliche Aussicht, so in die Luft hinaufzuschnellen und oben am Ast zu zappeln, hatte sie ganz zahm gemacht. Als der Jos das sah, ging er, und das Feieli konnte nun ohne Mühe seine Arbeit vollenden.

Als nun alle drinnen um den Tisch saßen, schauten Jos und Feieli einander von Zeit zu Zeit wieder an. Sie verstanden beide ganz gut, daß immer eins das andere fragte: «Jetzt? Oder jetzt?» Aber es durfte immer noch keines mit der Sache herausrücken. Schon war die große Schüssel auf dem Tisch fast ganz leer, nur die kleinen Buben schaufelten noch mit aller Anstrengung einige Tropfen heraus. Der Vater hatte den Löffel weggelegt. Jetzt sah Feieli den Augenblick kommen, denn wenn er nach seiner Kappe verlangte und hinausging – dann war es zu spät, vielleicht für lange.

«Vater», rief es auf einmal, so ängstlich, daß die Eltern beide erschrocken aufsahen, was es denn gäbe, «wir möchten noch etwas fragen.»

Nun rückte auch der Jos heraus, denn nun war der Weg aufgetan. Er sagte, er möchte gern fragen, ob er nicht ein Mechaniker werden könne, so einer, der allerhand erfinde, daß die Schiffe allein laufen.

Jetzt hatte die Mutter genug gehört: «Um tausend Gott's Himmels willen, wer gibt dir auch solche Sachen an?» rief sie jammernd aus; «das fehlt noch, daß du dir solches Zeug in den Kopf setzest. Wo sollte bei uns das Geld zu einer Lehre für solches Gewerbe herkommen? Wie kommst du nur auf so etwas, von dem weit und breit nie ein Mensch etwas gehört hat? Ich habe aber immer gedacht, es gäbe noch etwas Unrichtiges, wenn du so mit Messer und Bohrer an jedem Stücke Holz herumgestochen und gelöchert hast, anstatt etwas Gescheiteres zu tun. So endet's dann immer.»

«Wir wollen ihn jetzt deswegen nicht schelten», fiel hier der Vater ein, «ich habe auch einmal so etwas an mir gehabt und aus allen Holzklötzchen Räder geschnitten. Ich wollte ein Mühlenmacher werden, denn ich sah immer die Mühlräder gehen, wenn ich an der Mühle vorbeikam. Es ist mir dann aber von selbst vergangen, und ihm wird's schon auch vergehen. Im Frühling wird er zwölfjährig und kommt aus der Schule. Dann kann er tüchtig beim Flößen helfen, und ihm vergehen solche Gedanken.»

«Nein, Vater, das vergeht mir gewiß nicht», sagte Jos und hatte mit einer Aufregung zu kämpfen, die ihm fast den Atem nahm, während das Feieli große Tränen niederschluckte. «Aber meinst du denn, Vater, das könne ich nie erlernen, nie, solange ich lebe?»

«Ja, ja, das mein ich, das ist nicht anders», sagte der Vater bestimmt und stand auf. «Schlag dir's nur aus dem Sinn. Zu einer solchen Lehre muß man Geld haben, viel mehr für ein einziges Jahr, als ich in zweien verdiene. Denke nur gar nicht mehr daran, das ist das beste.«

Damit ging der Vater hinaus, und der Jos lief nach, denn er mußte seinem Schmerz draußen Luft machen. Jetzt wußte er, woran er war.

Das Feieli schluchzte leise in sich hinein, es mußte sich aber zunächst noch überwinden; denn während des Gesprächs waren die zwei kleinen Buben eingeschlafen und mußten jetzt in die Kammer hinaufgeschafft werden. Als es aber später allein in seinem Kämmerlein war, da weinte es erst lange Zeit und wußte keinen Trost, schlief auch die ganze Nacht nicht, denn es mußte fort und fort sinnen und suchen, ob es denn nicht irgendeine Hilfe für den Jos ausfindig machen könnte.

Als am anderen Morgen das Feieli sah, wie traurig der Jos hinter dem Vater her auf die Arbeit schlich, lief es leise nach, winkte dem Bruder und sagte tröstend:

«Sei nur nicht so traurig; ich habe in der Nacht etwas ausgedacht. Ich kann dir vielleicht doch helfen. Du mußt nicht denken, daß jetzt alles aus ist, Jos, es kommt schon noch gut.»

Diese zuversichtlichen Worte machten dem Jos wirklich neuen Mut. Sein Gesicht hellte sich auf.

«Meinst du?» fragte er, das Feieli mit freudigem Dank anblickend. Es nickte ganz ermunternd, und nun ging der Jos mit neuer Hoffnung im Herzen an seine Arbeit.

Das Feieli strengte sich heute besonders an, der Mutter soviel zu helfen, als es nur vermochte, damit sie mit ihm zufrieden sei. Gegen Abend fragte es dann zaghaft, ob es nicht einmal zur Mutter Silvia hinüberdürfe; es möchte gern ein wenig mit ihr reden.

Die Mutter meinte, mit der alten Nachbarin werde es wohl nicht viel zu reden haben. Aber es habe brav gearbeitet, es könne gehen.

Die Mutter Silvia saß am Spinnrad. Sie empfing das Feieli sehr freundlich. Es mußte sich zu ihr setzen und ihr sagen, wie es mit dem Husten gehe und ob es gestern nicht zu müde geworden sei. Es sei so bleich heute, noch mehr als gewöhnlich.

Da sagte das Feieli, es habe die ganze Nacht nicht schlafen können, sondern immer über etwas nachdenken müssen, und jetzt wolle es die Mutter Silvia fragen, ob sie ihm einen großen Gefallen tun würde.

«Und was denn, Feieli?» fragte sie freundlich.

«Ich möchte so gern spinnen lernen», erwiderte es, «und dann, wenn ich große Stränge gesponnen hätte, so wie Ihr es macht, dann könnte ich über den Berg gehen und sie verkaufen und das Geld zusammenlegen. Und nach und nach hätte ich dann so viel, daß der Jos doch noch in die Lehre gehen und Mechaniker werden könnte. Denn Vater und Mutter haben gesagt, das könne er nie tun, weil es viel mehr Geld kostet, als sie haben.»

Das Feieli war bei seinem Bericht so eifrig geworden,

daß seine Wangen jetzt wie dunkelrote Rosen glühten. Die Mutter Silvia hatte schweigend zugehört und das erregte Kind aufmerksam betrachtet. Nun es geendet hatte, schaute es mit seinen glänzenden Augen erwartungsvoll zu der alten Frau auf. «Ja, das ist schon recht, Feieli, daß du gern dem Jos helfen willst», sagte diese jetzt bedächtig, «aber wenn du nun spinnen kannst, woher kommt dann der Flachs, den du spinnen mußt, um Stränge verkaufen zu können?»

Daran hatte das Feieli gar nicht gedacht. Es wurde auf einmal blaß. Ja, woher sollte es Flachs nehmen? Zaghaft fragte es jetzt:

«Woher nehmt Ihr ihn, Mutter Silvia?»

Sie lächelte ein wenig: «Das könnte ich dir schon erzählen, wenn es dir etwas helfen könnte. Aber komm, ich erzähl dir's, es kann doch zu etwas gut sein. Du kannst daraus sehen, wie der liebe Gott uns oft unerwartet hilft und einen Weg auftut, wo wir keine Hoffnung mehr vor uns sehen und denken müssen, wir kommen nicht mehr weiter. Verstehst du, was ich da sage, Feieli?»

«Ja, ja, gewiß», sagte eifrig das Kind und schaute begierig auf, um zu hören, wie der liebe Gott helfen könne, wenn wir gar keinen Weg mehr vor uns sehen.

Die Mutter Silvia hörte auf zu spinnen und begann:

«Ich habe einen Sohn, Feieli, einen einzigen Buben, und er war meine einzige Freude. Mein Mann war mir früh gestorben, als der Dietli kaum zwei Jahre alt war. Hier in dem Häuschen wohnte ich mit dem Buben, und wir lebten fröhlich zusammen. Gab es auch manchmal harte Arbeit und schmales Brot, so hatte ich doch meinen kleinen Dietli, und er brauchte nie Mangel zu leiden. Er wurde groß, brav und gut und war ohne Hinterhalt zu mir, und wir teilten alles miteinander. Da sagte er eines Tages: ‹Wenn es dir recht ist, Mutter, so will ich die Lise zur Frau nehmen.› Die Lise wohnte auf der anderen Seite vom Schneerücken, weit unten im Tal. Sie hatte ein schönes Gütlein und war Herrin über alles, denn die Mutter war tot und der Vater schon alt. Ich sagte: ‹Tu's mit Gott!› Dann ging er und wohnte unten bei der Lise, und sie wollte ihn für sich haben. Zuerst kam er noch ein paarmal am Sonntag zu mir, dann nicht mehr, und ich dachte, wenn sie nur den Frieden haben, so will ich schon vergessen sein. Dann kamen ein paar schwere Jahre für mich, und zuletzt sah ich nichts anderes vor mir, als daß mir mein Häuschen weggenommen werde und ich in meinen alten Tagen noch betteln müsse. Meinst du, es sei mir da nicht auch schwer gewesen, Feieli? Ich verzagte auch beinahe, aber ich sagte in meinem Herzen:

‹Du kannst mich nicht verlassen,
du selbst versprichst es mir,
und soll der Weg durch Trübsal gehn,
so geht er doch zu dir.›

Da kommt auf einmal mein Dietli gelaufen, und vor Weinen kann er fast nicht reden. Er hatte nämlich auch wieder einen kleinen Dietli gehabt, der mußte nun etwa fünf Jahre alt sein. Endlich sagte er: ‹Mutter, der Dietli ist uns gestorben, gestern abend am Scharlach, es ist uns alle Freude genommen.› Und wie ich nun ein wenig mit ihm geredet und ihm Trost zugesprochen hatte, sagte er wieder: ‹Ich muß dir noch etwas sagen, Mutter. Ich habe gestern nacht zur Lise gesagt: ‹Es ist gewiß auch nicht recht, daß wir die Mutter so verlassen; ich war ihr auch so lieb, wie uns der Dietli war, und jetzt hat sie nichts mehr von mir.› Da wurde die Lise ganz mürbe und sagte: ‹Wir haben vielleicht etwas an ihr verschuldet, und wir wollen es gutmachen.› Da haben wir ausgemacht: Wir wollen dir das Flachsfeld unten am Haus geben, wo der Dietli immer die blauen Blümlein sehen wollte. Jetzt will ich dir den Flachs, wenn er gehechelt und geröstet ist, allemal bringen.› Das haben sie getan, und seither leb ich in lauter Wohlergehen, und seit der Dietli den

Weg zu mir wiedergefunden hat, kommt er auch mehr als nur das eine Mal im Jahr. Siehst du, Feieli, so kann der liebe Gott auf einmal in einer Weise helfen, wie wir's gar nicht voraussehen konnten.» Das Feieli war mit der größten Spannung den Worten der Mutter Silvia gefolgt. Jetzt sagte es mit einem Seufzer: «Auf die Art kann mir der liebe Gott nun schon den Flachs nicht schicken, aber vielleicht auf eine andere; meint Ihr nicht, Mutter Silvia?»

«Ja, ja, Feieli, das meine ich auch», bestätigte diese. «Der liebe Gott hilft jedem auf eine besondere Weise. Es ist nicht gesagt, daß er dir nun gerade Flachs schickt wie mir, er weiß vielleicht einen besseren Weg für dich und den Jos. Du mußt nur nicht vergessen, dem lieben Gott alles aufrichtig zu sagen und ihn herzlich zu bitten, daß er sich unser annehme und uns helfe, wo wir keinen Weg mehr vor uns sehen.» Das Feieli war froh zu wissen, daß es doch etwas tun konnte. Es hatte nie so recht gewußt, daß man dem lieben Gott im Himmel alles sagen kann, was man auf dem Herzen hat, auch solche Sachen wie die traurige Lage vom Jos, die ihm so sehr am Herzen lag. Es ging nun ziemlich getrost wieder nach Hause, denn wenn es auch mit dem Spinnen nichts war, so konnte es nun doch hoffen: Wenn es den lieben Gott recht innig darum bitte, so zeige er ihm vielleicht einen anderen Weg, auf dem es für den Jos etwas tun könne, oder er helfe auf andere Weise, damit er sein Ziel erreiche.

Ein gutes Wort und eine Erquickung zur rechten Zeit

Die Herbsttage wurden immer rauher. Noch öfter mußten Jos und Feieli nach dem Wald hinaufsteigen und dürre Zweige sammeln, aber die Arbeit wurde dem Feieli immer schwerer, und der Jos sagte jetzt gewöhnlich, sobald sie ans dichte Holz kamen: «Bleib du nur da im Sonnenschein und setz dich dort an den Baum, ich will schon genug Holz zusammenbringen.» Und das Feieli schaute ihn mit seinen sprechenden Augen dann so dankbar an, daß er für alle Mühe belohnt war und gern noch mehr getan hätte, denn er konnte wohl sehen, wie matt es war, wenn es auch nicht klagte. –

Dann kam der Winter. Da war nun keine Rede davon, daß das Feieli auch nur ein einziges Mal den langen Weg zur Schule hinauf machen könnte. Es hatte nun vom Morgen bis zum Abend die Buben zu hüten, daß sie nicht aus der Stube huschten und hinunter zum Wasser liefen. Es hatte aber nicht mehr die Kraft, sie zu meistern, und konnte sie nur zurückhalten, indem es die Tür zuriegelte und den Schlüssel hoch oben an einen Nagel hängte. Da es aber doch den ganzen Tag immerfort in einer oder der anderen Weise mit den Buben zu kämpfen hatte, war es am Abend so müde, daß es sich kaum mehr regen konnte. Aber dann kam immer noch die Zeit, auf die es sich den ganzen Tag gefreut hatte und die es seine Müdigkeit vergessen ließ. Dann kam der Jos nach Hause, und seine Anwesenheit wirkte so günstig auf die Kleinen, daß sie sich gleich ruhig hinter den Tisch setzten, die kleinen Finger ineinander hakten und versuchten, wer der Stärkere sei. Die Mutter kochte draußen das Abendessen, und so im Halbdunkel setzten sich dann Jos und Feieli in einen Winkel und fingen an, ihre Zukunftspläne zu besprechen, und über beide kam dabei eine solche Freude und Wonne, daß sie alles um sich her vergaßen. Manchmal kam der Jos ein wenig mißmutig nach Hause und meinte, es werde doch aus allem nichts; es gebe auf der ganzen Welt keinen Weg, auf dem er zu seinem Ziel kommen könne.

Aber dann wurde das Feieli doppelt eifrig und zuversichtlich. Es antwortete dann, der liebe Gott wisse gewiß einen, sie müßten nur noch ein wenig warten; der Mutter Silvia sei es geradeso gegangen. Dann wurde der Jos wieder freudig und zuversichtlich. Wenn dann das Feieli seinen bösen Husten hatte und ganz elend davon wurde, dann wußte der Jos so prachtvoll zu schildern, wie es einmal sein werde, wenn das Feieli mit ihm im warmen Sonnenschein auf dem großen stillen Wasser umherfahre, wo es ihm sicher ganz wohl werde und es nie mehr husten müsse, daß das Feieli wirklich meinte, es fühle das bereits, und darüber vergessen konnte, wie schlecht es ihm eben noch gewesen war.

Der Winter war lang, aber endlich nahmen die kalten Tage doch ein Ende. Der warme Fön brauste wieder hinter den Bergen hervor und wehte große Schneemassen in alle tiefen Schluchten und Wasser hinein. Der Wetterbach schwoll hoch an und rauschte wilder daher als sonst, und an den hohen Steinblöcken im Felsensprung spritzten die Wellen so hoch empor, daß alle Fensterscheiben am Flößerhäuschen davon benetzt wurden.

Auf der schmalen Bank am Häuschen saß jetzt das Feieli im Frühlingssonnenschein und schaute still sinnend zu, wie die hohen Wasserwogen daherrollten. Nebenan unter dem Fichtenbäumchen zappelten und schrien die kleinen Buben vor Freude über die Spritzwellen, die sie übergossen, und dann vor Zorn, daß sie ihnen nicht entgegenlaufen und sich immer mehr bespritzen lassen konnten.

Aber die Mutter hatte jetzt eingesehen, daß das Feieli viel zu schwach sei, um die Buben zu hüten, und hatte darum festgesetzt, daß sie von früh morgens bis zum Abend am Fichtenbäumchen festgebunden blieben, während das Feieli in der Sonne auf der Bank sitzen sollte, damit es wieder zu Kräften komme. Auch dem Feieli war der erfrischende Schaum des Bergwassers höchst willkommen, wenn er ihm im Aufspritzen Gesicht und Hände benetzte. Es trank die kalten Tropfen alle begierig ein, denn es litt jetzt immer an einem brennenden Durst. Viel Wasser nacheinander konnte es nicht trinken; es wurde zu elend davon, und etwas anderes hatte es nicht. Die Milch mochte es auch nicht, die löschte den Durst nicht. Es meinte, wenn nur die sauren Äpfel reif wären, die würden seinen Durst am besten löschen. Jos war auch schon zu allen Bauern am Schneerücken gelaufen und hatte nach sauren Äpfeln gefragt, aber es waren keine mehr zu bekommen, nicht einer. Dann tröstete der Jos das Feieli mit der Hoffnung, die Erdbeeren würden gewiß bald reifen, wenn die Sonne so warm scheine. Er sah auch alle Tage zu, ob sie blühten, und wollte die allerersten bringen, noch ganz unreif, wenn sie so recht sauer seien. Aber auch dieser feine, kalte Wassersprudel erfrischte das Kind für einen Augenblick in seinem heißen Durst. So saß das Feieli am sonnigen Morgen wieder auf seiner Bank und schaute nachdenklich auf die brausenden Wellen hinab, die in wilden Sprüngen einander jagten und in die Tiefe stürzten. Es hörte nicht, daß die Mutter Silvia von oben herunterkam und sich zu ihm auf die Bank niedersetzte.

«Feieli», sagte sie, ihm freundlich auf die Schultern klopfend, «was sinnst du, wenn du so aufmerksam auf das tosende Wasser hinunterschaust?»

Das Kind fuhr bei der unerwarteten Begegnung leise zusammen, aber es schaute erfreut der Mutter Silvia in die Augen, denn es war immer froh, sie zu sehen. Es fühlte sich wie in einem sicheren Schutz in ihrer Nähe.

«Ich habe an etwas gedacht, was Ihr zu mir gesagt habt», erwiderte das Feieli. «Wißt Ihr noch, Mutter Silvia, wie Ihr von dem dunklen Bach gesprochen habt, durch den man gehen muß, wenn man drüben auf der anderen Seite das sonnenhelle Wasser sehen will?»

Die Mutter Silvia nickte bejahend: «Und was hast du dann gedacht?»

«Ich habe gedacht, wenn die Wellen so wüten wie hier im Wetterbach und es ist dann noch dunkel, dann ist es zum Fürchten. Muß man sich sehr fürchten, Mutter Silvia, wenn man hinüber muß?» fragte das Kind und richtete erwartungsvoll seine großen, ernsthaften Augen auf die Alte.

«Feieli», sagte diese langsam, «ich will dir etwas sagen. Du weißt, daß unser Herr Jesus auf die Erde gekommen ist, um uns aus allem Elend zu helfen, und daß er für uns alle gestorben ist. Also weiß er auch am besten, wie schwer es ist, durch den dunklen Bach zu kommen, und er will uns helfen. Weißt du, weiter unten, wo der Wetterbach noch breiter wird, dort liegt ein Fährschiff auf der anderen Seite, das ist an einem starken Seil festgemacht. Wenn es nun herüberkommt, wird es wohl von den wilden Wellen auf- und niedergeworfen, aber es kann ihm nichts Böses begegnen, es kann nicht versinken. Das starke Seil hält es über der Tiefe wie eine feste Hand. Wenn wir nun hinüberfahren müssen, dann können wir dem Fährmann drüben zurufen: ‹Komm, hol uns doch in deinem sicheren Schiffchen hinüber!› Siehst du, Feieli, so geht es, wenn wir über den dunklen Bach in die stille Ewigkeit hinüberfahren sollen, dann dürfen wir unsern Herrn Jesus anrufen und bitten: ‹Oh, komm doch, halte du mein Schifflein fest und führe mich hinüber!› Dann sind wir sicher und haben nichts zu fürchten.»

Das Feieli war mit angehaltenem Atem den Worten der Mutter Silvia gefolgt. Jetzt atmete es tief auf und sagte: «Oh, das ist gut!»

Da hörte man Stimmen und Tritte oben vom Felsenweg herunterkommen. Die Mutter Silvia stand auf. Sie sagte: «Es kommen Leute daher, da können wir doch nicht mehr miteinander reden. Ein andermal will ich wiederkommen und sehen, wie es dir geht.» Dann drückte sie dem Feieli die Hand und ging.

Es geschah dann und wann an schönen Frühlings- und Sommertagen, daß von der anderen Seite des Schneerükkens, aus dem großen Tal, Leute herüberkamen, um den wilden Wetterbach beim Felsensprung anzusehen und weiter unten noch das Höllenloch zu besuchen. Das war eine Höhle, die tief in einen Felsen hineinführte und so dunkel war, daß man mit einem brennenden Wachskerzchen in der

Hand darin herumgehen mußte, wenn man sich nicht überall an den Felsenspitzen stoßen und verletzen wollte.

Eine solche Gesellschaft mußte es sein, die jetzt von oben herunterkam, mehrere Knaben und Mädchen und hinter ihnen eine Frau, die unterhielt sich mit dem Jos, den sie wohl auf dem Weg getroffen hatte. Die Knaben rannten sogleich alle dem Wasser zu und kletterten auf die hohen Steine darin. Die Mädchen liefen zu dem Fichtenbäumchen und schauten mit Staunen und Lachen auf die zwei kleinen, festgebundenen Buben, die jetzt stumm mit weit aufgerissenen Augen dastanden und die ungewohnte Erscheinung anstarrten. Die Frau hatte den Jos ins Haus geschickt und trat jetzt zum Feieli. Sie setzte sich zu ihm, schaute teilnehmend das blasse Gesichtchen an und fragte, ob ihm etwas fehle, ob es Schmerzen habe? Das Feieli antwortete, es tue ihm nichts weh, es sei nur so matt, und nun säße es an der Sonne, daß ihm die Kraft wiederkomme. Jetzt kam der Jos heraus und berichtete, die Mutter erlaube, daß er der Gesellschaft den Weg zum Höllenloch zeige. Sie könnten aber nicht dem Wasser nachgehen, weil der Wetterbach jetzt zu sehr angeschwollen sei; man müsse erst hoch ins Holz hinaufsteigen, und das sei sehr viel weiter. Sofort rief die Frau die Kinder zusammen. Jos mußte einen großen Korb auf den Rücken nehmen, denn man hatte das Mittag- und Abendessen aufgepackt, und die Gesellschaft machte sich fröhlich wieder auf den Weg.

Die Frau schaute sich aber noch einmal voller Teilnahme nach dem blassen Kinde um. Es mußte recht ihre Gedanken erfüllen, denn als sie eben ins Holz traten, schaute sie noch einmal zurück und blieb eine kleine Weile stehen. Dann rief sie den Jos an ihre Seite und fing an, mit ihm von seiner Schwester zu reden. Sie fragte, ob das Kind schon lange unpäßlich sei, was ihm fehle und ob es nie über Schmerzen klage. Da erzählte Jos eingehend alles, was er wußte: daß das Feieli nach und nach so geworden sei, daß es beim Holzlesen im Herbst furchtbar gehustet habe, daß es aber über nichts klage als über den großen Durst. Auch erzählte er, wie er bei allen Bauern am Schneerücken nach sauren Äpfeln gefragt, aber keine bekommen habe, und daß er nun kaum erwarten könne, daß die Erdbeeren groß würden, damit er dem Feieli welche heimbringen könne. Die würden ihm dann schon den Durst ein wenig löschen, besonders die unreifen.

Unter diesen Erzählungen war die Gesellschaft unvermerkt beim Höllenloch angekommen. Der Jos wollte nun gleich umkehren und davonrennen, aber die Frau hielt ihn zurück.

«Wart, Junge, wart», sagte sie freundlich, «du hast etwas für dich verdient, hier» – und er bekam ein schönes Silberstück in die Hand gedrückt –, «und dann sollst du dem kranken Schwesterchen noch etwas mitbringen; ihr Kinder könnt euer Butterbrot ohne die Johannisbeeren essen, das meint ihr doch auch?»

Die Kinder stimmten alle dafür, daß das Feieli die Johannisbeeren bekomme, und die Frau holte einen steinernen Topf aus dem Korbe und gab ihn dem erstaunten Jos.

«Ist es gegen den Durst?» fragte er, ganz gespannt die gute Frau anblickend, und als sie es bejahte, wurde er vor Freude ganz rot. Jetzt rief er noch eilig: «Danke Gott tausendmal!»

Dann lief er mit seinem Topf im Arm davon und hörte nicht einen Augenblick zu rennen auf, bis er wieder am Felsensprung ankommen war. Noch saß das Feieli auf der Bank, die Buben waren nicht mehr da. Es war Mittagszeit. Gewiß hatte es wieder keinen Hunger, die anderen mußten drinnen beim Essen sitzen.

«Gegen den Durst, Feieli, gegen den Durst!» rief ihm von weitem schon der Jos zu und hob seinen Topf hoch in die Luft. Ganz verwundert schaute es ihm entgegen. Jetzt war er da. Aber er stürzte erst noch ins Haus, er mußte doch einen Löffel haben. Endlich konnte er den Topf aufmachen und herausholen, was dem Feieli wohltun sollte. Auf dem Löffel kam eine dunkelrote Masse zum Vorschein, die ganz durchsichtig in der Sonne funkelte. Das Feieli hatte so etwas noch nie gesehen. Wie weiches, rotes Eis war es anzuschauen. Mit Verlangen führte es jetzt den Löffel an den Mund und nippte wieder und wieder; dann zog es längere Züge ein, und nicht eher legte es den Löffel weg, bis er ganz leer war.

«Ist's gut, Feieli?» fragte hocherfreut der Jos, der wohl gesehen hatte, mit welchem Verlangen sich die trockenen Lippen an dem roten Saft erfrischten.

«Oh, es ist das Beste, was ich bekommen habe, solang ich lebe. Das macht so kühl und wohl! Es hat mir fast ganz den Durst gelöscht.» Das Feieli hatte ganz rosige Wangen in diesem Augenblick, denn die kleinste Anstrengung brachte ein flüchtiges Rot auf sein Gesicht.

«Das macht dich gewiß ganz gesund, Feieli!» frohlockte der Jos. «Nimm noch ein wenig, komm» – und er führte nochmals den Löffel in den Topf ein und brachte ihn ganz voll zurück.

«Meinst du,» fragte das Kind zaghaft, «daß man so viel daraus nehmen darf?»

«Es ist ja dein, der ganze große Topf voll ist dein, Feieli», sagte Jos jubelnd, «komm, nimm noch einen Löffel voll, und dann noch einen!»

Jetzt ergriff das Feieli den Löffel wieder und schaute erst die schimmernd rote, durchsichtige Masse mit Wonne an. Daß es sich noch einmal daran erlaben durfte und nachher immer noch mehr haben sollte, bis der ganze Topf leer war, das konnte es gar nicht fassen. Eben wollte es wieder nippen, da hielt es den Löffel noch zurück.

«Nein, versuch es du jetzt einmal, Jos, du mußt auch etwas davon haben. Versuche, wie gut es ist!»

Aber um keinen Preis der Welt hätte der Jos auch nur von der Größe eines Sandkörnleins davon genommen.

«Nichts, nichts!» sagte er abwehrend, «das gibt dir nun gerade genug, bis die Erdbeeren kommen, und dann kommen die Pflaumen und nachher die sauren Äpfel, so sollst du jetzt gar keinen Durst mehr leiden, Feieli, das ganze Jahr lang.»

Mit dem höchsten Genuß schaute er jetzt zu, wie das Feieli auch den zweiten Löffel voll gierig einschlürfte und sich dann ganz befriedigt an die Mauer lehnte. Nun deckte er sorgsam das Papier wieder auf den Topf und band ihn zu.

«Du mußt jetzt hineingehen zum Essen, du bekommst gewiß alles kalt um meinetwillen», sagte das Feieli sorglich. «Aber versprich mir noch etwas, Jos: Gelt, heut abend willst du aufpassen, daß du die Leute zurückkommen siehst, und dann zu der Frau gehen und ihr sagen, ich lasse ihr viel, vielmals danken und sie habe mir das Allerbeste gegeben, das es nur gibt.»

Der Jos versprach's und ging nun in die Stube, seine kalten Kartoffeln zu essen. Aber sie schmeckten ihm so gut wie noch nie, denn er sah immer das Feieli vor sich, wie verlangend es den kühlenden Saft eingeschlürft hatte. Dazu lobte ihn die Mutter und sagte ihm so freundliche Worte wie selten. Er hatte ihr sein großes Silberstück übergeben, und sie sagte, er sei gewiß recht ordentlich und anständig gewesen gegen die Frau, sonst hätte er nicht soviel bekommen.

Jos konnte trotz allem Aufpassen am Abend die Gesellschaft nicht entdecken. Sie mußten ihren Weg oben durchs Holz gefunden haben und nicht mehr gegen den Felsensprung hinabgestiegen sein. Das tat dem Feieli so leid, daß es nicht darüber hinwegkommen konnte. Jeden Abend, wenn es sich an dem kühlenden Fruchtsaft erlabte, mußte der Jos aufs neue versprechen, daß er der Frau in seinem Namen tausendmal danken wolle, wenn er sie vielleicht einmal auf dem Schneerücken oder im Tal antreffe, wohin er manchmal einen Gang für den Vater zu tun hatte. Jos versprach immer fest und sicher, den Dank auszurichten, aber er traf nie auf die Frau, konnte also Feielis Auftrag nicht ausrichten, so gern er es auch getan hätte.

Feielis Freude

Die letzten Tage des April waren gekommen. Da war immer einer gerade das Gegenteil von dem vorhergehenden. Schien einmal die Sonne recht hell und warm, so zogen am folgenden Tage um so dunklere und dichtere Wolken daher und gossen ganze Ströme in den schon so hoch angeschwollenen Wetterbach hinunter. Aber heute war es, als ob kein Schatten und kein Wölklein mehr am Himmel und auf der Erde zu finden wäre. Draußen auf der Bank im strahlenden Sonnenschein saß das Feieli und schaute mit hellglänzenden Augen bald zu dem blauen Himmel auf, bald zu dem sonnenbeschienenen, sprudelnden Wasser nieder. Eine hell strahlende Freude leuchtete aus seinem Gesicht, so daß der Jos, der eben gelaufen kam, in froher Verwunderung ausrief: «Was hast du, Feieli? Bist du auf einmal wieder ganz gesund?»

«Oh, jetzt habe ich etwas gefunden, Jos, das ich tun kann – oh, wenn ich dir's nur sagen könnte; aber ich will dir lieber noch nichts sagen. Es würde dich vielleicht jetzt noch nicht so sehr freuen, aber nachher – oh, dann freut es dich um so mehr!»

Jos machte die Augen fragend weit auf: «Ist es etwas wegen unserer Sache? Weißt du jetzt einen Weg?» Das Feieli nickte bejahend und schaute und schaute so glücklich drein, und seine Augen glänzten so wunderbar, daß der Jos es immer ansehen mußte. »Kann ich's dann bald wissen?» fragte er jetzt voll fröhlicher Erwartung, denn der Ausdruck in Feielis Augen war so glückverheißend, daß er ganz sicher wurde, nun hätte es einen Ausweg gefunden.

«Ja, vielleicht bald», erwiderte das Feieli, «wenn ich jetzt nur die Mutter Silvia noch etwas fragen könnte! Aber ich kann nicht bis dort hinaufgehen, von der Haustür bis hier zur Bank war es mir fast zu weit.»

«Bleib du nur ganz still sitzen, ich will sie schon herunterbitten», beruhigte der Jos und rannte gleich zum Hüttchen der Alten hinauf.

Es währte auch nicht lange, so kam diese schon herangetrippelt, und sobald sie bei der Bank ankam, fragte sie: «Was hast du denn so Freudiges heute, Feieli? Du siehst zum Verwundern aus.»

«Jetzt weiß ich, wie ich dem Jos helfen kann», gab es mit leuchtenden Augen zur Antwort, «aber ich möchte Euch noch gern etwas fragen.» Die Alte hatte sich zu dem Kinde hingesetzt und erwartete seine Frage.

«Mutter Silvia», fing es wieder an, «wenn man dann in die stille Ewigkeit eingefahren ist, kann man dann auch noch zurücksehen und wissen, was die daheim machen, die nicht mitgefahren sind?»

Die Alte antwortete nicht gleich. Erst nach einer Weile fragte sie ihrerseits. «Wie kommst du auf diese Frage, Feieli? Hat die denn etwas damit zu tun, daß du dem Jos helfen kannst?»

«Ja, das hat sie», nickte das Feieli versichernd, «und jetzt will ich Euch alles sagen. Alle Tage habe ich weniger Kraft, ich kann schon fast nicht mehr von der Haustür bis hier auf die Bank kommen, und ich weiß schon, wie es jetzt kommt: zuletzt habe ich gar keine mehr – dann sterbe ich. Und wenn ich dann drüben bin, so komme ich ja zum lieben Gott, und dann kann ich ihm alles erzählen, wie es ist mit dem Jos, und kann ihn so lange bitten, bis er ihm helfen will. Er tut es dann gewiß, wenn ich nicht nachlasse. Meint Ihr nicht auch, wenn ich ihm dann alles so recht sagen kann?» Die Mutter Silvia nickte. Sie meinte auch, es müsse so kommen. «Aber ich sähe dann so gern die große Freude vom Jos», fuhr das Feieli fort, «darum habe ich Euch das gefragt. Meint Ihr, daß ich das sehen könne?»

Die Mutter Silvia nahm des Kindes Hand zwischen die ihrigen und sagte mit Rührung: «Feieli, das ist mir eine große Freude, daß du froh bist, hinüberzugehen und zum lieben Gott zu kommen, wenn er dich ruft. Und wenn du auch nicht zurücksehen könntest, so ist doch eines sicher, daß ich dir bald nachkommen werde, und dann will ich dir Bericht bringen von der Freude, die der Jos erlebt hat, und von allen den Deinigen.»

Das war ein ganz neuer Gedanke für das Feieli. Es leuchtete ordentlich auf bei der freudigen Aussicht, daß die Mutter Silvia auch bald nachkommen und ihm von allem erzählen und mit ihm zusammen in der stillen Ewigkeit wohnen werde.

«So behüte dich Gott, Feieli, und auf Wiedersehen!» sagte jetzt die Alte, indem sie aufstand und die Hand des Kindes noch einmal drückte. Dann wandte sie sich um und ging; aber noch einmal schaute sie zurück, und Feieli winkte ihr noch einmal zu.

Während der kommenden Nacht brach ein Unwetter los, wie seit langer Zeit keines vorgekommen war. Oben im Wald krachten hohe, feste Tannen in dem rasenden Sturm zusammen, und das Flößerhäuschen bekam solche Stöße, daß man nicht anders glaubte, als daß es in den Wetterbach hinuntergeschleudert werden müsse. Drunten schwoll das Wasser immer höher und höher an, und zwischen den Felsen durch dröhnte und donnerte der Bach, als wollte er sie zersprengen.

Als der Morgen kam, sah man, daß das wilde Wasser schon bis zum Fichtenbäumchen hinaufkam, und bäumte der Wind wieder die Wellen auf, so überschüttete es völlig alle Fensterscheiben am Häuschen. Dazu ballten sich die schwarzen Wolken von Zeit zu Zeit so zusammen, daß es ganz dunkel wurde. Dann auf einmal stürzte ein solcher

Strom von Regen und Hagel nieder, daß der Wetterbach sich hoch aufbäumte und vor Wut heulte. So ging es den ganzen Tag durch.

Schon am frühen Morgen war der Flößer mit dem Jos fortgegangen. Es gab nun Arbeit an allen Enden, und sie war gefährlich, das wußte die Frau Marthe wohl. Sie hatte einen bösen Tag, sie wußte fast nicht mehr, was sie tun oder lassen sollte. Alle Augenblicke dachte sie: Es reißt das Haus um. Dann jammerte sie wieder: «Wie wird es dem Vater und dem Jos gehen!» und lief unter die Haustür, um zu horchen, ob sie noch nicht zurückkämen; aber sie hörte nur den tobenden Wetterbach unten. Dann lief sie wieder hinein, wo die kleinen Buben schrien, denn sie wollten nicht allein sein. Dann eilte sie hinauf in Feielis Kämmerlein, wo das Kind zu Bette lag. Denn heute morgen war es wieder zurückgesunken, als es aufstehen wollte: Es war zu schwach gewesen. Da hatte die Mutter verordnet, es solle heute liegenbleiben und recht ausruhen; wenn dann die Sonne wiederkomme, könne es wieder hinaus. Das Feieli war gern liegengeblieben, es war so kraftlos. Schon mehrmals war die Mutter heraufgekommen und hatte laut ihren Jammer ausgeschüttet, dann war sie wieder fortgelaufen. Jetzt kam sie wieder. Das Feieli lag ganz still auf seinem Kissen. Wenn der Sturm einen Wasserguß an das kleine Fenster hinaufspritzte und laut dazu heulte, tat es die Augen auf und schaute hin; dann schloß es sie wieder und lag völlig ruhig da.

«Ach, Feieli, was ist das für ein Wetter!» jammerte die Mutter, «ich weiß auch nicht, wie ich es machen soll, überall zugleich zu sein. Die Buben wollen nicht allein sein, und draußen muß ich immer wieder nachsehen, ob ich noch nichts vom Vater und vom Jos entdecken kann, ob man nicht etwas tun sollte, und dich kann ich doch auch nicht allein lassen, du mußt dich ja fürchten.»

«Nein, Mutter», sagte das Feieli leise, «laß mich nur allein, ich fürchte mich nicht, ich kann mir etwas so Schönes denken, wenn es still ist – das sonnenhelle Wasser dort drüben, und ich weiß schon, wer das Schifflein sicher führt, wenn der Bach so wütet und es so dunkel wird.» Die letzten Worte sagte das Feieli immer leiser; es schloß die Augen und atmete in langen Zügen.

«Es will ein wenig schlafen», sagte die Mutter und ging leise zur Tür hinaus.

Gegen Abend ließ der Sturm nach. Der Flößer kam endlich mit Jos heim; sie hatten schwere Arbeit gehabt, aber es war alles ohne Unfall geschafft worden. Marthe mußte sich erst erleichtern, indem sie den beiden erzählte, welche Angst sie ausgestanden hatte. Dann setzte sie ihnen das Abendessen vor.

«Was macht das Feieli?» fragte Jos, und die Mutter berichtete, wie ruhig es bei dem Sturm habe sein können und wie es eingeschlafen sei.

Sie ging jetzt, um wieder einmal nach ihm zu sehen – es lag noch ganz so da, wie sie es verlassen hatte. Ein Zug des Friedens und tiefer Ruhe lag auf dem stillen Gesichtchen. Die Mutter beugte sich ein wenig herab. Das Kind war so weiß, totenbleich. Es atmete nicht mehr, das Feieli war gestorben.

Einen Augenblick stand die Mutter starr da. Sie hatte keine Ahnung gehabt, daß ihr das Kind so genommen werden könnte. Sie hatte keine Zeit gehabt, richtig zuzusehen. Sie hatte ja nie Zeit gehabt, richtig mit dem Kinde zusammenzusein. Was hatte sie ihrem Kinde in diesem Leben auch Gutes geboten? Gar nichts – und doch war ihr ja ihr Feieli so lieb gewesen, und nun war alles aus, sie konnte ihm nichts mehr bieten. Es war fort, fort für immer. Jetzt brach die Mutter zusammen. Am Bette des Kindes kniete sie nieder und schrie aus der Tiefe herauf:

«Oh, Gott im Himmel, nimm doch das Kind zu dir und ersetz ihm, was ihm gemangelt hat. Oh, straf mich, wenn du willst, wenn ich nicht gewesen bin, wie es vor dir gilt. Aber nimm das Kind in deinen Himmel! Oh, nimm es zu dir und laß es ihm wohl sein!»

Der Jos war in die Kammer getreten. Er hörte die Mutter schluchzen und beten. Er sah auf das Feieli – es sah so friedlich aus, aber so ernsthaft. Er nahm es bei der Hand – es war ganz kalt. Auf einmal schrie er auf: «Ist es tot? Ist das Feieli tot?» Die Mutter stöhnte und drückte ihren Kopf an das Bett des Kindes. «Wo ist es jetzt? Wo ist das Feieli?» schrie Jos wieder auf. «Mutter, kann man es nicht mehr zurückrufen? Hat es ganz allein gehen müssen? Oh, es hat sich ja gefürchtet! Wo ist es, Mutter? Wo ist es?»

Jetzt war auch die Mutter Silvia in das Kämmerlein getreten; sie wollte sehen, wie es dem Feieli gehe. – Als sie den Jos so aufschreien hörte, verstand sie gleich alles. Sie trat an das Bett heran und warf einen Blick auf das friedvolle Gesichtchen hin. Dann legte sie dem Jos die Hand auf die Schulter und sagte: «Sieh es an, sieh, wie still und friedlich es aussieht! Weißt du, wo es jetzt ist? Beim lieben Gott ist es und bittet für dich. Das war seine letzte Freude, daß es gehen und für dich bitten könne.»

«Ich will auch», rief Jos, während jetzt die heißen Tränen seine Wangen herunterliefen. Er warf sich neben der Mutter auf die Knie und rief schluchzend. «Oh, lieber Gott, das Feieli hat gar nichts Gutes auf der Erde gehabt, und jetzt hat es schon gehen müssen. Oh, mach, daß es ihm gutgeht und daß es nicht allein sein muß und sich nicht zu fürchten braucht! Oh, laß es ihm wohl sein!»

Die Mutter Marthe fing auch wieder zu schluchzen an. Aber die Mutter Silvia sagte jetzt leise: «Sie haben beten gelernt. Den Segen hat ihnen das Kind erworben», dann verließ sie still die Kammer.

Unten trat sie noch in die Stube ein. Der Flößer saß müde am Tisch bei den zwei kleinen Buben. «Nachbar», sagte sie, «Euer Feieli liegt oben wie ein Engelein. Geht und seht es an; dem ist's wohl, es ist im Himmel.»

«Hat es schon alles überstanden? Es ist ihm zu gönnen. Wie konnte es so leise fortgehen?» fragte der müde Mann, so als wollte er sagen: «So ginge ich auch gern fort.»

«Es gibt einen Helfer, der kann uns leise hinüberführen. Das Feieli hat ihn angerufen, wir wollen es auch tun, Nachbar.»

Die Mutter Silvia gab ihm die Hand und wollte gehen. Der Flößer hielt sie aber noch fest:

«Seht, Mutter, wenn ich manchmal so von einem hohen Stein auf den anderen springen muß und unter mir das hohe Wasser brüllen höre und weiß, tust du einen Fehltritt, bist du verloren – da muß ich oft zu unserem Herrgott hinaufrufen: ‹Hilf du mir doch hinüber!› Und dann muß ich manchmal denken: Das wird wohl dein letzter Stoßseufzer sein!»

«Das wird es, und meiner auch. Aber wir wollen ihn auch manchmal vorher tun, Nachbar, daß uns der liebe Gott nicht überhört, wenn wir nur so ein einziges Mal rufen.» Jetzt drückte die Alte ihrem Nachbarn die Hand und ging weg.

Am Morgen darauf hatte der Jos einen schweren Gang zu tun. Er hatte den Auftrag, zum Schreiner zu gehen, der auf der anderen Seite vom Schneerücken unten im Tal wohnte. Bei dem sollte Jos das hölzerne Bettlein bestellen, in dem das Feieli in die Erde gelegt werden sollte. Ein leuchtender Sonnenschein lag über Berg und Tal an diesem ersten Maientage, und vom gestrigen Regen her funkelte und schimmerte es ringsum auf den hellgrünen Blättern der jungen Buchen. Jos lief dahin und hob nicht ein einziges Mal den Kopf in die Höhe; er sah nichts von dem Leuchten ringsum. Er konnte keinen Augenblick vergessen, warum er auf der Straße war und was er auszurichten hatte. Von Zeit zu Zeit wischte er schnell eine Träne aus den Augen. Es war der Weg, auf dem er an manchem schönen Sommertag mit Feieli zur Schule hinaufgewandert war. Über den Schneerücken hin blies ein frischer Wind, und wie nun Jos oben war, fing er noch schneller zu laufen an, denn nun ging es abwärts auf der anderen Seite. So rannte er zu, bis ihm auf einmal ganze Wogen von starkem Duft so entgegenkamen, daß er einen Augenblick stillestehen mußte. Er schaute sich um. Hier unten war der Mai in seiner ganzen Fülle eingezogen. Rote und weiße Blüten schimmerten auf allen Bäumen. Auf der Hecke vor ihm lag es wie dichter Schnee von den Weißdornblüten, die sie bedeckten, darüber wiegten eine ganze Reihe lilafarbiger Fliederbäume ihre vollen Blumentrauben, die so würzig dufteten. Silbern schimmernde Akazienzweige hingen darüber hin, und die Vögel stiegen zwitschernd und jauchzend in den blauen Himmel hinauf. Jos stand eine kurze Weile wie festgebannt und starrte in den Duft und Glanz und die ganze Maienwonne hinein. Sie brannte wie Feuer in sein Herz; er konnte das Schimmern und Leuchten nicht mehr ansehen. Wo er stand, warf er sich auf die Erde hin und schluchzte laut auf: «Und das Feieli muß in den dunklen Boden hinein!», und im herzzerbrechenden Jammer blieb er liegen und weinte und stöhnte in die Erde hinein. Jetzt trat eine Frau aus der Laube im Garten heraus und beugte sich über die Hecke: «Was hast du, Junge, was fehlt dir?» fragte sie mit freundlicher Stimme und ging die Hecke entlang, um auf den Weg hinauszukommen. Jos schoß auf und wollte davonlaufen. Eben jetzt trat die Frau auf den Weg hinaus und stand vor ihm. Er starrte sie an – er hatte sie erkannt. Jetzt stürzten ihm die Tränen aufs neue aus den Augen – es kam ihm alles wieder in den Sinn. Mit halb erstickter Stimme sagte er: «Das Feieli läßt Euch tausendmal danken.»

Die Frau schaute mit tiefer Teilnahme auf den Jos; sein großes Leid ging ihr zu Herzen. Sie hatte ihn jetzt auch erkannt und konnte gleich erraten, woher sein brennender Schmerz kam. «Komm mit mir herein und erzähl mir alles!» Sie hatte ja auch dem Feieli so wohlgetan. Drinnen in der großen Stube war kein Mensch; die gute Frau setzte sich auf den alten Lehnstuhl, und Jos mußte sich vor sie hinsetzen. Wie nun ihre guten Augen so teilnehmend auf ihm ruhten, ging ihm das ganze Herz gegen sie auf, und er erzählte ihr alles: vom Feieli und seinem Leben und von den Plänen und Hoffnungen, die sie miteinander geteilt hatten, und von Feielis Schwachwerden und der großen, großen Erquickung, die ihm das Johannisbeermus gebracht hatte. Auch von Feielis täglichem Dank gegen sie berichtete er noch und wie es dann gestern abend auf einmal ganz still geworden sei und wo er nun hin müsse, und bei dieser Erinnerung überkam der Schmerz den Jos aufs neue. Er konnte kein Wort mehr sagen.

Die Frau hatte schweigend zugehört. Jetzt fing sie an, tröstliche Worte zu Jos zu reden. Sie sagte ihm, das Feieli sei ein überaus zartes Kind gewesen, das habe sie damals gleich gesehen, und sie habe bei sich denken müssen: Was wird dem armen Kind im Leben bevorstehen! Es wird nur Mühe und Leiden und kummervolle Tage kennenlernen. Statt dessen habe der liebe Gott das Kind allem Leid enthoben und dahin genommen, wo nur Freude und ein Dasein voller Wonne sei, wie wir es uns nur vorstellen können, wenn wir so von Glanz und Duft umgeben in den blauen Himmel hineinschauen können wie heute morgen. Daran solle Jos nur denken, wie wohl es jetzt dem neu erwachten Feieli dort oben sei, viel wohler noch, als wenn es auch einmal dazu gekommen wäre, mit ihm auf seinem selbstgearbeiteten Schiffe zu fahren.

Dem Jos war ein Trost im Herzen aufgegangen; die Frau hatte so zuversichtlich und dazu so liebevoll zu ihm gesprochen. Er stand jetzt auf, um seinen Weg fortzusetzen. Draußen lief er aber nicht so dahin wie vorher. Er schaute alle Augenblicke zu dem leuchtenden Himmel auf, und einmal mußte er fast laut rufen: «Oh, Feieli, wenn du nur auch ein einziges Mal herunterschauen könntest, daß ich auch sicher wüßte, wo du bist!»

Die Frau hatte dem fortwandernden Jos noch lange mit teilnehmenden Blicken nachgeschaut. Sein großes Leid, das kurze Leben des zarten Feieli und die still gehegten Hoffnungen der beiden Kinder hatten ihr das Herz bewegt. Jetzt ging sie in die Stube zurück, setzte sich an ihren Schreibtisch und schrieb an alle ihre Freunde unten in der Stadt, an jeden einen eigenen Brief; aber in den Briefen allen stand dasselbe. –

Es waren zehn Tage vergangen, seit das Feieli aus dem Flößerhäuschen fortgetragen worden war. Eben trat der Vater mit Jos, vom Mittagessen kommend, aus der Tür, um wieder auf die Arbeit zu gehen. Da erblickte Jos, vom Felsenweg herunter auf das Häuschen zukommend, die Frau vom Tale drüben, die er so gut kannte. Er lief ihr gleich entgegen. Sie sagte, sie komme um diese Zeit, damit sie auch den Vater treffe; sie habe mit ihm und der Mutter zu reden. Sobald die erstaunte Marthe sich drinnen in der Stube neben sie gesetzt und der Vater und Jos an den Ofen gelehnt vor ihr standen, sagte die Frau:

«Wenn es Euch recht ist, Flößer, und auch Eurer Frau, will ich Euren Jos nach der Stadt in die Lehre bringen, in ein großes Geschäft, das ich kenne, wo er Mechaniker werden kann. Ihr habt Euch um kein Kost- und Lehrgeld zu kümmern. Gute Freunde von mir unten in der Stadt interessieren sich auch für den Jos und wollen helfen, daß er diesen Beruf gut und gründlich erlerne und aus ihm werde, was ihm und Euch Freude machen wird.»

Der Flößer und seine Frau waren so überrascht, daß sie kein Wort sagen konnten. Jos hatte immer größere Augen gemacht, während die Frau sprach. Es war, als wollte er damit ihre Worte verschlingen. Jetzt rief er auf einmal aus: «Das kommt vom Feieli!», und große Tränen schossen ihm in die Augen; denn die Mutter Silvia hatte ihm mehrmals erzählt, was Feielis letzte Freude gewesen war.

Von den tausendfältigen Danksagungen der Eltern begleitet, verließ die gute Frau das Flößerhäuschen. Und die Freude, die nun wieder aus den Augen des Jos leuchtete, als sie ihm die Hand zum Abschied reichte, sagte ihr mehr, als alle Worte es hätten tun können, welches Glück in seinem Herzen aufgegangen war.

Im Flößerhäuschen bleibt jeden Abend Frau Marthe zuletzt noch eine Weile mit ihren kleinen Buben am Tisch sitzen und betet mit ihnen. Sie hat nicht mehr das Gefühl, daß ihr dazu die Zeit fehle, sondern daß das die segensreichste Zeit ihres Tages sei, in der sie Kraft und Freudigkeit zu allem Tun und Tragen schöpfen kann. Der Flößer hat das Wort der alten Mutter Silvia nie vergessen, daß so ein einziger Ruf, den er einmal in der Not ausstoßen wollte, vom lieben Gott auch überhört werden könnte. Er sitzt gern dabei am Abend, wenn die Mutter mit den Buben betet, und wenn sie an den Schluß gekommen ist, sagt er meistens: «Marthe, wir wollen auch noch darum beten, daß uns der liebe Gott einmal gnädig hinübernehme, wie er das Kind genommen hat.»

Der Jos ist seit drei Jahren unten in der Stadt, und sein Meister kann der Frau am Schneerücken nicht genug sagen, mit welch außerordentlichem Fleiß und Geschick der Junge bei seiner Arbeit sei. Er müsse auch ein ganz eigenes Verständnis für die Sache haben, denn schon mehrmals habe er ihn, den Meister, auf Dinge aufmerksam gemacht, die ihm für sein Geschäft von großer Wichtigkeit waren.

Wenn am Samstagabend seine Kameraden ihn oftmals foppen und sagen: «Komm doch morgen einmal mit uns, du brauchst nicht immer in die Kirche zu laufen und besser sein zu wollen als wir» – dann antwortet er kein Wort, denn darüber will er nicht reden. Aber am anderen Morgen geht er regelmäßig wieder in die Kirche und hört gespannt auf jedes Wort, immer mit dem Verlangen im Herzen, daß der Herr Pfarrer nun wieder vom ewigen Leben zu reden anfange und ihm von neuem die Gewißheit gebe, daß es denen am wohlsten ist, die der liebe Gott zu sich genommen hat, und die frohe Hoffnung, daß wir einmal wieder mit ihnen zusammenkommen; denn an sein liebes Feieli denkt der Jos immer zuerst. Was er auch tut und sinnt, alles muß er im stillen immer noch mit dem Feieli verhandeln, und er merkt auch, wie es ihn immer leise fortzieht, wenn seine Kameraden ihn zu ihren lärmenden Feiertagsfreuden festhalten wollen.

Die Mutter Silvia war fröhlich, als sie die Stunde herannahen fühlte, da sie dem Feieli ihr Versprechen erfüllen konnte. Lange schon hat sie ihm die Nachricht von der Freude des Bruders und seinen schönen Aussichten gebracht.

Allen zum Trost

Beim Nesselbauer

Am Forst» hieß das letzte Haus, das noch etwas höher als alle anderen stand, die, von Wiesen und Äckern umgeben, da und dort zerstreut am Berge lagen, dessen Grat die Waldung, der Forst genannt, bedeckte. War hier oben das Gras auch lange nicht mehr so fett wie unten im obst- und kornreichen Tal, so war es dafür so kräftig, daß, wenn es geschnitten auf der Wiese lag, die ganze Luft umher mit Wohlgeruch erfüllt war.

Das Haus «am Forst» war keines der großen Bauernhäuser, aber eine der schönsten Wiesen zog sich vom Hause weit die Halde hinunter, und der große Kartoffelacker hinter dem Haus lieferte aus dem trockenen Boden eine reichliche Ernte ganz vorzüglicher Knollen. Warum der Besitzer «der Nesselbauer» genannt wurde, wußte niemand so ganz bestimmt zu sagen. Die einen meinten, es werde eben viel Nesseln auf seinem Boden geben, andere aber sagten, es komme daher, daß seine Worte meistens wie Brennesseln stachen. Er selbst hörte es nicht ungern, daß er so genannt wurde, denn er kannte nur die erste Auslegung, und es war ihm recht, daß die Leute glaubten, sein Boden trage Nesseln und nicht das erträgliche Gras und die reichlichen Kartoffeln, die er einheimste. In seinem Stall, der am Hause angebaut war, standen zwei Kühe neben der unentbehrlichen

Geiß, aber «drei würden da auch Platz haben», dachte der Bauer öfter bei sich und rechnte nach, daß noch ein guter Sommer, eine reichliche Heuernte und die Milch, die er in die Sennhütte liefern konnte, ihm so viel einbrächten, daß eine dritte Kuh angeschafft werden könnte. Sein Schwager unten am Berg hatte auch drei, warum sollte er's nicht auch so weit bringen wie der? Noch eine andere Rechnung hatte er in seinem Kopf hin und her zu bewegen. Der Nesselbauer rechnete viel; er rechnete immer. Er hatte zwei Buben von zwölf und vierzehn Jahren, die arbeiteten beide schon tüchtig mit ihm, und nun wurde ja der jüngere auch gleich aus der Schule entlassen und konnte den ganzen Tag mit dabei sein. Wenn nun der Viehbestand sich noch um etwas vergrößerte, so konnte er auch das Stück Land noch gut gebrauchen, das an seine sonnige Wiese grenzte und noch mehr wert war als diese selbst. Das Land konnte er bekommen, das wußte er. Der Eigentümer wollte es verkaufen; er hatte schon genug Arbeit, so allein wie er stand, ohne Frau und Kind.

Dann könnte er aber auch noch gut einen dritten Buben für die vermehrte Arbeit brauchen, rechnete der Nesselbauer weiter, denn fremde Leute würde er nie einstellen. Aber er wüßte auch nicht, warum er nicht drei Buben haben sollte, sagte er sich, sein Schwager hatte ja auch drei. Dazu hatte dieser noch zwei Töchter; solche begehrte er aber nicht. Die Arbeit, die der Frau zukam, machte die seinige allein fertig und dazu pünktlich und schweigsam. So junge Weibspersönchen aber würden ihre Zeit zum Schwatzen gebrauchen und wären begehrlich; das kannte er schon. Aber einen Buben konnte er noch gebrauchen. Das war der klare Schluß seiner Rechnung. Richtig, nicht lange Zeit danach, als er von der Arbeit heimkam, rief seine Frau ihm zu: «Komm herein und sieh das artige Kindlein an, das gekommen ist.» Und als er hereintrat, sagte sie: «Es ist aber kein Bub, es ist ein Töchterlein.»

Das verdroß den Bauer sehr, so hatte er nicht gerechnet.

«So mach damit, was du willst», sagte er und ging wieder hinaus.

Als der Sonntag nahte, da das Kindlein ins Dorf hinabgetragen und getauft werden sollte, fragte die Mutter: «Wie soll das Kind heißen, wir haben ja noch nichts ausgemacht.»

Da antwortete der Bauer: «Du kannst es ja Eva heißen, die hat zuerst einen ins Unglück gebracht.»

Die Frau gab selten eine Antwort zurück, aber diesmal sagte sie: «Das Kleine wird wohl nicht eigens gekommen sein, um dich ins Unglück zu bringen. Aber Eva kann es schon heißen, mir ist der Name recht.»

So wurde die kleine Eva getauft und nachher Eveli genannt. Das Eveli wuchs heran und war ein sehr lenksames und besonders mitleidvolles Kind. Jedem kleinen Tierlein ging es aus dem Weg oder hüpfte schnell darüber, daß es ja nicht getreten werde. Traf es eines, das verwundet oder halb tot dalag, so hatte das Eveli keine Ruhe, bis es das Tierlein schön auf ein weiches Blatt gebettet hatte, daß es aussah, als sei ihm jetzt ganz wohl auf seinem schönen Bette. So hatte Eveli viele kleine Freunde ums Haus herum, denn es war, als ob alle die Tierlein die Freundlichkeit vergelten wollten, die ihnen zuteil wurde. Überall hüpften und flogen sie um das Eveli herum, und wenn es in seiner offenen Hand kleine Körner oder Brosamen hinhielt, so kamen die Vögelein herangeflogen und pickten sie ihm ganz zutraulich aus der Hand. Aber wenn Leute daherkamen, flüchtete sich Eveli schnell ins Haus hinein, und auch drinnen schaute es scheu um sich, sobald es Fußtritte hörte. Das war aber nicht zum Verwundern, denn wo Menschen waren, da hatte das Eveli immer das Gefühl, es sei am unrechten Platz. Schon von klein auf, wenn es umherlief und der Vater kam eben herein, so sagte er ärgerlich: «Lauf einem doch nicht immer vor die Füße, du kleines unnützes Ding du!»

Und später hatten die zwei Brüder, der Heini und der Lieni, auch angefangen, so zu tun; noch viel öfter als der

Vater. Denn es war so bequem, wenn einer von seiner Arbeit verärgert war oder wenn sie sich übereinander erbost hatten, sich in dieser Weise Luft zu machen. So riefen sie immer schon, bevor sie noch recht in Evelis Nähe kamen, erst der eine, dann der andere: «So lauf einem doch nicht immer vor die Füße, du unnützes Ding du!»

So kam Eveli zu dem Gefühl, wo immer es mit den Leuten zusammen sei, da sei es ihnen im Wege. Das machte, daß das Eveli sehr scheu war und alle Menschen fürchtete, nur die Mutter nicht. Die war nie unfreundlich und gab ihm keine bösen Worte. Aber auch andere Worte hörte es wenige von ihr, denn den ganzen Tag über mußte sie hart arbeiten, und am Abend war sie so müde, daß sie gleich einschlief, wenn sie sich neben Eveli hinlegte. Als Eveli das sechste Jahr zurückgelegt hatte und der Frühling nahte, sagte die Bäuerin eines Tages zu ihrem Mann: «Man muß daran denken, wie man es einrichtet. Das Kind muß nach Ostern zur Schule.»

«Das ist nichts zu denken, dann geht's eben zur Schule, und damit fertig», gab der Mann zurück.

«Es ist noch zu klein und zu schwach, den Weg viermal des Tages zu machen», sagte die Frau wieder, «über Mittag muß es unten bleiben. Man muß deswegen bei jemand anfragen.»

«Es nicht in die Schule zu schicken, wäre das Gescheiteste», brummte der Mann.

«Ist mir auch recht, nur wird die Aufforderung von unten heraufkommen, was wir zu tun haben», entgegnete die Frau ruhig.

«So schick's zu deinem Bruder.»

Damit ging der Mann weg. Die Frau hatte ganz gut gewußt, daß ihr Bruder unten im Dorfe der einzige war, den man fragen konnte, und auch der nächste; aber der Mann mußte selbst die Sache befehlen, sonst wäre sie ihm nie recht gewesen, das wußte sie wohl. Am Sonntagnachmittag ging sie dann mit Eveli an der Hand, das doch auch den Weg recht kennenlernen mußte, den Berg nach Unterwies zu den Verwandten hinab.

Es war niemand daheim als die alte Großmutter, die Mutter der Nesselbäuerin, die bei ihrem Sohne wohnte. Sie war sehr erfreut, ihre Tochter wieder einmal zu sehen, die so wenig vom Haus fortkam, daß sie die Mutter kaum ein paarmal im Jahre sah; denn zum Forst hinauf konnte sie nicht mehr kommen. Auch freute es sie, ihr Enkelkind Eveli nun auch kennenzulernen, und daß es von Ostern an jeden Tag zu ihr kommen sollte, gefiehl ihr sehr wohl. Die Kinder des Sohnes waren ja alle fünfe schon erwachsen, Hans, der jüngste, schon sechzehn Jahre alt. Eveli war unsäglich erleichtert, als es hörte, daß all die fünf und dazu noch Vater und Mutter fort waren. Es hatte völlig vor dem Augenblick gezittert, da es vor alle die Leute treten und sie grüßen sollte. Die Großmutter aber war so gut und so alt; sie zitterte auch immer, Eveli konnte es gut sehen. Vielleicht fürchtete sie sich auch. Eveli hatte gleich ein großes Zutrauen zu ihr gefaßt. Die Großmutter meinte nun, die Tochter würde wohl gut tun, den Bruder und seine Frau abzuwarten, um selbst die Sache mit ihnen auszumachen, aber die Frau hatte Eile, wieder heimzukommen. Ihr Mann war es nicht gewohnt, daß sie fortging, er erwarte sie sicher schon lange wieder, sagte sie. Die Großmutter könnte ja die Sache nun wohl vermitteln, meinte sie, und käme kein absagender Bericht, so würde Eveli von Ostern an täglich über Mittag zu ihnen kommen. Die Großmutter versprach, sich für die Sache einzusetzen. Sie freute sich darauf, daß Eveli kommen würde. Das Kind in seiner stillen Art müßte sich ja auch fürchten, an einem ganz fremden Ort zu sein; bei ihr wäre es doch eher daheim, meinte sie. Eveli wollte wohl gern zur Großmutter hinunterkommen, wenn sie nur allein wäre. Aber vor den Vettern und den Basen, den alten und den jungen, hatte es eine große Furcht im Herzen und hoffte immer,

Ostern komme noch lange nicht. Aber Ostern kam ganz schnell heran, und Eveli mußte seine Schulgänge beginnen. Als es zum erstenmal zum Mittagessen beim Vetter* erschien und zu den vielen Leuten sich an den Tisch setzen mußte, war es so schüchtern, daß es nicht wagte, die Augen aufzuschlagen, und kaum sein Essen hinunterschlucken konnte vor lauter Furcht vor allen den Augen, die es anschauten. Wenn es etwas gefragt wurde, gab es so leise Antwort, daß es kaum verstanden werden konnte, und als man vom Tisch aufstand, wußte es gar nicht, wo es stehen sollte, denn es mußte ja fürchten, nun würden gleich alle sagen, es komme ihnen vor die Füße.

Nach einigen Tagen fingen die jungen Vettern an, es über Tisch zu necken. Der eine sagte: «Hast du auch reden gelernt, Eveli, oder braucht man das nicht dort oben?» Und der andere sagte: «Sie machen es dort oben vielleicht wie die Vögel im Forst; sie pfeifen, anstatt zu reden.» Dann mußten sie sehr lachen, und auch die Schwestern lachten laut auf, und die eine sagte, Eveli solle nur lospfeifen, sie ersetze einen Kanarienvogel; man hätte doch schon lange gern einen gehabt. Das ließ alle noch einmal so laut lachen, daß Eveli sich vor Schrecken ganz zusammenduckte.

«Laßt es nun gut sein mit den Späßen», sagte die Großmutter, «wenn's ja auch nicht bös gemeint ist, ihr seht ja, wie ihr's erschreckt.»

Aber es kamen täglich wieder ein paar Späße vor, denn Eveli lernte nicht reden und saß so zusammengekauert am Tisch, daß der junge Vetter Hans sagte, es sehe genauso aus wie ein zusammengeklapptes Taschenmesser, was ein schallendes Gelächter hervorrief.

Nach dem Essen gingen aber bald alle auseinander, jedes an seine Arbeit in die Küche und aufs Feld und nach dem Garten; nur die Großmutter blieb zurück. Die setzte sich

* der Onkel Evelis wird hier Vetter genannt

dann wieder an ihr Spinnrad, und nun kam für Eveli immer noch eine schöne Stunde, bis es dann wieder in die Schule zu gehen hatte. Es stellte sich dann in die sichere Ecke hinter das Spinnrad der Großmutter, und diese erzählte ihm etwas aus der Zeit, da sie selbst ein Kind war, so wie Eveli jetzt, oder sie redete sonst freundlich mit dem Kinde, oder manchmal sagte sie auch: «Nun wollen wir ein wenig miteinander singen.»

Das mochte Eveli besonders gern, denn wenn auch die Stimme der Großmutter ein wenig zitterte, so tönten die Lieder doch so schön in Evelis Ohren, und es sang sie alle so gern mit; denn das Singen war dem Eveli über alles lieb. Es hatte auch selbst eine helle, reine Stimme, und war diese auch nicht sehr kräftig, so war sie doch klangvoll wie ein Glöcklein. Die Großmutter hörte es auch so gern, wenn das sanfte Stimmlein ihre alten Lieder sang, die sie sonst von niemand mehr singen hörte.

Eveli taute auch immer ganz auf und konnte allerlei erzählen, wenn es so allein bei der Großmutter war, während es nie wagte, vor den Vettern und Basen ein Wort zu sprechen, und immer noch scheuer vor ihnen wurde, je mehr sie es mit Späßen aufzumuntern versuchten. Wenn es dann wie ein scheuer Vogel so schnell als möglich vom Tisch weg in die Ecke floh, wo das Spinnrad stand und die Großmutter sich gleich wieder hinsetzen würde, dann sagte diese manchmal zu ihm: «Siehst du, Eveli, sie tun es nicht, um dir etwas zuleide zu tun, sie wollen einander nur gern lachen machen; du solltest nur mitlachen.» Aber das war dem Eveli nicht möglich.

Eveli macht eine Bekanntschaft

Wenn Eveli am Abend nach der Schule den Berg hinaufging, war immer eine Schar Buben vor ihm her, die mit großem Lärm und vielen Seitensprüngen denselben Weg zurücklegten. Es waren die Buben der verschiedenen Bauerngüter, die zerstreut am Berge lagen. Dann und wann verschwand wieder einer von der Schar; sein Ziel war erreicht, oder er hatte seinen Weg seitwärts zu nehmen. Gegen die Berghöhe hin wurde die Schar immer lichter, und zuletzt stieg Eveli noch ganz in der Stille und allein dem Forst zu. Bis zur halben Höhe war die Schar immer noch groß, und Eveli hielt sich zurück und schlich nahe den Hecken entlang, daß es von den Buben nicht gesehen werde. Dort, am Ende der Hecke, gerade bevor ein Rudel von ihnen auf die Seite lief, geschah täglich etwas Merkwürdiges. Eveli konnte es nie recht begreifen, was es war; da staute sich jedesmal der Zug, ein lauter Gesang und ein sonderbarer Lärm begannen und dauerten eine kleine Weile, dann brach ein ungeheures Gelächter aus, und dann, noch unter schallendem Lachen, rannten die Buben auseinander. Es wunderte nun das Eveli doch ein wenig, was dort immer vorging, obwohl es schon schreckliche Furcht vor den lärmenden Buben hatte. Heute war es ihnen etwas näher gekommen als gewöhnlich; sie hatten gar so viele Seitensprünge zu machen gehabt. Jetzt kam gleich das kleine Haus, etwas seitwärts vom Wege; eine große Birke stand daneben. Dort ging jedesmal der Lärm los. Die Buben waren alle mit langen Haselruten bewaffnet, das konnte Eveli gut sehen. Es ging schnell noch ein wenig vorwärts, dann duckte es sich hinter den krummen Apfelbaum am Wege.

Jetzt ging es los: mit furchtbar erhobenen Stimmen sangen die Buben alle zusammen in festem Takt:

«Dort sitzt der Buckel-Bene,
dort sitzt der Buckel-Bene,
dreimal drei ist nene
und eins ist zehn.»

Dazu schlugen immer die hinteren auf die Schulsäcke der vorderen mit ihren Haselruten den Takt so fest, daß es schallte und krachte und die Ruten in Stücke flogen. Dann mußten die Sänger so unbändig lachen, daß sie eine ganze Weile nicht vom Fleck kamen. Dann auf einmal stoben sie auseinander, alle auf und davon.

Jetzt kam Eveli hinter dem Baum hervor. Es schaute forschend zu dem Häuschen hinüber, ob denn da jemand zu sehen sei. Es sah nichts. Die Tür stand offen, aber es war niemand da. Aber dort unter der großen Birke nebenan, dort stand ein Stühlchen hart an den Stamm gedrängt. Es saß etwas Kleines darauf, das sich bewegte. Eveli wagte sich noch ein wenig näher; jetzt war alles deutlich zu sehen. Auf dem Stühlchen saß ein kleiner, buckliger Junge mit schwarzem Haar, der schaute auch eben mit forschenden Augen zu Eveli hinüber; dem hatten die Buben ihr Lied gesungen, das war nun Eveli ganz klar. Eveli hatte eine schöne rote Nelke in der Hand. Die Großmutter hatte von ihrem Stock am Fenster die Blume abgebrochen und sie Eveli geschenkt, weil es so sehnsüchtig immer nach den schönen Blumen geblickt hatte.

Jetzt lief Eveli plötzlich der Birke zu, legte schnell die Nelke dem kleinen Jungen aufs Knie und rannte dann davon, ohne sich umzuschauen, als hätte es eine Tat ausgeführt, vor der es sich selbst fürchten mußte.

Als es am folgenden Abend wieder denselben Weg machte, hörte es nichts von dem Lärm und Gelächter von gestern; vielleicht waren die Buben ihm so weit voraus gewesen, daß es sie nicht hören konnte, oder vielleicht saß heute der Junge nicht dort, darum hatten sie nicht gesungen. Eveli war sehr gespannt, ob er dort sei; es mußte wieder, wie gestern, ein wenig näher gehen. Plötzlich ertönte von der Birke her ein Ruf: «Komm zu mir herüber!»

Eveli wich scheu einige Schritte zurück. Es wollte fortrennen, aber der Ruf ertönte nochmals und wie bittend: «Komm doch zu mir herüber!»

Jetzt nahte sich Eveli langsam der Birke, behutsam um sich schauend, ob auch niemand anderes noch da sei. Auf dem Stühlchen saß ein blasser, ganz verwachsener Junge. In der Nähe sah er aber älter aus, als Eveli gedacht hatte. Von weitem hatte es geglaubt, ein ganz kleines Bübchen zu sehen.

«Komm nur ganz nah», sagte er, als Eveli nun wieder etwas scheu stehenblieb. Es gehorchte. Der Junge schaute es ganz ernsthaft mit seinen forschenden grauen Augen an. Das bleiche Gesichtchen war so mager, und ein solcher Ausdruck des Leidens lag darauf, daß es Eveli tief zu Herzen ging.

«Warum hast du mir die Blume gebracht?» fragte er jetzt.

«Weil sie dir so gesungen und dann auch über dich gelacht haben», antwortete Eveli.

«Ja, und ich bin doch nicht schuld», sagte der Junge.

«Woran?» fragte Eveli.

«An dem Buckel; um deswillen lachen sie mich aus.» Der Kleine schaute mit seinen ernsthaften Augen zu Eveli auf, so forschend, als wollte er fragen, ob es auch Lust hätte zu lachen.

«Ja, ich weiß schon, wie es ist», sagte es teilnehmend.

«Nein, das weißt du nicht, du hast keinen Buckel.» Der Junge hatte schon gleich nach dem Rücken des Kindes geblickt.

«Aber ich habe anderes, das sie zu lachen macht. Sie lachen auch über mich, du kannst es glauben», sagte Eveli.

«Warum denn?» fragte der Junge.

«Weil ich nicht reden kann vor so vielen Leuten, und weil ich immer allen Leuten im Wege bin», antwortete Eveli.

«Du mußt ihnen nur aus dem Wege gehen», riet der Junge.

«Ich kann nicht, nur die anderen können das; aber ich kann es gewiß nicht», versicherte Eveli, «wenn ich noch so gern wollte. Aber weißt du, sie wollen dir vielleicht nichts zuleide tun», setzte es schnell hinzu, wie sich und ihm zum Trost. «Sie wollen sich nur alle miteinander zum Lachen bringen.»

«Meinst du?» sagte der Junge. «Wie heißt du?»

«Eveli, und du?»

«Beni. Hast du nicht gehört, wie sie sangen?»

«Ja freilich. Aber ich wußte nicht, ob's wahr ist, was sie sagen, oder nur erfunden. Bist du immer ganz allein?»

«Ja, der Vater kommt nur zum Schlafen, und früh am Morgen geht er wieder fort auf die Arbeit.»

«Wo ist denn deine Mutter?»

«Ich habe keine, nur eine Base. Aber die hört nichts, die ist immer drinnen in der Stube. Kommst du morgen wieder zu mir herüber?»

«Ja, wenn du so allein bist, will ich wohl», sagte Eveli, das jetzt auf dem Sprung war, um fortzueilen.

«Kommst du jeden Abend?» fragte Beni wie bittend.

«Ja, wenn du es gern willst, so komm ich schon», sagte Eveli noch eilig, denn nun mußte es rennen. Es war ziemlich viel Zeit über dem Gespräch dahingegangen. Eveli hatte eine Freude im Herzen, wie es noch gar nie gekannt hatte. Da war jemand auf der Welt, der sich darauf freute, daß es wieder zu ihm komme, und es war ein armer kranker Junge, vor dem es sich gar nicht zu fürchten brauchte. Sobald es daheim war, lief es der Mutter nach, um ihr alles zu erzählen und zu fragen, ob es jeden Abend zu Beni hinübergehen und ein wenig bei ihm bleiben dürfe. Die Mutter konnte nicht lange zuhören; sie hatte von der Wäsche zum Milchsieben, von da zu dem jungen Schweinchen und von diesem zum Kartoffelschälen in die Küche zu eilen. Hier konnte Eveli endlich an sie herankommen und seine Erlebnisse und seine Bitte vorbringen. Die Mutter erlaubte gern, daß Eveli die Freude haben sollte. Daheim fragte ja niemand nach dem Kinde; ob es früher oder später heimkehrte, bemerkte ja kein Mensch außer ihr. Eveli konnte es am anderen Tage kaum erwarten, daß die lärmenden Buben vor ihm her ihren Spektakel gemacht und sich zerstreut haben würden, damit es vortreten konnte. Beni streckte ihm schon die Hand entgegen.

«Es war mir heute gleichgültig, daß sie sangen, weil ich wußte, daß du hinter ihnen herkommst und es hörst und daß du denkst, sie tun nur so, um sich gegenseitig zum Lachen zu bringen», sagte er. «Bleibst du jetzt ein wenig bei mir?»

Eveli wollte das gerne tun und setzte sich auf den Boden neben das Stühlchen hin. Beni wollte so gern wissen, wie es in der Schule zugehe und wie es sei, wenn man lesen könne, und ob Eveli glaube, es könne bald auch aus einem Buch eine Geschichte herauslesen und sie verstehen, als habe einer sie ihm erzählt. Die Base hatte ihm einmal gesagt, das lerne man in der Schule, und wenn er dann gesund sei und Kraft zum Gehen in den Beine habe, könne er auch in die Schule gehen und alles lernen wie andere Kinder.

«Aber das kann ich nie», setzte Beni traurig hinzu. «Ich bekomme keine Kraft; ich kann nicht fest stehen.»

Nun begriff Eveli, warum er immer zwei kleine Krücken neben sich stehen hatte. Der arme Beni war nicht nur bucklig, er konnte auch nicht stehen und nicht gehen; nur auf die Krücken gestützt, konnte er herumhumpeln. Das kam dem Eveli schrecklich vor. Es suchte mit beklemmtem Herzen nach einem Trost.

«Wenn du größer bist, wirst du gewiß kräftiger», sagte es, sich selbst die Überzeugung einredend, «dann kannst du immer noch zur Schule gehen. Du bist gewiß noch nicht so alt.»

«Neun Jahre alt bin ich schon», sagte Beni, ganz ernsthaft mit dem Kopfe nickend.

«Ja, das macht gar nichts», fuhr Eveli eifrig fort, «weißt du, wie wir es machen können, bis du dann auch in die Schule kannst? Ich komme alle Tage zu dir, und dann will ich dir jedesmal zeigen, was wir wieder gelernt haben, welche Buchstaben und was für Striche zu schreiben. Weißt du, lesen kann ich nun noch lange nicht; aber manchmal erzählt uns der Lehrer eine Geschichte. Die will ich dir dann auch erzählen, dann ist es gerade, wie wenn du in die Schule kommen könntest.»

Benis sonst so ernsthaft und traurig blickende Augen erglänzten vor Freude.

«Glaubst du, daß ich dann wirklich lesen lernen und nachher alle Geschichten aus den Büchern herauslesen und verstehen kann?» fragte er ganz erregt von der soviel verheißenden Aussicht.

«Ja, natürlich, ganz wie wir in der Schule. Ich will dann gewiß recht aufpassen, daß ich nichts vergesse», versprach Eveli, «gar nichts, damit du immer alles recht mitmachen kannst. Wollen wir gleich anfangen?» Beni zitterte vor Verlagen nach seinem ersten Unterricht, und noch niemals vorher hatte ein Kind seine ersten Griffelstriche mit solcher Wonne unternommen, wie Beni heute die seinigen ausführte.

In sein Leben war etwas ganz Neues gekommen. Wenn er am Morgen erwachte, sah er etwas vor sich, auf das er sich freuen konnte; das hatte er bis jetzt gar nicht gekannt. Den ganzen Tag schaute er nun mit einer Hoffnung im Herzen dem Abend entgegen. Auf den lärmenden Gesang der Buben lauschte er jetzt jeden Tag mit dem größten Verlangen; es war ja das Zeichen, daß Eveli nun gleich kommen würde. Sobald die Buben auseinandergestoben waren, trat Eveli auch regelmäßig hinter dem Apfelbaum hervor und kam dahergerannt. Nun begann auch gleich die Arbeit, und Beni ging mit einer solchen Begierde daran, daß Eveli ihm nie genug zu lernen aufgeben konnte. Immer fragte er wieder: «Habt ihr nicht noch etwas gelernt?» Wenn dann Eveli so recht genau nachdachte, fand es doch manchmal noch etwas, was es vergessen hatte. Dann leuchteten Benis Augen auf in einer Freude, als wäre ein neuer Strich zu einem Buchstaben ein unvergleichliches Kleinod. «Vielleicht kommen wir nun bald zum Lesen, Eveli. Denk, wie fein das sein wird!» sagte er glückstrahlend. «Denk, dann können wir aus jedem Buch lesen, was darin steht. Glaubst du, daß es viele Bücher gibt? Hat man immer noch etwas zu lesen, solange man lebt?»

«Ja, ja, natürlich», antwortete Eveli dann versichernd, «denk doch nur, in der Schule hat jede Klasse ein eigenes Lesebuch, nie haben zwei dasselbe, und die Kinder, die lesen können, gehen jeden Sonntag zum Herrn Pfarrer und holen ein Buch zum Lesen. Denk nur, jedes ein eigenes, und jeden Sonntag geht jedes wieder und holt ein neues, und nie, nie das gleiche.»

Beni mußte sich sehr verwundern, daß es so viele Bücher gäbe, und immer heißer wurde sein Durst, dahin zu gelangen, alles lesen zu können, was in diesen Büchern stand. Immer noch gesteigert wurde dieser Durst durch die schönen Geschichten, die Eveli alle paar Tage dem Lehrer nacherzählte. Die waren so spannend und alle seine Gedanken erfüllend, aber immer so bald zu Ende, daß Beni jedesmal einen rechten Schmerz empfand, wenn Eveli sagte: «Nun ist sie aus.» Dann dachte er, vielleicht wäre sie im Buch doch ein wenig länger oder dann käme jedenfalls gleich eine neue nachher; Eveli wußte eben immer nur eine auf einmal. Aber auch schon auf diese freute sich Beni die ganze Woche lang. Noch etwas hatte Beni durch Eveli kennengelernt, einen Genuß, der ihm jedesmal die Tränen in die Augen brachte und ihm doch das Herz erfreute. Beni hatte nie singen gehört; denn das tägliche Geschrei der Buben: «Dort sitzt der Buckel-Bene» konnte kaum so genannt werden. Nun hatte ihm Eveli schon oft von seinem Aufenthalt beim Vetter über Mittag erzählt und wie es sich täglich darauf freue, daß alle anderen die Stube verlassen und es dann noch eine Zeitlang ganz allein bei der Großmutter sei, die immer so gut sei und Lieder mit ihm singe.

Da wollte dann der Beni gern wissen, wie diese Lieder klingen, und als ihm Eveli mit seiner weichen, klangvollen Stimme zum erstenmal ein Lied sang, da liefen dem Beni von Anfang bis zum Ende die hellen Tränen die Backen herab.

Aber seither kannte er nichts Schöneres, und täglich, wenn Eveli darauf beharrte, nun sei nichts mehr zu lernen, bat er inständig: «Aber gelt, noch ein Lied singst du mir, oder nur einen Vers, oder bitte, zwei!» Und damit schaute er so verlangend zu Eveli auf, daß es ihm die Bitte niemals hätte verweigern können, wenn es auch meinte, heute sei es schon zu spät geworden bei dem vielen Buchstabieren. Sang dann Eveli wieder, so saß Beni wie versunken da. Er wußte selbst gar nicht, daß er die Augen voller Tränen hatte. Wenn Eveli ihn fragte, was es ihm singen solle, dann sagte er jedesmal: «Das Lied vom Frühling.» Eveli war immer willig zu tun, was er gern wollte, und sang auch gleich, was es ihm schon hundertmal vorgesungen hatte:

«Singen alle Vöglein wieder,
Frühlingshauch, Frühlingshauch,
tönt's in meine Kammer wieder:
Sing du auch! Sing du auch!

Ach, wie kann ich mit dir singen,
Vögelein, Vögelein!
Sieh, gelähmt sind meine Schwingen,
kann nicht sein, kann nicht sein!

Doch es singt dem lahmen Kranken
immer noch, immer noch:
Nicht mitfliegen, aber danken
kannst du doch, kannst du doch.

Fühlst du doch den warmen, süßen
Sonnenschein, Sonnenschein!
Blütenweiße Zweige grüßen
froh herein, froh herein.

Sieh im warmen Lichte schweben,
was erstarrt, was erstarrt;
alle Blümlein sich erheben,
die geharrt, die geharrt.

Dir auch wird ein Frühling tauen,
glaub es doch, glaub es doch!
Fliegst wie ich zum Dom, dem blauen,
höher noch, höher noch!»

Blieb nachher noch Zeit und mußte Eveli nicht jetzt schon rennen, damit es noch vor dem Abendessen daheim sei, wenn der Vater und die Brüder heimkommen würden, dann bat Beni gewöhnlich: «Sing nur noch das vom Genesen!» Und dachte Eveli, es gehe noch an, sang es ihm auch noch dieses Lied:

«Trage dein Leid,
wird dir auch manchmal so bange;
kommt erst die Zeit,
steht schon der Retter bereit,
wart nur, es währt nicht so lange.

Klage nur sacht,
daß sich die Sonne verborgen;
kurz ist die Nacht;
wenn du vom Schlummer erwacht,
grüßt dich ein schimmernder Morgen.

Jammer und Leid,
ist doch vergänglich ihr Wesen;
dulde dich heut,
morgen kommt sonnige Zeit,
morgen schon kannst du genesen.»

Ein neues Leid

Um diese Zeit hatten alle, die um den Nesselbauer waren, ein schweres Leben. Sogar die beiden Buben, die er sonst für ihre Arbeit sehr lobte, konnten ihm nichts mehr recht machen. Darüber waren die beiden so ärgerlich, daß sie ihren Verdruß auch an jemandem auslassen mußten. Dazu war nun niemand weiter da als das Eveli, das jetzt gehen und stehen konnte, wo es wollte. Trotzdem mußte es vom Vater oder den Brüdern hören, es stehe ihnen überall im Weg und sei jetzt viel zu groß dazu; es könnte Besseres tun.

Der Nesselbauer hatte seinen Wunsch erreicht. Er hatte eine dritte Kuh anschaffen können, und mit seinen zwei erwachsenen Söhnen brachte er alle anliegende Arbeit so gut fertig, daß er das schöne Stück Land, das er schon lange im Auge gehabt hatte, nun ankaufen konnte. Er wußte, daß der Nachbar es herzugeben im Sinn hatte, sobald ein Käufer komme, der gleich bezahlen konnte, und das konnte er. Hatte er doch seit sieben Jahren Tag und Nacht darauf gedacht und gerechnet und sich und alle, die zu ihm gehörten, so knapp als möglich gehalten, um jeden Pfennig für den Ankauf eines Stückes Land zurückzulegen, das so viel einbringen würde, daß er es nachher dann besser haben könnte als je vorher. Darum könne man wohl jetzt ein wenig sparen, sagte er. So war er eines Sonntags zum Nachbarn hinübergegangen, um mit ihm zu handeln. Der Mann lebte ganz allein; er hatte sich nie verheiratet und besorgte seit

Jahren alles allein: seinen Stall, seine Äcker und seine Wirtschaft. Seine Arbeit war ihm aber mit den Jahren etwas zuviel geworden, sonst würde er nicht daran gedacht haben, ein schönes Stück Land wegzugeben, hatte er selbst gesagt. Bis jetzt war ihm auch noch kein Käufer recht gewesen. Als der Nesselbauer bei ihm eintrat und sein Vorhaben vorbrachte, schoß der Nachbar zwischen seinem verwilderten Haar und struppigen Bart zornglühende Blicke auf ihn und sagte ihm, es nähme ihn nur wunder, daß der Nesselbauer sich erfreche, Land von ihm zu begehren. Er wolle mit ihm nichts zu tun haben. Der Nesselbauer werde wohl wissen, warum. Dann zeigte er auf die Tür und sagte kein Wort mehr. Der Nesselbauer ging; er sah, daß nichts zu machen war. Er hatte sich verrechnet, als er annahm, der Nachbar werde wohl schon lange verschmerzt haben, was vor zwanzig Jahren geschehen war. Es stand ein Birnbaum auf der Grenze zwischen ihren zwei Äckern, die aneinanderstießen, und beide Bauern hatten ihn als Eigentum beansprucht. Da sie sich nicht darüber einigen konnten, waren sie vor Gericht gegangen; der Baum war dem Nesselbauer zugesprochen worden. Da dieser nun gewonnen hatte, war ihm die Sache schon lange als verjährt vorgekommen, und er nahm an, der Nachbar werde auch so denken. Dieser aber hatte verloren und hatte seinen Birnbaum nie verschmerzen können, und jedesmal, wenn er diesen anschaute, schoß sein Zorn gegen den Nesselbauer von neuem empor. Seit diesem Sonntag, da der Nachbar ihn abgewiesen hatte, war es mit dem Nesselbauer so geworden, daß man ihm nichts mehr recht machen konnte, und es war, als würde er immer noch grimmiger. Er konnte auch Tag und Nacht nichts anderes mehr denken, als wie er es nur anstellen könnte, daß er zu dem Stück Land käme, für das er nun seit sieben Jahren geschwitzt und gespart und gerungen hatte wie um ein höchstes Gut, dessen Besitz ihm dann alle Mühe versüßen werde. Nun er sich am Ziele sah, sollte alles umsonst sein, alles aus, alles vergebens, das konnte nicht möglich sein, es war nicht zu ertragen. Ein schönes Stück Land war das begehrte wirklich, das einträglichste am ganzen Berg. Es lag nicht nur in der vollen Mittagssonne, es zog sich noch am Berge hin gegen die Abendseite, es hatte den letzten Sonnenstrahl. Finster brütend und an dem einzigen Begehren fort und fort nagend, ging der Nesselbauer umher, bis er zu dem Entschluß kam, dem Nachbar zu bieten, was er nicht ausschlagen würde. Das Stück Land mußte er haben, und sollte er noch drei volle Jahre darum arbeiten müssen und nachher keinen Pfennig bares Geld mehr besitzen. Dies Land mit der fruchtbaren Erde, dieses einzig schöne Stück Land mußte sein Eigentum sein.

Am Sonntagabend, als die Dämmerung hereinbrach, ging der Nesselbauer ein zweites Mal dem Hause des Nachbars zu; am hellen Tage wollte er den Gang nicht tun. Das Haus stand ziemlich weit weg, an der Abendseite der Halde und ein gutes Stück weiter unten am Berg. Der Nachbar hieß «der Mittelbauer», weil sein Gut nicht oben beim Forst, aber auch nicht unten am Berg lag. Er stand unter dem Scheunentor, als der Nesselbauer herankam. Dieser ging langsam der Scheune zu: «Ich komme noch einmal um des Kaufes willen», sagte er, «ich meine, wir könnten doch noch einig werden.»

«Meine Meinung wißt Ihr», sagte der andere, ohne sich zu bewegen.

«Ich kann bezahlen und mehr, als Ihr für das Land festgesetzt habt.»

«Ist mir egal.»

«Ich zahle den vierten Teil mehr und die Hälfte von allem bar.»

«Was ich gesagt habe, wißt Ihr.»

«Wieviel wollt Ihr dafür? Ich gebe noch mehr, sagt, was der letzte Preis ist.»

Jetzt fuhr der Mittelbauer auf: «Ihr sollt mein Land nicht

haben, und wenn ich darüber ein Bettler werden müßte! Und wenn Ihr bis zum Neujahr hier stehen und weiter bieten wollt, so bekommt Ihr doch keine andere Antwort, jetzt wißt Ihr's.» Damit drehte der Mittelbauer seinem Nachbar den Rücken zu und ging zum Haus hinüber.

Der Nesselbauer war so grimmig, daß er beide Fäuste ballte. Aber da war nichts zu machen; es war aus und vorbei mit seinem jahrelang gehegten Plan, mit seinen schönsten Aussichten. Wie ein halbtot Geschlagener ging er heim.

War auch die Zeit eine recht schlimme und wußte Eveli gar nicht mehr, wo es nur seine Füße hinsetzen sollte, um niemand in Zorn zu bringen, so hatte es doch im Herzen einen Trost, immer wieder die Abende mit dem Freunde verbringen zu dürfen und zu sehen, welche Freude der Beni immer und immer wieder über seine Ankunft empfand! Unterdessen war der Hochsommer gekommen. Heute zeigte der Lehrer den Kindern in der Schule an, daß mit der nächsten Woche die Ferien beginnen würden und sie somit sechs Wochen lang nicht mehr zu erscheinen hätten. Das war eine große Nachricht, die Eveli dem Beni zu bringen hatte. Jetzt war es so lange heller Tag, und vielleicht durfte es schon früh am Nachmittage zu ihm kommen. Was hatten sie da für viele schöne Stunden miteinander zuzubringen! Eveli eilte nach der Schule den Berg hinan und stürzte, sobald der Weg frei war, der Birke zu. Beni saß jämmerlich weinend auf seinem Stühlchen. Er konnte vor Schluchzen kaum sein «Guten Abend, Eveli» herausbringen.

«Was hast du, Beni, was hast du? Hat dir jemand etwas zuleid getan?» fragte Eveli ganz erschrocken.

«Oh, es ist alles aus», schluchzte er, «du kannst nie mehr kommen, wir können nicht mehr beisammen sein, ich muß fort. Es ist alles, alles aus.»

Eveli war aufs höchste überrascht und erschrocken.

«Wo mußt du denn hin? Warum mußt du fort? Wer hat es dir befohlen?» fragte es hintereinander in großer Aufregung.

Aber es mußte erst einige Zeit warten, bis der Beni, dem jetzt in Evelis Gegenwart die Sache erst recht traurig vorkam, sich so weit gefaßt hatte, daß er zusammenhängend erzählen konnte, was vorgefallen war. Er hatte zuweilen Anfälle, so daß er nichts mehr von sich wußte und dann von seinem Stühlchen fiel. Wenn dann die Base einmal zufällig herauskam – denn hören konnte sie ihn ja nicht –, so hob sie ihn wieder auf und setzte ihn wieder aufs Stühlchen, oder sie brachte ihn in sein Bett, wo er dann wieder zu sich kam.

Heute sei er schon früh am Morgen heruntergefallen, erzählte Beni weiter, und wie er erwacht sei, habe er noch auf dem Boden gelegen und habe nicht aufstehen können, und die Base habe er nicht zu sich rufen können, wie laut er auch geschrien habe. Und es habe ihm so weh getan an der Seite und tue immer noch weh. Lange nachher sei dann die Base gekommen, und er habe zuerst fast nicht sitzen können und habe ihr gezeigt, wo es ihm so weh tue, und da habe sie gesagt, man müsse zum Doktor, und sei gegangen. Dann habe sie den Bericht gebracht, man müsse ihn ins Krankenhaus hinunterbringen, gleich morgen. Dort müsse er eine gute Zeitlang bleiben, so hatte der Doktor befohlen.

Das war nun auch für Eveli eine traurige Nachricht. Jetzt eben in der schönen Ferienzeit sollte alles abgebrochen werden; es sollte gar nicht mehr zu Beni gelangen können, eine ganze lange Zeit, vielleicht den ganzen Sommer nicht mehr. Eveli wußte gar keinen Trost. Es saß am Boden neben Benis Stühlchen, und als es ihn so ansah, wie traurig er dreinschaute, und es daran dachte, daß er morgen in das große Krankenhaus hinunter mußte zu lauter fremden Menschen und vielleicht nie mehr zurückkommen würde, da fing Eveli auch leise zu weinen an, und Beni, der gar nicht recht aufgehört hatte, begann aufs neue zum Erbarmen zu schluchzen. Heute konnten sie nicht mehr lernen, und auch kein Ton konnte gesungen werden.

Am anderen Morgen, als Eveli auf dem Wege zur Schule

hinüberschaute, stand das Stühlchen nicht mehr unter der Birke, also war es wirklich wahr, der Beni war am frühen Morgen schon fortgebracht worden. Jetzt stieg es dem Eveli so würgend den Hals hinauf, als müßte es laut aufschreien. Aber mit verweinten Augen in die Schule kommen, nein, das durfte es nicht. Es rannte aus allen Kräften den Berg hinunter.

Erst am Nachmittag, nachdem noch der junge Vetter Hans am Tisch gespottet hatte: «Das Eveli muß ein Nönnchen werden; jeden Tag schlägt es die Augen ein wenig tiefer zu Boden, zuletzt tut es sie gar nicht mehr auf. Dann bohrt es seinen Weg nur noch so weiter wie ein Maulwürfchen», worauf ein ungeheures Lachen gefolgt war, konnte Eveli seinen Kummer bei der Großmutter ausschütten.

Es erzählte ihr alles, was mit dem Beni geschehen war und wie er nun verschwunden sei, vielleicht für alle Zeit, so daß es ihn gar nicht mehr sehen werde. Aber die Großmutter sagte, Eveli solle nicht vergessen, was sie ihm auch schon gesagt habe. Wenn der liebe Gott einem Menschen etwas Schweres zu tragen schicke, so lege er allemal einen Segen darunter, den man nur nicht gleich sehen könne, weil ihn das Schwere verdecke. Aber wenn das abgetragen sei, komme er hervor und sei so, daß man zuletzt noch für alles danken könne. Jetzt müsse Eveli zunächst nur an Beni denken und nicht an sich, und für den armen Buben sei die Überführung ins Krankenhaus eine Wohltat. Da habe er gute Pflege und sei nie so verlassen wie daheim, wo sein Vater von früh bis spät fortgewesen sei und er mit der tauben Base ja nie ein Wort reden und sie nicht einmal habe rufen können, wenn ihm Hilfe so nötig gewesen wäre.

Eveli wollte es wohl so machen und nur an Beni denken; wäre er nur nicht selber so trostlos gewesen, daß er gehen mußte.

Auf dem Heimweg eilte es atemlos an der Stelle vorbei, wo man die Birke sah. Es konnte es nicht aushalten hinüberzuschauen, wo alles leer war. Noch vier Tage hatte es den Weg zu machen, dann kam der Sonntag, und die Ferien begannen. Im Gedanken an die vielen schönen Nachmittage, die es mit Beni in der kommenden Ferienzeit hätte zubringen können, mußte es während der vier Tage auf seinem Schulwege noch manches Tränlein verschlucken.

Am Sonntagmorgen duckte sich Eveli, so tief es konnte, in die Fensterecke mit seinen roten Kornblumen, deren schöne Blätter es in der Mutter Gesangbuch einlegen und trocknen wollte. Eveli wußte wohl, warum es sich so tief duckte und versteckte. Es war die Zeit, da die Brüder zur Mutter hereinkommen würden mit ihren Angelegenheiten vom Sonntagshalstuch, den Hemdenknöpfen und was die Mutter noch für den Sonntagsstaat herschaffen sollte. Da waren sonst schon beide immer eilig, daß alles fertig sei, bevor der Vater kam, weil dieser sagte, sie brauchten nicht solches Firlefanzzeug zu begehren. So wußte denn Eveli wohl, daß es sich verkriechen mußte, um ihnen nicht vor die Füße zu kommen.

Jetzt wurde die Türe mit ziemlichem Lärm aufgemacht, und ein fester Schritt kam herein. Eveli schaute unter dem Tisch durch zur Tür, wer es sei; es war aber keiner von den Brüdern, sondern der junge Vetter Hans.

«Guten Tag, Base! Wo ist das Eveli?» rief er im Hereintreten. «Es wird wohl schon den Kopf unter die Flügel gesteckt und sich im Stroh verkrochen haben, wenn es mich hat kommen sehen, aber es hilft ihm nichts, es muß heraus!» Nun mußte er aber sehr lachen, weil das Eveli wirklich so erschrocken aus der Ecke hervortauchte, als käme es aus dem Strohversteck heraus.

«So hast du's gewagt?» fuhr er lachend fort. «Die Großmutter schickt mich; sie hat gesagt, wenn ich und du nicht wären, so täte ihr kein Mensch mehr einen Gefallen. Wir sind noch zwei Brave, gelt? Sie hat Bericht bekommen, du solltest ins Krankenhaus herunterkommen, die Base werde wohl nichts dagegen haben.»

Eveli wußte gar nicht, was es hörte. War es wirklich wahr? Durfte es den Beni im Krankenhaus besuchen? Es schaute die Mutter fragend an. Die nickte freundlich und sagte: «Ja, ja, du darfst schon gehen.»

«Wann?» fragte Eveli, immer noch unsicher über das Glück.

«Heut um zwei Uhr und nachher wieder, soviel ich verstanden habe», berichtete Hans.

«Ist's zum Beni? Darf ich dort zum Beni?» fragte Eveli, seiner Sache noch nicht recht gewiß.

«Zum Benjamin Lorch im Krankenhaus Unterwies», sagte Hans feierlich.

Jetzt wußte Eveli vor Freude gar nicht, was es zum Hans sagen sollte.

«Willst du eine Giselbirne?» kam dann wie eine plötzliche Eingebung heraus.

«Ja, natürlich», lachte der Hans, «du wirst aber wohl keine haben, sie sind ja noch nicht reif.»

Die Mutter hatte aber heute früh am obersten Ast, der so schön der Sonne zugekehrt war, die erste reife Frucht am Giselbirnbaum entdeckt. Die hatte sie heruntergeschlagen und dem Eveli gebracht. Es zog jetzt die Birne aus der Tasche und hielt sie dem Hans hin. Sie war kugelrund und rot und gelb vor Reife.

«Potztausend, sieht die schön aus!» rief der Hans aus, ergriff sie, und mit seinen festen Zähnen biß er so gewaltig in die saftige Birne, daß es spritzte und krachte. Und wieder und wieder, bis sie mit Haut und Kern verschwunden war.

«Das war die beste Birne, die ich in meinem ganzen Leben gegessen habe», sagte Hans vergnügt, «so voller Saft und so in die Hitze hinein. Jetzt werde ich aber auch immer deine Partei ergreifen, Eveli, wenn du wieder bei uns bist, und wenn die anderen dich wieder auslachen wollen, dann lach ich sie selber so furchtbar aus und sage ihnen solche Sachen ins Gesicht, daß sie nur froh sein müssen, wenn ich wieder schweige. Du sollst einmal sehen, Eveli, wie das wirken wird! Von jetzt ab halte ich es immer mit dir, zähl darauf! Jetzt muß ich heim, lebt wohl!»

Damit verabschiedete sich der Hans, und das Eveli schaute ihm voller Dank nach. Auf einmal hatte es einen Beschützer in ihm gewonnen, es wußte gar nicht, wie, aber es war so froh darüber.

Im Krankenhaus

Eveli meinte, heute wolle es gar nie zwölf Uhr werden; denn dann käme das kurze Mittagessen, und nachher könnte es fort. Aber es wurde auch heute zwölf Uhr, und sobald der Vater und die Brüder ihr Essen beendet und die Stube wieder verlassen hatten, lief es der Mutter in die Küche nach und fragte eilig: «Kann ich nun gehen?» Die meinte, es habe gar keine Eile, noch wären es fast zwei Stunden bis um zwei Uhr, und vorher dürfe es nicht ins Krankenhaus eintreten. Sie erlaubte ihm aber doch zu gehen, da sie sah, daß das Kind keine Ruhe mehr hatte, nur müsse es unten warten; es könne ja zur Großmutter gehen, bis die Zeit da sei. Nun lief Eveli.

So schön, wie heute alles draußen war, hatte Eveli es noch nie gesehen. An den glänzenden Weißdornhecken kletterten die hellroten Winden überall empor, der Thymian duftete unter allen Hecken und an den grünen Halden, die alle in der Sonne schimmerten. Aber wo die Felder anfingen, da kam das Allerschönste; da schauten die blauen Kornblumen zwischen den hohen Ähren mit so fröhlichen Augen heraus, und der rote Mohn glühte und leuchtete daneben und dahinter und auf allen Seiten. Die Blumen mußte Eveli haben, die roten und die blauen, so viele nur zu haben waren. Die würden gewiß dem Beni Freude machen, nun er ja gar nicht mehr draußen sitzen und Blumen und Wiesen und Hecken nicht mehr sehen konnte. Eveli kam in einen solchen Eifer, dem Beni soviel, wie nur zu erreichen waren, von den schönen Blumen zu bringen, daß es pflückte und pflückte, und immer kamen noch schönere zum Vorschein. Ganze Büsche von den blauen Kornblumen wurden drüben sichtbar, und dort flimmerte es wie Feuer von den roten Mohnblumen durch das grüne Korn – Eveli mußte sie haben, und noch viel blaue, dort waren noch die allerschönsten. Aber nun war der Strauß so groß, daß es ihn mit beiden Händen kaum mehr umspannen konnte. Nun wanderte es weiter. Rennen konnte es nun nicht mehr, das litten die Blumen nicht. Aber das war nun ganz recht, so hatte es vor dem Krankenhaus nur weniger lange zu warten. Das Blumenpflücken hatte mehr Zeit gebraucht, als Eveli in seinem Eifer bemerkt hatte. Eben war es unten im Dorf angekommen und ging hinter dem Kirchhof über die Wiese, dem Krankenhause zu. Da schlug es zwei Uhr vom Kirchturm. So konnte Eveli gleich in das alleinstehende Haus eintreten, um das es ringsherum ganz still war. Eine der pflegenden Schwestern kam heraus.

«Bist du etwa das Eveli, das den Beni besuchen will?» sagte sie freundlich. «So komm gleich mit da hinein.»

Sie öffnete die Tür. Eveli trat in eine Stube ein, wo mehrere kleine Betten standen. In den einen lagen kranke Kinder, die anderen waren leer; es schaute ringsherum. Dort im schönen, sauberen Bett saß der Beni aufrecht und lachte mit leuchtenden Augen zu Eveli herüber. Es lief zu ihm und legte gleich den ungeheuren Blumenstrauß vor ihn hin. Eveli hatte gesehen, daß eine Türe zu einem anderen Zimmer offenstand. Es hatte aber nicht hineingeschaut und war geradeaus zu Benis Bett geeilt. Aber die roten und blauen Blumen hatten dort hineingeleuchtet, wie es sie vorbeitrug, und eine bittende Stimme rief jetzt herüber: «Bring mir doch auch eine davon, nur eine!»

Eveli verstand, was gemeint war, und schaute den Beni

fragend an. Es hatte sie ihm ja alle zum Geschenk gebracht. Da nahm er zwei blaue und zwei rote aus dem Strauß und sagte: «Bring ihnen nur die alle. Sie müssen soviel leiden dort drinnen; ich höre sie wohl stöhnen.»

Die Schwester, die in der Nähe stand, kam nun herzu und sagte, es sei recht, wenn Eveli das tun wolle; sie werde mit ihm gehen. Nun erfaßte Eveli seinen ungeheuren Strauß wieder und folgte der Schwester in das andere Zimmer. Es war ein großer Saal. Noch viel mehr Betten standen darin als in Benis Stube, und fast in jedem der Betten lag eine kranke Frau. Als Eveli mit seinem schimmernden Strauß eintrat, da rief es von allen Seiten: «Oh, wie schön, oh, wie schön! Oh, bring mir auch eine! Und mir eine!» Da wanderte Eveli von einem Bett zum anderen und legte immer zwei Blumen auf jede Decke, eine rote und eine blaue, und die bleichen Frauen schauten Eveli so dankbar an und hielten alle ihre Blumen in den Händen, daß es aussah, als wäre ein großes Fest in dem Krankensaal. Aber auch nach dem Austeilen hatte Eveli immer noch einen großen Strauß in der Hand; es hatte ja eine solche Menge von Blumem gepflückt. Es schaute fragend auf die Schwester, ob es wohl noch einmal mit dem Austeilen beginnen solle. Die Schwester nahm Eveli bei der Hand.

«Komm, du kannst noch mehr Freude machen», sagte sie und ging mit ihm zur Tür.

Da riefen ihm die Frauen noch zu: «Komm auch wieder zu uns! Gelt, du kommst wieder?» Und Eveli versprach so gern, daß es wieder kommen wollte. Ein solches Glück, wie jetzt sein Herz erfüllte, hatte Eveli noch nie empfunden. Alle die leidenden Frauen wünschten, daß es wieder zu ihnen komme, und es konnte ihnen alle Tage etwas bringen, das ihnen Freude machte. Die Schwester ging mit Eveli über den Gang und öffnete erneut eine Türe. Wieder trat es in einen großen Saal, der voller Betten stand; da lagen junge Männer mit abgezehrten Gesichtern und wieder ganz alte mit grauen Bärten und schneeweißem Haar.

Eveli stand einen Augenblick still an der Tür, aber da rief gleich einer: «Komm du nur heran, du mußt dich nicht fürchten. Gibst du mir auch eine von den Blumen?»

Und nun ertönten so viele Stimmen, noch verlangender als bei den Frauen. Da rief einer: «Oh, die Kornblumen, oh, könnt ich doch die Kornfelder sehen! Gib mir auch eine von den blauen!» Und so mancher von ihnen rief und bat und dankte dem Eveli so herzlich, wenn es ihm die zwei Blumen aufs Bett legte, wie es bei den Frauen getan hatte. Zuhinterst in der Ecke lag noch einer, vor dem fürchtete Eveli sich ein wenig; sein Bart und sein Haar sahen so verwildert aus. Er hatte sich in seinem Bett aufgesetzt und schaute mit so scharfen Blicken nach den Blumen, daß Eveli sich noch mehr fürchtete und dachte, dem sei es vielleicht doch im Weg. Es blieb stehen und überlegte, ob es umkehren sollte.

«Komm nur, komm nur, ich tue dir nichts zuleid», sagte der Kranke jetzt, indem er dem Kinde verlangend die Hand entgegenstreckte. «Zeig sie mir nur, wenn du sie nicht gerne geben willst; aber gib mir eine in die Hand. So, danke, du bist ein braves Kind. Wo hast du sie genommen? Am Berg, sagst du? Jetzt wird's bald reif sein, das schöne Korn, und ich kann nicht hinaus. Ich kann nicht auf meinen Acker, hier bin ich an der Kette.» Der Mann warf sich stöhnend auf sein Lager zurück. Eveli wollte gehen.

«Wart noch einen Augenblick nur, einen Augenblick noch», bat er, «so bist du am Berg gewesen? Wie sieht das Korn aus? Ist's schon gelb? Oh, wenn ich die Ähren sehen könnte!»

«Ja, ich meine, es ist schon gelb an vielen Orten», sagte Eveli, «aber ich habe es nicht so recht angeschaut, weil ich nur nach den Blumen sah. Aber morgen will ich es recht ansehen und will es Euch dann sagen.»

«Du bist ein braves Kind, ja, komm wieder und bring mir den Bericht», bat der Kranke, «und eine Kornblume bringst du mir auch wieder mit, gelt?»

Eveli versprach's, und als es wieder durch den Saal zurückging, um ihn zu verlassen, streckten ihm die Kranken aus allen Betten noch die Hände entgegen und dankten ihm, und alle baten, es solle doch wieder kommen. Eveli war so voller Glück und auch so voller ungeheurer Verwunderung, daß es wie im Traum der Schwester folgte. Nie hätte es sich vorstellen können, daß ein Mann für eine Blume danken würde und eine Freude daran haben könnte, und was hatte es von Dank und Freude an diesen Krankenbetten gesehen und gehört! Und daß es diese Freude verbreiten durfte, das war für Eveli ein unfaßbares Glück.

Jetzt war es wieder in Benis Stube angelangt. Er saß, von Kissen fest gestützt, so aufrecht und behaglich in seinem Bett, wie er auf seinem Holzstühlchen nie hatte sitzen können. Über die schöne Decke gebreitet lag ein plattes, hölzernes Brett wie ein Tisch, der auf beiden Seiten am Bett festgemacht war. Darauf lag eine schöne, neue Schiefertafel und ein Griffel dabei.

«Sieh, sieh», sagte Beni freudestrahlend, «das hat mir die Schwester Marie gebracht, und sie erlaubt, daß du alle Tage um zwei Uhr zu mir kommst und mit mir lernst und singst und erzählst wie daheim; ich habe ihr alles erzählt.»

Eveli war so überwältigt von dem neuen Glück, daß es gar nichts sagen konnte, nur in unaussprechlichem Vergnügen einmal die schöne Tafel, aber dann gleich wieder den Beni betrachten mußte, der so bequem und frisch und sauber in seinem Bette saß. Dem Eveli war's zumute, als möchte es vor Freude laut singen und jauchzen. Beni meinte, nun wollten sie gleich zu lernen beginnen; Eveli habe ihm ja von fünf Tagen her zu zeigen, was sie in der Schule gelernt hatten. Da trat aber seine Pflegerin, die Schwester Marie, die immer in der Nähe geblieben war, herzu und sagte, heute sei Sonntag, da lerne man nicht. Die Kinder hätten ja noch viele Tage vor sich, da sie ihre Übungen fortsetzen könnten; heute solle Eveli nun lieber seine Lieder singen, von denen Beni ihr auch erzählt hatte. Damit waren die Kinder auch zufrieden, und Eveli begann in der Freude seines Herzens so frisch und froh seine Lieder zu singen, daß es war, als stiege eine kleine jubelnde Lerche zum Himmel auf und singe ihre Lieder über die Kornfelder und alle blauen und roten Blumen hin, die darin standen. Beni konnte gar nicht genug bekommen; so hatte Eveli noch nie gesungen. Sobald ein Lied zu Ende war, bat er: «Noch eins, und dann noch eins, und: hör doch noch nicht auf!» Und Eveli sang fort und fort mit heller Stimme, bis es zuletzt sagen mußte: «Jetzt weiß ich kein einziges mehr.»

Die Schwester hatte, ohne daß Eveli es sehen konnte, die beiden Türen zum anstoßenden Krankensaal weit aufgemacht. Nun rief die bleiche Frau, die nahe bei der Tür lag: «Das war ein schöner Sonntag! Bring ihn uns auch wieder!» Und andere schwache Stimmen hörte Eveli noch, die baten: «Sing auch einmal hier drinnen bei uns.» Aber nun kam die Schwester heraus und sagte, die Zeit sei da für Eveli, das Krankenhaus zu verlassen; aber morgen und jeden Tag um diese Zeit dürfe es wiederkommen. Es könne ja auch sehen, daß die Kranken es alle mit Freude erwarteten.

Eveli konnte nicht schnell genug den Berg hinaufkommen, um der Mutter alle die wunderbaren Ereignisse vom Krankenhaus, die es eben erlebt hatte, mitzuteilen. Jetzt hatte sie auch ein wenig Zeit zuzuhören. Am Sonntagabend kam immer ein Augenblick, da die Mutter ums Haus herumging oder vor dem Hause im Krautgarten bei den Mainelkenstöcken still stand, ohne die Eile aller ihrer Schritte des Werktags zu zeigen. Hier, im Krautgärtchen stehend, hörte sie still Eveli an, wie es mit ungewohnter Lebhaftigkeit seine Erlebnisse im Krankenhaus erzählte, von Beni und seinem herrlichen Bett und den festen Kissen, an die er seinen schwachen Rücken lehnen und sich so schön stützen konnte. Und wie es nun die anderen Kranken und ihre leidenden Gesichter schilderte und dann die Freude, die sie beim Anblick der Blumen gezeigt hatten, da schoß in Evelis Augen ein so wunderbarer Strahl von Liebe und Mitgefühl auf, daß die Mutter es erstaunt ansah. So hatte es noch nie ausgesehen: «Du gehst morgen zur Großmutter und erzählst ihr alles, es wird sie freuen», sagte die Mutter.

Eveli hatte wohl verstanden, daß seine Blumen den Kranken alle die schönen Wiesen und sonnigen Kornfelder, die sie kannten, vor Augen gebracht und sie deshalb so besonders erfreut hatten. So raufte es denn am folgenden Tag, nachdem es einen ebensogroßen Strauß von Kornblumen wie gestern gepflückt hatte, noch eine Menge von den würzig duftenden Thymianbüschen aus und packte sie in seine Schürze; denn zum Strauß konnte es nichts mehr umfassen als noch einen einzigen langen Halm mit der vollen Kornähre daran. Eveli wußte wohl, daß man keine Ähren ausrupfen durfte; aber es dachte, eine einzige dürfe man doch einem Kranken bringen. Der wohlriechende Thymian, dachte es, müßte erst recht den eingeschlossenen Kranken alle grünen Hecken und sonnigen Halden, wo er wuchs, vor Augen bringen.

So kam Eveli ganz beladen im Krankenhaus an. Die Schwester wollte es gleich zu Beni hineinführen, aber es begehrte zu ihrer Verwunderung zuerst in den Männersaal einzutreten. Hier ging es durch den ganzen langen Saal bis zum letzten Bett. Dort bei dem struppig aussehenden, bärtigen Mann blieb es stehen.

«Hier ist eine Ähre aus dem großen Kornfeld von Mittelberg», sagte Eveli, «hier könnt Ihr sehen, wie schön gelb sie sind, und im Sonnenschein sind sie ganz golden.»

Der Mann faßte den Halm mit zitternder Hand, betrachtete die Ähre um und um. Die Körner waren fest und vollkommen, noch brauchten sie nur wenig Zeit bis zur vollen Reife. «Oh, wie schön sie ist! Ein ganzer Acker voll solcher Ähren! Den zu sehen!» sagte der Kranke jetzt stöhnend. «Hast du gesagt, aus dem großen Kornfeld am Mittelberg?

Ist's da, wo mitten darin die große Eiche steht, oder auf der anderen Seite, wo der Blitz den Birnbaum zerrissen hat?»

«Vom Feld, wo die große Eiche steht, habe ich die Ähre genommen», sagte Eveli.

«Sie ist von den meinen, so sehen sie aus, und ich muß hier liegen und kann nicht hinaus. Oh, meine schönen Ähren! Mein schönes Korn!» Dem Manne, der so verwildert aussah, standen jetzt die Tränen in den Augen. Das ging dem Eveli so zu Herzen, daß auch die seinigen augenblicklich voller Tränen waren.

«Ihr werdet vielleicht bald wieder gesund und könnt wieder hinaus», versuchte es zu trösten.

«Du meinst es doch gut mit mir, das sehe ich», sagte der Mann, seine Augen wischend. «Komm, setze dich ein wenig auf den Stuhl an meinem Bette nieder. Deine Blumen riechen auch so gut heute; es ist, als wäre man droben am Berg. Hast du Thymian im Schürzchen?»

Eveli bejahte es und öffnete das zusammengepackte Schürzchen. Der starke Duft strömte durch das Zimmer. Eveli hörte, wie da und dort ein lautes «Ah!» ertönte, als wäre dem einen und anderen eine große Erquickung zuteil geworden.

Im nächsten Bett lag ein junger Mensch, noch fast so jung wie der Vetter Hans, aber so mager und weiß, als wäre er nie an der Sonne gewesen. Der hatte sich schnell aufgerichtet in seinem Bett und zog in langen Atemzügen den Duft ein. «So riecht's bei uns daheim im Gärtchen», sagte er, «oh, wie lange habe ich's nie mehr gesehen! Das bringt mir alles vor die Augen, das Mäuerchen, wo der Thymian hinaufklettert, und den rauschenden Bach dahinter unter den Erlen.»

Der Kranke wandte sich ab und drückte sein Gesicht ins Kissen. Eveli stand auf und legte ihm schnell ein Büschelchen Thymian auf das Bett, dann wollte es gehen. Aber der Alte rief: «Nein, nein! Noch nicht, komm, setze dich noch einmal her. Ich muß dir noch etwas sagen.» – Eveli gehorchte.

«Sie haben gesagt, du habest gestern im anderen Saal schöne Lieder gesungen. Sing uns auch eins, wir hören's auch gern.»

«Ja, wir hören's auch gern», sagten noch andere, und Eveli begann das Lied «vom Genesen» zu singen. Es dachte, das würde der Alte vielleicht gern hören. So war es auch. Er lauschte wie gebannt bis zum letzten Ton. Jetzt stand Eveli auf. «Aber morgen wieder, gelt, jeden Tag ein Lied, willst du?» fragte er. «Und dann einmal wieder eine Ähre, aber erst in ein paar Tagen, nicht zuviel. Und wem gehörst du, daß du dort am Mittelberg vorbeikommst?»

«Dem Nesselbauer am Forst», antwortete Eveli.

Der Kranke fuhr zusammen, als hätte er einen Schlag erhalten. «Das ist nicht wahr», rief er mit vor Zorn zitternder Stimme, «dem gehörst du nicht! Du würdest sonst bei ihm sein, du gehörst anderen Leuten.»

«Nur noch der Mutter», sagte Eveli erschrocken.

Der Kranke schaute das Kind durchbohrend an: «Du siehst ihm kein bißchen gleich», sagte er dann mit ruhigerer Stimme, «du wirst wohl sein wie die Mutter. Du mußt nicht erschrecken vor mir, ich tue dir nichts, komm nur wieder, willst du?»

Eveli versprach es, legte dann schnell von seinen Blumen auf alle Betten und ging nun zu Beni hinüber.

Es war etwas spät geworden. Schon lange hatte Beni nach der Tür geschaut, ob denn Eveli immer noch nicht eintreten würde. Als es ihm aber nun erzählte, wie es aufgehalten worden sei, da war er gleich ganz zufrieden und sagte, er wolle gern alle Tage warten, bis es von den Kranken kommen könne. Beni wußte so gut, wie das Leiden tut, und mochte jedem, der leiden mußte, gern eine Freude gönnen. Er war auch so beglückt und hatte Eveli soviel zu erzählen: Es solle nur denken, manchmal komme die Schwester Marie an sein Bett und zeige ihm neue Striche und ganze Buchstaben, und auch ein Abc-Buch habe sie ihm versprochen.

Dann könnte es wohl sein, daß er vielleicht noch ein wenig schneller vorwärts komme als das Eveli selbst, weil er ja soviel Zeit zum Lernen habe. Er sah dabei erwartungsvoll seine Lehrerin an.

Über diese Nachricht freute sich nun Eveli so ungeheuer und von Herzen, daß Beni jetzt erst recht in Freude darüber ausbrach; denn er hatte sich im stillen gesorgt, Eveli könnte doch ein wenig betrübt werden, wenn er ihm noch vorauskommen würde. Aber Eveli hätte gar nichts als die größte Freude empfunden, wenn der Beni heute noch gelesen hätte wie einer aus der Oberklasse.

Als Eveli heute das Krankenhaus verlassen hatte, lief es dem Hause des Vetters zu. Die Mutter hatte ihm ja gestern befohlen, es solle zur Großmutter gehen, und es wünschte auch selbst, dahin zu kommen; es mußte der Großmutter durchaus etwas mitteilen. Wenn es sie nur auch allein finden würde!

Richtig, ganz allein saß sie in der Stube an ihrem Spinnrad. «Großmutter», rief es ihr schon unter der Tür entgegen, «er ist schon hervorgekommen, er ist schon da!»

«Wer? Wer?» fragte die Großmutter erstaunt.

«Der Segen, weißt du, der Segen, der unter dem Schweren lag, das der liebe Gott uns zugeschickt hatte», berichtete Eveli eifrig. «Weißt du, du hast gesagt, er liege immer unter dem Schweren, wir sehen's nur nicht gleich. Aber zuletzt komme er doch hervor, und bei uns ist er so bald hervorgekommen!»

Und Eveli begann der Großmutter zu erzählen von all dem Segen, der ihm selbst und dann erst recht dem Beni durch das Ereignis zuteil geworden war, das sie beide erst so traurig gemacht hatte, daß sie anfangs meinten, sie könnten nie mehr froh werden. Die Großmutter konnte vor Freude gar nicht mehr spinnen. Sie konnte nur zuhören und ein ums andere Mal sagen: «Habt ihr auch dem lieben Gott gedankt? Vergiß auch nicht zu danken, Eveli!»

Und wie sie nun alles gehört und sich so recht mit Eveli über alles gefreut hatte, sagte sie: «Siehst du, Eveli, wenn nun einmal wieder etwas Schweres an dich kommt, und es kommt noch manches, dann denk daran, daß der liebe Gott sicher einen Segen hineingelegt hat. Aber er kommt dir dann nicht immer sobald vor die Augen, wie es diesmal gegangen ist, und auch nicht immer in solcher Weise. Manchmal ist es auch ein Segen, den du gar nicht sehen kannst; er kann ganz verborgen an dich herankommen, daß du es gar nicht einmal weißt, wenn er schon da ist. Das mußt du nie mehr vergessen, Eveli, dann kannst du dich auch gleich ein wenig trösten, wenn das Schwere an dich kommt, und kannst denken, wenn es auch schwer ist, so weiß ich doch, daß der liebe Gott etwas Gutes für mich im Sinn hat.»

Eveli meinte schnell, das werde es nie, nie in seinem ganzen Leben vergessen.

Aber die Großmutter sagte, das sei gar nicht so leicht, wie es eben jetzt meine, da es den Segen so deutlich vor Augen habe. So gehe es anderen Leuten auch; aber wenn dann neues Schweres auferlegt werde, so sehe man nur das und denke vor Kummer darüber nicht mehr daran, wie es der liebe Gott mit uns gemeint hatte und immer noch meine.

Der Nesselbauer erlebt Überraschendes

Jeden Tag der schönen Ferienwochen kam Eveli mit einem neuen Blumenstrauß zum Krankenhaus hinunter, und jeden Tag war sein Erscheinen von allen Kranken so ersehnt, daß man voraussehen konnte, es bringe jedem etwas mit, das ihm Freude machte. Vor allem war es der Alte in der Ecke, der jeden Tag wieder mit der größten Ungeduld und dem größten Verlangen das Kind erwartete. Wenn die Zeit nahte, konnte er die pflegende Schwester immer wieder zu sich rufen und fragen: «Ist das Kind noch nicht gekommen?» Und war Eveli da, so mußte es sich gleich zu ihm hinsetzen, und es kam dann eine gute Zeit nicht wieder fort, denn wenn er es bat, ihn noch nicht zu verlassen, er habe ja auf der ganzen Welt sonst keinen Menschen, der zu ihm komme und sich um ihn kümmere, dann blieb Eveli immer wieder sitzen und tat alles, was er wünschte und von dem er sagte, es helfe ihm, seine Schmerzen zu vergessen. Nicht nur mußte Eveli ihm täglich ein paar Lieder singen, er hatte nun auch herausgefunden, daß es ganz kurzweilig zu erzählen wußte. Seither konnte er davon nie genug bekommen, daß ihm Eveli die Geschichten erzählte, die es vom Lehrer wußte, und auch noch alle die alten Begebenheiten, die ihm die Großmutter erzählt hatte.

Als die letzte Ferienwoche zu Ende ging, erkundigte er sich bei Eveli, was nun geschehen werde, ob es trotz der Schule doch täglich ins Krankenhaus kommen könne. Es meinte, an den zwei Nachmittagen, da keine Schule sei, komme es immer und auch am Sonntag. An den anderen Tagen dürfe es vielleicht nur einen kurzen Besuch machen, weil es sonst zu spät würde, noch allein den Berg hinaufzugehen. Da mußte es dem Kranken versprechen, daß es jedesmal noch an sein Bett komme, wenn es auch nur für kurze Zeit sei, und an den freien Tagen dann immer, um länger bei ihm zu bleiben. Eveli wollte alles herzlich gern versprechen; es kannte ja keine Freude, die so groß war wie diese, von jemand so begehrt zu werden und ihm wohltun zu können. Am letzten Ferientag hatte der Kranke noch um alle Lieder gebeten, die er gern singen hörte, und noch lange hatte Eveli bei ihm sitzen und ihm erzählen müssen, wie es in den Äckern und Wiesen und auf den Bäumen aussehe am ganzen Berg und besonders um die Felder von Mittelgut. Als Eveli endlich doch gehen mußte, da zog der Kranke mühsam ein Papierchen unter seinem Kissen hervor und sagte: «Da, verlier es nicht, bring's deinem Vater.»

Eveli steckte es in die Tasche und lief nun zu Beni, um auch bei ihm noch seinen Ferienabschied zu nehmen. Es war aber kein trauriger Abschied; die Kinder hatten ja keine Trennung vor sich. Die freundliche Schwester Marie hatte Eveli die Erlaubnis gegeben, ins Krankenhaus zu kommen, so oft es Zeit habe. Drei volle Nachmittage in der Woche blieben ja immer noch und noch manche Stunde an den anderen Tagen, wie Eveli hoffte. Dazu wußte Beni, daß er nicht mehr wie früher während der Schulstunden so allein sein würde. Die Schwester Marie war so gut mit ihm. Um wie viele Buchstaben er durch ihre Hilfe dem Eveli nun schon voraus war, wagte er nun gar nicht zu sagen. Er barg seinen Reichtum wie den köstlichsten Schatz. Dabei konnte er ja für Eveli hoffen, daß es nach und nach zu denselben Schätzen gelangen werde, da jetzt die Schule wieder begann.

Eveli eilte nun heim. Es hatte aber in seinem Leben noch so wenig mit seinem Vater verkehrt, daß es sich fürchtete, ihm das Papierchen selbst zu übergeben. Es suchte schnell die Mutter auf und berichtete ihr, was der Mann ihm aufgetragen hatte, und bat, sie solle dem Vater die Sache übergeben. Die Mutter faltete das Papierchen auseinander und las, was draufstand. Dann legte sie es wieder zusammen.

«Nein, Eveli, das mußt du dem Vater selbst übergeben», sagte sie, «er kommt jetzt gleich herein.»

Dann ging sie nach der Küche. Angstvoll stand Eveli da mit dem Papier in der Hand, als der Vater eintrat. Jetzt streckte es ihm den Fetzen entgegen und sagte: «Der Kranke hat gesagt, ich solle Euch dies geben.»

«Was für ein Kranker? Was ist das Dummes?» sagte der Vater brummend.

«Ich weiß nicht», antwortete Eveli und hielt immer noch sein zerknittertes Papier hin.

Jetzt nahm es der Vater. Er legte es auseinander; es war inwendig überschrieben. Die Buchstaben waren groß genug, und er konnte wohl lesen, was da stand. Er las:

«An den Nesselbauer!

Ihr könnt das Stück Land haben, heut noch, wenn Ihr wollt. Ihr habt es Eurem Kind zu danken, nicht mir; es hat mir Gutes getan. Daß Ihr ein solches Kind habt, überrascht mich sehr.

Ihr könnt das Land um den ersten Preis haben, wie ich es angeschlagen hatte. Ich will an Euch keinen Gewinn machen, um des Kindes willen.

Rall, der Mittelbauer.»

Der Vater schaute über den Brief hinaus sein Kind an, als habe er es noch nie gesehen. Er hatte es auch wirklich noch wenig betrachtet. Er wußte gar nicht, woran er war, das konnte man ihm ansehen. Er las noch einmal seinen Brief von vorne durch. In diesem Augenblick kamen nun auch die Brüder zum Abendessen herein. Da sie sich gestritten hatten, waren sie beide noch voller Zorn, und Heini, der die Tür jetzt aufschlug und zuerst hereinpolterte, wäre diesmal wirklich fast über das Eveli gefallen, denn es stand an einem ganz ungewohnten Platz bei der Tür, weil es immer noch vor dem Vater stehengeblieben war. Es meinte, es müsse da eine Antwort abwarten.

«Kannst du einem denn auch gar nie von den Füßen gehen!» schrie Heini auf, «du erzunnützes ...»

Jetzt schlug der Vater so schrecklich mit der Faust auf den Tisch, daß alles zitterte und sogar die großen Burschen zusammenfuhren. «Wenn ich noch ein einziges Mal ein solches Wort von einem von euch beiden höre, will ich euch einmal den Meister zeigen, daß ihr daran denkt», donnerte er sie an. «Jetzt wißt ihr's.»

Die Burschen sahen einander verwundert an. Sie konnten alle beide nicht begreifen, wie der Zorn des Vaters so auf die verkehrte Seite hatte fahren können. Erst am anderen Tag, als der Nesselbauer Zeit gehabt hatte, sein Glück recht zu fassen, und auch Zeit hatte zu sprechen, weil es Sonntag war, redete er am Abend zu seiner Frau und seinen Söhnen von dem Angebot, das ihm der Mittelbauer gemacht hatte; den Brief gab er nicht heraus. Er hatte im Sinn, auf der Stelle ohne allen Verzug die Sache in die Hand zu nehmen, denn ein Mann, der so unerklärlich handelte, konnte auch plötzlich über Nacht andere Gedanken bekommen. Noch etwas hatte der Nesselbauer im Sinn: das Kind, das diese Änderung in dem Entschluß des Mittelbauers bewirkt hatte, wenn man schon nicht begreifen konnte, warum, hatte doch eine Belohnung verdient. Die mußte es haben. Wenn dazu der Nesselbauer bedachte, was er für das Land geboten hatte und wie er es jetzt erhielt, so konnte er eine gute Belohnung wagen, ohne daß der Gewinn, den er machte, nur merklich angegriffen wurde. Er besann sich noch einen Tag darüber. Als dann am Montag der Feierabend da war und er in die Stube eintrat, rief er nach dem Kinde, er habe mit ihm zu reden. Eveli kam erschrocken aus der Küche herein, wo es der Mutter von seinem neuen Schultag und seinem Mittagsbesuch bei der Großmutter mit Freuden hatte erzählen wollen. Denn Vetter Hans hatte sein Wort gut gehalten. Sobald einer seiner Brüder oder eine der Schwestern über Eveli ein wenig spötteln wollten, war er über sie hergefallen in einer Weise, daß alle anderen laut auflachen mußten und das Spötteln ganz aufhörte. So konnte es ja von nun an ohne allen Schrecken in des Vetters Haus treten, denn der Hans würde es immer in Schutz nehmen.

«Ich habe dir etwas zu sagen», sagte der Vater, als Eveli jetzt vor ihm stand, «du hast da etwas Gutes getan, wenn man schon nicht weiß, wie, aber du verdienst eine Belohnung. Du kannst sagen, was du gern hättest. Du sollst es haben.»

Eveli schwieg.

«Sag, was du wünschest. Du brauchst dich nicht zu fürchten», ermunterte der Vater, «ich kenne ja das Zeug nicht so;

du wirst wohl bei den Basen unten gesehen haben, was dir gefällt.»

Eveli schwieg noch.

«Nun, was ist's? Wirst du nicht einig mit dir?» fragte der Vater, «oder wünschest du nichts?»

«Ich wünsche schon etwas», sagte Eveli jetzt schüchtern.

«So sag's heraus. Ich hab dir ja versprochen, daß du's haben sollst, sag's!» befahl der Vater.

«Ich möchte gern immer im Krankenhaus bleiben, wie die Schwester Marie, und den Kranken alles tun, was ihnen wohltut», war die leise Antwort.

Wenn Eveli auf einmal Lateinisch gesprochen hätte, so hätte der Vater das Kind nicht verwunderter angeschaut als jetzt. Er wußte ja gar nichts, weder vom Krankenhaus noch von Evelis Besuchen dort, noch überhaupt von seinem ganzen Tun und Wesen.

«Ich weiß nicht, was du da sagst», kam endlich langsam als Erwiderung heraus, «vom Krankenhaus und von dem, was da geht und steht, weiß nur der Pfarrer etwas. Jetzt wünsche etwas, das man tun kann.»

«Den Herrn Pfarrer fragen», sagte Eveli.

Der Vater sah aus, als hätte er denselben Gedanken wie der Mittelbauer, als begriffe er nicht, daß das sein Kind sein sollte, das nicht einmal die Hand aufmachen wollte, wenn man ihm das Beste hineinzulegen gedachte. Aber dieses zähe Festhalten an einer Sache mutete ihn doch ganz verwandtschaftlich an.

«Das wäre mein bester Bub geworden», sagte er bei sich.

«Ja, was denn, versprochen ist versprochen», sagte er dann laut und entließ das Eveli.

Am Sonntag verlangte er seinen Kirchenstaat in der Frühe, denn er wollte zur Kirche, sagte er seiner Frau, die sich sehr verwundern mußte, denn der Mann ging sonst nur an den hohen Festtagen da hin. Der Nesselbauer wollte aber nicht vor den Herrn Pfarrer treten, ohne in der Kirche gewesen zu sein. Erst als er wieder heimkam, teilte er seiner Frau mit, er sei nach dem Gottesdienst beim Pfarrer gewesen, und dieser habe ihm Sachen gesagt, die er kaum habe glauben können. Er kenne das Eveli ganz gut, und besonders die Frau Pfarrer wisse von ihm. Sie gehe oft ins Krankenhaus und habe das Kind schon manchmal dort gesehen und mit Verwunderung bemerkt, wie es den Kranken wohltun könne. Er habe dann dem Pfarrer Evelis Wunsch vorgelegt, worauf dieser geantwortet habe, man solle nur dem Kinde sagen, wenn es dann in seinen Unterricht komme, werde er noch recht mit ihm über die Sache reden, und wenn es einmal konfirmiert sei, so solle es erfahren, daß er seinen Wunsch nicht vergessen habe.

Bis dahin solle man das Kind doch ja ins Krankenhaus gehen lassen wie bisher, es sei für alle dort zum Trost und zur Freude. Der Pfarrer hätte gerade von dem Kinde geredet wie von etwas Eigenem, um das man sich sorgen müsse. Das hätte doch kein Mensch denken können. Aber man müsse doch jetzt zusehen, daß es das Kind daheim auch gut habe und nicht etwa von den Buben übel behandelt werde, das müsse man nicht hinnehmen.

«Man hat ihm ja auch schon den anrüchigen Namen gegeben; das hätte man doch nicht tun sollen», schloß der Bauer ein wenig reuig.

«Das Eveli hat einen guten Namen, das ist ganz in Ordnung», sagte die Frau, «und Sorge um das Kind will ich auch haben. Mich freut es nur, daß unser Herr Pfarrer es in seine Obhut genommen und dir gezeigt hat, daß es der Sorge wert ist.»

Dem Eveli teilte die Mutter mit, was der Herr Pfarrer gesagt hatte und daß sein Wunsch in Erfüllung gehen könne, sobald die Zeit dazu da sei.

Der Herbst war inzwischen gekommen. Eveli hatte nach seiner Schulzeit jeweils nur noch eine Stunde im Krankenhaus zuzubringen, denn in die Nacht hinein durfte es auf seinem Schulweg nicht kommen.

So wußte es oft nicht, wie es für den Beni und den begonnenen Unterricht noch Zeit finden sollte. Der Mittelbauer hatte ihm das Versprechen abgenommen, daß es jeden Tag zu ihm komme. So ging es also immer zuerst hin und kam dann fast gar nicht mehr von ihm fort. Wenn es der Großmutter dann erzählte, wie abgemagert der Mann aussehe und wie gern er Evelis Lieder singen höre, so kamen dieser dabei immer neue Geschichten und Menschen in den Sinn, die sie gekannt hatte, die nach Reu und Leid über alles Erdenunrecht, das sie mitgetan und miterlitten hatten, nur noch nach der Gnade Gottes begehrt hätten und endlich friedlich und ruhig in ein anderes Leben hinübergegangen seien. Das erzählte dann Eveli alles dem Mittelbauer, und dieser wollte immer wieder solche Geschichten von der Großmutter hören.

Als Eveli so eines Abends noch zu Beni hereinkam und annehmen mußte, diesmal sei er sicher böse, daß es so spät komme, da schaute der Beni ihm mit strahlenden Augen entgegen und rief ihm gleich zu: «Komm, Eveli, heute habe ich dir einmal etwas zu erzählen, du kannst gar nicht denken, was! Wenn es dich nur nicht traurig macht!»

«Was dich so froh macht, das macht mich gewiß nicht traurig», versicherte Eveli.

«Denk nur, denk, Eveli, ich kann fertig lesen, ich kann eine Geschichte lesen und ganz verstehen», und Beni zog sein Büchlein unter dem Kissen hervor und zeigte dem Eveli eine Geschichte, die er ganz gelesen hatte. «Vielleicht kannst du's dann auch bald», setzte er tröstlich hinzu. «Du weißt gar nicht, wie das ist, wenn man ganz allein lesen kann, was in einem ganzen Buch steht und dann in allen, allen Büchern, die man bekommt.»

Jetzt brach Eveli in einen solchen Jubel über diese Mitteilung aus, daß Beni sehen konnte, es bedurfte keines Trostes, daß es noch nicht soweit war. Nun habe ja Beni einen so guten Ersatz, wenn es lange nicht zu ihm käme, jubelte Eveli, und nie mehr müsse er Langeweile haben und traurig werden, wenn er allein sein mußte. Aber Beni hatte noch nicht sein ganzes Glück erzählt. Heute hatte ihm auch Schwester Marie mitgeteilt, daß er den ganzen Winter nicht heimkehren müsse, was er vor allem gefürchtet hatte. Die Aussicht auf die langen, einsamen Tage in der dunklen Stube oder in der kalten Kammer hatten ihn oft mit Bangigkeit erfüllt.

«Oh, denk nur, Eveli», rief er in strahlender Freude aus, «den ganzen Winter hier bleiben, wo es hell und warm ist, und in dem schönen Bett sitzen und nie mehr frieren im Dunkel und vom Stuhl fallen, daß es so weh tut! Und immer darf ich Geschichten lesen; denn Schwester Marie holt mir ein anderes Buch, wenn dieses fertig gelesen ist, das hat sie mir gesagt. Es haben gewiß nicht viele Menschen es so gut wie ich, meinst du nicht auch, Eveli?»

Eveli freute sich so ungeheuer über diese neue Freudennachricht, daß es nur immer wieder dasselbe sagen und darüber jubeln konnte.

Nun blieb Beni ja da unter dem Schutz der guten Schwester Marie und an dem Orte, wohin es selbst immer am liebsten kam. Da konnte es ihn immer wieder besuchen, jeden Tag. Solche Freude, wie sie heute erlebten, sei gewiß das größte Glück, das man erleben könne, meinten beide Kinder.

Am Tage, als der erste Schnee fiel, schloß der Mittelbauer seine Augen. Sein letztes Wort war ein Wort des Segens gewesen, das er dem Eveli nachrief. Wenige Stunden vorher hatte Eveli noch lange an seinem Bett gesessen. Er hatte gebeten: «Sing mir: ‹Kurz ist die Nacht›», und während Eveli es getan, hatte er die Hand des Kindes erfaßt und fest und fester gehalten, als wäre die kleine Hand ein Anker für ihn in den dunkeln Wogen, die ihn umrauschten.

Die Winke, die der Arzt der Schwester Marie über Benis

Zustand gegeben hatte, machten es dieser leicht, zu erreichen, was sie selbst wünschte, nämlich daß Beni das Krankenhaus gar nicht mehr verlassen sollte. Es war die Erfüllung seines einzigen Wunsches und machte ihn zu einem der glücklichsten Menschen für die kurze Zeit, die er wohl noch in diesem Erdenleben zuzubringen hat. In seinem bequemen Bett mit dem Tischchen darüber, auf dem unausgesetzt sein Buch liegt, sitzt er mit vergnügtem Lächeln, bald mit der freundlichen Schwester Marie im Gespräch, dann wieder lange in sein Buch vertieft, bis zu dem Augenblick, da das Eveli bei ihm erscheint und nun von beiden Seiten die lebhaftesten Mitteilungen alles andere verdrängen.

Jeden Tag des neuen Sommers erscheint Eveli wieder mit seinen großen Blumensträußen im Krankenhaus, allen zur Freude und Erquickung. Der Herr Pfarrer aber vergißt nicht, welcher Wunsch dem Eveli erfüllt werden soll, sobald die rechte Zeit dazu gekommen ist.

Weitere Bücher von Johanna Spyri im Brunnen Verlag:

Vergessene Geschichten
Gebunden, 200 Seiten,
Best.-Nr. 195.854

Mit ihren «Heidi»-Geschichten aus den Bergen, von dort, wo die Welt noch in Ordnung ist, wurde Spyri zur bekanntesten Schweizer Autorin – und sie ist es auch heute noch.

Spyris einsame Klasse in der Beschreibung von Sehnsüchten und Lebensschicksalen tritt auch in ihren frühen Werken, den «Vergessenen Geschichten», offen zutage: Warmherzige Episoden aus der unvergleichlichen Berglandschaft schildern den Kampf um Anerkennung, um Liebe, Annahme und ein bißchen Glück.

Jeder sucht seinen ganz persönlichen, eigenen Platz im Leben, und Spyri hält diese Suche fest, immer ganz nahe dran am Drehbuch der Führungen und Fügungen.

Inhalt:
- Wie es in der Goldhalde gegangen ist
- Schirmflickers Gritli (früher: Wie einer dahin kam, wo er nicht wollte)
- Ein goldener Spruch

Weitere Bücher von Johanna Spyri im Brunnen Verlag:

Heimatlos
Gebunden, 336 Seiten,
Best.-Nr. 111.632

Von den Erzählungen Johanna Spyris geht noch immer ein ganz spezieller Zauber aus, dem sich kaum jemand entziehen kann. Die Reaktionen der Leserschaft dokumentieren dies ganz eindrücklich.

Unter dem Titel «Heimatlos» wurden hier erneut vier bewegende Geschichten zusammengefaßt, die allesamt von entwurzelten, nach Liebe, nach Geborgenheit, Schutz und Heimat geradezu dürstenden Kindern und Jugendlichen handeln.

Doch mag das Leben dieser armen, verwaisten oder verwahrlosten Kinder auch noch so hart sein, es endet doch keine Geschichte ohne Trost und Hoffnung – dafür hat eine dem Schwächeren immer warmherzig zugetane Johanna Spyri schon gesorgt! Sie ist und bleibt, wie eine Zeitung schrieb «wirklich eine Meisterin der Jugendschrift».

Inhalt:
- Am Silser- und am Gardasee
- Wie Wiselis Weg gefunden wurde
- Vom fröhlichen Heribli
- Vom This, der doch etwas wurde

Brunnen Verlag · Basel und Gießen

Weitere Bücher von Johanna Spyri im Brunnen Verlag:

Vergessene Geschichten
Gebunden, 200 Seiten,
Best.-Nr. 195.854

Mit ihren «Heidi»-Geschichten aus den Bergen, von dort, wo die Welt noch in Ordnung ist, wurde Spyri zur bekanntesten Schweizer Autorin – und sie ist es auch heute noch.

Spyris einsame Klasse in der Beschreibung von Sehnsüchten und Lebensschicksalen tritt auch in ihren frühen Werken, den «Vergessenen Geschichten», offen zutage: Warmherzige Episoden aus der unvergleichlichen Berglandschaft schildern den Kampf um Anerkennung, um Liebe, Annahme und ein bißchen Glück.

Jeder sucht seinen ganz persönlichen, eigenen Platz im Leben, und Spyri hält diese Suche fest, immer ganz nahe dran am Drehbuch der Führungen und Fügungen.

Inhalt:
- Wie es in der Goldhalde gegangen ist
- Schirmflickers Gritli (früher: Wie einer dahin kam, wo er nicht wollte)
- Ein goldener Spruch

Brunnen Verlag · Basel und Gießen

Weitere Bücher von Johanna Spyri im Brunnen Verlag:

Heimatlos
Gebunden, 336 Seiten,
Best.-Nr. 111.632

Von den Erzählungen Johanna Spyris geht noch immer ein ganz spezieller Zauber aus, dem sich kaum jemand entziehen kann. Die Reaktionen der Leserschaft dokumentieren dies ganz eindrücklich.

Unter dem Titel «Heimatlos» wurden hier erneut vier bewegende Geschichten zusammengefaßt, die allesamt von entwurzelten, nach Liebe, nach Geborgenheit, Schutz und Heimat geradezu dürstenden Kindern und Jugendlichen handeln.

Doch mag das Leben dieser armen, verwaisten oder verwahrlosten Kinder auch noch so hart sein, es endet doch keine Geschichte ohne Trost und Hoffnung – dafür hat eine dem Schwächeren immer warmherzig zugetane Johanna Spyri schon gesorgt! Sie ist und bleibt, wie eine Zeitung schrieb «wirklich eine Meisterin der Jugendschrift».

Inhalt:
- Am Silser- und am Gardasee
- Wie Wiselis Weg gefunden wurde
- Vom fröhlichen Heribli
- Vom This, der doch etwas wurde

Brunnen Verlag · Basel und Gießen